HEYNE <

ANTONIA NEUMAYER

# ZWISCHEN DIR UND DER DUNKELHEIT

ROMAN

WILHELM HEYNE VERLAG
MÜNCHEN

FSC
www.fsc.org
MIX
Papier aus verantwortungsvollen Quellen
FSC® C014496

Verlagsgruppe Random House FSC®-N001967

Originalausgabe 11/2020
Redaktion: Martina Vogl

Printed in Germany
Umschlaggestaltung: Guter Punkt GmbH & Co. KG, München
Umschlagillustration: Kim Hoang unter Verwendung
von Motiven von Getty Images (iwhiteout, misha-photography,
RomoloTavani, ArnaPhoto) und iStock (yuriz, Blackmoon9)
Karten: Guter Punkt GmbH & Co. KG, München
Satz: GGP Media GmbH, Pößneck
Druck und Bindung: GGP Media GmbH, Pößneck
ISBN 978-3-453-32102-1

*Ich stand vor jenem Abgrund, doch du hast mich nicht eingelassen.*
*Danke, dass ich Abaddon deine Stimme leihen darf.*

# PROLOG

Sobald ich die Augen öffnete, wusste ich, dass ich träumte.

Wie vertraut war mir inzwischen der dumpfe Geruch nach Feuchtigkeit und Moder, die Kälte in meinen Gliedern, die völlige Dunkelheit um mich herum – ich war schon hier gewesen, nicht nur ein-, zweimal, sondern immer und immer wieder. Ich kannte den Traum, ich wusste, wo ich war, und ich wusste, dass ich hier nicht herauskam, bis der Morgen mich erlöste.

Aber diesmal war von Beginn an alles anders.

Statt auf den Steinplatten liegen zu bleiben und regungslos auf das Ende zu warten, wie ich es schon mehrfach getan hatte, kämpfte sich mein Körper ganz von selbst auf die Füße. Der Boden unter mir schien zu schwanken. Ich ahnte, dass ich Schmerzen hatte, ohne sie wirklich zu fühlen, doch nach und nach verschluckte das drängende Gefühl, um jeden Preis hier rauszumüssen, jede noch so starke körperliche Empfindung. Mit ausgestreckten Armen taumelte ich durch die Schwärze, bis ich gegen eine Wand stieß, an der ich mich festhalten konnte. Ich musste einen Ausweg finden, aber ich wusste, dass es keinen gab. Suchend tastete ich mich an den kalten Steinen entlang, bis meine klammen Finger auf Holz trafen und ich die Tür fand, die ich nicht würde öffnen können.

Als ich das erste Mal von diesem dunklen Ort geträumt hatte, war ich noch panisch geworden, sobald ich verstanden hatte, dass ich hier unten gefangen war. Ich hatte mit aller Kraft an der Tür gerüttelt, hatte geklopft, gerufen, geschrien, aber es hatte mich niemand gehört. Und als meine Nägel blutig und meine Stimme heiser gewesen waren, war ich mutlos auf die Knie gesunken und erst Stunden später orientierungslos in meinem Bett aufgewacht. Als der Traum wenige Nächte später das zweite Mal zu mir gekommen war, hatte ich mit erzwungener Ruhe begonnen, meine Umgebung zu erkunden und einen anderen Ausgang zu suchen, ohne einen zu finden. Es war ein quadratischer Raum, dessen Wände aus massivem Stein bestanden, es gab keine Fenster, nur die eine verschlossene Tür, vor der ich jetzt stand.

Im dritten und vierten Traum hatte ich bereits alles Mögliche versucht, um sie zu öffnen, doch mit bloßen Händen gelang es mir nicht, und ich fand, obwohl ich den ganzen Boden abtastete, nirgends Werkzeug, mit dem ich mir hätte helfen können. Bis auf sechs glatte Steinquader, etwa so groß wie erwachsene Menschen, war der Raum völlig leer. Im fünften Traum hatte ich eingesehen, dass all meine Bemühungen, von diesem Ort zu entkommen, sinnlos waren.

Danach hatte ich aufgehört, die endlosen Nächte hier unten zu zählen. Ich war dazu übergegangen, mich meinem Schicksal zu ergeben und nur noch darauf zu warten, dass der Traum von selbst ein Ende fand. Bislang hatte ich dabei immer die volle Kontrolle über mein Tun gehabt – heute dagegen hatte ich zum ersten Mal das Gefühl, eine unbeteiligte Beobachterin in meinem eigenen Körper zu sein. Ohne mein Zutun huschten meine Finger über die Holztür, suchten einen Riegel, einen Griff, und fanden keinen.

»Bitte«, flüsterte die von Tränen erstickte Stimme, die nicht meine war, fremd in ihrem Klang und doch auf merkwürdige Art vertraut. »Ich bitte dich darum. Erbarme dich meiner. *Bitte.*«

Ich drückte meine Schulter gegen die Tür und versuchte, sie aufzustemmen. Das Holz knackte zwar, aber es bewegte sich nichts. »Herr, ich flehe dich an!«

Ohne wirkliche Hoffnung warf ich mich gegen die Tür, die mich gefangen hielt. Ich wusste, dass ich nicht nach draußen kam, und dennoch brannte in meinem Herzen eine Verzweiflung, wie ich sie noch nie zuvor verspürt hatte. Ich *musste* hier raus, so schnell wie möglich. Es fühlte sich an, als hinge mein Leben, mein Dasein, meine ganze Existenz davon ab.

Als ich entkräftet die Stirn gegen die Tür lehnte, hörte ich zum allerersten Mal plötzlich das Flüstern von Schritten auf der anderen Seite.

Die Schritte verstummten, dann erklang eine Stimme: »Ist hier jemand?« Die Worte drangen dumpf durch das Holz, das uns trennte, aber ich war sicher, dass es ein Mann war. Und dass ich ihn kannte. »Bist du dort unten gefangen?«

»Pater«, schluchzte die Stimme aus meiner Kehle, »Pater, man hat mich eingesperrt. Ich bitte Euch, öffnet die Tür, befreit mich! Der Herr sei mit Euch, ich bitte Euch, helft mir!«

Ich hörte, wie draußen ein Riegel verschoben wurde, fühlte die schlagartig steigende Spannung in meinem Körper. Ich konnte nur noch daran denken, zu laufen, hier rauszukommen und ihn zu finden. Ihn zu finden und zu beschützen, bevor es zu spät war. Der Pater öffnete die Tür, und ich war geblendet vom winzigen Licht seiner Kerze.

»Gott segne Euch«, wimmerte ich. »Ich danke Euch.«

»Margarete«, nannte er mich, und unzählige Fragen schwammen wie flinke Fische durch die dunklen Teiche seiner Augen. »Was macht eine gläubige junge Frau wie du an einem solchen Ort? Du hast doch nicht etwa die Nacht hier unten verbracht?«

»Wo ist er?«, drängte ich. »Wo haben sie ihn hingebracht? Pater, sprecht, was hat man ihm angetan?«

Sein gutmütiges Gesicht verschloss sich. »Margarete, ich fürchte, ich weiß nicht, von wem du sprichst ...«

Ich wusste es selbst nicht, und dennoch schlüpfte der Name wie von selbst aus meinem Mund: »Elias.«

Die sanften Augen des Paters wurden hart. »Er ist fort.«

Ein verzweifelter Laut entfuhr meiner Kehle, irgendwo zwischen einem menschlichen Schluchzen und dem Wimmern eines gepeinigten Tieres. »Wo hat man ihn hingebracht?«

Der Pater trat zur Seite und bedeutete mir mit einer Armbewegung, den finsteren Raum zu verlassen. Ich taumelte auf wackligen Beinen auf ihn zu. »Du solltest ruhen, mein Kind.«

»Ich muss ihn finden. Wir haben keine Zeit.«

Ohne auf meine Worte zu achten, begleitete mich der Pater einen kurzen Gang entlang zu einer Steintreppe, und ich folgte ihm hinauf in eine halbdunkle Kirche, die bis auf einen Altar und etwas Schmuck an den Wänden vollkommen leer war. Es gab keine Bänke, keine Orgel, keine Opferkerzen, und als ich sprach, hallte meine Stimme gespenstisch von den Wänden wider.

»Wo ist er?«, fragte ich erneut. Durch die Fenster oben in den Wänden konnte ich einen blassblauen Himmel erkennen – es schien gerade erst zu dämmern. »Was hat man ihm angetan? Pater, ich flehe Euch an, wenn Ihr etwas wisst, so sagt es mir!«

Der Pater legte mir beruhigend eine Hand auf den Rücken und blies seine Kerze aus. »Wer mit dem Teufel verkehrt, sollte nicht länger das Licht deines Geistes trüben«, wich er aus.

Zum ersten Mal, seit die Träume begonnen hatten, konnte ich bei Tageslicht an mir herabblicken. Ich sah wirres blondes Haar auf meinen Schultern, ein grobes schmutzig-weißes Gewand an meinem Körper. Ich war definitiv nicht ich, aber es fühlte sich so an.

»Ich begleite dich zurück ins Gasthaus«, fuhr der Pater fort. »Du solltest ruhen und so bald als möglich die Beichte ablegen. Wenn du Reue zeigst, wird der Herr dir deine Verfehlung verzeihen und dich zurück auf den rechten Weg geleiten.«

Ich wollte weder ruhen noch beichten. Anstatt weiterhin wie ein frommes Schaf neben ihm in Richtung Kirchenportal zu trotten, schüttelte ich den Kopf und blieb stehen. »Sagt mir endlich, wo er ist.«

Der Pater sah zu Boden und faltete die Hände vor seinem gedrungenen Körper. »Der Herr wird über sein Schicksal entscheiden. Gott bringt alle Werke vor Gericht, seien sie gut oder böse.«

Die Verzweiflung ließ die fremde Stimme, in der ich sprach, höher werden. »Bitte, Pater, ich bitte Euch, sagt mir, wie ich zu ihm gelangen kann! Er ist gläubig. Und gut. Man irrt, wenn man ihm Leid zufügt. Er ist ein frommer Diener des Herrn!«

»Kind, der Teufel hat deine Sinne verwirrt. Du kannst den Sündern nicht helfen. Aber der Herr ist barmherzig, geduldig und von großer Güte und wird gerecht über sie urteilen.«

Während er sprach, schlich sich ein neuer Ton unter seine Worte; ein leises Klingeln, das Läuten einer kleinen Glocke, die in weiter Ferne geschlagen wurde.

Mein Kopf fuhr hoch, und jener Teil von mir, der nicht ich war, erkannte die Richtung, aus der das Geräusch kam.

»Ist das …? O nein, sie läuten die Glocke«, entfuhr es mir. »Die Arme-Sünder-Glocke.«

Der Pater runzelte die Stirn. »Ich höre nichts. Mein Kind …«

»Nein!« Ich konnte fühlen, dass der Pater mich aufhalten wollte, aber ich ließ ihm keine Möglichkeit mehr dazu. »Vergebt mir. Ich danke Euch für Eure Hilfe, aber ich muss fort. Ich muss ihn finden. Der Herr segne Euch.«

Ohne auf eine Antwort zu warten, wandte ich mich ab und lief los, zum Portal der Kirche und hinaus in eine mir fremde Welt, auf eine dreckige Straße, die zu beiden Seiten von ärmlichen, eng beieinanderstehenden Häuschen gesäumt war. Ich kannte die Straße nicht. Ich glaubte, noch nie zuvor hier gewesen zu sein, aber mein Körper fand den Weg von alleine, lief trotz des unförmigen Kleides und der Löcher im Boden so schnell er konnte, immer dem Läuten der längst verstummten Glocke nach.

Ich sah andere Menschen auf meinem Weg – Kinder mit schmutzigen Gesichtern, die einem Hund nachjagten, eine Frau, die am Straßenrand eine dürre Ziege molk, einen drahtigen Mann, der mühevoll einen Karren mit Stroh durch ein Matschloch zog –, doch sie kümmerten sich nicht um mich. Nicht, als ich an ihnen vorbeilief, nicht, als heiße Tränen meine Wangen hinabrannen, nicht, als ich im Schlamm ausrutschte und der Länge nach in den Dreck auf dem Weg stürzte.

»Ich bitte dich, Herr«, wisperte ich, stemmte die Hände auf den Boden und kämpfte mich hoch, um weiterzulaufen. Der Gestank des Unrats auf meiner Kleidung raubte mir fast den Atem. Ich taumelte, ich spürte die Erschöpfung in meinen

Beinen, aber ich kam wieder auf die Füße. »Gib mir Zeit. Lass mich nicht zu spät kommen. *Ich flehe dich an.*«

Je länger ich durch die fremden Straßen lief, desto mehr Menschen waren unterwegs. Ein paar kamen mir entgegen, doch die meisten schienen wie ich einem bestimmten Ziel zu folgen. Ohne sie wirklich wahrzunehmen, lief ich an ihnen vorbei. Die Häuser wurden kleiner und schäbiger, die Straßen schmutziger und das Gedränge immer dichter, sodass ich langsamer werden musste. Als ein weit offenes Tor in einer hohen Steinmauer auftauchte, schob ich mich durch die Masse nach draußen und trat wenig später auf eine offene Fläche, auf der sich eine riesige Menschenmenge versammelt hatte. Mit einem Mal überdeckte der beißende Gestank von brennendem Holz und verkohlendem Horn die dumpfen Gerüche ungewaschener Leiber.

»Bitte«, schluchzte ich

Obwohl ich mich auf die Zehenspitzen stellte, sah ich nur, dass aus der Mitte der versammelten Menschen dicke schwarze Rauchwolken wie der faulige Atem eines Ungeheuers in den Himmel aufstiegen. Ich drängte mich weiter vor und hielt erst inne, als ich eine Art niedere Empore entdeckte. Der Rauch verbarg die Personen beinahe, die dort standen und das Geschehen im Zentrum unbewegt betrachteten. Dennoch hatte ich das unbestimmte Gefühl, drei von ihnen zu kennen: einen alten, gebeugten Mann, eine junge Frau mit rotgoldenem Haar und dicht neben ihr einen zweiten Mann, die Haut schwarz wie Ebenholz.

Obwohl ich mich verzweifelt fragte, wann ich endlich aufwachen würde, so wusste ich instinktiv, dass dieses Trio nicht in diese Umgebung passte. Sie standen nicht nur am Rand der Empore, sie wirkten anders als die anderen Menschen, die sich dort oben versammelt hatten, fremdartig, wie aus einer anderen Welt, und ich hatte keine Ahnung, wo ich – oder Margarete – sie schon einmal gesehen haben könnte.

Plötzlich kam wieder Bewegung in meinen Körper, und ich drängte mich ohne jede Rücksicht weiter nach vorne durch die Menge. Ich kümmerte mich nicht um die Blicke, Flüche und Schläge, die ich mir einfing, wusste nur, dass ich *ihn* finden musste, so schnell wie möglich, wo auch immer er war.

Ich weinte, ich schluchzte, und ich betete, aber es half nicht – als ich aus der Menge heraustrat und auf den kleinen freien Kreis stolperte, in dessen Mitte der Scheiterhaufen aufgebaut worden war, schlug mir Hitze ins Gesicht. Ich sah das hell lodernde Feuer vor mir und wusste, dass ich zu spät gekommen war. Ich hatte versagt.

# 1

*Hallo, liebe Gruselfreunde, und herzlich willkommen zu einer neuen Folge* unheimelig *– unserer Videoreihe, in der wir die schaurigen Sagen und verwunschenen Orte unserer schönen bayerischen Heimat näher unter die Lupe nehmen. Ich bin Jo …«*

*Eine junge Frau mit hellblonder Kurzhaarfrisur und gepiercter Unterlippe salutiert strahlend in die Kamera. Dann schwenkt das Bild auf ihre etwas jüngere Begleiterin, nussbraune Haut und unschuldige dunkle Augen. »… und hier ist Sera!«*

*Sera lächelt und winkt. Sie ist ebenso wie Jo in eine dicke Winterjacke gehüllt; es ist so kalt, dass ihr Atem vor ihren geröteten Gesichtern zu gespenstischen Wölkchen gefriert. Die geparkten Autos im Hintergrund sind von frischem Schnee bedeckt, eine einsame Straßenlaterne beleuchtet sie. Dahinter verliert sich die Umgebung in Dunkelheit.*

*»Heute haben wir uns einen ganz besonderen Ort für den Dreh ausgesucht«, fährt Jo fort. »Den ›Dom zu Unserer Lieben Frau‹, besser bekannt als Münchner Frauenkirche. Die Kathedrale ist* das *Wahrzeichen der Landeshauptstadt, und selbst den Nicht-Bayern unter euch dürften ihre berühmten Doppeltürme schon auf diversen Kitschpostkarten begegnet sein.«*

*»Die Kirche hat jeden Tag Hunderte von Besuchern – und dennoch gibt es eine Geschichte über sie, die manch einem gläubigen Christen das*

*Blut in den Adern gefrieren lassen dürfte«, übernimmt Sera mit hörbar oberbayerischem Einschlag das Wort. Die jungen Frauen haben sich kleine Mikrofone in die wuchtigen Schals gepinnt, ihre Stimmen klingen klar und unaufgeregt. Sie machen das nicht zum ersten Mal. »Der Sage nach wurde der imposante Bau im 15. Jahrhundert nämlich mithilfe des Teufels errichtet. Ein großer Fußabdruck im Eingangsbereich soll von dem Pakt zeugen, und damit nicht genug: Angeblich sind die Stimmen des Teufels und seiner Gefährten noch heute in dem Wind zu hören, der die Türme Tag und Nacht umweht.«*

*»Heute wollen wir herausfinden, was an der Geschichte dran ist«, schaltet Jo sich wieder ein. »Wir sind die ersten YouTuber, die die Genehmigung erhalten haben, bei Nacht in der Kirche zu drehen – in einer halben Stunde sind wir mit Herrn Bernwieser, dem Küster des Doms, verabredet. Wir haben unsere Geräte dabei und werden – wie immer streng wissenschaftlich – prüfen, wie viele Spuren der Pakt tatsächlich in der Kirche hinterlassen hat.« Sie zieht eine silberfarbene Taschenuhr hervor. »Wir machen uns jetzt mal besser auf den Weg in die Innenstadt. Das heißt, ihr habt kurz Spaß mit den Facts, und wir melden uns dann wieder bei euch, sobald wir an der Kirche sind. Bis gleich!«*

*Die Gesichter der jungen Frauen weichen stimmungsvollen Aufnahmen der Frauenkirche. Eine Außenansicht zeigt die beiden mächtigen Türme, die mit ihren charakteristischen Hauben weithin sichtbar über die Dächer der umliegenden Häuser hinausragen, ehe die prachtvolle Innengestaltung der spätgotischen Kathedrale präsentiert wird.*

*Unterlegt von leiser Musik beginnt Seras Stimme zu erzählen: »Der Dom zu Unserer Lieben Frau ist eines der Wahrzeichen Münchens. Bereits im 13. Jahrhundert ist an seinem Standort eine Kapelle erbaut worden, doch als die Bevölkerung der Stadt immer weiter wuchs, war diese irgendwann einfach zu klein. Der Sage nach wurde es in der Messe eines Tages so voll, dass eine junge Frau, die während des Gottesdienstes zusammenbrach, nicht mehr rechtzeitig nach draußen gebracht werden* konnte und in der Kapelle verstarb. Nach diesem Ereignis soll Herzog Sigismund der Bevölkerung eine größere Kirche versprochen haben, mit deren Bau Mitte des 15. Jahrhunderts begonnen wurde.«

Das Video zeigt den gewaltigen Innenraum der Frauenkirche bei Tag. Zwischen den Holzbänken scheinen die mächtigen weißen Pfeiler geradewegs in den Himmel zu wachsen, weiter vorne ist der Altar zu erkennen. Durch die hohen Buntglasfenster fällt gesprenkeltes Sonnenlicht auf die glänzenden Marmorfliesen. »Der von Sigismund beauftragte Baumeister, Jörg von Halsbach, musste während der Bauarbeiten jedoch feststellen, dass sich die großartigen Versprechungen, die er dem Herzog gegenüber gemacht hatte, mit den Mitteln der damaligen Zeit nicht realisieren ließen«, fährt Sera fort. »Da Gott sein zunehmend verzweifeltes Flehen um Hilfe nicht zu erhören schien, bat er letzten Endes den Teufel um Rat. Der Teufel versprach tatsächlich, ihm zu helfen. Im Gegenzug aber verlangte er, dass die Kirche kein einziges Fenster haben durfte. Immerhin würde kaum jemand eine Kirche besuchen wollen, in der es selbst am helllichten Tag stockfinster war, und so würde der Teufel ein leichtes Spiel damit haben, die Gläubigen vom Besuch der Messe abzuhalten. Der Baumeister wusste dies – und dennoch willigte er ein.«

Der Bildschirm wird schwarz. »In den folgenden Monaten und Jahren lösten sich all die Probleme, die sich bei den bisherigen Bauarbeiten ergeben hatten, plötzlich in Luft auf. Die Gelder und Materialien wurden niemals knapp, die Baustelle blieb von Unwettern verschont, und wenn es je an Arbeitern fehlte, kamen am nächsten Tag Unbekannte auf schwarzen Pferden herbei, die scheinbar mühelos jede noch so schwierige Aufgabe verrichteten.

Der Teufel hielt also sein Versprechen. Jörg von Halsbach plante jedoch von Anfang an, den Teufel zu überlisten, und ließ entgegen dem Abkommen zahlreiche Fenster einbauen. Als die Kathedrale 1488 nach nicht einmal zwanzig Jahren fertig wurde und der Teufel kommen sollte, um sein Werk zu begutachten, beschwor der Baumeister ihn an der einzigen

*Stelle der Kirche, an der man kein einziges der Fenster sehen konnte. Vor Freude, dass sein Plan geglückt war, und im festen Glauben, dass niemand dieses fensterlose Gotteshaus besuchen würde, sprang der Teufel in die Luft und kam der Sage nach so fest auf, dass sein Fußabdruck noch heute im Vorraum der Kirche zu sehen ist.«*

*Das Video zeigt nun endlich den berühmten Teufelstritt. Inmitten einer hellgelben Marmorfliese ist ein schwarzer Abdruck zu sehen, nicht sehr viel größer als ein menschlicher Fuß. An der Ferse scheint eine Art Sporn eine Spur hinterlassen zu haben; die Fußspitze dagegen zeigt genau in Richtung Altar. »Als der Teufel aber einen Schritt nach vorne trat und all die riesigen Fenster der Kathedrale erblickte, musste er erkennen, dass er geprellt worden war. Zornentbrannt soll er die Kirche verlassen und sich in einen kräftigen Sturmwind verwandelt haben, der den Dom bis heute umweht.«*

*Das Bild weicht einem anderen, als Sera verstummt. Nun begleitet die Kamera die beiden jungen Frauen dabei, wie sie den offensichtlich aufgeregten Küster begrüßen.*

*»Wir gehen jetzt rein«, sagt Jo dann leise in die Kamera, während Sera und Herr Bernwieser im Hintergrund das Portal öffnen und die Kirche betreten. »Zuerst wollen wir den Teufelstritt aus der Nähe sehen und ein paar Aufnahmen mit der Wärmebildkamera und dem Voice Recorder machen. Vielleicht lässt sich was finden. Bis jetzt haben wir ein ganz gutes Gefühl.«*

*Sie lächelt zuversichtlich, wendet sich ab und verschwindet hinter Sera im dunklen Portal der Kirche. Die Kamera folgt ihr, und es dauert nur einen kurzen Augenblick, bis die vollkommene Schwärze im Inneren des Doms den grünlichen Schattierungen der Nachtsichteinstellung weicht.*

*»Der Abdruck ist gleich hier im Eingangsbereich«, flüstert Sera und stellt sich direkt vor den Teufelstritt. »Das einzige Fenster, das man von hier aus sieht, ist das am hinteren Ende der Kirche, und das wurde bis ins 19. Jahrhundert hinein von einem Hochaltar verdeckt. Die Geschichte,*

*dass der Teufel bei seinem Erscheinen keines der Fenster gesehen hat, kann also stimmen.«*

*Wie um ihre Worte zu unterstreichen, blickt ihr die Kamera über die Schulter. Doch von dem erwähnten Fenster über dem Altar ist auf dem schummrigen Bild nichts zu erkennen. Die ohnehin unscharfen Aufnahmen des Nachtsichtgeräts haben zu rauschen begonnen – der Hintergrund ist im Video zu einem fleckigen Gemisch aus Weiß, Grün und Schwarz geworden, durch das hin und wieder dunkle Flecken huschen.*

*»Wir beginnen nun wie immer damit, unser Diktiergerät anzuschalten«, erklingt Jos Stimme, und die Kamera wendet sich ihr zu. Konzentriert drückt Jo auf besagtem Gerät herum und stellt es blinkend vor eine Säule. »Das Teil ist wesentlich sensibler als unsere Mikrofone. Wenn es hier eine Präsenz gibt, die mit uns kommunizieren will, dann hören wir es in der Auswertung.«*

*Sera tritt von der Fliese mit dem Teufelstritt zurück und spricht in die Kamera, aber ihre Worte werden von einem lauten Rauschen verschluckt, das sich binnen Sekunden zu einem hohen Kreischen steigert und dann knackend abbricht, als sei der Ton der Aufnahme ganz ausgefallen. Ihre Lippen bewegen sich weiter, doch es ist nichts zu hören. Hinter ihr in der Kirche bewegt sich ein Schatten durch den Raum. Dann ist der Ton wieder da.*

*»Verdammt, was ist das denn?«*

*Jo deutet hektisch auf den Boden zu ihren Füßen, die Kamera folgt ihrem Wink und zeigt einen grellweißen Fleck – erst als der Restlichtverstärker ausgeschaltet wird, ist zu erkennen, dass der Teufelstritt selbst in einem unheilvollen violetten Licht zu glühen begonnen hat.*

*Zum ersten Mal ist die tiefe Stimme des Kameramanns zu hören: »Ach du Scheiße.«*

*Sera dagegen scheinen die Worte zu fehlen. Mit etwas Abstand steht sie neben dem Abdruck und starrt in ratloser Faszination auf das gleißende Licht zu ihren Füßen.*

*»Ist das jetzt so ein YouTube-Schmarrn von euch?«, fragt Herr Bernwieser verärgert, doch in seiner Stimme schwingt Unsicherheit mit. »Ihr dürft's ja echt gern filmen hier, aber das ist immer noch eine geweihte Kirche …«*

*»Wir waren das nicht«, wirft Jo rasch ein. »Wirklich nicht.«*

*»So etwas hatten wir noch nie«, stimmt ihr der Kameramann zu. »Das ist das erste Mal, dass überhaupt etwas passiert.«*

*Im darauffolgenden Schweigen ist ein Rauschen zu hören, wie von leisen Stimmen im Wind. Unschlüssig fährt die Kamera hin und her, bleibt schließlich an Jo hängen, die als Einzige ansprechbar wirkt.*

*Sie zischt: »Was machen wir denn jetzt?«*

*Als hätten diese Worte ihre Trance durchbrochen, blickt Sera ruckartig auf. »Wir machen weiter.«*

*»Wir sollten vielleicht abbrechen«, widerspricht der Kameramann vorsichtig. »Ich hab keine Ahnung, was das ist, aber normal ist es nicht.«*

*»Wir machen weiter, Mark«, entgegnet Sera. Ihr langes Haar bewegt sich sanft, als würde eine Brise durch den Dom wehen. »Das ist es doch, was wir immer wollten. Wenn wir nicht wissen, was es ist, finden wir es heraus. Das ist eine Kirche, uns wird nichts passieren.«*

*Jo scheint erst an der Entscheidung ihrer Freundin zu zweifeln, aber schließlich nickt sie und atmet langsam aus. »Also gut.« Sie wendet sich der Kamera zu, und obwohl das Bild kurz wackelt, bricht Mark die Aufnahme nicht ab. »Leute, wie ihr seht, ist es hier drinnen gerade ziemlich unheimlich geworden. Der Teufelstritt hat angefangen zu leuchten, die Opferkerzen sind alle auf einen Schlag ausgegangen, und wenn mich nicht alles täuscht, höre ich jemanden reden, obwohl außer uns vieren eigentlich niemand hier drin sein kann.«*

*»Das sind die Leute von draußen«, wirft Herr Bernwieser ein. »Wir sind ja in der Innenstadt.«*

*»Dafür sind die Wände doch viel zu dick«, entgegnet Mark. »Und vorhin hat man auch nichts gehört. Da war's ganz ruhig.«*

*Der Küster schüttelt ratlos den Kopf und tritt demonstrativ zurück, als Sera sich dem Fußabdruck nähert und neben ihm behutsam in die Hocke geht. In ihren Augen spiegelt sich das unheimliche Glühen des Teufelstritts, als sie wie in Trance die Hand ausstreckt – doch in dem Moment, als ihre Fingerspitzen das Licht berühren, zuckt sie heftig zurück, als sei sie eben erst aus einem dunklen Traum erwacht.*

*»Hast du dir wehgetan?«, fragt Jo erschrocken.*

*Sera betrachtet ratlos ihre Hand. »Ich hab mich verbrannt.«*

*»Mist.« Jo macht Anstalten, sich Sera zu nähern, bleibt dann aber in sicherem Abstand von dem glühenden Fußabdruck stehen. Der Wind scheint stärker geworden zu sein. Seras Haar wirbelt umher, als habe es ein Eigenleben entwickelt, und das Rauschen, Zischen, Murmeln und Flüstern im Inneren des riesigen Kirchenraums wird immer deutlicher.*

*»Sera, ist es schlimm?«, fragt Mark. »Wir können immer noch abbrechen.«*

*Sera starrt abwesend auf das Leuchten. »Da ist irgendwas. Da ist* jemand. *Vielleicht … will uns jemand etwas sagen. Wir müssen versuchen, Kontakt aufzunehmen.«*

*»Nein, Mann, wir müssen hier raus«, erwidert Jo ungehalten. »Du hast dir die Hand verbrannt, das Ding ist gefährlich. Und außerdem …« Sie bricht ab. Als ihre Stimme wieder einsetzt, klingt sie schrill wie eine verstimmte Violine: »O scheiße, es wird größer.«*

*Plötzlich kracht es. Sera schnappt nach Luft und fällt fast nach hinten, als sie hektisch versucht, aufzustehen und Abstand zu dem glühenden Abdruck zu gewinnen, der binnen Sekunden erst auf das Dreifache, dann auf das Vierfache seiner ursprünglichen Größe anwächst. Nur noch das Glühen ist zu sehen – im Hintergrund gehen die ängstlichen Rufe und Schreie der vier in einem lauten Dröhnen unter, als das Bild erneut zu rauschen beginnt.*

*Dann bricht das Video ab.*

# 2

*»Wir müssen versuchen, Kontakt aufzunehmen.«*

Die verschwommenen Gestalten auf dem Bildschirm froren ein, als ich die Leertaste drückte. Ich zog den Cursor auf das kleine Rechtecksymbol in der unteren Ecke des Videos, Linksklick, Vollbildmodus. Angestrengt starrte ich erst in die Schwärze, die nun den Monitor dominierte, dann auf das Glimmen des Fußabdrucks. Nichts. Ich ließ das Video weiterlaufen, wurde nach wenigen Sekunden ungeduldig und spulte vor.

*»... es wird größer.«*

Stopp. Erneut betrachtete ich das Bild, ohne zu finden, was ich suchte. Da war nichts, nur wir, die Kirche, das Licht – aber kein Mensch, keine Gestalt, nicht einmal ein Schemen.

*Aber ich habe ihn doch gesehen.*

Wie aus weiter Ferne hörte ich etwas knacken. Eilig nahm ich den abgebissenen Fingernagel aus dem Mund, wischte die Hand an meiner Jeans ab und drückte die *Escape*-Taste. Es war sinnlos, wieder und wieder nach etwas zu suchen, das es nicht gab.

Als ich während des Drehs auf den kalten Steinfliesen der Frauenkirche gehockt und mir meine verbrannten Finger an die Brust gepresst hatte, war ich noch ganz sicher gewesen, dass wir nicht allein in der Kirche waren. Ich hatte jemanden gesehen, eine schlanke, hochgewachsene Gestalt in unserer Mitte, direkt über dem glühenden Teufelstritt.

Nur war der Mann – ich wusste einfach, dass es einer gewesen war – auf dem fertig geschnittenen Video nicht zu sehen.

Ich scrollte runter, über den Titel und die Infobox hinweg zu den Kommentaren, die Fans und Nutzer für uns hinterlassen hatten.

*Das ist sowas von Fake,* hieß es ganz oben. *Man kann vol sehn das das bearbeitet wurde,* schrieb, ungeachtet jeder Orthografie, der Nächste. Einige User griffen zur Ausformulierung ihrer Gedanken in die ganz unterste Schublade, wie es auf YouTube leider immer wieder vorkam. Manche waren zumindest konstruktiv, wie dieser hier: *Hey myrbex, ich hab eure Videos eigentlich immer gern geschaut, aber dass ihr jetzt für ein paar zusätzliche Klicks mit Effekten arbeitet, finde ich sehr schade. Ich hab das eigentlich immer gemocht, dass ihr so authentisch seid, auch wenn dann an manchen Orten eben »nichts« passiert.*

Der Tonfall war von Text zu Text verschieden, und dennoch gab es etwas, das sie alle einte: Sie glaubten es nicht.

*Weil es nicht echt ist, mein Schatz. Im richtigen Leben gibt es keine Gespenster.*

*Aber ich habe es doch gesehen.*

Ich scrollte bis zum Ende, las immer weiter. Es musste jemanden geben, der das Video gut fand. Der uns glaubte. Aber da war niemand. Es gab ein paar Kommentare von Katholiken, die eine geweihte Kirche nicht für einen geeigneten Drehort hielten, und von Münchner Traditionalisten, die eine der schönsten Bauten ihrer geliebten Heimat durch unser Video entwürdigt sahen. Aber Zustimmung? Beistand? Ein Lob? Dass wir uns bei all unseren Dreharbeiten stets so professionell wie möglich verhielten, dass wir extra die Genehmigung der Domverwaltung eingeholt hatten und dass ich mich selbst besser als jeder andere mit Glaubensdingen auskannte, schien plötzlich niemanden mehr zu interessieren.

»Liest du dir das etwa schon wieder durch?«

Viel zu heftig schlug ich den Laptop zu. »Nein.«

Ich hatte Mark gar nicht kommen gehört. Nun schlappte er an mir vorbei zu seinem Platz am Esstisch und ließ sich gemächlich auf den Stuhl sinken, einen Becher Sojajoghurt in der Hand. »Weißt du, Sera, die Comments werden nicht netter, nur weil du sie auswendig lernst«, sagte er, ganz im Tonfall des großen Bruders, den ich nie gehabt hatte. »Was glaubst du denn, wie es den großen Autoren und Regisseuren dieser Welt ginge, wenn die alles lesen würden, was man im Internet über sie veröffentlicht? Die wären alle längst depressiv. Willst du depressiv werden?«

Die Frage klang scherzhaft, dennoch hatte ich den Eindruck, dass Besorgnis in seinen Augen lag. Sie waren wirklich schön, seine Augen – grünbraun, mit dichten Wimpern –, und ich fand es immer schade, dass sie so oft hinter den Spiegelungen seiner Brillengläser verschwanden. Der Rest von ihm war ... eben Mark. Mein Mark. Obwohl wir uns erst seit etwas über einem Jahr kannten, liebte ich ihn wie einen Teil meiner Familie.

Um mich mit etwas anderem als der Zerstörung meiner gestern frisch lackierten Fingernägel zu befassen, begann ich, mit einer Haarsträhne zu spielen. Die zwei Wochen seit dem Dreh waren die Hölle gewesen. Ich hatte wegen meiner wiederkehrenden Albträume kaum geschlafen und war deshalb tagsüber abwechselnd nervös, reizbar und todmüde gewesen. »Ich versteh's halt einfach nicht«, sagte ich schließlich.

»Was? Dass die Leute auf YouTube keine Manieren haben?« Schwungvoll riss Mark den Joghurtdeckel ab. »Nichts Neues. Und dass so ein Video polarisieren würde, war uns doch allen irgendwie klar. Lass dich davon nicht runterziehen.«

»*Polarisieren* würde bedeuten, dass es wenigstens der einen Hälfte gefällt«, hielt ich dagegen. »Aber das ist nicht der Fall. Alle benehmen sich plötzlich, als hätten wir ihnen was angetan, dabei gibt es dafür gar keinen Grund.« Mark blinzelte mich erwartungsvoll an, den Joghurtlöffel im Mund. »Ich meine, das ist es doch, wofür es *unheimelig* gibt. Für Spukgeschichten. Man sollte meinen, die Leute schauen sich unseren Kanal an, weil ihnen so was gefällt. Und dann passiert endlich – *endlich* – und zum allerersten Mal etwas Paranormales vor laufender Kamera, wir haben Beweise, *ein Video*, und keiner glaubt uns.«

Mark zuckte mit den Schultern. »Na, die Leute glauben auch nicht, dass die Fleischindustrie einer der Hauptverursacher des Klimawandels ist, obwohl es Beweise gibt.«

Ich schob den Laptop energisch von mir. »Darum geht es doch jetzt gar nicht.«

»Schon klar, aber du solltest trotzdem mal versuchen, nicht immer nur das Negative zu sehen.« Mark steckte den Löffel zurück in den Becher, um meinen Laptop zu sich heranzuziehen. Er klappte ihn auf und schien wenige Sekunden später gefunden zu haben, was er suchte. »Das Video ist der Wahnsinn! Wir hatten noch nie so viele Klicks wie jetzt, sind in den letzten zwei Tagen von 75.000 auf fast 100.000 Abonnenten gekommen. Mensch, wir waren sogar in der *BILD*.«

Ich zog die Brauen hoch. »Ja. Leider.« Viel zu lebhaft erinnerte ich mich an den Artikel, der mir in der letzten Woche nicht nur einen zweifelhaften Ruhm in meinen Seminaren, sondern auch eine halbstündige telefonische Schimpftirade meiner Mutter eingebracht hatte. Natürlich hatte die *BILD* unsere Geschichte nicht geglaubt und uns in dem Text wie eine Gruppe realitätsferner Kinder behandelt, obwohl wir alle drei Studenten waren. Mark stand sogar kurz vor seinem Abschluss.

»Was heißt leider?«, fragte er nun und fügte feixend an: »Jo hat sich den Artikel eingerahmt.«

Ich verschränkte die Arme vor der Brust. »Jo hat nicht mehr alle Tassen im Schrank.«

Er widmete sich wieder seinem Joghurt. »Auch wieder wahr.«

In diesem Moment war draußen im Hausflur das Geräusch eines sich drehenden Schlüssels zu hören.

»Wenn man vom Teufel spricht«, bemerkte Mark amüsiert.

»Wo war sie überhaupt?«, fragte ich ihn. »Ich dachte, sie hat heute keine Uni?«

»Irgendein Tinderdate. Hat sie vorhin erst ausgemacht, da warst du noch nicht zu Hause.«

Die Wohnungstür wurde geöffnet, dann erklang das vertraute Poltern auf dem Laminat, als Jo sich im Flur die Stahlkappenstiefel von den Füßen trat.

»Heyho«, flötete sie gut gelaunt durch die Wohnung. »Alles klar bei euch?«

»Alles bestens«, sagte Mark.

»Passt schon«, sagte ich.

Einen Moment später erschien unsere Mitbewohnerin überdreht wie immer in der offenen Wohnzimmertür und blinzelte uns aus großen blauen Augen an. »›Passt schon‹? Findet hier eine Beerdigung statt, oder was?«, fragte sie, während sie mit einer Hand ihren dunklen Mantel aufknöpfte und sich mit der anderen frisch gefallenen Schnee von Schultern und Haaren wischte. Unruhig beobachtete ich die Wasserflecken, die sich auf dem Holzboden um sie herum ansammelten. Ich hatte erst vor Kurzem gewischt.

»Wie war dein Date?«, erwiderte Mark entspannt, ohne auf Jos Kommentar oder die Verschandelung des Fußbodens einzugehen. »Wunderbar, unglaublich, *fantastisch*, wenn ich aus deiner Tonlage schließen darf?«

Jo grinste wie ein Honigkuchenpferd. »Es war ... ganz okay.«

»*Ganz okay?*«, hakte Mark nach, doch da war sie schon wieder im Flur verschwunden. »Du warst fast drei Stunden weg. Ich dachte, ihr wolltet nur kurz einen Kaffee trinken?«

»Haben wir ja auch!«, rief sie kichernd aus dem Flur.

Ich lehnte mich über den Tisch und holte mir meinen Laptop zurück, um mir die Statistiken anzusehen, die Mark eben aufgerufen hatte. In Liebesdingen waren Jo und ich ohnehin nie einer Meinung – sie lernte alle paar Wochen jemand Neuen kennen, war ein paar Tage lang Feuer und Flamme und ließ die armen Leute dann wieder fallen wie heiße Kartoffeln, während ich noch nie wirklich verliebt gewesen war. Ich hatte mich zwar immer wieder mal verabredet, einmal noch in der Schulzeit, ein paarmal war ich mit Kommilitonen ausgegangen, aber mehr war nie daraus geworden. Es hatte sich nie richtig angefühlt.

Mark war der Einzige von uns, der eine ernste Beziehung hatte; seit fast zwei Jahren war er mit Kathi zusammen, einer herzensguten jungen Frau, die er über ihre gemeinsame Dungeons-and-Dragons-Gruppe kennengelernt hatte. Sie studierte gerade in Paris, sie skypten aber fast täglich, und in ganz seltenen Momenten war ich dann doch neidisch auf die grenzenlose Zuneigung, die sie füreinander hatten.

Schon der erste Blick auf den Bildschirm bewies, dass Mark wie so oft recht hatte: In Hinblick auf die Zahlen hatte unser Kanal noch nie besser dagestanden. Aber das war es ja auch nicht, was mich störte. Das war es nicht, was seit Tagen an mir nagte und kratzte, so sehr, dass ich es bisweilen körperlich fühlen konnte. *Sie glauben mir nicht.*

Jo war inzwischen zu uns zurückgekehrt und erzählte Mark einige Details ihrer Verabredung, aber ich hörte ihnen nicht zu, verzog lediglich das Gesicht, als mir aus dem Nichts eine Wolke schweren Rosendufts in die Nase stieg. Warum störte es die beiden nicht, dass wir so viel negatives Feedback bekamen? Wie konnten sie seelenruhig über Jungs oder Mädchen oder *was auch immer* reden, während die halbe Stadt uns verspottete?

»Wie wollt ihr jetzt eigentlich weitermachen?«, fragte ich in die Unterhaltung hinein, ertappte mich dabei, dass ich schon wieder an meinem Daumennagel herumgekaut hatte und ließ die Hand beschämt unter der Tischplatte verschwinden.

»Na ja, so wie das eben läuft«, sagte Jo völlig unbeirrt. »Du bist ja nicht die Jungfrau Maria, Sera, du weißt schon – ich hab ihre Nummer, sie hat meine, wir schreiben über WhatsApp, und wenn keiner kalte Füße kriegt, dann ...«

»Isch glaub, Schera meint den Kanal, Jscho«, nuschelte Mark, den Joghurtlöffel im Mund.

»Den ... ach, ihr redet von YouTube?« Das Glitzern in ihren Augen erlosch, und sie ließ sich auf ihren Stammplatz am Tisch fallen. Ich wusste, dass sie lieber noch weiter über ihr Date gesprochen hätte. »Was ist denn damit? Gibt's ein Problem?«

Ich klappte den Laptop zu, sanfter diesmal. »Nicht direkt … aber wir können ja nicht gar nichts machen, oder? Der Dreh ist jetzt zwei Wochen her. Wir können das Video doch nicht einfach unkommentiert im Netz lassen und weitermachen, als wäre nichts gewesen.«

Jo und Mark tauschten einen Blick. In der Stille konnte ich das stumme *Doch* in ihren Köpfen hören.

»Also«, ergriff Jo schließlich das Wort, »ich denke eigentlich nicht, dass wir noch viel tun können. Das Video ist hochgeladen, alle haben's gesehen, wer sich beschweren wollte, hat's getan. Wie du schon sagst, es ist zwei Wochen her. *Ze cheese is eaten.*«

»Aber stört es euch denn gar nicht, dass uns keiner glaubt?«

Jo hob ratlos die Schultern. »Was willst du dagegen machen? Es beweisen?«

Innerhalb der letzten Sekunden schien der Raum kühler geworden zu sein. Mark verschwand mit dem leeren Joghurtbecher in der Küche.

»Das Ding ist, dass wir nichts beweisen können. Was haben wir denn schon in der Hand?«, fuhr Jo fort.

Ich wollte entgegnen: *das Video. Meine Verletzung. Unsere Aussagen.* Doch gerade Letztere hatten bislang nur wenig bis gar nichts an der ganzen Sache ändern können, und Herr Bernwieser, der alles live und in Farbe miterlebt hatte, hüllte sich seit der Veröffentlichung des Videos in Schweigen. Alle unsere Versuche, ihn zu erreichen, und sei es nur, um uns für den Trubel zu entschuldigen, hatten ins Leere geführt.

Jo lehnte sich mit ihrem iPhone in den Händen zurück. »Es war unheimlich, Sera, das will ich gar nicht bestreiten«, sagte sie, als ich weiter nur schwieg, »aber wahrscheinlich wird es am Ende irgendeine furchtbar langweilige Erklärung für alles geben. Ist doch immer so. Und selbst wenn Satan persönlich uns einen kleinen Streich spielen wollte, weil wir seinen Fußabdruck in einem unvorteilhaften Winkel gefilmt haben, können wir es nicht beweisen.«

»Aber müssen wir nicht wenigstens unsere Sicht der Dinge verteidigen?«, fragte ich stur. »Andere YouTuber haben das auch schon gemacht, wenn ein Video nicht so gut ankam. Wir könnten eine Erklärung drehen, eine Art Stellungnahme, und sagen, dass ...«

Jo zog eine Braue hoch. »Dass es Geister waren?«

*»Dass wir es nicht wissen«*, entgegnete ich scharf. »Wir wissen nicht, was passiert ist, aber wir müssen doch wenigstens versuchen, es herauszufinden! Wir könnten noch mal nachts in die Kirche gehen und drehen, unangekündigt diesmal, damit niemand uns zuvorkommen kann, und dann sehen wir, was passiert.« Jo kaute stumm auf ihrem Lippenpiercing herum. »Wir müssen doch irgendwie weitermachen«, schloss ich leise.

Ich bemerkte Marks Rückkehr erst, als Jo und er über meinen Kopf hinweg einen Blick tauschten. Mittlerweile kannte ich diese stummen Wortwechsel zwischen den beiden, und sie verhießen in der Regel nichts Gutes. »Was ist?«, fragte ich.

»Na ja ...« Mark kam zu mir und setzte sich auf die Tischkante. »Darüber wollten wir eigentlich eh mal ... äh, mit dir quatschen.«

Mein Puls geriet ins Stolpern. »Worüber?«

»Den Kanal«, sagte Jo, als wäre das die Antwort auf alle Fragen.

»Wir hatten ehrlich gesagt überlegt, dem Channel mal eine kleine Pause zu geben«, erklärte Mark fast verlegen und fuhr eilig fort, als ich den Mund öffnete. »Das ist kein fester Beschluss, den wir ohne dich gefasst haben, Sera. Wir sind vor ein paar Tagen ganz zufällig auf das Thema zu sprechen gekommen, und es hörte sich schlüssig an.«

Jo tippte mit fliegenden Fingern eine Nachricht in ihr Handy und sagte nichts. Meine Kehle fühlte sich eng an. »Aber warum?«

»Nun, das Semester ist bald zu Ende, bei dir und Jo stehen die Klausuren an, und ich muss mich auf meine Abschlussarbeit konzentrieren«, erklärte Mark. »Es ist, wie es ist: Die Uni geht vor, da sind wir uns doch alle einig, oder? Und jetzt das mit der Frauenkirche. Wir können warten, bis sich dieser Shitstorm gelegt hat, und dann ganz in Ruhe wieder anfangen.«

Vermutlich stand mir meterbreit ins Gesicht geschrieben, dass ich diese Ansicht nicht teilte.

Gäbe es YouTube nicht, hätten wir drei uns vermutlich nie kennengelernt; *myrbex* war der Grundstein unserer Freundschaft. Ich wollte nicht einmal daran denken, den Kanal aufzugeben, und sei es nur für ein paar Wochen.

»Ich weiß, dass das jetzt irgendwie blöd kommt. Aber, Sera, wir haben doch damals angefangen, weil es uns Spaß macht. Im Moment bedeutet der Channel nur Stress für uns alle. Das musst du doch auch merken.« Mark sah mich fragend an.

»Wir werden Abonnenten verlieren, wenn nichts mehr kommt«, hielt ich dagegen, ein schwaches Argument, wie ich selbst wusste.

Jo winkte ab, ohne von ihrem Handy aufzublicken. »Ein paar vielleicht. Nicht viele.«

»Vielleicht hilft es sogar«, fügte Mark hinzu. »Wenn es jemals so etwas wie den richtigen Moment für eine Auszeit gegeben hat, dann jetzt – nach so einem Video eine Zeit lang zu verschwinden, macht die Leute doch eher neugierig. Wenn wir dann in ein, zwei Monaten wiederkommen, werden alle wissen wollen, was in der Zwischenzeit passiert ist.«

Der vernünftige Teil von mir wusste, dass er recht hatte. Doch meine Gefühle kämpften weiter dagegen an. *Aber sie glauben uns nicht. Wir können das nicht so stehen lassen, wir müssen herausfinden, was es war. Sie müssen mir glauben …*

Doch es war alles gesagt worden. Ich wusste, dass ich keine Chance mehr hatte, noch etwas an dem Standpunkt der beiden zu ändern. Sie kannten sich seit über sechs Jahren, ich war erst vor knapp vierzehn Monaten dazugestoßen, als wir gemeinsam myrbex gegründet hatten. Jo und Mark hatten mich wie eine verlorene Schwester bei sich aufgenommen, hatten alles daran gesetzt, im Münchner Immobilienwahnsinn eine größere Wohnung zu finden, als ich zu ihnen in die Stadt gezogen war, und dennoch hatte ich hin und wieder das Gefühl, dass es zwischen ihnen keinen Platz für mich gab.

Wie in Zeitlupe stand ich auf. Ich musste hier raus. Klarheit gewinnen. Ich konnte nicht denken, solange sich die immergleichen Sätze wie in einem Karussell in meinem Kopf drehten.

»Mir wär's ja am liebsten, das Ganze komplett zu vergessen«, sagte Jo, nachdem einige Sekunden angespannter Stille verstrichen waren. Erst jetzt legte sie das iPhone auf den Tisch und sah von Mark zu mir. »Teufelsbeschwörungen sind eigentlich nicht so mein Ding, und Untote sehe ich im Hörsaal genug. Wäre ehrlich gesagt das Beste, wenn dieser ganze Mist nie passiert wäre.«

»Ich muss noch mal in die Stadt«, sagte ich leise, obwohl es draußen schon allmählich dunkelte, obwohl es nach siebzehn Uhr war und ich heute nirgendwo mehr hin musste. Mark wusste das genauso gut wie ich, und dennoch sah er fast so aus, als würde er mich verstehen.

»Klar.«

Ich wandte mich ab und ging. Meine Bewegungen fühlten sich irgendwie taub an, als ich mir draußen im Flur meine Schuhe anzog und in meine dicke Winterjacke schlüpfte.

»Was ist denn jetzt schon wieder los?«, flüsterte Jo im Wohnzimmer, wohl im Glauben, dass ich sie nicht hören konnte. Doch ich verstand jedes Wort. Absichtlich zog ich den Reißverschluss ganz langsam nach oben, um zu lauschen, obwohl ich wusste, dass es mir nicht guttun würde.

Mark brummelte beschwichtigend, und ich war nicht sicher, ob es sich bei dem Geräusch überhaupt um ein Wort gehandelt hatte. »Du kennst sie ja lang genug«, hängte er dann noch an.

»O ja«, seufzte Jo. »Spinnt halt mal wieder.«

»Sie braucht einfach ein bisschen Zeit zum Runterkommen. Du wirst sehen, heute Abend können wir wieder ganz normal miteinander reden, und dann schaun wir, wie's weitergeht.«

*Spinnt halt mal wieder.* Klar. Ich zog das letzte Stück meines Reißverschlusses zu, schnappte mir einen Schal und meine Tasche und ließ die Wohnungstür auf dem Weg nach draußen einen Deut zu heftig ins Schloss fallen.

# 3

Die kalte Winterluft, die Lichter und das nie endende Rauschen der Stadt halfen mir dabei, Ordnung in meine wirren Gedanken zu bringen. Natürlich hatte ich mich in der Wohnung kindisch verhalten. Wenn ich ehrlich zu mir selbst war, dann störten mich die blöden Kommentare unter dem Video nicht wirklich. Und die Idee, unseren Kanal ein paar Wochen pausieren zu lassen, fand ich gar nicht so schlecht. Nach dem sprunghaften Anstieg unserer Abonnentenzahl hatten wir vorerst auch ohne neue Uploads nichts zu befürchten, und ich musste mich wirklich auf die Klausuren vorbereiten. YouTube war unser Hobby, nicht unser Leben. Wir verdienten ja nicht einmal Geld damit.

Was also übrig blieb, was mich auch jetzt noch traurig und wütend zugleich machte, war schlicht und ergreifend die Tatsache, dass mir niemand glaubte. Nicht einmal Mark und Jo.

*Spinnt halt mal wieder.*

Eigentlich müsste ich mich längst daran gewöhnt haben. Mein ganzes Leben lang hatte ich immer wieder zu spüren bekommen, dass die Dinge, die ich wahrnahm, für andere Menschen nicht real waren. Als ich klein war, hatten meine Eltern es noch normal gefunden, dass ich sehr lebhafte Träume hatte, in der Stille Stimmen hörte und Leute sah, wo gar keine waren. *Blühende Fantasie, das Kind,* hatte meine Mutter mit einem nervösen Lachen erklärt, als ich eines Abends nicht einschlafen konnte und nicht nur ihr, sondern auch ihren Kollegen von der *Süddeutschen Zeitung* von dem fremden blassen Jungen in meinem Zimmer erzählt hatte. Zu jener Zeit waren sich meine Eltern sicher gewesen, dass ich nur durch eine schwierige Phase ging. Doch entgegen ihren Hoffnungen änderte sich mit dem Einsetzen meiner Pubertät nicht viel; die Visionen und Träume wurden eher mehr anstatt weniger, und irgendwann war es so schlimm, dass meine Mutter mich einmal wöchentlich zu einem Jugendpsychiater schleppte. Bis heute war sie der festen Überzeugung, mich mit den Besuchen bei Dr. Steinmüller gerettet zu haben. Die Wahrheit war, dass die Erscheinungen nie verschwunden waren; ich hatte nur aufgehört, von ihnen zu erzählen.

Als ich dreizehn war, ließen sich meine Eltern scheiden. Ich zog mich noch stärker zurück und begann, mich im Internet über andere Menschen, die wie ich Übersinnliches spüren konnten, zu informieren. Und irgendwann traute ich mich, mich in diversen Foren und Chats mit ihnen über meine Erlebnisse auszutauschen. Ich war so glücklich darüber, dass es im Netz Menschen mit ähnlichen Ansichten gab, Menschen, die mich verstanden und die vergleichbare Erfahrungen gemacht hatten. Mit achtzehn rief ich meinen eigenen kleinen YouTube-Kanal namens *mystify* ins Leben, auf dem ich mich viel offener über Übersinnliches zu sprechen traute, als ich es beim Abendessen mit meiner Mutter je gekonnt hätte. Drei Jahre später stieß ich auf die Videos von Jo und Mark. Auf ihrem Kanal erkundeten sie zusammen verlassene Orte – leere Fabriken, alte Bahnhöfe, verfallene Häuser –, und ich *liebte* es von der ersten Sekunde an, wie locker und humorvoll sie miteinander umgingen. Selbst dann noch, wenn sie auf ihren Touren in brenzlige Situationen gerieten. Ich schrieb ihnen, wir tauschten ein paar Nachrichten aus, lernten uns bald im realen Leben kennen – wir studierten zufällig alle in München – und riefen schon wenig später an einem wunderbar abgedrehten Abend voll Weißbier, schräger Ideen und schlechter Witze unseren gemeinsamen Kanal ins Leben, auf dem wir bayerischen Spukgeschichten auf den Grund gehen wollten.

Während es mir in der Schule immer schwergefallen war, Kontakte zu knüpfen und Freunde zu finden, hatte ich mich bei Jo und Mark von Anfang an wohlgefühlt. Nachdem ich jahrelang nur im Internet über meine Gabe gesprochen hatte, hatte ich in ihnen endlich ein Gegenüber aus Fleisch und Blut gefunden, mit dem ich meine Gedanken teilen konnte. Die beiden gingen offen und locker mit all meinen Macken um, obwohl sie selbst nicht an die Existenz paranormaler Mächte glaubten. Die abenteuerlichen Geschichten auf meinem Kanal hatten sie neugierig gemacht, und bis heute meisterten sie den Alltag mit mir und meinen gelegentlichen Aussetzern mit Humor. Nur in den seltensten Fällen zeigte Jo sich genervt; Mark sprach gerne von »Hypersensibilität«, wenn er meine Gabe zu erklären versuchte. Vermutlich hatte der Dreh in der Frauenkirche die beiden deshalb so aus der Bahn geworfen, weil sie nie im Leben damit gerechnet hätten, bei unseren Dreharbeiten eines Tages etwas *wirklich* Unerklärlichem zu begegnen.

Es war das erste Mal gewesen, dass ich mit einer übernatürlichen Erfahrung nicht alleine war. Während es passiert war, noch während der Fußabdruck glühte und der Sturmwind durch die Kirche tobte, hatte ich neben der Angst fast so etwas wie Freude empfunden. Als könne das Ereignis endlich aller Welt beweisen, dass ich mein ganzes Leben lang recht gehabt hatte.

Aber nun waren zwei Wochen vergangen, und bis auf die ständigen Albträume hatte sich *überhaupt nichts* verändert. Wenigstens nicht zum Positiven. Die Leute in meiner Umgebung hatten mich davor schon für weltfremd gehalten, und jetzt taten es auch noch alle *BILD*-Leser und meine besten Freunde.

Der einzige Mensch, der mir immer zugehört und Glauben geschenkt hatte, war vor acht Jahren gestorben. Kein Schicksalsschlag, kein tragischer Unfall, den man hätte verhindern können; sie war einfach alt gewesen.

Meine Großmutter Aysel hatte mir schon damals, als ich mit einem Stück Kirschkuchen auf ihrem geblümten Sofa gesessen und mit meinen Füßen noch nicht mal auf den Boden gekommen war, von Gott und seinen Engeln erzählt. Meine Eltern waren beruflich viel unterwegs gewesen, und so hatte ich in meiner Kindheit viele schöne Stunden in der Wohnung meiner Oma verbracht. Stunden, in denen sie mir die Geschichten der Bibel, des Buchs Henoch und der Kabbala erklärt und die Namen meiner Schutzengel beigebracht hatte. Sie war in ihrem Glauben immer mehr mystisch-esoterisch als streng christlich ausgerichtet gewesen, was wohl jeden Religionslehrer dieser Welt zur Weißglut getrieben hätte. Doch vor dem Hintergrund meiner Visionen hatte ich jedes ihrer Worte aufgesogen wie ein Schwamm.

Ich vermisste Großmutter Aysel täglich. Alles, was mir von ihr geblieben war, war die Kette mit dem kleinen goldenen Kreuzanhänger um meinen Hals und der feste Glaube daran, dass sie im Jenseits auf mich warten würde.

Aus Gewohnheit tastete ich unter meinem Schal nach dem

Kreuz und nahm zum ersten Mal, seit ich der Wohnung entflohen war, meine Umgebung wahr. Vor mir lag der zu jeder Tages- und Nachtzeit mit Leuten und Leben gefüllte Marienplatz, das Herz Münchens. Ich war nicht absichtlich hergekommen – ich hatte einfach nur laufen wollen, egal in welche Richtung. Es war, als hätten meine Füße ganz von allein den Weg hierher gefunden. Aus weiter Ferne hallte das Bimmeln einer Glocke durch meinen Geist.

*Dieselbe wie in meinem Traum von vergangener Nacht.*

Die Erkenntnis durchzuckte mich. Warum war ich nicht schon früher darauf gekommen? Das Klingeln, der Weg, die Menschen, das Feuer. Der Name Elias. *Die Arme-Sünder-Glocke,* hatte Margarete gesagt. Ich hatte ihre Worte sogar in mein Traumtagebuch geschrieben, und dennoch war mir der Zusammenhang bislang nicht aufgefallen: Ich kannte diese Glocke! Die Arme-Sünder-Glocke war früher bei Hinrichtungen geläutet worden und hing heutzutage im Alten Peter, keine hundert Meter weit entfernt von dem Ort, an dem ich gerade stand. Ich konnte sie unmöglich hören, da sie hinter einem vergitterten Fenster aufbewahrt und nicht mehr geläutet wurde. Vielleicht war dieses leise Klingeln in meinem Ohr auch nur ein Hinweis meines Unterbewusstseins, der mir unmissverständlich zeigen sollte, was mir bis dato entgangen war: dass es dieselbe Stadt war.

Langsam drehte ich mich um die eigene Achse und glich die Gebäude, die mich umgaben – *meine* Welt, *mein* München –, mit den Bildern ab, die sich mir letzte Nacht im Traum offenbart hatten. Die Häuser waren so viel kleiner und einfacher gewesen, und ich war nicht über Asphalt und Kopfsteinpflaster, sondern über platt getretene Erde und Unrat gelaufen. Statt schicker Münchner in Designerklamotten hatten mich einfache Menschen in schmutzigen Gewändern umgeben. Und dennoch sagte mir mein Gefühl plötzlich ganz deutlich, dass es sich um dieselbe Stadt gehandelt haben musste, wenn auch in einer anderen Zeit. Aber welche?

Inzwischen hatte ich mich so weit gedreht, dass die Spitzen der gewaltigen Doppeltürme der Frauenkirche in mein Blickfeld kamen. Ich hielt inne.

Wenn alles zusammenhing? Die Träume hatten in der Nacht direkt nach dem Dreh eingesetzt und waren seitdem fast jede Nacht wiedergekehrt. Ich hatte mir schon gedacht, dass die unheimliche Begegnung in der Kirche tief in meinem Inneren eine Art Schalter umgelegt haben musste. Und dass die Träume keine natürliche Verarbeitung der Ereignisse, sondern ganz konkrete Botschaften meines Unterbewusstseins darstellten.

Es wäre nicht das erste Mal. Wenige Wochen vor der Scheidung meiner Eltern hatte ich geträumt, dass meine Mutter mit einem Hammer durch unser zu einer Ruine verfallenes Haus lief und die verbliebenen, plötzlich papierdünnen Wände niederriss. Und in der Nacht vor dem Tod meiner Großmutter war ich einem weißen Waldkauz im Sternenlicht durch den Wald gefolgt. Doch immer, wenn ich ihn fast erreicht hatte, flog er weiter, und als meine Beine müde wurden, schwang er sich mit rauschendem Gefieder zum Mond auf.

Prophetische Träume wie diese waren bislang immer symbolisch verschlüsselt und einmalig gewesen, und ich hatte erst sehr viel später begriffen, welche Ereignisse sie vorausgenommen hatten. Dass ein so konkreter Traum wie jener der letzten zwei Wochen dagegen ständig wiederkehrte und dass ich mich darüber hinaus letzte Nacht zum ersten Mal im Körper einer fremden Person wiedergefunden hatte, war mir noch nie passiert. Deshalb war ich mir auch ganz sicher, dass mehr dahinterstecken musste: eine Nachricht, ein Hinweis, eine Warnung vielleicht.

Es musste eine Verbindung zwischen dem Dreh, dem leuchtenden Teufelstritt und dem Traum geben. Und wenn ich die Suche nach ihr nicht selbst in die Hand nahm, würde es niemand tun. Auch Jo und Mark nicht. Sie mochten zur Stelle sein, wenn es um bürokratische Hürden oder Probleme in der Uni ging, aber bei Traumdeutungen waren sie raus.

Noch ehe ich einen klaren Plan gefasst hatte, setzte ich mich in Bewegung und ging in Richtung der Doppeltürme. In meinem Traum war ich mit Sicherheit nicht in der Frauenkirche gefangen gewesen. Zwar gab es im Dom eine Krypta, aber die Kirche, in der ich mit dem Pater gesprochen hatte, war viel zu klein gewesen. Dennoch hielt ich es für sinnvoll, meine Suche nach Hinweisen dort zu beginnen. Vielleicht fand ich etwas Neues heraus, wenn ich zum Teufelstritt zurückkehrte. Es war noch nicht sieben, die Kirche wäre also noch offen und beleuchtet und nicht wie beim Dreh dunkel und verlassen. Mir konnte nichts passieren.

Wenig später trat ich durch eines der wuchtigen Seitenportale in die andächtige Stille der Kirche ein und bekreuzigte mich. Es war sehr ruhig. Nur vereinzelt saßen Menschen auf den Bänken oder schritten langsam die Gänge entlang. Leise stellte ich mich in den Mittelgang und genoss einen Moment lang das Gefühl des Ankommens, das mir Kirchen schon immer vermittelt hatten.

Als ich den Kopf in den Nacken legte, um zum Sterngewölbe aufzublicken, wurde mir einmal mehr bewusst, wie gigantisch der Dom eigentlich war. Wie man es im 15. Jahrhundert geschafft hatte, einen Bau dieser Größe in kaum zwanzig Jahren fertigzustellen, war mir nach wie vor unbegreiflich. Betrachtete man die Mittel und Möglichkeiten der damaligen Zeit, die ja noch nicht einmal zur Frühen Neuzeit, sondern zum Spätmittelalter gerechnet wurde, war es wohl kein Wunder, dass die Leute sich seit jeher erzählten, es sei beim Bau mit dem Teufel zugegangen.

Ich senkte den Blick und ging weiter, durch das Gitter, das Haupt- und Vorraum der Kathedrale voneinander trennte, in den Eingangsbereich, wo ich vor der Fliese mit dem Teufelstritt stehen blieb. Im gelblich-warmen Licht der Lampen und mit dem leisen Murmeln der anderen Besucher im Hintergrund wirkte der Abdruck lächerlich klein und harmlos – vielleicht Schuhgröße 42, wenn man den Sporn an der Ferse abzog. Dennoch, ich konnte mich auch jetzt noch überdeutlich an den scharfen Wind, die leisen Stimmen und an die schattenhafte Gestalt, die hier vor meinen Augen aus dem violett glühenden Licht am Boden erwachsen war, erinnern. Ein Schauer lief mir den Rücken hinab. Mit meinen verbrannten Fingern ertastete ich den kleinen Kreuzanhänger über meinem Herzen. *Und wenn der Teufel immer noch hier ist? Wenn wir ihm begegnet sind in jener Nacht?*

»Mir hat es gefallen, weißt du.«

Ich zuckte zusammen und drehte mich um. Nur eine Armlänge von mir entfernt stand eine junge Frau, von schwerem Rosenduft umgeben. Es war mir völlig unmöglich zu sagen, ob sie gerade achtzehn oder nicht doch schon Ende zwanzig war. Sie war ein gutes Stück größer als ich, hatte ihr herzförmiges Gesicht aber unter einer dicken Schicht blasser Schminke verborgen, und ihre leuchtend violetten Augen – sie musste gefärbte Kontaktlinsen tragen, kein Mensch hatte von Natur aus solche Augen – mit kohlschwarzem Lidschatten umrahmt. Ich machte einen Schritt zurück, um etwas Abstand zwischen uns zu bringen und sie mir genauer ansehen zu können.

Die Beleuchtung der Kirche warf einen schimmernden Heiligenschein auf ihr glänzendes Haar, das in tiefblauen Wellen über ihre runden weißen Schultern strömte. In ihrem schwarzen Rüschenkleid sah sie aus, als wäre sie geradewegs einem Computerspiel entsprungen, und ich konnte nicht anders, als mich zu fragen, was jemand wie sie in einer Kirche zu suchen hatte.

»Wovon sprichst du?«, fragte ich, nachdem ich sie eine gefühlte Ewigkeit lang angestarrt hatte.

»Na, von eurem Video«, sagte sie, vielleicht mit der leisesten Andeutung eines mir unbekannten Akzents. »Auf YouTube.«

Ich blinzelte. »Du hast es gesehen?«

Ihre violett bemalten Lippen öffneten sich zu einem Lächeln. »Ich habe sie alle gesehen. Jedes einzelne.«

Ein Fan also? Endlich fiel die unbeholfene Schreckstarre von mir ab, und ich wechselte in den YouTube-Modus – freundlich, offen, viel zu gut gelaunt. So, wie es die Zuschauer von Jo und mir kannten. »Oh, es freut mich, dass es dir gefallen hat«, sagte ich. »Wirklich. Das Video kam ja leider nicht bei allen Zuschauern gut an.«

Die junge Frau nickte. »Ich habe die Kommentare gesehen.« Sie verdrehte die Augen. »Alles Idioten. Vergiss die, die haben keine Ahnung.«

Aus dem Augenwinkel sah ich, dass einige Kirchenbesucher uns schiefe Blicke zuwarfen. Ich konnte es ihnen nicht verdenken. Es war mehr als unhöflich, dass wir uns mitten in der Kirche so laut unterhielten, und wäre mein Gegenüber nicht gerade der einzige Mensch auf Erden, der mir positives Feedback zu dem Video gab, dann hätte ich die Unterhaltung wohl auf der Stelle nach draußen verlegt.

»Wollen wir kurz raus?«, fragte mein Gegenüber plötzlich, als hätte sie meine Gedanken gelesen. »Ich mag es nicht, wie diese Tölpel immer glotzen. Als hätte die Optik etwas damit zu tun, ob man eine Kirche betreten darf. Euren Gott hat es, gelinde gesagt, schon immer einen feuchten Dreck interessiert, was ihr anzieht. Merkwürdig, wie die Menschen innerhalb weniger Jahrtausende von Feigenblättern zu Mönchskutten gekommen sind, oder?«

Sie lächelte lieblich, als ich bei ihren Worten das Gesicht verzog.

*Hoffentlich hat das niemand gehört.* Nach dem Zeitungsartikel kannten mehr Menschen mein Gesicht, als mir lieb war. Das Letzte, das ich jetzt gebrauchen konnte, war, dass man mich mit gotteslästernden Goths in Verbindung brachte. »Weißt du was? Du hast recht«, sagte ich entschlossen, ohne auf die sonderbare Bemerkung einzugehen. »Wir sollten lieber rausgehen.«

»Hervorragend.« Zufrieden schlüpfte sie in ein schwarzes Spitzenjäckchen, das sie bislang in den Händen gehalten hatte. Es bedeckte ihre blassen Arme nur dürftig und ließ ihr üppiges Dekolleté gänzlich frei – viel, viel zu kalt für eine Januarnacht wie diese, aber offensichtlich war ihr ein dramatisches Aussehen wichtiger als alles andere. »Ich heiße übrigens Lily«, sagte sie, während wir nebeneinander auf das Seitenportal zugingen, durch das ich erst vor wenigen Minuten hereingekommen war.

»Sera«, erwiderte ich aus Gewohnheit.

Lily klimperte mit ihren künstlichen Wimpern. »Ich weiß.«

# 4

Sobald die schwere Holztür hinter uns zugefallen war, blieb Lily stehen und nahm einen tiefen Atemzug.

»Schon viel besser«, seufzte sie und schloss die Augen. »Ich kann Kirchen nicht leiden, weißt du.«

*Kann ich mir gar nicht vorstellen.* Am Fuße der wenigen Stufen, die vom Portal hinab zum Frauenplatz führten, hielt ich an und drehte mich zu ihr um. Sie stand noch immer mit geschlossenen Augen vor der Tür. An der Uni – ich studierte Theologie und Geschichte im fünften Semester – hatte ich schon viele spezielle Menschen und Charaktere kennengelernt, aber bislang übertraf Lily sie alle. Ihre Gegenwart machte mich unruhig, und ich hoffte, dass mir bald ein guter Vorwand einfallen würde, unter dem ich verschwinden konnte.

»Warum warst du dann überhaupt hier?«, fragte ich und fügte scherzhaft an: »Konfrontationstherapie?«

Sie schlug die Augen auf, um von ihrer erhöhten Position aus abschätzig auf mich herabzublicken. »Wegen des Videos natürlich. Ich wollte den Abdruck sehen.«

Ich zog die Brauen hoch. »Den Teufelstritt?« *Sie ist nur eine Zuschauerin. Bleib freundlich. Vergrault nicht die letzte Person, die auf deiner Seite ist.* »Und? Hat es sich gelohnt?«

In einer anmutigen kleinen Bewegung zuckte Lily mit den Schultern. »Na ja, du hast es doch gerade eben mitbekommen – es ist nichts passiert. Langweilig. Vielleicht hatte ich mir mehr erhofft.«

*Und was hast du dir erhofft? Dass sich das Tor zur Hölle öffnet? Dass eine Horde wilder Dämonen durch die Kirche springt?* Andererseits musste ich mir eingestehen, dass meine eigene Motivation hierherzukommen ja ganz ähnlich gewesen war. Auch ich hatte gehofft, dass bei meiner Rückkehr in die Kirche etwas passieren würde, dass ich eine völlig neue Entdeckung machen oder vielleicht sogar eine Vision haben würde. Natürlich war nichts dergleichen geschehen.

»Ich dachte, es wären wenigstens Spuren zurückgeblieben, aber da ist nichts mehr. Die Dämonen sind eben nicht so minderbemittelt, wie die Menschen gerne glauben«, fuhr Lily gelassen fort und stöckelte die Stufen herunter.

Und dann war da plötzlich ein Bild. Mit meinen Augen sah ich weiterhin Lily, doch im Geiste tropfte Blut auf die steinernen Stufen der Kirche, und ein feuchtes Röcheln zerriss das nächtliche Rauschen der Stadt. Dann war Lily neben mir angekommen und die Vision verschwunden.

»Sie zeigen sich nicht, wenn die ganze Kirche voll mit ungläubigen Heuchlern ist«, sagte sie, ohne sich von meinem verwirrten Blick beirren zu lassen. »Ihr hattet Glück, bei Nacht in die Kirche zu dürfen.«

Die Vision hatte jeden Gedanken an eine Flucht unwichtig werden lassen. Wenn ich hier draußen, weit weg vom Teufelstritt, Bilder empfing, musste Lily etwas mit dem Rest der Geschichte zu tun haben. Ohne zu zögern folgte ich ihren klackernden Absätzen in Richtung Liebfrauenstraße.

»In den Stunden nach Mitternacht sind die Grenzen zwischen den Welten dünner, und es ist leichter, mit der anderen Seite in Kontakt zu treten. Ganz besonders in den Raunächten«, erklärte Lily mit einem verträumten Seufzen. »Ihr hattet wirklich Glück.«

Ich lachte unsicher auf. »Die meisten würden es wohl eher Pech nennen.« Meine Stimme klang heiter, aber in mir hatte es zu arbeiten begonnen. *Ganz besonders in den Raunächten.* Lily hatte recht. Der Dreh hatte in der Nacht vom fünften auf den sechsten Januar stattgefunden, in der letzten der zwölf Raunächte, mit denen man im Volksmund allerlei übernatürliche Geschichten verband.

Der Sage nach stand in diesen Nächten um den Jahreswechsel herum das Tor zur Geisterwelt offen. Dann ritten die Seelen der vor ihrer Zeit Verstorbenen als »Wilde Jagd« über den Himmel, angeführt von Frau Percht, der Schutzpatronin jener Kinder, die noch nicht einmal ihre Taufe hatten erleben dürfen. Viele Leute in Bayern wuschen in den Raunächten bis heute keine weiße Wäsche, da die draußen aufgehängten Laken die Geister anlocken konnten. Und jeder, der den Zug der ruhelosen Seelen zu Gesicht bekam, wurde dazu verdammt, sich der Wilden Jagd anzuschließen, bis sie ihn wieder aus ihren Klauen ließ. Einzelne Geschichten erzählten von Männern, die Jahre nach ihrem plötzlichen Verschwinden tot im Wald gefunden wurden, ohne einen einzigen Tag gealtert zu sein, andere Opfer tauchten nie mehr auf.

Ich kannte die Erzählungen zwar, wäre aber selbst nie auf die Idee gekommen, sie mit unserem Drehtermin in Verbindung zu bringen.

»Die meisten Menschen haben keine Ahnung, wovon sie überhaupt sprechen«, fuhr Lily fort. »Sie halten sich für die Krone der Schöpfung und gehen fest davon aus, alles zwischen

Himmel und Erde in irgendeiner Weise kontrollieren zu können. Dabei gibt es so viel mehr da draußen, als sie mit ihren kleinen Augen sehen und ihren winzigen Geistern begreifen können. *So viel* mehr.«

»Und du glaubst an die Geschichten?«, fragte ich geradeheraus. »An den Teufelstritt, die Raunächte, das alles?«

Lily blieb stehen und wartete, bis ich zu ihr aufgeschlossen hatte. »Das ist keine Frage des Glaubens«, stellte sie klar und sah mich mit ihren violetten Augen durchdringend an. »Ich glaube nicht, Sera, ich *weiß* diese Dinge. Und du tätest besser daran, es auch so zu halten.«

»Was ist mit dem Video?«, fragte ich, als wir weitergingen. Ich konnte nicht anders. »Glaubst du uns, dass wir da nichts bearbeitet haben?« *Glaubst du mir, dass es echt ist? Dass ich nicht verrückt bin?*

»Selbstverständlich. Ich weiß, wie computergenerierte Effekte aussehen. Das waren keine.« Nur am Rande bekam ich mit, dass wir die Kaufingerstraße bereits überquert hatten und die belebte Einkaufsmeile über den Färbergraben verließen. »Weißt du, die Dämonen, die der Herr viele triste Jahrhunderte lang im Zaum halten konnte, sind längst wieder unter uns«, sagte sie mit ruhiger Selbstverständlichkeit, als würde sie nur über das eisige Wetter der letzten Wochen sprechen. »Die lange Sklaverei hat sie geschwächt, sie sind hungrig und wandeln auf der Suche nach Nahrung auf der Erde. In letzter Zeit ist es gar nicht so schwierig, einem von ihnen zu begegnen.«

Ein Schauer rann mir den Rücken hinab. »Dann denkst du wirklich, dass es ein Dämon war?«, fragte ich.

»Kein gewöhnlicher.« Sie hob die Schultern. »Die Präsenz auf eurem Video war viel zu mächtig, als dass es sich bei ihr um einen einfachen kleinen Handlanger gehandelt haben könnte. Der Wind, die Stimmen, das Leuchten. Das war etwas Großes. Es wird einen Grund gegeben haben, dass es sich euch gezeigt hat. Das war kein schnöder Zufall.«

Etwas Großes. Mein Herz machte einen Sprung. »Aber was für einen Grund könnte es gehabt haben?«

Lily spitzte die Lippen. »Ich weiß es nicht. Ich war nicht dabei. Aber man könnte es wohl herausfinden, wenn man ihn fragt.«

»Ihn?«, fragte ich, nahezu tonlos. »Den Dämon?«

»Nein, den Papst.« Sie verdrehte die Augen. »Natürlich den Dämon. Wen denn sonst?«

Der Wind pfiff uns um die Ohren, und Schneeflocken wirbelten uns ins Gesicht, als wir aufs Altheimer Eck abbogen und an einer Reihe geschlossener Geschäfte vorbeigingen. Ich wusste nicht, ob Lily ein Ziel im Sinn hatte oder ob wir einfach nur liefen, um nicht stehen zu müssen. Aber ich konnte auch nicht sagen, dass ich mir viele Gedanken darüber machte. Diese Fremde glaubte an Geister, an Dämonen, sie glaubte *mir*. Dazu die kurze Vision vor der Kirche – allmählich erschien es mir wie Schicksal, dass wir einander begegnet waren.

»Und den Dämon befragen, das geht einfach so?«, fragte ich nach.

»Einfach ist es nicht unbedingt, aber es ist möglich«, erklärte sie. »Du bist doch ein kluges Mädchen, hast die Bibel und den *Faust* und all das gelesen. Die Menschen kommunizieren seit Anbeginn der Zeiten mit fremden Mächten, oder sie versuchen es zumindest. Wenn es damals funktioniert hat, warum sollte es heute nicht mehr gehen? In einer gottlosen Zeit wie dieser ist es sogar leichter. Dennoch müssen wir dafür sorgen, dass die Rahmenbedingungen stimmen. An der Stelle des Teufelstritts wurde die Grenze zum Dazwischen beschädigt – dort ist es viel einfacher, die andere Seite zu kontaktieren. Allerdings glaube ich kaum, dass man so schnell noch einmal jemanden bei Nacht in die Kirche lassen wird. Wenn wir ihn befragen wollen, werden wir also nach einer Alternative suchen müssen, nach einem anderen Ort, an dem eine Beschwörung möglich ist.«

»Mit ›damals‹ meinst du die Zeit, als der Teufel in der Kirche erschienen ist?«, fragte ich und fügte in Gedanken hinzu: *Wenn die Legende wirklich wahr ist.* Ich wusste, dass ich nicht alles, was sie sagte, für bare Münzen nehmen konnte, nehmen *durfte*, aber es war so befreiend, einfach zu glauben und wenigstens für den Moment nicht so denken zu müssen, wie es von mir erwartet wurde.

Lily nickte. »Es gibt mehrere solcher Orte. Teufelstritte, Schlachtfelder, selbst Häuser, in denen jemand ermordet wurde. Wenn eine besonders mächtige Präsenz oder viele Seelen auf einmal die Seite wechseln, dann bleibt die Grenze zwischen den Welten an dieser Stelle dünner, und es entsteht das, was die Menschen einen Spukort nennen. Eigentlich ganz einfach.«

»Und wir müssen also nur einen solchen Ort finden, damit wir den Dämon befragen können?«, versuchte ich ihr zu folgen. »Wird er von allein erscheinen?«

»Letzten Endes hängt der Erfolg der Beschwörung davon ab, ob er mit uns kommunizieren will«, sagte sie. Es war keine direkte Antwort auf meine Frage. Und das, was ich eigentlich wissen wollte – wie man einen bestimmten Dämon überhaupt auf sich aufmerksam machen konnte –, blieb vorerst im Dunkeln. »Aber da er sich in deiner Gegenwart schon einmal gezeigt hat, wird es vermutlich auch ein zweites Mal funktionieren, wenn du dabei bist.«

Mir fiel auf, dass sie Jo und Mark die ganze Zeit völlig außer Acht ließ. »Eigentlich glaube ich nicht, dass das nur mit mir zu tun hatte«, sagte ich. »Hätte er nicht genauso gut versuchen können, mit meinen Freunden in Kontakt zu treten? Oder mit Herrn Bernwieser?«

»Du hast es doch gemerkt, oder?«, schoss Lily zurück. »Du wurdest von der Erscheinung angezogen, während die anderen auf Abstand gegangen sind.« Völlig unvermittelt griff sie nach meiner verbrannten Hand und hielt sie in die Höhe. Ihre Haut war glatt und kühl wie die einer Schlange, und die Berührung jagte einen Strom weiterer Bilder durch meinen Geist – reich bestickte Seide, schimmerndes Metall, das Glühen eines plötzlichen Schmerzes.

Es waren nur kurze Eindrücke und wie so oft bei solch spontanen Visionen wusste ich nicht, wie ich die Bilder einzuordnen hatte. Sie konnten mir mehr über Lily erzählen – bei meiner ersten Berührung mit Jo hatte ich Whisky gerochen und schwarz lackierte Fingernägel über die Saiten einer Akustikgitarre huschen sehen – oder aber auf ein Ereignis verweisen, das in irgendeiner Art und Weise mit ihr zusammenhing. Manchmal sah ich Streit, bevor er stattfand, teils wusste ich von Dingen, die geschehen waren, ohne dass mir jemand von ihnen erzählt hatte. Wenn meine Visionen Menschen betrafen, die ich gut kannte, konnte ich zumeist halbwegs einordnen, was sie mir zu sagen hatten. Nun aber war ich ratlos.

Ich nahm mir fest vor, alles aufzuschreiben, wenn ich später nach Hause kam, und konzentrierte mich wieder auf die Gegenwart, als Lily hinzufügte: »Er hat dich gezeichnet.«

Ich entwand meine Hand ihrem Griff. »Ich hätte nur nicht hinfassen dürfen …«

»Er will, dass du dich an ihn erinnerst, sonst hättest du dich nicht verbrannt. Er wollte dich, Sera, dich und niemand anderen.«

Ich vergrub meine Hände tief in den Taschen meiner Jacke, als wir auf die Damenstiftsstraße abbogen. »Aber warum?«

Meine Gedanken rasten. Was hatte ich falsch gemacht? Ich war keine Bilderbuchchristin, aber dennoch gläubig, ich betete, ging regelmäßig in die Kirche. Bei allen Beschwörungen, die ich im Laufe meines Lebens durchgeführt hatte, war ich übervorsichtig gewesen und hatte mich an jede einzelne Sicherheitsvorkehrung, die mich meine Oma gelehrt hatte, gehalten: Schutzkreis, Kerzen, Heiligenbilder, begonnene Rituale ordentlich beenden und den Ort anschließend spirituell reinigen. Zudem hatte ich, wenn überhaupt, nur Kontakt zu menschlichen Seelen und den Präsenzen meiner Schutzengel gesucht. Nie im Leben hätte ich es mir zugetraut, einen Dämon zu mir einzuladen, geschweige denn zu kontrollieren. War vielleicht bei einem der Rituale doch etwas schiefgegangen? Waren Wesen auf mich aufmerksam geworden, mit denen ich nichts zu tun haben wollte?

»Das kann wohl nur er dir beantworten«, unterbrach Lily geheimnisvoll meine Gedanken.

Ich sah sie von der Seite an. Die Träume, das Video, die Kirche. Jetzt sie, die Visionen. Meine Gabe. Etwas Großes – all das hing zusammen. Doch wie genau, das würde ich nur von dem Dämon selbst erfahren.

Natürlich würde ich Vorkehrungen treffen: mit Jo und Mark sprechen und mich so gut wie möglich vor dunklen Mächten schützen. Dass Geister- und Dämonenbeschwörungen kein Spaß waren, hatte mir meine Oma wieder und wieder eingeschärft. Es ging hier nicht um raschelnde Vorhänge und flackernde Kerzen, sondern um ernste Gefahren, um

Heimsuchung, Besessenheit und den Verlust der eigenen Seele. Und dennoch ... wenn es eine Möglichkeit gab, die Sache in der Frauenkirche aufzuklären, dann diese hier. Schließlich war ich deshalb in die Kirche gegangen.

Ich atmete also tief ein und sagte: »Wie kann ich ihn kontaktieren?«

Lilys Gesichtsausdruck veränderte sich. Plötzlich sah sie so selbstzufrieden aus wie eine Katze, die ohne fremde Hilfe eine Dose Futter vom Regal geholt und geöffnet hatte. »Alleine wird dir das kaum gelingen«, sagte sie bedauernd. »Es ist viel zu gefährlich. Ein einzelner Mensch kann eine solch mächtige Präsenz unmöglich im Griff halten, das hat uns der arme Faust anschaulich bewiesen. Wenn du den Dämon befragen möchtest, wirst du Hilfe brauchen.«

»Und du würdest das tun«, sagte ich. Es war keine Frage, sondern eine Feststellung. Ich war mir sicher, sie durchschaut zu haben. »Hast du mir das alles deswegen erzählt? In der Hoffnung, dass ich mitmache, vielleicht sogar filme, und du auf YouTube berühmt wirst?«

Sie kicherte mädchenhaft, und das Geräusch schien so gar nicht zu ihr zu passen. Wenn sie sprach, fühlte es sich an, als wäre sie nicht nur ein paar, sondern viele Jahre älter als ich. »Glaubst du mir etwa nicht, dass ich dir einfach gerne helfen möchte?«, entgegnete sie. »Das hat nichts mit YouTube zu tun. Wenn ich ehrlich bin, dann interessiert mich dein Fall. Dass hellsichtige Menschen kleinere Begegnungen mit den Präsenzen im Dazwischen haben, ist keine Seltenheit, das passiert täglich. Aber diese Begegnung auf dem Video ... Sera, das ist etwas Besonderes.«

Wir waren auf die Kreuzstraße gekommen. Rechts vor uns ragte der Turm der Allerheiligenkirche am Kreuz in den dunklen Himmel, verschleiert von den herabfallenden dicken Schneeflocken.

»Ich habe so etwas noch nie zuvor in meinem Leben gesehen. Wenn du ein gewöhnlicher Mensch wärst, hätte diese Macht sich dir nicht offenbart.« Direkt an der Kirchenwand blieb Lily urplötzlich stehen. Verwundert tat ich es ihr gleich. »Es wäre mir und meinen Gefährten eine Ehre, dich auf deiner Suche nach der Wahrheit zu unterstützen.«

»Deine Gefährten?« In der Kälte trat ich unruhig auf der Stelle, doch Lily stand trotz ihres leichten Outfits regungslos vor mir. »Seid ihr so eine Art Sekte?«

Sie belächelte meine Wortwahl. »Nein. Wir sind ein Kreis mit gemeinsamen Interessen. Wir glauben an den Himmel, die Hölle und das Dazwischen, an die Existenz fremder Mächte, und das ist es, was uns zusammenhält. Wir haben schon viele Beschwörungen durchgeführt. Wenn dir jemand dabei helfen kann, den Dämon zu finden und zu kontaktieren, dann wir.«

*Zu gefährlich*, sagte die Stimme meiner Großmutter in meinem Kopf.

*Ich werde vorsichtig sein*, entgegnete ich ihr in Gedanken, wenngleich ich selbst nicht wusste, warum ich keine Angst empfand.

»Wann wollt ihr es machen?«, fragte ich laut.

»Jederzeit.« Lily zupfte ein kleines schwarzes Buch aus einer Rocktasche und schlug es auf. Im Licht der Straßenlaternen konnte ich ein weißes Symbol auf dem Buchdeckel erkennen; einen Kreis mit einer Gruppe runenartiger Zeichen in der Mitte. Das Siegel kam mir zwar vage bekannt vor, aber ich konnte nicht sagen, woher. »Du wirst wahrscheinlich Bedenkzeit brauchen.« Lily schrieb etwas auf eine leere Seite und riss sie ohne viel Federlesen aus. »Ich gebe dir meine Nummer. Kontaktiere mich, wenn du soweit bist.«

Sie überreichte mir den Zettel – ein dickes weißes Blättchen Papier, auf das sie eine Handynummer geschrieben hatte. Ihre kugelige Schrift sah harmlos aus. Ich wusste nicht, ob ich etwas anderes erwartet hatte.

»Danke«, sagte ich und schob das Blatt in meine Tasche. »Also schreibe ich dir einfach, sobald ich mich entschieden habe?«

»Melde dich bei uns, und wir werden dir einen Termin und den Treffpunkt mitteilen«, erwiderte sie selbstbewusst, als wüsste sie bereits, wie meine Entscheidung ausfallen würde. »Wenn es soweit ist, komm allein, in dunkler Kleidung und ohne religiöse Symbole.« Sie ließ ihren Blick langsam auf mein Brustbein sinken und verengte die Augen zu Schlitzen, obwohl meine Kette durch mehrere Schichten Kleidung verdeckt war. Nur mit Mühe widerstand ich dem Drang, nach dem Anhänger zu greifen. »Wir wollen doch niemanden provozieren, oder? Die Dämonen werden furchtbar ungern zum Narren gehalten und sind ihren Feinden schreckliche Gegner. Wenn du tust, was wir dir sagen, kann dir hingegen nichts passieren.« Sie sah mir wieder in die Augen. »Überleg es dir gut. Man bekommt nicht immer eine zweite Chance, *meleğim*.«

Als ich sie sprachlos anstarrte, wandte sie sich mit einem kleinen Winken von mir ab und stöckelte von dannen. Wenige Augenblicke später verschwand sie in der nächsten Seitenstraße, und das leise Klappern ihrer Absätze verklang im abendlichen Rauschen der Stadt.

# 5

Eine halbe Ewigkeit lang stand ich wie in Trance vor der Kirche.

*Meleğim.* Es war der Kosename, den meine Großmutter mir gegeben hatte, doch das war viele Jahre her, und ich hatte es nie jemandem erzählt. Es war völlig unmöglich, dass Lily davon wusste. Andererseits war das Wort viel zu spezifisch, als dass es sich nur um einen Zufall gehandelt haben könnte, und ihr Akzent – wenn es denn überhaupt einen gab, ganz sicher war ich mir nicht – war alles, aber nicht türkisch.

Die ganze Begegnung mit ihr hatte sich eigenartig angefühlt, surreal. Ich tastete in meiner Jackentasche nach dem Zettel, den sie mir gegeben hatte. Er war noch da, hatte sich nicht spurlos in Luft aufgelöst, wie es die Erscheinungen und Visionen sonst immer zu tun pflegten. Und wenn er nach wie vor existierte, wenn er *echt* war, dann galt dasselbe für Lily. Ich hatte sie mir nicht nur eingebildet.

Erst als geschmolzener Schnee aus meinen Haaren tropfte und an meiner Schläfe herabrann, realisierte ich, dass ich trotz meiner Daunenjacke längst völlig durchgefroren war. Ich wollte mich auf den Weg zur nächsten U-Bahn-Station machen und nach Hause fahren, aber ich war kaum zwei Schritte weit gekommen, da sprang mir die Tafel ins Auge, die über meinem Kopf an der Seitenwand der Kreuzkirche angebracht war, und ich blieb stehen. *Allerheiligen-Kirche am Kreuz*, las ich. *Erbaut von Jörg von Halsbach, genannt Jörg Ganghofer, geweiht 1485.*

Jörg von Halsbach. Der Erbauer der Frauenkirche. Schon wieder. Und ausgerechnet hier hatte Lily mich zurückgelassen. Schon immer hatte ich lieber an das Schicksal als an den Zufall geglaubt, und zurzeit bestätigte jedes weitere Detail, das ans Licht kam, meinen Eindruck, dass die Geschehnisse der letzten beiden Wochen in irgendeiner Weise zusammenhingen. Die Erscheinung in der Frauenkirche, die Träume, jetzt die Begegnung mit Lily und die Bilder, die ich in ihrer Gegenwart empfangen hatte: Es *musste* eine Verbindung geben. Und es war meine *Pflicht*, herauszufinden, welche das war.

Als ich die Straße entlangblickte, die wir hergekommen waren, überkam mich plötzlich das starke Gefühl, vor Kurzem hier gewesen zu sein. *Eine schlammige Straße, zu beiden Seiten von ärmlichen Hütten gesäumt, Löcher im Boden, Kinder mit schmutzigen Gesichtern, eine dürre Ziege, ein Karren voll Stroh.* Mein Herz machte einen Satz. *Kann es sein …?*

Statt in Richtung U-Bahn lief ich zum Portal der Kirche und schob mich mit einer eiligen Bekreuzigung hindurch. Ich kam nicht weiter als in den Eingangsbereich, da die Gitter vor dem Hauptraum geschlossen waren, aber ich sah auch so alles, was ich wissen musste. *Das ist sie.*

In meinem Traum hatte es noch keine Bänke und sehr viel weniger Schmuck gegeben, die Bauweise und das Gewölbe über meinem Kopf hatten um einiges simpler gewirkt, Größe und Form des Innenraumes jedoch stimmten in etwa überein. Vor allem aber war es mein Gefühl, das mich ohne jeden Zweifel wissen ließ: Es war dieselbe Kirche. Hier hatte man mich in meinem Traum gefangen gehalten; dort vorn hatte ich mit dem Pater gesprochen, bis ich das Läuten der Glocke gehört hatte und durch das Portal hinter mir nach draußen gerannt war. Das einzige Problem war, dass die Kreuzkirche keine Krypta hatte. Ich trat näher an das Gitter heran, legte meine Hände um die Stäbe, als sei ich erneut gefangen, obwohl ich diesmal draußen war und gehen konnte, wohin ich wollte.

Wie erhofft wehte die Berührung einen sanften Strom fremder Eindrücke durch meinen Geist: Schweißgeruch, verschwommene Bilder eines schmucklosen Altars, ein kratziges Lachen.

Mein Herz machte einen aufgeregten Hüpfer. Es juckte mich in den Fingern, die Stelle hinter dem heutigen Altar zu untersuchen, an der ich in meinem Traum mit dem Pater heraufgekommen war. Vielleicht war die Krypta im Laufe der Jahrhunderte zugeschüttet und vergessen worden, und es gab noch Spuren eines frühen Durchgangs. Aber solange das Gitter zum Hauptraum geschlossen war, war das unmöglich. Plötzlich hatte ich den Eindruck, am anderen Ende der Kirche ein leichtes Flimmern in der Luft zu sehen, wie über heißem Asphalt im Sommer. Aber als ich blinzelte und erneut hinsah, war nichts mehr zu erkennen.

Wenn ich Gewissheit haben wollte, würde ich ein anderes Mal wiederkommen müssen. Jetzt wollte ich nur noch nach Hause. Jo und Mark waren nicht nachtragend und würden wohl ganz normal mit mir sprechen, wenn ich zurückkam und sie merkten, dass ich mich beruhigt hatte. Ich konnte es kaum erwarten, ihnen von der Begegnung mit Lily und den Plänen, die in meinem Kopf allmählich Gestalt annahmen, zu erzählen.

Als ich in unserer WG ankam, war es schon nach acht. »Bin wieder da!«, rief ich in den Flur hinein, ohne eine Antwort zu erhalten. Im Wohnzimmer war es dunkel. Vermutlich saßen Mark und Jo mit Kopfhörern in ihren Zimmern und waren mit sich selbst beschäftigt. Erst als ich Jacke und Schuhe ausgezogen hatte und meinen Schlüsselbund absichtlich so laut wie möglich auf die Kommode fallen ließ, öffnete sich Marks Tür.

»Hey«, sagte er. »Geht's dir besser?«

Er sah ein wenig so aus, als ob er bereits geschlafen hätte – da waren Schatten unter seinen Augen, sein wirres braunes Haar stand in alle Himmelsrichtungen ab, und er trug sein verwaschenes T-Shirt mit der Aufschrift *sex, drugs and rosenkohl,* in dem er glücklicherweise nur noch selten vor die Türe ging. Wahrscheinlicher aber war, dass er die letzten Stunden in der Welt von *Skyrim* verbracht hatte. Mark ging selten vor ein Uhr morgens ins Bett.

»Viel besser«, sagte ich. »Es gibt etwas, das ich euch erzählen will – hast du Zeit?«

Er legte misstrauisch den Kopf schräg. »Geht's um den Kanal?«

»Nicht direkt. Ein bisschen vielleicht. Aber es ist wichtig.« Als er den Mund öffnete, sprach ich eilig weiter: »Das ist was Großes. Vertrau mir. Kannst du in ein paar Minuten ins Wohnzimmer kommen und es dir wenigstens anhören? Ich hol derweil Jo.«

»Viel Erfolg.« Mark verzog die Lippen. »Ich glaube, da stimmt was nicht, vielleicht geht's ihr nicht gut. Vorhin war noch alles in Ordnung, aber dann ist sie ganz plötzlich in ihrem Zimmer verschwunden, seitdem kein Lebenszeichen mehr. Kann gut sein, dass irgendwas von innen gegen die Tür fliegt, wenn du jetzt klopfst.«

»Ich versuch's einfach«, sagte ich mit einem Schulterzucken. Die Stimmungsschwankungen gehörten zu Jo wie ihre Akustikgitarre und die ausgetretenen Springerstiefel. So lieb und unbekümmert sie die meiste Zeit über war, so schnell konnte das auch umschlagen und sich ins Gegenteil verkehren. Während ich vor Spannungen lieber floh und Mark der geborene Diplomat war, scheute Jo vor keiner Konfrontation zurück und war dann mit Vorsicht zu genießen.

*»May the odds be ever in your favor«,* sagte Mark und legte sich in feierlicher Gestik die Hand vor die Brust.

Ich lächelte wie ein Schaf, ohne zu wissen, ob der Satz eine witzig-geistreiche Anspielung oder doch nur ein nett gemeinter Versuch der Englischnachhilfe gewesen war. Fremdsprachen, die jünger als Latein waren, hatten mir noch nie gelegen.

Als Marks Tür sich geschlossen hatte, überquerte ich den Flur und klopfte vorsichtig bei Jo an.

»Ich bin's«, sagte ich laut genug, dass sie mich trotz Musik hören könnte. »Hast du kurz Zeit?«

»Sera?«, flötete sie sofort. »Komm rein.«

Verwirrt ließ ich die Hand sinken. Diese Reaktion deckte sich kein bisschen mit dem, was Mark gerade eben erzählt hatte. Eigentlich sollte ich froh sein – je besser ihre Laune, desto größer waren die Chancen, dass ich meinen Plan durchsetzen konnte. Ich öffnete die Tür und trat ein.

»Hey«, sagte ich und nahm das Bild, das sich mir bot, in mich auf. Etwas war entschieden anders als sonst. Dass die Wände über und über mit Postern verschiedener Rock- und Indiebands beklebt waren, war ich gewohnt. Auch, dass der halbe Inhalt von Jos Kleiderschrank quer über den Boden verteilt war, war nichts Neues. Ihre Python Nagini aber gebärdete sich in ihrem Terrarium wie wild. Während sich das Tier sonst vorwiegend mit Liegen, Schlafen, Fressen und regungslosem Ausharren beschäftigte, glitt es nun eifrig über die dekorativ platzierten Äste und Steine in dem Glaskasten hinweg, unter den Blättern der letzten darin lebenden Pflanze hindurch und immer, immer wieder an die Frontscheibe, als wolle es seinem Gefängnis nach jahrelanger Knechtschaft endlich entfliehen.

Jo hockte davor und beobachtete das besorgniserregende Treiben ihres mir absolut unsympathischen Haustieres mit liebevollem Gesichtsausdruck. »Ist sie nicht wunderschön?«, fragte sie verträumt.

»Hast du vergessen, sie zu füttern?«, erwiderte ich und dachte schaudernd an die gefrorenen Mäuse, die in unserem Tiefkühler darauf warteten, dem Untier zum Fraß vorgeworfen zu werden.

»Nein, nein.« Jo legte die Fingerspitzen an die Scheibe des Terrariums. »Sie will zu ihrer Herrin.« Nagini ließ ihre hässliche Zunge gegen das Glas schnellen – für Jo war es wohl *der* Liebesbeweis schlechthin, während die Schlange vermutlich bedauerte, die Finger nicht essen zu können.

»Hol sie bloß nicht raus, solange ich hier bin«, sagte ich rasch. »Ich wollte euch eigentlich was erzählen, kommst du kurz mit?«

Jo nickte, ohne zu zögern, und kam auf die Füße. »Klar.« Zum ersten Mal, seit ich den Raum betreten hatte, löste sie ihren Blick von der Schlange und sah mich an. Ich zuckte zurück. Irgendetwas an ihrem Ausdruck, an ihren Augen war merkwürdig. Sie glänzten zu stark, ihre Pupillen waren zu groß. Das plus ihr übertriebenes Verhalten Nagini gegenüber, führte dazu, dass ich mich kurz fragte, ob sie etwas genommen hatte. Unauffällig sah ich zu ihrem Schreibtisch und dem kleinen Nachtkästchen, doch dort stand nur ein Döschen *Neurexan*, homöopathisch, vollkommen harmlos.

Im nächsten Moment kam Jo auf mich zu und klopfte mir auf die Schulter, wie immer, und das ungute Gefühl, das ich gerade noch gehabt hatte, löste sich auf wie ein Tropfen Tinte in einem Glas voll Wasser. »Wohnzimmer?«, fragte sie.

»Wohnzimmer«, bestätigte ich.

Wenige Minuten später hatten wir uns zu dritt um den Esstisch versammelt, und ich erzählte meinen Freunden von der Begegnung mit Lily und meinem Verdacht, dass sie mit den Träumen und der Erscheinung in der Frauenkirche zusammenhing. Die beiden hörten mir aufmerksam zu und versuchten an keiner Stelle, mich zu unterbrechen. Ihren Mienen nach wirkte Mark skeptischer als Jo, die die Stirn erst dann kritisch in Falten zog, als ich mich darum bemühte, Lilys unübliches Erscheinungsbild zu beschreiben.

»Du planst also, zusammen mit der verrückten blauhaarigen Satanistin eine magische Beschwörung durchzuführen, damit dir der Dämon aus der Frauenkirche verraten kann, was deine Mittelalter-Albträume zu bedeuten haben?«, fasste Mark meine Ausführungen wenig charmant zusammen, nachdem ich ihnen meinen Plan für das weitere Vorgehen erklärt hatte.

»Wenn du das so sagst, klingt es natürlich verrückt«, sagte ich und zog mir meine grobe Strickjacke enger um die Schultern. »Ich finde, dass wir es wenigstens versuchen sollten.«

Jo hatte mit gelangweiltem Gesichtsausdruck ihr Handy auf den Tisch geworfen und tippte etwas in die Suchleiste von Google ein. Womöglich war sie doch noch beleidigt, weil ich heute Nachmittag einfach gegangen war. Ich würde jedenfalls nicht um ihre Aufmerksamkeit betteln.

»Du sprichst immer im Plural«, stellte Mark fest. »Aber du sollst alleine zur Beschwörung kommen, oder? Das sagt doch schon alles. Mit Satanisten ist es wie mit Tinderdates: Triff sie nie allein *oder lass es sein*«, sagte er, jedes Wort einzeln betonend.

»Wahrscheinlich funktioniert die Beschwörung nicht, wenn zu viele Leute da sind«, sagte ich. Für mich war das völlig plausibel. Lilys Stimmte irrte durch meine Gedanken: *Er wollte dich, Sera, dich, und niemand anderen.*

»Weil dieser Höllenfürst sich schämt, wenn der prozentuale Anteil an ungläubigen Ketzern in seinem Empfangskomitee zu hoch ist?« Als ich indigniert das Gesicht verzog, fuhr Mark in sanfterem Tonfall fort: »Sera, ich will hier keinen Streit vom Zaun brechen oder den Eindruck erwecken, dass ich das alles nicht ernst nehme. Im Gegenteil – vielleicht nehme ich es *zu* ernst, aber ich habe wirklich das Gefühl, dass wir vorsichtig sein sollten. Es kann alles Mögliche passieren, wenn man sich allein mit einer Gruppe Fremder an einem abgelegenen Ort trifft.«

»Aber ich werde nicht alleine sein«, hielt ich hastig dagegen. »Das ist ja Teil des Plans.«

»Sie wird nicht zulassen, dass du eine Eskorte mitbringst …«

»Das meine ich auch nicht«, erklärte ich. »Mark, wir haben doch noch die Sachen von deinem Filmprojekt letztes Jahr?«

Widerwillig nickte er. Er hatte vergangenes Sommersemester im Rahmen einer Praxisarbeit an der Filmhochschule eine Undercover-Reportage in einem Münchner Unternehmen gedreht, und da Mark wie immer für Kamera und Schnitt zuständig gewesen war, hatte er das technische Equipment, das seine Gruppe eigens für den Dreh angeschafft hatte, anschließend aufbewahrt.

»Mein Plan ist es, dass *ich* zu der Beschwörung gehe und mit versteckter Kamera filme. Wir leihen das Auto von Jos Bruder, *ihr* parkt irgendwo in der Nähe und kriegt so alles mit, was ich höre und sehe. Und wenn es brenzlig werden sollte, könnt ihr sofort einschreiten oder die Polizei holen.«

»Und du hoffst, dass vor der Kamera etwas Übernatürliches passiert, damit wir das Material für den Kanal verwenden können?«, versuchte Mark mir zu folgen.

In erster Linie ging es mir darum, Antworten auf meine Fragen zu erhalten, aber da mir die Begründung mit dem Kanal glaubwürdiger erschien, nickte ich. »So eine Möglichkeit kriegen wir vielleicht nie wieder.«

Mark schien noch immer nicht gänzlich überzeugt.

Plötzlich schob Jo ihr Handy von sich, sah ihn an und sagte: »Ich find die Idee super.«

Wieder – oder noch immer – lag ein fiebriger Glanz in ihren Augen. Ich versuchte, in Marks Miene eine Reaktion zu erkennen, doch er wirkte nicht besorgt oder verärgert, nur überrascht.

»Ernsthaft?«

Sie zuckte gelassen mit den Schultern. »Ja klar.«

»Und was ist mit den Prüfungen? Deiner Hausarbeit?«, fragte Mark. »Ich dachte, du wolltest erst mal *gar nichts* für den Kanal tun. Wir haben doch vorhin noch darüber gesprochen.«

»Ach.« Jo winkte ab. »Das dauert doch gar nicht lang. Ein paar Tage, mehr nicht. Das ist ja kein Riesendreh, den wir wochenlang vorbereiten müssen – wenn wir das Material erst mal beisammenhaben, können wir uns mit Nachbearbeitung und Schnitt Zeit lassen.«

Mark schienen zum ersten Mal seit Langem die Worte zu fehlen, und auch ich war von Jos plötzlichem Zuspruch völlig überrumpelt.

Wir waren es beide gewohnt, dass Jo sich bei Fragen wie diesen auf *seine* Seite stellte – diejenige, die okkulte Rituale oder den Einsatz von Ouija-Brettern für eine gute Idee hielt, war in der Regel ich.

»Komm schon, Mark, sei nicht so ein Spießer«, feixte Jo und boxte ihm in den Arm. »Wie viele Dämonen hast du in deinem Leben denn schon gesehen? Gar keinen? Einen halben, wenn man das bisschen Wind in der Frauenkirche mitzählt? Das wird bestimmt geil.«

Ich hätte mich freuen sollen, dass sie auf meiner Seite war, aber das war immer noch *Jo*. In ihren schwingenden Mänteln und nietenbesetzten Lederjacken mochte sie unheimlich taff aussehen, aber bislang war sie immer als Erste wieder draußen gewesen, wenn es bei einem unserer Drehs mal gruselig wurde. In der Frauenkirche übrigens auch. Und jetzt, wo – zugegeben – eine reale Chance bestand, dass etwas passieren würde, sei es nun paranormaler Natur oder nicht, war sie vorbehaltlos dafür? Das passte ganz und gar nicht zu ihr.

»Sonst geht's dir aber gut?«, fragte Mark ungläubig, der wohl ähnliche Gedanken hatte wie ich.

Jo lehnte sich zufrieden in ihrem Stuhl zurück. »Ehrlich gesagt ging's mir nie besser.«

»Also willst du das durchziehen?«, fragte er. »Und du auch, Sera?«

Jo und ich sahen uns kurz an, dann nickten wir entschlossen. Im nächsten Moment prasselten die möglichen Vorteile des Projekts von zwei Seiten wie ein Geschützfeuer auf Mark ein – eine einmalige Chance, ein *echtes* Abenteuer, eine unvergleichliche Möglichkeit, die uns ein einzigartiges Video, womöglich Dutzende neuer Abonnenten und Hunderte Klicks einbringen würde, wenn das Video erst einmal veröffentlicht war. Er hatte keine Chance! Schon immer hatten wir bei Unstimmigkeiten bezüglich des Kanals letzten Endes die Mehrheit entscheiden lassen. Mark mochte nicht glücklich damit sein, aber der Dreh war bereits beschlossene Sache gewesen, als Jo sich für mich ausgesprochen hatte.

Noch am selben Abend kontaktierte ich Lily auf WhatsApp.

*Hallo, hier ist Sera,* schrieb ich. *Ich hab mich entschieden. Ich mache mit.*

Knapp fünf Minuten warteten wir, die Köpfe angespannt über mein Handy gebeugt, das wir wie ein Orakel in der Mitte des Tisches platziert hatten. Dann vibrierte mein Handy, und die Antwort kam.

*Super! :)*

Wir sahen, dass Lily noch weiterschrieb. Aus Ungeduld tippte ich auf ihr Profilbild, ließ es vergrößern – es war ein verpixelter Rosenstrauß, eines jener Bilder, die man überall bei Google fand. Es wunderte mich, dass jemand, der bei seinem Styling einen solchen Aufwand zur Selbstinszenierung betrieb, kein richtiges Foto verwendete.

»So hässlich war sie doch gar nicht, oder?«, fragte Mark. »Ich dachte, nur Gesichtskrapfen und Hausfrauen jenseits der Fünfzig nehmen Blumen als Profilbild.«

»Vielleicht will sie in Gruppenchats nicht gleich erkannt werden oder so«, meinte Jo. Sie hatte sich einen Kamillentee gemacht, wirkte noch blasser als sonst und war ungewöhnlich still, aber immerhin war der beunruhigende Glanz in ihren Augen verschwunden.

Ehe Mark etwas erwidern konnte, vibrierte mein Handy erneut, und ich öffnete eilig die Nachricht.

*Die Beschwörung wird in der Nacht von Sonntag auf Montag stattfinden. Wir treffen uns etwas außerhalb der Stadt und fahren dann zur Hardtkapelle, in der Nähe von Weilheim. Ich glaube, du kennst sie bereits.* 😉

Ich tauschte einen Blick mit den anderen. Und wie wir die Kapelle kannten! Es war kein halbes Jahr her, dass wir auf unserem Kanal ein Video über sie veröffentlicht hatten. Um die Kapelle und den sie umgebenden Wald rankten sich diverse Spukerzählungen, weshalb Jo, Mark und ich ganz hibbelig gewesen waren, als wir uns letzten Sommer im Dunkeln auf den Weg gemacht hatten. Im Internet war von Geistererscheinungen und einer mysteriösen weißen Frau zwischen den dunklen Bäumen die Rede. Zahlreiche Kapellenbesucher berichteten zudem von Übelkeit und Schwindelattacken, teils sogar von unerklärlichen Verletzungen und Ohnmachtsanfällen. Das kleine, eher abgelegene Gotteshaus war bei Nacht kein Ort, an dem man sich wohlfühlte, aber uns war während der Dreharbeiten *rein gar nichts* Übernatürliches passiert. Es waren also weniger die Geistergeschichten, die mich aufmerken ließen, als das, was sich in der Kapelle, direkt vor dem Altar befand.

»Denkst du gerade, was ich denke?«, fragte Mark.

Ich presste die Lippen zusammen. »Der Abdruck?«

Mark nickte, Jo nippte schweigend an ihrem Tee. Genau wie die Frauenkirche hatte auch die Hardtkapelle einen Teufelstritt. Der Legende nach hatten sich die beiden anliegenden Gemeinden Weilheim und Haunshofen im 13. Jahrhundert in einem erbitterten Streit um die Weiderechte im Hardt befunden. Als der Konflikt kurz vor der Eskalation stand, soll der

Teufel in Gestalt eines einfachen Hirten aus der erhitzten Menge getreten sein, er sprang auf einen großen Felsen zwischen den beiden verfeindeten Gruppen und sagte: »So wahr i tret in diesen Stein, ist dies Land Haunshofer G'mein.« Daraufhin trat er mit seinem Huf ein tiefes Loch in den Fels, und der Streit war geschlichtet. Aus Furcht vor dem Bösen errichtete man in der Folge die Kapelle über dem Abdruck. Doch auch sie konnte nicht verhindern, dass sich fortan Spukgeschichten um ihre Entstehung rankten.

Lilys Worte über die Frauenkirche fielen mir ein: *An der Stelle des Teufelstritts wurde die Grenze zum* Dazwischen *damals beschädigt. Dort ist es viel einfacher, die andere Seite zu kontaktieren.* Vor diesem Hintergrund erschien es nur logisch, dass sie für die Beschwörung einen vergleichbaren Ort ausgesucht hatte.

Ich wollte auf die Nachricht antworten, aber Lily war immer noch nicht fertig. Als einen Augenblick später die nächste Botschaft auf meinem Display erschien, setzte mein Herz einen Schlag aus.

*Fahr mit dem Zug nach Bernried. Sieh zu, dass du kurz nach zehn da bist. Elias wird dich am Bahnhof abholen und zur Kapelle bringen.*

Ich starrte die Nachricht an und wusste nicht, was ich sagen sollte.

*Elias.*

Es war der Name aus meinem Traum.

# 6

Wenn man etwas sehnsüchtig erwartet, kriecht die Zeit für gewöhnlich im Schneckentempo dahin. Diesmal jedoch rauschten die Vorkehrungen der folgenden Tage nur so an mir vorbei. Wir erstellten Ablauf- und Notfallpläne, suchten das nötige Equipment zusammen und prüften es auf seine Funktionsfähigkeit, versuchten, Recherche zu betreiben, um so viel wie möglich über Lily herauszufinden. Doch zum ersten Mal ließ uns das Internet vollkommen im Stich – ich fand ohne ihren Nachnamen kein Profil auf Instagram oder Facebook, und auch das Googeln ihrer Nummer führte zu keinem nützlichen Ergebnis. Das Bild, das sie auf WhatsApp als Profilbild verwendete, hatte sie tatsächlich von der Homepage eines Münchner Floristen kopiert, und das Siegel, das ich auf dem Deckel ihres Notizbuches gesehen hatte, war mir nicht mehr präsent genug, um es zweifelsfrei zuordnen zu können. In der okkulten Szene, zu der sie zweifelsohne gehörte, kursierten so viele verschiedene Runen, Zeichen und Symbole, dass der Kreis alles Mögliche hätte bedeuten können.

Nun, da ich abgelenkt war, da ich einen konkreten Plan und eine Aufgabe vor mir hatte, waren die Träume weniger geworden. Ich fühlte, dass ich mit meinem Tun auf dem richtigen

Weg war, und ich nach dem Ritual, mochte es ausgehen wie es wolle, endlich mehr über die Träume und Visionen der letzten Wochen, mehr über *mich* und meinen Platz auf der Welt erfahren würde.

Mark war von unserem Vorhaben nach wie vor nicht angetan, doch die Begeisterung, mit der ich mich an die Arbeit machte, hatte ihn allmählich angesteckt, und am Tag meiner Verabredung mit Lily war er der nervöseste von uns dreien. Er brachte mich schon dreißig Minuten vor Abfahrt des Zuges Richtung Hauptbahnhof.

Jo dagegen blieb die gesamte Vorbereitungsphase über sprunghaft und launisch. Mal schien sie den Dreh kaum erwarten zu können und trieb uns unerbittlich zur Arbeit an, dann zog sie sich stundenlang zurück und war für keinen von uns zu sprechen. Die phasenweise Euphorie war womöglich durch ihre Tinderbekanntschaft begründet, mit der sie sich nun fast täglich verabredete, für ihr häufiges Unwohlsein aber hatte keiner von uns eine schlüssige Erklärung. Und Jo, die Arzttermine schon immer gemieden hatte wie die Pest, ging fest davon aus, dass das Auf und Ab ihrer Gefühle hormonell bedingt sein musste. Wir konnten ihr nicht helfen.

Am Sonntagabend war sie zum Glück wieder mit Feuereifer dabei, und so saß ich pünktlich in jenem Zug, der mich leise rumpelnd aus der Stadt und ans Ende der Welt bringen würde. Ich war zugegebenermaßen etwas nervös, aber ich hatte keine Angst – Gott und meine Engel würden mich schützen. Im Laufe des Tages hatte ich mithilfe der Räucherkerzen in meinem Zimmer ein Reinigungsritual durchgeführt und die Kette meiner Oma mit einem Schutzzauber versehen, um meinen Körper und meine Seele vor dem Einfluss dunkler Mächte zu bewahren. Mark und Jo hatte ich nichts davon erzählt. Die beiden waren mehr mit diesseitigen Gefahren beschäftigt und versuchten, alles in ihrer Macht stehende zu tun, um mich möglichst schnell in Sicherheit bringen zu können, sollten sich Lily und ihre Freunde doch als mordlustige Irre herausstellen, die gerne junge Frauen in Bayerns Wäldern niedermetzelten.

Darüber machte ich mir keine Sorgen: Wenn ich an unsere Begegnung zurückdachte, erschien Lily mir zwar exzentrisch, aber keineswegs gefährlich. Dennoch, schaden würden mir weder die Vorkehrungen meiner Freunde noch meine eigenen Rituale, die mir obendrein dabei geholfen hatten, mich zu beruhigen. Sie brachten mich zurück in meine Kindheit, zu meiner Oma, und als ich die Räucherkerzen angezündet und leise die Schutzformel gesprochen hatte, hatte ich ihre Stimme so deutlich im Ohr, als stünde sie neben mir.

Von dieser Ruhe war jedoch wenig geblieben, als der Zug den Hauptbahnhof verließ und nach Süden fuhr. Ich hörte Musik und suchte draußen nach einer Ablenkung, doch es war längst dunkel und statt schneebedeckter Wiesen und dichter Wälder sah ich nur mein eigenes blasses Spiegelbild im Glas der Scheibe. *»Heit, mein i, kimmt no a wedda«*, sang Dreiviertelblut in meinem Ohr, jene Band, die ich nur hören konnte, wenn ich mich in fatalistischer Endzeitstimmung befand. Ich zog mein Handy hervor und schaltete einen Song weiter, doch dass dieselbe Stimme nun vom Tanz mit dem Teufel sang, kam mir wie ein schlechtes Omen vor, und ich beendete Spotify.

Ich war bis auf ein paar ältere Leute allein in dem Abteil. Es hatte sich zwar eigenartig angefühlt, mich am Münchner Hauptbahnhof von Jo und Mark zu verabschieden, aber Lilys Anweisungen waren deutlich gewesen: *Komm allein.*

Die beiden würden mit dem Auto nach Bernried kommen

und so schnell wie möglich eine Funkverbindung zu mir herstellen. Wenn wir gemeinsam gefahren wären und ich mich nicht in dem Zug befunden hätte, in dem man mich erwartete, wäre unser geheimes Projekt aufgeflogen, bevor ich die Kapelle auch nur gesehen hatte.

Ich ertastete die versteckte Kamera in meinem Knopfloch, das Kreuz an meiner Kette, das nahezu unsichtbare Mikrofon in meinem Schal – alles da, wo es hingehörte – und tauschte die Kopfhörer meines Handys gegen den hautfarbenen kleinen Knopf, durch den ich meine Freunde würde hören können. »Seid ihr da?«, flüsterte ich und drapierte meine Haare so, dass sie den Kopfhörer verbargen.

Die alte Frau, die mir gegenübersaß, blinzelte mich fragend an, aber von meinen Freunden war nichts zu hören. Vor den Fenstern tauchten die Lichter von Häusern auf; der Zug hatte den Wald verlassen und der Schnee auf Wiesen und Gärten schimmerte im Licht der Sterne. Es war eine klare Nacht, die Leuchttafeln im Zug zeigten sechs Grad minus an. Obwohl ich zu Hause wirklich alles Warme – und Schwarze – aus meinem Kleiderschrank im Zwiebelprinzip angezogen hatte, wusste ich schon jetzt, dass ich frieren würde.

Ich hatte den Winter noch nie leiden können.

»Nächster Halt, Bernried.«

Ich fühlte, dass der Zug zu bremsen begann – und hörte endlich ein leises Rauschen in meinem Ohr.

*»Sera?«*, fragte Jos Stimme kurz darauf, leicht verzerrt durch die Technik, die uns miteinander verband, aber klar verständlich.

»Könnt ihr mich hören?«, fragte ich, laut genug, dass die Frau mich unverhohlen anstarrte, aber das war mir egal. Mein Herz hüpfte vor Aufregung. *Es funktioniert.*

»Klar und deutlich«, erwiderte Mark. »Wir hören dich und eigentlich ... wenn dieses verdammte Ding mal tun würde, was ich von ihm will ...« Ich hörte etwas knacken. »So. Jetzt können wir auch sehen, was du siehst. Sprich, die nette Dame von gegenüber.«

»Traumhafte Aussicht übrigens«, fügte Jo hinzu. »Zumindest weniger pixelig als gedacht.«

Ich war unendlich erleichtert, ihre Stimmen zu hören. Bis eben war mir kaum bewusst gewesen, wie sehr es mir davor gegraut hatte, dass die Technik versagen könnte und ich mit Lily und ihrer satanistischen Clique allein wäre. Ich freute mich auf die Beschwörung und die Erkenntnis, die ich mir daraus erhoffte – aber nicht ohne mit Jo und Mark noch einen Plan B zu haben, falls etwas schiefging.

»Wo seid ihr jetzt?«, fragte ich, als der Zug zum Stehen kam und ich aufsprang, um zur nächsten Türe zu laufen. Ich wusste nicht, wo dieser Elias mich erwarten würde, doch er durfte auf keinen Fall mitbekommen, wie ich mich mit Jo und Mark unterhielt. Uns blieb nicht mehr viel Zeit.

»In Bernried, am Bahnhof«, sagte Jo. »Wir sitzen im Auto, aber Licht und Motor sind aus, deswegen wirst du uns wahrscheinlich nicht sehen.«

»Ich glaube übrigens, dass wir den Typen, der dich abholen soll, schon erspäht haben«, setzte Mark hinzu. »Er sitzt vorn in diesem Wartehäuschen. Ziemlich schwarz angezogen, mit Kapuze und allem. Ist wahrscheinlich ein Hipster.«

»Oder obdachlos«, mutmaßte Jo. »Auf die Entfernung schwer zu sagen.«

Ihr wenig zielführendes Rätselraten ging im Rauschen meines Blutes unter, als sich die Türen öffneten. *Elias.* Wie würde der Mann aussehen, um dessen Leben ich in meinen Träumen flehte? Würde ich ihn erkennen? Was, wenn er es am Ende gar nicht war? Ich konnte nicht glauben, dass es zwischen dem Traum und dieser Person *keinen* Zusammenhang gab, nachdem alle Spuren in dieselbe Richtung zeigten.

*Kein Zufall, Schicksal.*

Ich trat auf den Bahnsteig und sah mich um – an den anderen Türen stiegen vereinzelt Menschen aus, die rasch in Richtung ihres jeweiligen Zieles verschwanden, aber sonst war niemand hier. Direkt vor mir lag die verglaste Rückwand eines dunklen Geschäfts, rechts führte ein Trampelpfad am Gleis entlang. »Hier ist niemand«, flüsterte ich, mich in Richtung Parkplatz wendend.

»Doch, er ist noch da«, sagte Mark. »Ist jetzt aufgestanden.«

Der Zug hinter mir fuhr wieder an.

»Geh einfach weiter«, drängelte Jo.

Meine Aufregung flatterte wie ein junger Vogel durch meinen Körper, und als ich um die Ecke des verlassenen Geschäftes bog, sah ich ihn.

Er war groß, vielleicht keine eins neunzig, aber doch groß genug, dass ich mich mit meiner Ein-Meter-sechzig-Minion-Größe auf die Zehenspitzen hätte stellen müssen, um ... Ja, was eigentlich? Er trug Jeans, eine ausgebeulte Bomberjacke und einen schwarzen Kapuzenpullover darunter, nichts Auffälliges, aber trotz seiner Größe hingen die Sachen ziemlich lose an ihm herab.

»Bist du Seraphina?«, fragte er, als ich vorsichtig näher kam, die Stimme dunkel und kräftig wie dickflüssige Tinte. »Seraphina Hofmann?«

»Eigentlich nur Sera«, erwiderte ich. Da ich meinen vollen Namen aus YouTube heraushielt, musste Lily in ihren Recherchen gründlich gewesen sein.

Er wischte die Kapuze vom Kopf und ordnete mit den Fingern sein Haar; schwarz, wie meines, doch seine Haut war dunkler, olivfarben, und an seinem Kinn schimmerte ein dunkler Bartschatten durch. Vielleicht kamen seine Vorfahren aus dem Orient, wie meine Großmutter. Seine Locken reichten ihm etwa zum Kinn, waren weder wirklich lang noch kurz, sondern irgendwo dazwischen, als habe er nur seit Langem nicht mehr daran gedacht, sie zu schneiden.

»Elias«, erwiderte er, wandte sich brüsk von mir ab und ging Richtung Parkplatz. »Kommst du?«

Zögerlich folgte ich ihm. Längst hatte meine Vorfreude tiefer Enttäuschung Platz gemacht. Elias' Gesicht gefiel mir zwar – es erinnerte mich mit seinen klaren Linien an die kühnen Züge eines Falken –, aber das änderte nichts an der Tatsache, dass ich es noch nie zuvor in meinem Leben gesehen hatte. Da war keine plötzliche Erkenntnis, kein Wiedererkennen, das mich durchzuckte. Und doch hatte ich nun, da ich hinter ihm herlief, das unbestimmte Gefühl, dass mich seine Art sich zu bewegen an eine andere Person erinnerte, an jemanden, den ich vor langer Zeit einmal gekannt hatte.

»Was für ein netter Kerl«, kommentierte Jo so plötzlich, dass ich erschrocken zusammenzuckte. »Aufgeschlossen, sympathisch, zuvorkommend.«

»Warte doch erst einmal ab«, schalt sie Mark. »Vielleicht ist er schüchtern.«

»Ist mir egal, ob er schüchtern ist oder nicht. Was war das denn bitte für eine Begrüßung eben?«

»Was hast du denn erwartet, dass er ihr um den Hals fällt?«

»Das nicht, aber ...« Jo atmete laut hörbar aus. »Was meinst du, Sera? Nur unhöflich oder ein Arschloch?« Als ich nicht reagierte, fuhr sie fort: »Aber was frag ich überhaupt. Du wirst ihn eh in Schutz nehmen, weil er dein Typ ist: groß, mysteriös, unfreundlich, wahrscheinlich irgendwie weltfremd. Erinnert mich an den Typen aus dieser Serie, die du immer so toll fandest, weißt du noch? Mit den Vampiren?«

»Jo«, fiel ich ihr so scharf und leise wie möglich ins Wort, um ihre Ausführungen auf der Stelle zu beenden. Noch in derselben Sekunde wusste ich, dass ich damit meinen ersten Fehler gemacht hatte.

»Verdammt!«, schimpfte Mark in meinem Ohr, als Elias anhielt und sich mit fragend angehobenen Brauen nach mir umdrehte. Der Typ hatte Ohren wie ein Luchs. »Kannst du nicht einfach kurz die Klappe halten, Jo?«

»Was ist?«, fragte Elias. »Selbstgespräche?«

»Nein, ich ... Ich bin ausgerutscht – das Eis, ich wollte nur ...«, stammelte ich, ohne zu wissen, was ich angeblich gewollt hatte. Meine Wangen fühlten sich heiß an, und Elias sah verständlicherweise kein bisschen so aus, als ob er mir meine Ausrede abnähme. Er musterte mich mit unverhohlener Neugierde – das war das erste Mal, dass er mich überhaupt ansah –, und wenn mich nicht alles täuschte, dann blieb sein Blick einen Moment lang an meinem Kragen hängen, genau an der Stelle, an der wir die winzige Kamera versteckt hatten.

»›Behüte deine Zunge vor Bösem und deine Lippen, dass sie nicht Trug reden‹«, sagte er leise. Dann zuckte er mit den Schultern und ging weiter, als habe er nichts gesehen. »Das Auto steht dort drüben.«

»Was hast du gesagt?« Eilig folgte ich ihm und nahm im Gehen den Kopfhörer heraus – es war mir unmöglich, mich unauffällig zu verhalten, wenn Jo und Mark in meinem Ohr alles kommentierten. Neben einem verblichenen roten Kleinwagen, der seine besten Tage sicher schon seit Jahren hinter sich hatte, blieb Elias stehen und klopfte die Taschen seiner Jacke ab, bis er einen kleinen klimpernden Schlüsselbund fand. »Das, was du eben gesagt hast«, drängte ich ihn. »›Bewahre deine Zunge vor Bösem und deine Lippen vor falscher Rede‹ – so kenne ich das aus der Bibel. Aus den Psalmen.«

Er warf mir über das Autodach hinweg einen scharfen Blick zu; die erste wirkliche Regung in seinem Gesicht. »Steig ein.«

Ich unterdrückte den Impuls, nach meiner Halskette zu greifen, ehe ich seiner Aufforderung Folge leistete und mich neben ihm auf den Beifahrersitz sinken ließ. »Aber deine Übersetzung ist älter, oder?«, hakte ich nach, während er den Motor startete und den Rückwärtsgang einlegte. »Aus der Lutherbibel?«

»In der Bibel steht nur: ›Du sollst nicht lügen‹«, wich er aus.

»›Du sollst nicht falsch gegen deinen Nächsten aussagen‹«, korrigierte ich ihn und hängte als kleinen Test an: »Das fünfte Gebot.«

»Das achte«, entgegnete er, ohne mit der Wimper zu zucken, als das klapprige kleine Auto rumpelnd anfuhr und er es schwungvoll aus der Parklücke steuerte. »Das fünfte ist ...«

Nur durch Zufall blickte ich in den Seitenspiegel und sah einen Fußgänger hinter dem Auto vorbeihuschen, Kopfhörer im Ohr und die Hände in der Tasche. »Pass auf!«, entfuhr es mir.

Die alten Bremsen kreischten, als Elias eine Vollbremsung einlegte.

»... ›Du sollst nicht töten‹«, beendete er seinen Satz mit vor Schreck geweiteten Augen.

»Gut reagiert«, hauchte ich, und wir beobachteten im Rückspiegel, wie sich der Fußgänger eilig davonmachte. »Das war knapp.«

»Ich war abgelenkt«, verteidigte er sich brüsk und fuhr wieder an. Diesmal schafften wir es ohne weiteren Zwischenfall auf die Straße. »Du studierst doch Theologie, sollte man da nicht wenigstens die zehn Gebote auf die Reihe kriegen?«

»Das war ein Test«, sagte ich und warf ihm einen misstrauischen Blick zu. »Bisher habe ich Lily gegenüber übrigens nicht erwähnt, was ich studiere.«

»Es steht auf Instagram«, erwiderte er. »Lily meinte, ihr habt sogar ein Video darüber gemacht. *Show my life* oder etwas in der Art?«

»Es war ein *Draw my life*. War mal so ein Trend auf YouTube«, erklärte ich. Innerlich ärgerte ich mich über mich selbst. Natürlich war es durch meine Präsenz in den sozialen Medien alles andere als schwierig, Dinge über mein Privatleben herauszufinden. Während wir uns die Finger wund gegoogelt hatten in der Hoffnung, ein Fitzelchen an Informationen über Lily zu finden, hatte sie ein leichtes Spiel mit uns gehabt.

»Dann stimmt es wirklich, dass Lily alle unsere Videos gesehen hat?«, fragte ich. »Jedes einzelne? Ich dachte, das war übertrieben.« Als Elias schweigend auf die Hauptstraße abbog, kam mir eine noch viel schlimmere Vorstellung in den Sinn. »Hast *du* dir etwa auch alles angeschaut?«

»Ich?« Elias wirkte milde entsetzt. »Gott bewahre.«

»So schlecht sind wir nun auch wieder nicht.«

»Trotzdem habe ich Besseres zu tun, als dir und deinen Freunden stundenlang beim Geisterjagen zuzusehen.«

»Satanistische Messen zum Beispiel?«

Er verzog das Gesicht. »Wir sind keine Satanisten«, stellte er klar. »Satanisten sind Leute, die Tierblut trinken und kleine Kinder essen.«

»Das stimmt nun auch wieder nicht. Ich hab gelesen, es

geht mehr um Atheismus, um bestimmte Philosophien und Weltanschauungen – dass es keinen Gott gibt, dass der Mensch diese Lücke füllen sollte und …«

Elias schien sich nur bedingt für meine theoretischen Ausführungen zu interessieren. »Du musst es ja wissen.«

Als mir kein guter Konter mehr einfiel, ließ ich mich gegen die Rücklehne meines Sitzes fallen und schob unauffällig den Kopfhörer zurück ins Ohr – doch von Jo und Mark war nichts zu hören. Vielleicht hatten sie es aufgegeben, mit mir zu kommunizieren, als sie gemerkt hatten, dass ich den Knopf herausgenommen hatte. Vielleicht waren sie aber auch zu weit von uns entfernt, um eine stabile Verbindung aufrechtzuerhalten. Im Rückspiegel konnte ich ein gutes Stück hinter uns ihre Scheinwerfer sehen, was mich ungemein beruhigte.

Ich ließ meinen Blick durch das Auto wandern, doch das Innere des Wagens war absolut nichtssagend. Es lief keine Musik, die Seitenfächer und der Fußraum waren leer und sauber, und wenn das Auto so etwas wie einen spezifischen Geruch hatte, dann wurde dieser vom penetranten Zitronengestank des kleinen Duftbäumchens überdeckt, das vom Rückspiegel herabbaumelte und bei jeder Bodenwelle fröhlich auf und ab hüpfte. Ich musterte Elias von der Seite. Er schien im Geiste längst mit etwas anderem als meiner Gegenwart beschäftigt zu sein, starrte abwesend auf die Straße vor uns und hatte ganz offensichtlich nicht vor, sich weiter mit mir zu unterhalten. Wenigstens war es nicht weit bis zur Kapelle, und wir würden, wenn es keine weiteren Zwischenfälle gab, in weniger als zehn Minuten am Ziel sein.

»Wie hast du sie eigentlich kennengelernt?«, fragte ich. Und obwohl ich leise sprach, kam mir meine Stimme in der Stille, die zwischen uns herrschte, unnatürlich laut vor. Bislang war uns kein Auto entgegengekommen, und vor den Fenstern zog ein dichter, eingeschneiter Wald vorbei. Wüsste ich nicht, dass Jo und Mark uns nachfuhren, hätte es sich angefühlt, als wären wir zwei die einzigen Menschen hier draußen.

»Meinst du Lily?« Elias ließ sich Zeit mit der Antwort. »Keine Ahnung. Wir kennen uns schon lange.«

Es klang nach einer schlechten Ausrede, aber irgendwie glaubte ich, dass er ehrlich zu mir war. Elias gab mir trotz seiner kühlen Art ein überraschend gutes Gefühl – mir war bewusst, dass ich im Auto eines fremden Mannes saß, dass meine Mutter durchdrehen würde, wenn sie davon wüsste, aber ich hatte keine Angst. Es juckte mich in den Fingern, ihn beiläufig zu berühren, einfach um herauszufinden, ob ich eine Vision empfangen würde, aber ich traute mich nicht, die Distanz zwischen uns zu überbrücken.

»Machst du deswegen hier mit?«, sagte ich stattdessen. »Als Freundschaftsdienst?«

Er presste die Lippen zusammen. »So in der Art.«

»Aber wie passt das zusammen?«, fragte ich weiter. »Lily ist so … Ihr Auftreten, ihr Style, ihre Art zu reden, alles an ihr ist irgendwie …«

»Anders?«, schlug er vor.

»Ja, schon. Sie wirkt durch und durch wie jemand, der sich nachts an abgelegenen Orten verabredet, um Dämonen zu beschwören, aber du kannst aus dem Stegreif die Bibel zitieren. Vertragt ihr euch überhaupt?«

»Sag ihr das bloß nicht«, erwiderte er, ohne meine Frage zu beantworten. »Sie denkt, dass ich dem Studium der Schriften längst abgeschworen habe. Ich zitiere sie nur noch, wenn Lily nicht da ist, und normalerweise kommt niemand darauf, woher die Verse stammen.«

Ich zuckte mit den Schultern. »Vor dir hab ich noch nie jemanden außerhalb meines Studiums kennengelernt, der das konnte.« Inzwischen waren wir auf die kleine Straße abgebogen, die uns zur Hardtkapelle führen würde. Der kurvige Weg durch Wald und Wiesen war schon im Sommer irgendwie gruselig gewesen, als ich mit Jo und Mark bestens gelaunt in dem kleinen silberfarbenen Opel von Jos Bruder gesessen hatte, aber nun, da der Schnee alle Pflanzen erstickt hatte und ich auf dem Weg zu einer Beschwörung war, war er wirklich unheimlich.

*Aber du bist nicht allein*, redete ich mir ein. *Jo und Mark sind bei dir. Du hörst sie nicht, weil sie Abstand halten müssen, aber sie sind da.* Im Rückspiegel konnte ich keine Scheinwerfer mehr sehen. *Die zwei sind ja nicht so blöd, Elias an der Stoßstange zu kleben. Die kommen schon noch.*

»Was machst du eigentlich?«, fragte ich, um meine Zweifel zu zerstreuen und zugleich mehr über meinen Fahrer herauszufinden. »Studierst du?«

»Nur für mich selbst, nicht an der Uni«, sagte Elias und bestätigte damit, was ich mir gedacht hatte: Mein Studiengang war eher klein und wurde hauptsächlich von angehenden Religionslehrern und Priestern besucht. Wenn er dasselbe studiert hätte, wäre ich ihm irgendwann schon einmal begegnet. »Ich bin freiberuflich tätig.«

»Als was?«

»Ich bin ...« Er zögerte. »Headhunter. Für ein ziemlich großes Unternehmen.«

»Dann sind Beschwörungen und so was dein Hobby?«

»Lily steht ziemlich auf diesen okkulten Kram. Wie gesagt, ich mache das eher ihr zuliebe.«

Ich hätte gern noch mehr gefragt, doch viel zu schnell war

der Parkplatz der Kapelle aufgetaucht, und Elias brachte das Auto zwischen einem verbeulten VW-Bus und einem schicken schwarzen Audi zum Stehen. Vor uns ragte hinter kahlen Bäumen der blasse Turm der Hardtkapelle in den Nachthimmel, schwach erleuchtet vom Licht unserer Scheinwerfer. Hinter den Fenstern der Kapelle konnte ich kleine Lichter tanzen sehen.

»Die anderen sind wohl schon da?«, fragte ich und legte die Finger um die Türklinke, um auszusteigen.

Elias' Hände waren an die untere Hälfte des Lenkrads gesunken. Er umklammerte es so fest, dass die Knöchel wie bei einer jahrtausendealten Mumie unter der Haut hervorstachen. Als ich seinem Blick folgte, der starr nach vorn durch die Windschutzscheibe gerichtet war, sah ich eine Gestalt in einem dramatischen schwarzen Kapuzenmantel aus dem Portal der Kapelle schreiten. Im Näherkommen nahm sie die Kapuze ab.

Ihr leuchtend blaues Haar verriet sie: Es war Lily.

Hinter ihr traten zwei weitere Gestalten aus der Kapelle; Männer, ihrer Statur nach zu urteilen, auch wenn ich mir auf die Entfernung nicht sicher war.

»Steigen wir nicht aus?«, fragte ich Elias, da er sich noch immer nicht bewegt hatte.

Erst jetzt, als habe er sich innerlich einen Ruck gegeben, nickte er und war wieder locker.

»Doch. Klar«, sagte er, meinen fragenden Blick ignorierend. »Lass uns gehen.«

# 7

Lily begrüßte uns, als wir aus dem Auto stiegen. Sie strahlte so breit, dass ihre Zähne im Licht der Sterne perlweiß schimmerten.

»Da seid ihr ja!«, sagte sie fröhlich und klatschte doch tatsächlich in die Hände wie ein kleines Kind, dem man einen besonders großen Keks versprochen hatte. »Wir haben euch schon erwartet! Wie war deine Anreise, Sera? War Elias nett zu dir?«

Aber sie wartete meine Antwort gar nicht erst ab, sondern trat mit elfenhafter Leichtigkeit auf mich zu, um mich zur Begrüßung in die Arme zu schließen und mich mit einer Wolke ihres schweren Duftes zu umhüllen. Die Berührung jagte einen Schauer von Bildern durch meinen Geist: feurig-rotes Kupferhaar, schwarz glänzende Schuppen, die weich gewordene Schale eines überreifen Apfels.

Noch bevor ich ihre Begrüßung erwidern konnte, schwebte sie zu Elias und hauchte ihm mit halb geschlossenen Lidern einen Kuss auf die Wange. »Und was ist mit dir, mein Großer? Hat dich unser Engelchen geärgert?«

Er schob sie mit sanfter Bestimmtheit von sich, ohne zu lächeln. »Im Gegenteil.«

»Auf dich ist eben immer Verlass«, säuselte Lily und klimperte kokett mit den Wimpern. Ich überlegte kurz, ob ich ihr vor die Füße kotzen sollte, und war dann selbst überrascht von diesem kurzen Anflug von Eifersucht. Normalerweise war mir ein solches Verhalten vollkommen egal, und ich wusste ja schon von unserem letzten Treffen, dass Lily hin und wieder etwas affektiert wirkte. »Holst du noch die Sachen aus dem Kofferraum?«

Ohne ein Wort der Widerrede kam Elias ihrem Befehl nach.

»Bist du schon aufgeregt?«, fragte Lily mich, als er hinter dem quietschenden Kofferraumdeckel verschwunden war, aber ich hörte sie kaum.

Inzwischen waren die beiden fremden Männer herangekommen und nahmen ihre Kapuzen ab. Der eine von ihnen war jung, hatte einen kahl geschorenen Kopf und dunkle Tätowierungen, die sich unter dem Kragen seines Umhangs hervor bis hin zu seinem Gesicht schlängelten. Der andere schien älter, mindestens vierzig, und sah eigentlich aus wie jemand, den man guten Gewissens allein zu Hause lassen konnte, um die Wasserleitung zu reparieren.

»Darf ich dir vorstellen? Meine Gefährten«, sagte Lily geheimnisvoll. »Das hier ist Alexander«, sie deutete auf den Tätowierten, der die Hand hob, ohne mir auch nur in die Augen zu sehen, »und hier haben wir Matthias.«

Der Ältere verbeugte sich und deutete einen Handkuss an – als seine Finger meine Handfläche berührten, sah ich im Geiste einen felsigen Abgrund, dunklen Rauch und hörte Worte in Sprachen, die ich nicht kannte.

»Habe d' Ehre«, sagte er in gediegenem Bayerisch. Der Dialekt klang so heimisch, so vertraut in meinen Ohren, dass ich die düsteren Bilder, die seine Gegenwart mir gezeigt hatte, sofort beiseiteschob. Vielleicht kletterte er gerne, oder er hatte sich bis vor Kurzem auf einer Reise befunden. Auch die Bilder, die ich von Jo empfing, waren manchmal dunkel und negativ – das allein hatte in aller Regel nicht viel zu bedeuten.

»Habt ihr drinnen alles vorbereitet?«, fragte Lily ihre Begleiter.

Alexander nickte. »Wir sind so weit.«

Mit stoischer Miene kehrte Elias zu uns zurück, ein großes schwarzes Stoffbündel in der linken, ein weißes in der rechten Hand. »Zieh das an«, sagte er und hielt mir das weiße Knäuel hin.

»Und das ist ...?«, fragte ich. Aber falls mir jemand eine Antwort darauf gab, konnte ich sie nicht hören, denn als Elias mir das Bündel in die Hände drückte, strichen seine Fingerspitzen für den Bruchteil einer Sekunde über mein Handgelenk. Ein elektrischer Schlag schoss mir den Arm hinauf, und plötzlich ... war ich nicht mehr hier.

Lily, Elias, ihre Gefährten, der dunkle Parkplatz und der in schmutzigen Haufen aufgetürmte Schnee waren verschwunden. Das klamme Stoffbündel lag nicht mehr in meinen Händen, ich hatte den Grund unter den Füßen verloren und schwebte in der Luft, dicht unter der Decke einer kleinen Kapelle, vor deren schmucklosem Altar ein schmächtiger junger Mann in zerlumpten Gewändern kniete. Er hatte mir den Rücken zugewandt, hielt das Haupt demütig über die gefalteten Hände gesenkt. Ich konnte sein Gesicht nicht sehen, nur das strähnige, wirre Haar an seinem Hinterkopf. Es gab keine Farben – das Bild lag in Graustufen vor mir, als sähe ich mir einen uralten Film an. Ich konnte den Mann leise sprechen hören, ohne zu verstehen, was er sagte. *Er betet*, wurde mir klar. Dann war das Bild wieder verschwunden, und ich stand mit beiden Füßen fest auf dem gefrorenen Kies vor der Hardtkapelle.

»Alles in Ordnung?« Lily legte mir besorgt eine Hand auf den Arm, doch durch den dicken Stoff meiner Jacke hindurch blieb die Berührung folgenlos, und ich war ohnehin noch immer wie betäubt von der Wucht der Vision, die Elias soeben in mir ausgelöst hatte. Etwas Vergleichbares hatte ich noch nie zuvor erlebt. »Du siehst aus, als hättest du einen Geist gesehen.«

Ich blinzelte und sah auf den weißen Stoff in meinen Händen hinab, ohne mich recht erinnern zu können, wie er überhaupt dorthin gelangt war.

Ich suchte Elias' Blick, doch falls er ebenfalls etwas gefühlt oder gesehen hatte, ließ er sich nichts anmerken. Er hatte sich von mir abgewandt und legte sich fahrig einen schwarzen Umhang über die Schultern. Als er versuchte, den Verschluss einzuhaken, stellte er sich dabei so unglücklich an, dass Matthias sich zu einem breiten Grinsen hinreißen ließ und sich erbarmte, ihm zu helfen. Ich fühlte, dass Lily noch immer auf meine Antwort wartete und nickte eilig. »Keine Sorge. Alles bestens.«

Sie schenkte mir ein nachsichtiges Lächeln. »Zieh deinen Umhang an, dann gehen wir rein, und ich kann dir alles erklären.«

Gehorsam entfaltete ich das Stoffbündel – derselbe Kapuzenumhang, wie ihn die anderen vier trugen, aber in Weiß. »Warum ist meiner anders?«, fragte ich misstrauisch. Die Konnotationen, die mir durch den Kopf schossen, waren alles andere als beruhigend: *Unschuld, Jungfrau, Opferlamm.*

»Ach, Sera, es geht um dich heute Nacht, das habe ich dir doch schon in der Stadt gesagt«, erklärte sie ruhig. »Der Dämon will dich sprechen, da wäre es doch schade, wenn du in der schwarzen Masse untergehst, findest du nicht auch?«

»Schon, aber ...«

»So haben wir alle mal angefangen«, warf Alexander ein, die Stimme rau wie Schmirgelpapier. »Wir alle hatten Fragen, auf die wir in der Welt der Sterblichen keine Antworten finden konnten. Es ist unheimlich, aber das legt sich. Hab Vertrauen.«

Ich nickte, doch Lily schien ungeduldig zu werden, sie sah zu Elias und wedelte mit der Hand in meine Richtung. Zögerlich kam er näher, nahm mir den Umhang aus den Händen und legte ihn um meine Schultern, ohne mir jedoch in die Augen zu blicken. *Du hast doch etwas gemerkt,* dachte ich.

Als seine Finger versuchten, die silberne Schnalle an meinem Hals zu schließen, vermied er jede Berührung.

»Aber ich weiß doch gar nicht, wie man einen Dämon überhaupt adressiert«, sprach ich meine verbliebenen Sorgen aus. »Was, wenn ich nicht die richtigen Fragen stelle? Wenn ich ihn aus Versehen beleidige? Ich habe bisher immer nur meine Schutzengel angerufen.«

Lily winkte ab. »Das lernt man schnell«, sagte sie. »Außerdem sind wir die ganze Zeit bei dir. Bleib einfach ruhig und mach das, was wir dir sagen, dann kann dir da drinnen gar nichts passieren.« Sie machte Anstalten, in Richtung Kapelle davon zu stolzieren, hielt aber plötzlich inne. »Es sei denn ...« Ganz langsam drehte sie sich wieder zu mir. »Es sei denn, du hast noch etwas vergessen?«

»Nein, eigentlich ...« Ich hatte mich bereits zu Elias' Auto umgedreht, als mir siedend heiß einfiel, was sie meinen könnte. Meine Hand flog an meinen Hals. Ich stand da wie ein Reh im Scheinwerferlicht.

Lily schnalzte leise mit der Zunge. »Du erinnerst dich doch an die Regeln, oder? Lass die Halskette hier, damit wir anfangen können.«

*Woher ...?* »Das habe ich vergessen«, sagte ich entschuldigend, obwohl das Gegenteil der Fall war. Während ich den Verschluss der Kette öffnete, überlegte ich fieberhaft, ob ich sie irgendwie bei mir behalten konnte, ohne dass Lily es merkte, doch sie ließ mich keine Sekunde lang aus den Augen, und sobald ich meinen Schatz in den Händen hielt, deutete sie mit dem Kinn fordernd Richtung Auto.

Widerwillig ließ ich mir von Elias die Fahrertür öffnen und legte die Kette, *meine* Kette, die ich in den letzten acht Jahren höchstens zwei- oder dreimal abgenommen hatte und sogar zum Schlafen und Duschen anbehielt, in der Vertiefung der Mittelkonsole ab.

»Sehr schön«, lobte Lily. »Das hätten wir. Versteh mich nicht falsch, ich weiß, dass du vermutlich sehr an der Kette hängst. Aber wenn du ein Zeichen des Herrn bei dir trägst, könnte unser dämonischer Freund das schnell in den falschen Hals bekommen, und wir wollen ihn doch nicht verärgern, hm?«

Ich schüttelte den Kopf. »Natürlich nicht.«

»Braves Mädchen«, sagte Lily, ehe sie sich an ihre Gefährten wandte. »Holt ihr noch die Gaben aus dem Auto und nehmt sie mit rein?«

»Logisch.« Matthias öffnete die Schiebetür des VW und holte eine große Kiste voll praller Weintrauben und blühender Rosen hervor, die er Alexander in die Hand drückte, ehe er selbst eine weitere Kiste hervorwuchtete, in der ein totes Zicklein lag. Dieser Anblick genügte, um meinen eine vegetarische Lebensweise gewohnten Magen revoltieren zu lassen, und ich schlug mir entsetzt eine Hand vor den Mund – für die

Engelsrituale meiner Großmutter hatten wir nie mehr als einige schöne Dinge aus ihrem Garten oder dem nahe gelegenen Wald gebraucht.

»Ist das wirklich nötig?«, presste ich hervor.

Alexander zuckte mit den Schultern. »Lieber die Ziege als wir.«

»Mei, jetz is eh scho hi', des Viecherl«, sagte Matthias.

»Vertrau uns«, wiederholte Lily neben mir in leisem Singsang, als müsse sie mich, nicht den Dämon beschwören. »Also los. Gehen wir.« Sie griff nach meiner Hand – *ein großer Baum, ein leises Zischen* – und zog mich mit sich in Richtung Kapelle. Elias, Alexander und Matthias folgten uns wie stumme Schatten.

»Muss ich denn nicht noch irgendetwas wissen?«, fragte ich. »Gibt es etwas, das ich in der Kapelle beachten muss? Verhaltensregeln? Ich hab das so noch nie gemacht, ich weiß gar nicht, wie das alles ablaufen wird.«

»Du musst gar nicht viel tun«, sagte Lily schlicht. »Meine Gefährten haben den Ort bereits vorbereitet, die Inkantation werde ich leiten. Du musst nur sprechen, wenn alle sprechen oder du explizit gefragt wirst, ansonsten reicht uns deine Anwesenheit.«

»Und wann stelle ich meine Frage?«

»Deine ...?« Lily stockte kurz, ehe sie in ein glockenhelles Lachen ausbrach. »Deine Frage! Natürlich. Ich gebe dir ein Zeichen. Sobald er sich manifestiert hat, kannst du mit ihm sprechen. Du wirst sehen, es ist nichts dabei.«

Restlos überzeugt war ich nicht. Meine Oma hätte mich nicht wieder und wieder vor solches Experimenten gewarnt, wenn sie wirklich so unbedenklich gewesen wären, wie Lily mich die ganze Zeit glauben machen wollte. Der erneute Gedanke an meine Oma versetzte mich von einer Sekunde in die andere in geistige Klarheit, und auf einmal wusste ich nicht mehr so genau, warum ich dem Ganzen überhaupt zugestimmt hatte. Es war gefährlich! Wo war die fast manische Begeisterung hin, mit der ich meinen Plan in den letzten Tagen verfolgt hatte? War das wirklich *ich* gewesen? Ich versuchte, meine Hand Lilys Griff zu entwinden, doch sie hielt meine Finger umklammert wie eine Python ihre Beute.

Unter dem kleinen Vordach der Kapelle, vor dem geschlossenen Portal, blieb ich stehen.

Lily drehte sich mit fragendem Blick nach mir um. »Was ist los?«

»Wenn ich da drinnen Angst bekomme …«, begann ich.

Sie schüttelte sachte den Kopf. »Aber wir sind doch bei dir.«

»Wir haben das schon Dutzende Male gemacht«, bestätigte Alexander. »Unser Matthias hier hat schon Dämoninnen hofiert, als du noch gar nicht lesen konntest.«

Lily ließ meine Finger los und legte mir erneut eine Hand auf die Schulter. »Ich verstehe deine Bedenken, Sera, aber dir kann gar nichts passieren, solange du den Schutzkreis nicht verlässt. Und wenn wider Erwarten doch etwas schiefgehen sollte, verspreche ich dir, das Ritual sofort zu beenden. Einverstanden?«

In ihren Augen lag so viel Zuversicht, dass mein aufgeregt holperndes Herz sich langsam beruhigte. »Klar.«

»Elias, mein Lieber, wir gehen rein.« Lily lächelte vor sich hin, während Elias Matthias und Alexander die Tür aufhielt. Ehe sie selbst eintrat, ließ sie mir mit einer übertriebenen Verbeugung den Vortritt. Erneut versuchte ich, Elias' Blick einzufangen, doch er sah stillschweigend zu Boden.

Gefühlt war es im Inneren der Hardtkapelle noch kälter als draußen. Sobald Lily und Elias hinter mir hereingekommen waren, schlug das Portal zu; das sanfte Licht der Sterne verschwand, der Geruch von Schnee, Natur, frischer Luft und Freiheit wich dem Gestank von Rauch und dem muffigen Dunst alter Kirchen.

»Na komm«, lockte Lily und schob mich neben sich in Richtung Altar. »Nur keine falsche Scheu.«

Um den tiefen Teufelstritt vor dem reich verzierten Altar herum hatte jemand mit weißer Kreide ein Pentagramm gezeichnet, das von einem größeren Kreis umgeben wurde. In der zweifachen Kreislinie erkannte ich endlose Folgen einer runenartigen Schrift, ähnlich den Zeichen, die mir schon auf Lilys Notizbuch aufgefallen waren. Außerhalb des Kreises – auf dem Altar, den Stufen, den Sitzflächen der vorderen Kirchenbänke – waren unterschiedlich große Kerzen entzündet worden, die die einzige Lichtquelle bildeten.

Inmitten des ganzen Aufbaus drapierten Alexander und Matthias die Gaben aus den Kisten um den Fußabdruck herum, als müssten sie ein Stillleben arrangieren.

»Das reicht«, sagte Lily, sobald wir am Rande des Kreises stehen geblieben waren.

Matthias tätschelte dem Zicklein, das er vor dem Abdruck platziert hatte, als würde es schlafen, das Köpfchen, und entfernte sich gehorsam.

»Weißt du, mein Geliebter kann es kaum noch erwarten, dich endlich kennenzulernen«, sagte Lily an mich gewandt, während die drei Männer die Kapuzen ihrer Umhänge aufsetzten und ihre Plätze an den Ecken des Pentagramms bezogen, Alexander und Matthias mit je einer lodernden Fackel, Elias zwischen ihnen mit einem Räucherfass in den Händen, das statt Weihrauch einen ungewohnten Duft von Storax und Süßholz verströmte.

»Dein …?« Ich wollte meinen Ohren nicht trauen. »Wer?«

»Du hast schon richtig gehört«, erwiderte Lily munter. »Und du kennst ihn bereits. Flüchtig nur, ich weiß, aber für einen ersten Eindruck hat eure kurze Begegnung in der Frauenkirche doch sicher gereicht?«

*Sie ist verrückt,* schoss es mir durch den Kopf. Immerhin war hier die Rede von einem Dämon – sie konnte mir nicht erzählen, dass es ihr als Mensch gelungen war, zu einem von ihnen eine Liebesbeziehung aufzubauen. Sie waren das Gestalt gewordene Böse. »Du weißt also schon, welcher Dämon das gewesen sein soll?«, fragte ich, die Stimme unnatürlich dünn.

Lily lächelte anzüglich. »Könnte man so sagen.«

»Aber … Warum hast du mir das nicht von Anfang an erzählt?«

»Hättest du mir denn geglaubt?«

Ich schüttelte den Kopf. »Ich glaube dir auch jetzt nicht.«

Lily zuckte gleichmütig die Schultern. »Das ändert nichts«, sagte sie und kam auf mich zu. Viel zu spät sah ich einen silbrigen Dolch in ihrer Hand aufblitzen – Gott weiß, wo sie den bislang versteckt hatte. Ich wollte von ihr abrücken, doch schockiert stellte ich fest, dass ich es schlichtweg nicht konnte. Meine Füße waren wie festgefroren, als hätte ich plötzlich das Laufen verlernt, und ich musste untätig dabei zusehen, wie Lily den Dolch mit einer geschmeidigen Bewegung über meine Handfläche zog. Augenblicklich trat Blut hervor, nahezu schwarz im düsteren Licht der Fackeln und Kerzen.

Es hätte wehtun sollen, aber inzwischen war ich so in Panik, dass ich den Schmerz kaum spürte.

»Die letzte Zutat«, summte Lily und senkte die Spitze des Dolches über dem Fußabdruck. Sobald der erste Tropfen meines Blutes in das Loch gefallen war, begannen die Kreidestriche auf dem Boden zu glühen.

Ich wollte mir meine verletzte Hand an die Brust pressen, doch selbst das gelang mir nicht. »Warum kann ich mich nicht bewegen?«

»Wozu willst du das denn?«, fragte Lily, als wäre nichts dabei. Ruhig wischte sie den Dolch an ihrem Umhang ab und legte ihn auf die nächste Kirchenbank. »Wir fangen doch gerade erst an.«

»Vielleicht will ich gar nicht mehr anfangen«, sagte ich eilig, als ob das noch etwas ändern könnte. Ich saß längst in der Falle wie eine Maus, die man mit einem winzigen Stückchen Käse in ihr Verderben gelockt hatte.

»Das hättest du dir überlegen sollen, als du noch mit deinen Idiotenfreunden in deiner Wohnung saßt«, erwiderte Lily. Von ihrer freundlichen Fürsorge mir gegenüber war nichts mehr zu spüren, und als sie zu mir aufsah, waren ihre Augen kalt. »Jetzt ist es dafür ein klein wenig zu spät. Vielleicht hättest du von Anfang an auf diesen veganen Freak hören sollen und nicht auf Johanna. Sie ist ja süß, aber furchtbar leicht zu beeinflussen.«

»Was hast du mit meinen Freunden zu tun?«, fragte ich perplex.

»Eigentlich nicht viel.« Als ich den Mund öffnete, schnitt sie mir mit einer ungeduldigen Geste das Wort ab. »Aber genug davon. Komm zu mir, damit sich der Kreis schließt und mein Geliebter erscheinen kann.«

Als hätten sie ihre Worte gehört, begannen meine Muskeln zu arbeiten und mich in Richtung Bannkreis zu bewegen. Ich versuchte, stehen zu bleiben oder mich abzuwenden, versuchte es mit aller Kraft, doch mein Körper gehorchte mir nicht. Es war wie in meinem Traum – ich war eine Beobachterin in meinem eigenen Körper. Doch während sich die Handlungen in meinem Traum auf eigentümliche Weise *natürlich* angefühlt hatten, wie ein Teil von mir, spürte ich jetzt ganz deutlich, dass es fremde Mächte waren, die mich kontrollierten. Es war ein furchtbares, ein widerliches Gefühl, und wenn es geholfen hätte, hätte ich mich auf der Stelle übergeben.

*Sobald du das Gefühl hast, dass wir eingreifen müssen, sag* Amen *ins Mikro,* hörte ich Marks Stimme in meinem Kopf, während ich zwischen Lily und Matthias unfreiwillig auf die letzte freie Ecke des Pentagramms trat. Vor meinem geistigen Auge sah ich Jo, Mark und mich in einer Ecke unseres Lieblingscafés sitzen, jeder von uns eine dampfende Tasse Tee in den Händen. *Das ist unser Safeword, okay? Du sagst* Amen, *wir kommen und holen dich raus.*

»Amen«, flüsterte ich, obwohl ich, seit ich den Kopfhörer am Bahnhof rausgenommen hatte, nichts mehr von Jo und Mark gehört hatte. *»Amen.«*

Lily schnaubte amüsiert. »Beten wird dir auch nicht helfen, Süße. Gott ist ohnehin etwas *ruhig* dieser Tage, findet ihr nicht?« Sie blinzelte vergnügt in die Runde, als habe sie einen Scherz gemacht, den nur sie und ihre Gefährten verstanden. »Und ich würde mir nicht allzu große Hoffnungen machen, dass deine kleinen Freunde dich retten kommen. Die Straßen sind fürchterlich glatt heute Nacht.«

Meine Knie wurden weich. *Sie will dir nur Angst machen,* redete ich mir ein. *Jo und Mark geht es gut.*

Aber ich konnte es unmöglich wissen. Ich hatte mir vorgenommen, vorsichtig zu sein, nichts Unüberlegtes zu tun. Wie um alles in der Welt hätte ich ahnen sollen, dass Lily wirklich so etwas wie übernatürliche Fähigkeiten besaß? Sie war es, die meinen Körper kontrollierte, davon war ich überzeugt.

Alexander und Matthias hatten sich während der ganzen Szene nicht von der Stelle gerührt. Elias hielt seinen Blick gesenkt, schwenkte das Räucherfass hin und her und wirkte im geisterhaften Glühen des Bannkreises unheimlich blass.

»Hilf mir«, flüsterte ich verzweifelt. Doch Gott schwieg, wie Er schon mein ganzes Leben lang geschwiegen hatte, und Elias schüttelte kaum merklich den Kopf.

Lily kümmerte sich nicht weiter um mich, breitete in einer dramatischen Geste die Arme aus und begann mit kräftiger, klarer Stimme zu sprechen:

»Samael«, rief sie, einen gespenstischen Glanz in den Augen. »Geliebter, strahlendster aller Erzengel, der du auch die mächtigsten Krieger bezwungen und die weisesten Könige von ihren Thronen gestoßen hast, ich rufe dich.«

Kälte durchströmte meine Glieder. Nicht einen kleinen, unbedeutenden und leicht kontrollierbaren Dämon wollte sie in unserer Mitte erscheinen lassen, sondern Samael, den blinden Engel, das Gift Gottes, der in der jüdisch-christlichen Mythologie nichts weniger als ein gefallener Erzengel war. Keinem Okkultisten der Welt, und sei er noch so erfahren, sollte es möglich sein, eine solche Präsenz seinem Willen zu unterwerfen, und Lily stellte meiner Meinung nach keine Ausnahme dar. Doch sie fuhr unaufhaltsam fort:

»Samael, Geliebter, der du den Menschen aus dem Paradies verbanntest, der du Nationen zu Fall brachtest und letztlich gar den *Herrn* in die Versenkung triebst, erscheine uns.«

Bei den Gebeten und Engelsanrufungen mit meiner Großmutter war rückblickend betrachtet nie etwas Außergewöhnliches passiert. Jetzt war alles anders. Noch während Lily sprach, begann der Teufelstritt in unheilvoll-violettem Licht zu glühen, die angehäuften Rosen verdorrten, die Trauben platzten auf, und das tote Zicklein verweste binnen Sekunden zu einer vertrockneten Mumie, als entziehe der immer heller glühende Abdruck den Opfergaben jede Energie.

*Nicht genug,* schoss es mir durch den Kopf. *Das reicht nicht.*

Dann setzte Lily ihre Inkantation fort: »Samael, Gift Gottes, ich, deine Geliebte, bringe dir dieses Kind des Herrn dar, auf dass du zu deiner alten Stärke zurückfinden und an meiner Seite herrschen wirst. Geliebter, erscheine uns und nimm diese Gabe entgegen.«

Ich sah meine schlimmsten Befürchtungen bestätigt: Daher also all die Mühen, mich zu dieser Beschwörung zu locken, der weiße Umhang, das Blut. Die Trauben, die Rosen und das Zicklein waren nur Beiwerk – *ich* war das Opfer, das Lily Samael darbringen wollte.

Sobald ihre letzte Silbe verklungen war, veränderte sich die Luft in der Kapelle. Die Temperatur schien noch weiter abzufallen; ein frischer Wind zog auf, die zahllosen Kerzen um uns verloschen, und es waren entfernt flüsternde Stimmen zu hören. Matthias und Alexander warfen ihre Fackeln auf die Überreste der Opfergaben in unserer Mitte, die augenblicklich in hell lodernden Flammen aufgingen.

Es war wie in der Frauenkirche. Doch während wir uns dort frei hatten bewegen können, musste ich nun hilflos mit ansehen, wie das leuchtende Portal an der Stelle des Fußabdrucks immer größer wurde, bis es an die Spitzen des Pentagramms heranreichte. Die Flammen wurden von dem Loch geschluckt, der Wind wurde stärker, schob dünne Nebelschleier durch die Luft, und wann immer einer von ihnen vor meinen Augen vorbeitrieb, schien sich mein Blick auf Lily und ihre Geführten zu verändern: Plötzlich ragten die grauenerregenden Köpfe von Bestien unter Alexanders und Matthias' Kapuzen hervor, und an Elias' Stelle schien eine winzige Sekunde lang ein bärtiger, gebeugter alter Mann zu stehen, während Lilys Haar durch den Nebel rotgolden schimmerte. Dann zog sich der Nebel in der Mitte des Pentagramms zusammen, und mit den Nebelschleiern schwand auch die Illusion. Die vier sahen wieder aus wie zuvor.

Mein Blick blieb am Portal in der Mitte des Pentagramms hängen. Wie damals in der Frauenkirche war über dem Fußabdruck eine schattenhafte Gestalt erschienen – aber diesmal verschwand sie nicht. Diesmal gewannen die Schatten an Dichte und Form, manifestierten sich langsam zu einem wabernden Oberkörper, wo vorher nichts als Luft gewesen war. Dann verdichtete sich der Schemen zu einem schlanken Mann mit ebenholzschwarzer Haut, aus dessen Stirn die gebogenen Hörner eines Ziegenbocks wuchsen.

»Geliebter«, hauchte Lily, ein verträumtes Lächeln auf den Lippen.

Samaels Augen flogen auf – sie waren durch und durch weiß, ohne Pupillen darin, und blickten ziellos in die Dunkelheit der Kapelle.

*Samael, das Gift Gottes,* schoss es mir erneut durch den Kopf. *Der blinde Engel.* Doch der Mann vor mir war kein Engel mehr. Wo seine Flügel hätten sein sollen, sah ich nichts als vernarbte Stumpen aus seinem Rücken ragen. *Er wurde gestürzt, der große Drache, die alte Schlange, die Teufel oder Satan heißt, und mit ihm wurden seine Engel hinabgeworfen.*

»Geliebte«, sagte Samael sanft. »Es ist schön, deine Stimme zu hören.«

# 8

Panik durchströmte mich.

Längst war mir klar, dass ich einen kolossalen Fehler gemacht hatte. Mark hatte von Anfang an recht gehabt – ich hätte nicht herkommen dürfen. Woher aber hätte ich wissen sollen, dass Lily in der Kapelle einen gefallenen Erzengel heraufbeschwor, dass sie alles andere als eine harmlose junge Frau war und übernatürliche Fähigkeiten hatte? Ich wusste nicht, weshalb sie ausgerechnet mich als Menschenopfer auserkoren hatte, aber mir war sehr wohl bewusst, dass das Ritual für mich kein schönes Ende nehmen würde, wenn ich nicht verschwand.

Die Erkenntnis kam freilich zu spät. Samael war hier, ich war hier und konnte mich noch immer nicht bewegen. Äußerlich war mein Körper furchtbar ruhig, doch in meinem Inneren jagte ein Gedanke den nächsten – ich wollte fort, raus aus der Kapelle, aus dieser rauchigen Luft, raus in den Schnee, in den Wald und einfach nur noch rennen, *rennen*, bis ich nicht mehr konnte, bis Lily mich nicht mehr finden würde und ich sie und ihr Schlangenlächeln niemals wiedersehen musste. Ich wollte zu Jo und Mark und die beiden in die Arme schließen, mich dafür entschuldigen, dass ich so stur gewesen war, dass ich nicht von Anfang an auf sie gehört hatte.

*Die Straßen sind glatt heute Nacht.*

Mir wurde klar, dass ich die beiden vielleicht nie mehr wiedersehen würde, und Tränen traten in meine Augen.

»Ich bringe dir die Seele, die dir im Dom begegnete, Geliebter«, sagte Lily und wandte sich mit wehendem Haar in meine Richtung. »Keine Angst, Engelchen.« Sie verschränkte ihre Finger mit den meinen, als sei ich ein scheues, kleines Kind, das den Beistand seiner Mutter brauchte. Samael schloss die Augen und legte den Kopf schräg, um zu lauschen. »Du gehst nach Hause.«

»Mein Zuhause ist in München«, sagte ich.

Lily lachte. »Unsere Heimat ist nicht dort, wo wir gemeldet sind, Dummerchen. Du kehrst zu deinen Geschwistern zurück. Ist das nicht besser als dieses triste Dasein unter Menschen?«

Verständnislos schüttelte ich den Kopf. »Ich weiß nicht, wovon du redest.«

»Aber du hast es doch gemerkt?«, erwiderte Lily. »Die ganzen Videos, deine Affinität zum Dazwischen? Wir führen dich zu deiner Bestimmung. Du solltest uns danken.«

»Kennst du ihren Namen?«, fragte Samael, als ich schwieg.

Er öffnete wieder die Augen.

Aus der Nähe betrachtet war sein Körper fast durchsichtig, und ich konnte durch ihn hindurch die Umrisse der anderen erkennen. Doch obwohl er irgendwie *da* und *nicht da* zugleich war, brachte die unheimliche Macht seiner Präsenz die Luft um ihn herum zum Zittern.

*Bitte, Gott, steh mir bei.*

»Mein Name ist Sera«, sagte ich klar und deutlich, um meine Angst zu überspielen. Augenblicklich drückte Lily so fest auf den blutenden Schnitt in meiner Hand, dass ich zusammenzuckte.

»Ihr Name ist nicht weiter von Bedeutung«, zischte sie. »Sie ist eine der zweiundsiebzig. Eine kleine Aufmerksamkeit für dich, mehr nicht.«

Doch Samael reagierte nicht auf sie. Als ich gesprochen hatte, hatte er den Kopf in meine Richtung gewandt; nun umspielte ein kleines Schmunzeln seine Lippen. Seine Gesichtszüge waren vollkommen ebenmäßig, sein Körper makellos. Er war in jeder Hinsicht wunderschön, doch er konnte es nicht sehen. Ich fragte mich, ob das eine Strafe Gottes war.

»Von Seraphina? Die Entflammte?«, übersetze er die Bedeutung meines Namens ins Deutsche. »Im christlichen Glauben sind die Seraphim jene Engel, die den Thron des Herrn bewachen. Sie stehen in der himmlischen Hierarchie weit oben. Mir scheint, deine Eltern hatten bei deiner Taufe eine gewisse Vorahnung, meinst du nicht?«

»Manch einer stapelt eben gerne hoch«, bemerkte Lily abfällig. »Die zweiundsiebzig sind von den Seraphim so weit entfernt wie die Erde von der Sonne.«

Ich hatte keine Ahnung, was sie meinte, aber Samael fuhr unbeirrt fort: »›Im Todesjahr des Königs Usija sah ich den Herrn. Er saß auf einem hohen und erhabenen Thron. Der Saum seines Gewandes füllte den Tempel aus‹«, zitierte er mit seiner tiefen Honigstimme. Wie Lilys Aussprache klang auch seine Betonung eigenartig fremd in meinen Ohren, ohne dass ich es wirklich benennen oder einem bestimmten Akzent zuordnen konnte. »›Seraphim standen über ihm. Jeder hatte sechs Flügel: Mit zwei Flügeln bedeckten sie ihr Gesicht, mit zwei bedeckten sie ihre Füße und mit zwei flogen sie. Sie riefen einander zu: Heilig, heilig, heilig ist der Herr der Heere. Von seiner Herrlichkeit ist die ganze Erde erfüllt.‹«

*Altes Testament*, dachte ich, aber in meiner Panik war es mir unmöglich, das richtige Buch oder gar die genaue Stelle zu nennen. Als ich über die glühenden Linien des Pentagramms hinweg, durch Samaels Schulter hindurch zu Elias sah, trafen sich für den Bruchteil einer Sekunde unsere Blicke – und plötzlich fühlte ich etwas brechen, ein leises Knacken am Grunde meines Herzens, als sei das Glied einer Kette zerborsten. Meine Finger zuckten im eisernen Griff von Lilys Hand.

»Eine wunderschöne Geschichte, Geliebter, doch fehlt uns dafür die Zeit«, sagte Lily drängend, als habe auch sie gespürt, dass sich etwas verändert hatte. »Die Seraphim wurden restlos vernichtet. Es ist müßig, sich länger mit diesen alten Schwänken aufzuhalten, wenn die Zukunft direkt vor uns liegt.«

»Leider«, seufzte Samael. »Ich würde immer so gerne länger mit ihnen sprechen, bevor ...« Er ließ das Ende des Satzes in der Luft hängen. »Immerhin sind sie Teil der Familie.«

»Bis jetzt hatte keiner von ihnen viel zu sagen«, meinte Lily bestimmt. »Und diese hier bildet keine Ausnahme. Sie können sich nicht erinnern. Keiner von ihnen.«

»Woran erinnern?«, fragte ich, ohne eine Antwort zu erhalten. Es war, als würden die beiden mich gar nicht mehr hören, als sei ich für sie nichts als ein blökendes Lämmchen.

»Ich fürchte, du hast recht«, sagte Samael. Und dann wandte er sich doch wieder an mich: »Aber es war wirklich töricht von euch, *malakh*. Wie wolltet ihr euch vor einem Feind verbergen, den ihr nicht mehr erkennt? Wie wolltet ihr eine Gefahr bezwingen, an die ihr euch gar nicht erinnert?«

»Was meinst du?« *Vielleicht haben sie mich verwechselt. Ich bin die Falsche.* »Ich verstehe nicht.«

Doch Samael schüttelte nur den Kopf. Kaum hatte er den Kopf gesenkt, änderte sich die Atmosphäre schlagartig. Hatte der Wind eben, während Samael gesprochen hatte, nachgelassen, bis es fast vollkommen still in der Kapelle gewesen war, so nahm er jetzt wieder zu, die Linien auf dem Boden erstrahlten in gleißendem Licht, und ich spürte einen unheimlich starken Sog von dem Portal zu unseren Füßen ausgehen.

Nun war es Samael, der die Hand in meine Richtung streckte, als wolle er mich zu einem Spaziergang einladen. »Komm.«

Instinktiv wusste ich, dass ich auf keinen Fall mit ihm oder dem Portal in Berührung kommen durfte, sonst wäre ich verloren. Um nicht mit ihm in jene Welt gezogen zu werden, aus der er gekommen war, musste ich fliehen – *jetzt*. Doch mein Körper gehorchte mir noch immer nicht. Das kleine Zucken hatte nicht gereicht, um die Kontrolle über mein Tun zurückzuerhalten, und wie ein stolzer Vater, der die Hand seiner Tochter an ihren Zukünftigen übergab, legte Lily meine regungslosen Finger nun in die Hand ihres Geliebten.

Obwohl er in einer anderen Sphäre war, sein musste, konnte ich die weiche Wärme seiner Haut spüren, während ein Sturm von Bildern durch meinen Geist fegte – Feuer, Blut, Rauch, Tränen, zerstörte Bauten und gebrochene Federn.

*»Nein!«*, schrie ich, als Samaels Griff um meine Hand sich verstärkte und er mich in seine Richtung zog, aber meine Stimme wurde vom Tosen des Windes verschluckt.

Schon fühlte ich, wie meine Füße im Boden versanken, wie ich diese Welt verließ und neben Samael in den Tiefen des Nichts verschwand. Ich sah Hilfe suchend zu den Gestalten in ihren Kapuzenmänteln, die leise zu wispern, zu *zischen* begonnen hatten, suchte Elias – und als sich unsere Blicke erneut trafen, tönte plötzlich ein einzelnes Wort durch meine Gedanken, klar und deutlich, als habe er es in mein Ohr geschrien.

*Lauf.*

Auf einmal war der Zauber gebrochen.

Ich konnte meinen Körper wieder fühlen, überdeutlich nun, jede Sehne, jeden Muskel, meine Nerven, zum Zerreißen gespannt. Mit einer Kraft, die ich mir selbst nie im Leben zugetraut hätte, entriss ich mich Samaels Griff, taumelte neben Lily zu Boden, völlig überrumpelt von meinem eigenen Schwung, doch ich robbte auf den Knien weiter, *einfach weg*, bis es mir gelang, einen Fuß auf den Boden zu stemmen, aufzuspringen und loszurennen, den Mittelgang entlang, auf das Portal der Kapelle zu, nur fort von diesem Ort, fort von dem Portal, von Lily und Samael.

»Bleib hier!«, schrie Lily gellend hinter mir her, und ich konnte *fühlen*, dass sie mir nachjagte, dann hörte ich einen dumpfen Aufprall, das gespenstische Licht des Portals verlosch plötzlich, als habe man einen Schalter umgelegt, der Wind hörte abrupt auf, und es war wieder still und dunkel in der Kapelle.

»*Bleib hier!* Und du – zur Hölle, lass mich los!«

»Sie kommt sowieso nicht fort!«, rief jemand. »Du musst den Durchgang erst schließen, sonst ist Samaels Geist in Gefahr!«

Ich warf mich gegen die Kapellentür, trat dagegen, als sie sich nicht augenblicklich öffnen ließ, und als sie sich endlich bewegte und ich einen kurzen, angsterfüllten Blick über meine Schulter warf, sah ich trotz der Dunkelheit, dass Lily am Boden lag, niedergeworfen von … von *ihm*.

Die Tür schwang auf, und ein Schwall herrlich frischer Winterluft vertrieb den rauchigen Dunst der Kapelle. Ich taumelte nach draußen und rannte. Ohne lange zu überlegen wandte ich mich nach rechts, weg vom Parkplatz, an der Seitenwand der Kapelle entlang auf die Wiese hinter ihr, wo ich mich durch den fast kniehohen Schnee den Hang hinunterkämpfte. Mein Körper mobilisierte all seine Reserven, wurde keine Sekunde langsamer, und als ich Lilys Stimme weit hinter mir einen Befehl rufen hörte, hatte ich schon die Straße erreicht, stolperte über den Asphalt, ein merkwürdig leichtes Gefühl in den Beinen, nun, da es keinen Schnee mehr gab, der meine Bewegungen bremste. Ich zögerte einen Moment, sah die Straße hinab, wollte schon in die Richtung, aus der wir gekommen waren, lossprinten, als ich hörte, wie oben an der Kapelle ein Motor gestartet wurde. *Nicht die Straße,* dachte ich und blickte nach vorn. *Der Wald.*

Obwohl die Zweige der Bäume und Büsche kahl wie Skelette waren, standen die Pflanzen hier am Straßenrand so dicht beieinander, dass ich nicht sehen konnte, was dahinter lag. Doch kaum hörte ich das Knirschen von Reifen auf Schnee und Kies, warf ich mich nach vorn, mitten in die Wand aus Gestrüpp hinein. Als ich die andere Seite des Dickichts erreichte, fand ich keinen Halt mehr und rollte wie ein Schneeball den steilen Abhang hinunter, der sich dahinter verborgen hatte.

Am Fuße des Hanges kam mein Körper zum Liegen, und obwohl ich mir sicher war, dass ich das nicht unverletzt überstanden haben konnte, empfand ich keinen Schmerz. Ich war in einem lichten Wald, doch meine Umgebung erschien mir wie eine andere Welt; mir war schwindlig, mein Kopf war zu *leicht,* ich sah Sternchen, aber ich wollte, ich *konnte* nicht hier liegen bleiben, nicht, solange ich verfolgt wurde.

Mühevoll kämpfte ich mich zurück auf die Beine und lief wieder los, durch den Schnee, der sich hier unter den Bäumen nicht mehr wie ein Hindernis anfühlte, über loses Geäst und kleine Sträucher hinweg und in das Bett eines kleinen Baches hinein, da mir jede Kraft fehlte, ihn zu überspringen. Nur am Rande bekam ich mit, dass die dünne Eisdecke nicht einmal knackte, als ich sie betrat, obwohl sie unter meinem Gewicht eigentlich sofort hätte brechen müssen.

Das Auto, das ich gehört hatte, fuhr weit über mir die Straße entlang, langsam zwar, aber ohne anzuhalten, und ich spürte erstmals wieder Hoffnung. Vielleicht würde ich es schaffen. Ich kletterte aus dem Bachbett, rappelte mich auf, lief weiter. Vor mir ragte ein steiler Hang auf. Ich überlegte, ob ich ihn links oder rechts umrunden sollte, wusste aber, dass mich jeder Richtungswechsel letzten Endes nur wieder näher zur Straße bringen würde, und so lief ich weiter geradeaus, den Hang hinauf, obwohl ich schon beim ersten Schritt fühlte, wie sehr die Kraft meiner Beine nachgelassen hatte. Das Ende war so furchtbar weit entfernt. Ich nahm meine Hände zu Hilfe, um mich weiter nach oben zu ziehen, aber mittlerweile fiel mir jede Bewegung schwer, jeder Schritt war so viel anstrengender als der vorherige, und bald fühlte es sich an, als müsse ich durch angetrockneten Zement waten.

Am Rande meines Blickfelds hatten sich schwarze Flecken gebildet, als ich mich keuchend auf die ebene Erde hievte und entkräftet innehielt. *Geschafft.* Aber irgendetwas stimmte nicht. Ich war nicht weit gelaufen, aber ich konnte einfach nicht mehr weiter. War es das, was die Stimme in der Kapelle – *war es Elias oder Samael gewesen?* – gemeint hatte, als sie gesagt hatte, ich käme nicht mehr fort? Ich hatte nicht die Energie, darüber nachzudenken, was passieren würde, wenn ich einfach hier liegen blieb, mitten in der Nacht, im tiefsten Winter, allein im Wald. Die Bewusstlosigkeit senkte sich wie eine warme schwarze Decke über mich … *und ich flog.*

# 9

Ich schwebte weit oben in der Luft, frei wie ein Vogel, und blickte auf eine blühende, aber völlig farblose Landschaft hinab, die gemächlich unter mir vorbeizog. Mir war angenehm warm, obwohl ich mich Hunderte Meter über dem Boden befinden musste; die Vision war so echt, dass ich sogar den Wind in meinem Haar fühlen konnte. Ich sah Felder, Weiden und Wälder unter mir, einen Flickenteppich aus verschiedenen Graustufen, der von helleren Wegen und schimmernden Bächen durchzogen wurde.

Weit vorn, an einem breiten Fluss gelegen, konnte ich die Umrisse einer kleinen Stadt erkennen, aus deren Herzen zwei hohe Kirchtürme aufragten, in hölzerne Baugerüste gekleidet. Dahinter, am Horizont, lag ein mächtiges schneebedecktes Gebirge.

Es gab keine Schienen, keine Straßen, keine Autos, und doch fühlte sich die Aussicht seltsam vertraut an. Es war ein Panorama, das ich schon Dutzende Male gesehen hatte, im Fernsehen, in der Zeitung, auf Postkarten; eine von ihnen hing sogar am Kühlschrank unserer WG. Ich wollte es nicht glauben, wusste aber, dass es stimmen musste: Diese Berge dort vorn waren die Alpen, unter mir floss die Isar, die Stadt war

München, und die Türme in ihrer Mitte gehörten zur Frauenkirche.

Aber es war nicht das München, das ich kannte. Diese Stadt hier war winzig, zwar kein Dorf, aber doch eine überschaubare Ansammlung von Häusern, eingefasst von einer hohen Steinmauer, und die Kirchtürme, die ich sah, waren offenbar noch nicht einmal fertig. In mir begann es zu arbeiten. Wann wurde die Frauenkirche fertiggestellt? Im Spätmittelalter, Ende des 15. Jahrhunderts.

1488.

*Kann es sein?*

Ohne dass ich etwas tun musste, segelte mein Körper elegant nach unten, gewann zunächst an Geschwindigkeit und bremste seinen Fall dann mühelos ab, als ich mich noch etwa fünfzehn Meter über dem Boden befand. Im realen Leben fühlte ich mich nicht wohl an hohen Orten. Nun konnte ich ohne jede Angst nach unten blicken. Das Fliegen war ein Teil von mir.

Schnell wie eine Schwalbe glitt ich über einer gewundenen Straße durch die Luft, verfolgte mit den Augen, wie der Weg sich an Feldern und einsamen Bauernhöfen vorbeischlängelte und schließlich in einen Wald eintauchte. Ich ließ mich von den Winden wieder höher tragen, wich den Kronen der höchsten Bäume aus, ohne aber den ausgetretenen Pfad aus den Augen zu verlieren, der hier durchs Unterholz führte. Es war so friedlich. Ich konnte Vögel singen hören, die Blätter und Nadeln der Bäume raschelten in der leisen Brise, sonst aber war es herrlich still um mich herum.

Als der Weg wieder aus dem Wald herausführte, sah ich einen Menschen. Ich verlangsamte meinen Flug, glitt tiefer, bis ich in knapp fünf Metern Höhe hinter dem einsamen Reisenden herflog. Ich erkannte das matte, wirre Haar und die zerlumpte Kleidung, die er trug: Vor mir lief der betende Mann aus meiner kurzen Vision vor der Kapelle. Er war ganz allein unterwegs und schien bis auf einen kleinen Reisesack nur die Sachen zu besitzen, die er am Leibe trug.

Auf der Kuppe eines Hügels blieb der Mann stehen und straffte die Schultern, den Blick in Richtung München gewandt, jener Stadt, die mir nun entsetzlich weit entfernt schien. Aus dieser Höhe konnte ich sie überhaupt nicht mehr sehen – nur eine gewundene, endlose Straße, die den Hügel hinabführte und irgendwo weit vorne erneut in einem Wald verschwand. Der junge Mann bekreuzigte sich und ging weiter.

Das Bild verschwamm, als habe jemand einen Eimer Wasser darüber gegossen. Die Umrisse der Landschaft zerflossen vor meinen Augen zu einem grauen Nebel – doch schon wenig später konnte ich fühlen, wie mir kalte Regentröpfchen ins Gesicht sprühten. Die Stille wich dem Schnattern menschlicher Stimmen, und ich sah, wie sich zögerlich die Konturen ärmlicher Hütten aus der grauen Masse schälten.

Diesmal schwebte ich über einem kleinen grauen Dorfplatz, und schon ein kurzer Blick über die Häuschen, die ihn umgaben, verriet mir, dass es sich bei diesem Ort nicht um München handeln konnte. Die meisten der einfach gekleideten Menschen auf dem Platz schienen ihren Tagesgeschäften nachzugehen. Als das Bild scharf wurde, sah ich, wie ein Mann mit einem hölzernen Karren am Rande des Platzes Kohl und Rüben verkaufte und ein anderer silbrige Fische darbot, die er in einem nahe gelegenen See oder Fluss gefangen haben musste. An einem Pferch mit drei borstigen Schweinen stand eine kleine Gruppe Frauen, ein Mädchen trug ein Körbchen mit Eiern über den Platz, und etwas abseits, an einer Straßenecke, hatte sich eine kleine Gruppe Menschen um den jungen Mann aus meinen Visionen versammelt.

Zum ersten Mal konnte ich sein Gesicht sehen – es war hager, scharf geschnitten, mit einem ernsten Zug um den Mund, doch als er sprach, glühte ein Feuer in seinen Augen, das mich geradezu magisch anzog. Ich war zu weit entfernt, um hören zu können, was er sagte, und erst als ich über die Köpfe der Menschen auf dem Platz hinweg näher heranflog, begriff ich, dass er nicht einfach nur sprach – er *predigte*, und die kleine Gruppe, die sich um ihn versammelt hatte, hörte seinen Worten gebannt zu. Im ersten Moment klang die Sprache, die er verwendete, eigenartig fremd in meinen Ohren, obwohl ich erkannte, dass es Deutsch sein musste – *Was hat man im 15. Jahrhundert gesprochen? Frühneuhochdeutsch?* Doch bereits nach kurzer Zeit hatte ich mich an seine Sprechweise gewöhnt, und als hätte man in meinem Inneren einen Schalter umgelegt, drang der Sinn seiner Worte glasklar zu mir durch.

»Gott verrichtet zweierlei Taten an uns«, sagte er gerade, »Er erhöht und erniedrigt seine Kinder. Wer sich im Diesseits groß macht, in Völlerei, Ehrsucht und Überfluss schwelgt, den macht Gott im Jenseits klein. Wer aber hier ein Leben in Bescheidenheit und Demut führt, den wird Gott auf der anderen Seite reichlich belohnen.«

»Was kann ein Mensch hier auf Erden tun, damit er im Himmel Gottes Gnade verdient hat?«, fragte einer der Zuhörer.

»Er soll viel beten, wenig reden und gänzlich keusch sein«, erwiderte der Prediger. »Friede soll in seinem Herzen sein. Sein Gemüt sei sanft, tugendhaft und frei von Bösem. Wer in seinem Sinne auf Erden lebt, den wird Gott mit dem ewigen

Leben in seinem Reich beschenken. Für alle Zeit wird er mit den Engeln im Himmel weilen und Gottes Schönheit genießen dürfen. Wer ein frommes Leben im Diesseits führt, den wird Gott im Jenseits belohnen.«

Er hielt inne, als sich eine kleine Gestalt in einem unauffälligen dunklen Kapuzenmantel durch die Menge der Umstehenden nach vorn drängte.

»Freund«, sagte der Mann, als er vor dem Prediger stand. Seine Stimme war dünn und weich und kam mir irgendwie bekannt vor. »Würdest du mir ein wenig deiner Zeit schenken?«

Anders als ich erwartete, schickte ihn der Prediger nicht fort, sondern wandte sich ihm zu, obwohl dies zwangsläufig das Unterbrechen seiner Rede zur Folge hatte. »Sprecht.«

»Man nennt dich doch Elija, den Wanderer?«, fragte der Fremde.

»Mein Name ist Elias«, korrigierte der Prediger, und ich merkte auf. Dieser verbissene junge Mann hatte bis auf den Namen keinerlei Ähnlichkeit mit jenem Elias, der mich in seinem klapprigen Auto zur Hardtkapelle gebracht hatte. War das hier der Mann, nach dem ich in meinem Traum gesucht hatte?

»Ich brauche deine Hilfe, mein Freund«, sagte der Fremde. »Es ist sehr wichtig.«

Elias bedeutete ihm mit einem kleinen Kopfnicken fortzufahren. »Worum geht es?«

»Ich fürchte, ich kann es hier nicht sagen. Nicht vor all den Leuten«, sagte der kleine Mann mit einem flüchtigen Blick über die Schulter. Von meiner hoch gelegenen Position aus hatte ich längst bemerkt, dass einige der Umstehenden neugierig die Hälse reckten; sogar vom anderen Ende des kleinen Dorfplatzes aus blickten ein paar Dorfbewohner interessiert herüber, um zu sehen, was vor sich ging. »Aber, Elias, mein Freund, glaub mir, wenn ich sage, dass die Sache drängt. Du bist meine letzte Hoffnung.«

Elias folgte den Blicken seines Gegenübers und presste die schmalen Lippen zusammen, als sei ihm erst jetzt wieder eingefallen, dass sie noch immer von einem guten Dutzend Menschen umstanden waren. »Trefft mich am Abend, kurz vor Sonnenuntergang«, sagte er leise.

Der Fremde nickte eilig. »Ich werde im Gasthaus auf dich warten. Du wirst es nicht bereuen.«

Abermals verschwamm das Bild vor meinen Augen.

Als der Nebel sich klärte, blickte ich von schräg oben in die schummrig erleuchtete Stube eines Wirtshauses. In einer Nische, abseits der wenigen gut besetzten Tische im Raum, konnte ich den kleinen Mann vom Dorfplatz entdecken, der sein Gesicht noch immer im Schatten seiner Kapuze verbarg. Als Elias das Gasthaus betrat und sich dem Tisch näherte, sprang der Mann auf und eilte ihm entgegen.

»Du bist gekommen«, sagte er erfreut.

»Wie vereinbart.«

Der Fremde zog Elias mit sich zu dem kleinen Ecktisch und setzte sich ihm gegenüber auf die Bank. Die Wirtin, die sofort an den Tisch kommen wollte, vertrieb er mit einer raschen Handbewegung. »Ich danke dir dafür, dass du hergekommen bist. Ich hatte es fast nicht mehr geglaubt.«

»Wie kann man Euch helfen?«, fragte Elias ohne Umschweife.

Offensichtlich überrascht, so direkt auf das eigentliche Thema angesprochen zu werden, zögerte der Mann. »Vielleicht sollte ich mich erst einmal offenbaren«, sagte er leise. Er sah in die Stube und rutschte auf seiner Sitzbank tiefer in die

Nische hinein, um sich den Blicken der anderen Gäste zu entziehen. Dann nahm er endlich die Kapuze ab, und zum Vorschein kam ein älterer Mann mit Tonsur, dessen kahle Stirn im Kerzenlicht glänzte wie ein gepelltes Ei.

Als ich sein schlaffes, aber gutmütiges Gesicht wiedererkannte, begriff ich auch, warum mir seine Stimme von Anfang an so vertraut vorgekommen war: Er war der Pater, der mich in meinem Traum aus der Krypta befreit hatte.

Beim Anblick seines Gegenüber verdüsterte sich Elias' Gesicht. »Ihr seid ein Mann der Kirche«, stellte er mit kühler Stimme fest. »Ich diene Gott, nicht der Kirche.«

Auf der Nase des Paters hatten sich kleine Schweißtropfen gebildet. »Es war nicht die Obrigkeit, die mich hergeschickt hat«, sagte er eilig. »Ich bin freiwillig hergekommen.«

»Die Kirche lehnt meinen Standpunkt seit Jahren ab«, erwiderte Elias. »Aus welchem Grund solltet Ihr gerade jetzt meiner Hilfe bedürfen?«

»Man hört zu München nur Gutes von dir«, begann der Pater mit einer Vorsicht, die mich überraschte. Ich konnte mich an kein einziges Kapitel der Weltgeschichte erinnern, in dem die katholische Kirche Wanderpredigern und Andersdenkenden gegenüber freundlich gesonnen gewesen wäre. »Im Volksmund heißt es, du hättest Wunder vollbracht, Stumme sprechen lassen, Lahme zum Gehen gebracht ...«

»Es ist Gott, der diese Taten vollbringt«, fiel Elias ihm schroff ins Wort.

»Natürlich«, pflichtete der Pater ihm bei. »Die Wunder Gottes sind ohne Zahl. Und trotzdem erzählt man sich auf den Straßen, dass der Herr deinem Wort besonderes Gehör schenkt. Man sagt, du hast eine einzigartige Verbindung zu Ihm ... Manche glauben sogar, dass du ein Prophet bist.«

»Ich bin ein Diener Gottes.«

»Natürlich«, wiederholte der Pater unterwürfig.

Ich konnte nicht anders, als mich zu fragen, wie aussichtslos seine Lage wohl sein musste, um sich einem dahergelaufenen Prediger gegenüber mit solch ausgesuchter Höflichkeit zu verhalten.

Der Pater blickte betreten auf seine auf dem Tisch gefalteten Hände hinab. »Mein Freund, bitte glaube mir, dass das Einschreiten Gottes im Laufe meines Lebens noch nie so bitter nötig war wie jetzt. Doch bisher wurden meine Gebete nicht erhört.«

Elias lehnte sich auf der Sitzbank zurück. »Solltet nicht gerade *Ihr* als Mann der Kirche Euch der Unterstützung des Herrn gewiss sein?«, fragte er. »Wenn Eure Gebete nicht geholfen haben, wird auch mein Fürbitten nichts mehr ändern können.«

»Ich kann dich nicht zwingen, mir in dieser aussichtslosen Lage beizustehen«, sagte der Pater. »Aber gib mir wenigstens die Möglichkeit, es zu erklären. Du bist meine letzte Hoffnung.«

Als der Pater diese Worte wiederholte, die er bereits auf dem kleinen Marktplatz geäußert hatte, veränderte sich etwas. Das offenkundige Misstrauen war noch immer nicht aus seinem Gesicht gewichen, doch Elias gab seine ablehnende Haltung auf und sah dem Pater in die Augen. »Sprecht. Ich werde Euch anhören und dann entscheiden.«

Der Pater zögerte, als wisse er nicht recht, womit er seine Geschichte beginnen sollte. Dann räusperte er sich. »Ist dir der Dom zu München bekannt?«, fragte er leise.

Elias nickte. »Seine Türme sind weithin sichtbar.«

»Es ist keine zwanzig Jahre her, du warst wahrscheinlich noch ein Kind, da stand an seiner Stelle nur eine kleine Kapelle«, fuhr der Pater fort. Elias betrachtete ihn abwartend, ohne etwas zu erwidern. »Als die Stadt immer weiter wuchs, wurde die Kapelle zu klein. Es kam zu einem traurigen Unfall, und daraufhin – ich selbst war damals noch ein einfacher Ordensbruder – beschloss der Herzog, anstelle dieser Kapelle eine Kirche errichten zu lassen. Eine Kirche, die so groß sein sollte, dass sie Reisenden schon von Weitem von der Schönheit und Herrlichkeit Münchens künden würde. Er beauftragte einen Baumeister, einen alten Freund von mir ... Wir waren in der Gegend um Altötting gemeinsam aufgewachsen, und nun hatte Gott unsere Lebenswege nach langen Jahren der Trennung in München wieder zusammengeführt. Man nennt ihn Jörg von Halsbach, vielleicht hast du den Namen schon einmal gehört.«

»Nein«, sagte Elias schlicht. »Ich komme nicht von hier.«

Der Pater nickte verständig und fuhr fort. »Der Bau der Kirche war Jörgs erster Auftrag in dieser Größe, und er fasste hochtrabende Pläne, denen der Herzog begeistert zustimmte. Das Fundament wurde gelegt, doch als die Jahre ins Land zogen, kamen die Arbeiten zum Erliegen.«

»Als ich das letzte Mal in München war, schien der Dom nahezu fertig«, warf Elias ein, und ich erinnerte mich an die traumhafte Aussicht, die ich zu Beginn der Vision gehabt hatte. Die Türme der Frauenkirche waren zwar in Gerüste gekleidet gewesen, doch sie waren mir nicht wesentlich niedriger als zu meiner Zeit vorgekommen.

»Mittlerweile«, stimmte der Pater ihm zu. »Doch vor einigen Jahren sah es noch so aus, als sei das Gelingen hoffnungslos verloren. Das Geld wurde knapp, Jörgs Pläne erwiesen sich als zu schwierig, um sie mit den vorhandenen Mitteln in die Tat umzusetzen, sechs Handwerker kamen bei Unfällen ums

Leben, und bald erzählte man sich in der Gegend, der Bau sei verflucht. Der Dom hatte noch nicht einmal Wände, und Jörg sah keine Möglichkeit mehr, die Arbeiten fortzusetzen. Er war verzweifelt. Er betete Tag und Nacht, kam zu mir in die Beichte, flehte den Herrn um Unterstützung an, doch es half alles nicht. Seine Lage wurde immer auswegloser, und er wusste, wenn er dem Herzog erzählte, dass das Vorhaben ein für alle Mal gescheitert war, dann würde er damit nicht nur seine Laufbahn und den Bau des Doms, sondern womöglich sein Leben in Gefahr bringen. Am Ende musste er einsehen, dass Gott ihm in der schwersten Krise seines Lebens nicht beistehen würde. Und ... es ist schrecklich, ich traue mich kaum, es auszusprechen, aber er ... Mein Freund, in seiner Verzweiflung hat er sich von Gott abgewandt und den Teufel um Rat gebeten.«

Elias' Augen blitzten auf. »Das hätte er nicht tun dürfen«, sagte er erbost. »Der Herr zeigte ihm den rechten Weg auf, und wenn er versuchte, diese Bauarbeiten zu beenden, dann nicht ohne Grund.«

Beschwichtigend hob der Pater die Hände. »Ich heiße dieses Verhalten ja auch nicht gut«, sagte er. »Aber Jörg suchte händeringend nach Beistand und fand ihn nicht mehr in seinem Glauben. Du weißt doch, es liegt in der Natur des Bösen, den Menschen vom rechten Wege zu locken. Und hier ... Ich fürchte, in diesem Fall ist es dem Teufel gelungen.« Der Pater lehnte sich nach vorn und senkte die Stimme. »Sobald der Pakt geschlossen war, lebten die Arbeiten an der Kirche wieder auf. Es kamen mehr Handwerker in die Stadt, als Jörg je gefordert hatte, und zwei von ihnen arbeiteten für vier, aßen jedoch nur für einen. Das Wetter blieb ihm hold, das Geld floss plötzlich im Übermaß, und ging den Handwerkern einmal das benötigte Material aus, so war es am nächsten Morgen wie von Geisterhand wieder da. Der Pakt ist bald fünfzehn Jahre her … Nun steht die Kirche kurz für ihrer Vollendung.«

»Unmöglich, dass ein Bau dieser Größe in so kurzer Zeit entstanden sein soll«, sagte Elias leise.

Der Pater nickte. »Das ist es. Doch man kann hier in der Gegend fragen, wen man will, und er wird es bestätigen: Vor fünfzehn Jahren stand an der Stelle kaum ein Stein auf dem anderen.«

Elias schwieg einen Moment, als ließe er sich diese unglaubliche Geschichte noch einmal durch den Kopf gehen. »Ihr sagtet, dieser Mann, der Baumeister – Jörg war sein Name? –, sei Euer Freund. Wenn Ihr von diesem Pakt wusstet, warum habt Ihr es überhaupt so weit kommen lassen? Ihr seid doch ein Mann der Kirche. Warum habt Ihr dieses Kind des Herrn nicht vor dem Einfluss des Bösen geschützt, *bevor* es zu spät war?«

»Ich habe lange Zeit nichts von dem Pakt gewusst«, beeilte sich der Pater zu sagen. »Ich habe zwar gemerkt, dass Jörg sich veränderte, natürlich habe ich das, aber ich schrieb diese Dinge der langen Zeit unserer Trennung zu. Jeder Mensch verändert sein Wesen, wenn er dem Kindesalter entwächst und zum Manne wird, das weißt du doch auch …«

»Das ist keine Entschuldigung.« Elias' Blick war hart. »Dass man kleinere Verfehlungen übersieht, mag sein, aber wir sprechen hier *vom Teufel* – vom Satan, der Verkörperung des Bösen schlechthin, und Ihr wollt mir allen Ernstes sagen, dass Ihr fünfzehn Jahre lang rein gar nichts von seiner Anwesenheit bemerkt habt?«

»Wenn das Böse so leicht auszumachen wäre, würde keiner von uns ihm zum Opfer fallen«, entgegnete der Pater, nun doch so etwas wie Gegenwehr zeigend. »Mein Freund, es ist nicht so einfach, wie du denkst. Der Teufel ist gewitzt und kennt viele Wege, unbemerkt unter den Kindern Gottes zu weilen. Als die Arbeiten an der Kirche damals wieder fortgesetzt wurden, waren wir im Kloster froh über das schöne Gotteshaus, das in der Stadt errichtet wurde. Aber du musst mir glauben, wenn ich sage, dass nichts, wirklich gar nichts darauf hingedeutet hat, dass der Teufel seine sündigen Klauen im Spiel haben könnte. Ich habe erst von dem Pakt erfahren, als Jörg vor wenigen Wochen zu mir gekommen ist, um die Beichte abzulegen.«

»Er hat sich also doch noch bekehrt?«

»Nun, er ...« Der Pater zögerte. »Er hat Angst.«

Elias fuhr sich mit der Hand nachdenklich über den Mund und stellte dann die Frage, die auch mir bereits durch den Kopf geschossen war. »Der Teufel wird seine Unterstützung wohl kaum ohne Gegenleistung anbieten«, sagte er. »Was waren die Bedingungen des Paktes?«

»Freund, es ist furchtbar«, lamentierte der Pater. »Jörg versprach dem Teufel die Seele der ersten Person, die die Kirche nach der Weihe betritt ... Aber das ist noch nicht alles! Er sicherte dem Satan sogar zu, die Kirche ohne Fenster errichten zu lassen.«

»Euer Freund hat eine Kirche dieser Größe ohne Fenster erbaut?«, fragte Elias ungläubig. »So ein Gebäude gibt es wohl nirgends sonst auf der Welt.«

»Das ist es eben, worauf ich hinauswill«, erwiderte der Pater. »Jörg ließ die Kirche trotz des Schwurs ganz nach seinen Vorstellungen mit zahlreichen Fenstern errichten. Der Bau ist von Licht durchflutet.«

»Und der Teufel hat dies zugelassen?«

Der Pater schüttelte bedauernd den Kopf. »Er weiß es noch nicht. Jörg hat mir gebeichtet, den Satan seit dem Abschluss des Paktes nicht mehr gesehen zu haben. Doch er versprach damals, nach genau fünfzehn Jahren wiederzukehren, um die fertige Kirche zu begutachten. Das heißt, in wenigen Tagen wird der Teufel zurück nach München kommen, und ich fürchte, wenn er erkennt, dass er zum Narren gehalten wurde, wird sein Zorn schrecklich sein. Ich will mir nicht vorstellen, was passiert, wenn er den fertigen Bau zu Gesicht bekommt.«

»Wenn die Dinge, die Ihr erzählt habt, tatsächlich der Wahrheit entsprechen, kann ich Eure Besorgnis verstehen«, sagte Elias nach einer kleinen Pause. »Was mir jedoch noch immer nicht klar geworden ist ... Wozu braucht Ihr *mich*? Nach eurer Erzählung ist der Pakt längst beschlossen, daran kann auch Gott nichts mehr ändern. Das Schicksal, das diesen Jörg empfängt, wird die gerechte Strafe für seinen Fehltritt sein. Es tut mir leid, aber Euer Freund ist verloren.«

»Mein Freund ...« Der Pater starrte mit bebenden Wangen auf den Tisch, griff plötzlich nach Elias' Händen. Ich sah das Erstaunen in seinem Gesicht, aber er ließ es geschehen. »*Du bist meine letzte Hoffnung*. Man hat mir erzählt, du seist imstande, das Böse zu bannen. Und ich ... ich bin es nicht.« Er blickte mit glänzenden Augen auf und sah Elias direkt ins Gesicht. »Es geht hier nicht um Jörgs Seele. Der Mann, der zu mir kam, um seine Beichte abzulegen, ist nicht mehr zu retten. Den Jörg, den ich in der Blüte meiner Jugend kannte und liebte, gibt es nicht mehr. Ich fürchte um das Schicksal der Stadt. Hunderte frommer Seelen ohne Schuld ... Der Teufel darf sie nicht für den Fehler eines Einzelnen bezahlen lassen, verstehst du das? Der Herr darf das nicht zulassen!«

Elias blickte regungslos auf ihre Hände.

»Elias, mein Freund, bald wird das Böse Einzug in unsere schöne Stadt halten. Du musst mir helfen, sie zu schützen.«

Ich brannte darauf, Elias Antwort zu hören, doch das Bild verschwamm erneut.

Diesmal schälte sich keine neue Umgebung aus dem grauen Nebel. Es wurde dunkel um mich herum, immer dunkler, bis nichts als undurchdringliche Schwärze vor meinen Augen lag und ich eine Stimme hörte – einerseits leise, für die Ohren kaum wahrnehmbar, doch zugleich so allumfassend und übermächtig, dass ihre Kraft selbst in der kleinsten Faser meines Körpers vibrierte.

*Ich schicke dich zu ihm hinab,* sagte die Stimme. *Hilf ihm. Steh ihm bei. Verteidige sein Leben, und wenn es dich das deine kostet.*

Es fühlte sich an, als würde ich in Zeitlupe fallen, und obwohl ich keinen Aufprall spürte, konnte ich wenige Sekunden später einen unebenen Boden unter meinem Rücken fühlen. Mein Körper wurde geschüttelt, da war eine Berührung an meiner Schulter, irgendwie sanft und doch fest. Als ich die Lider aufschlug, blickte ich in Elias' Augen.

# 10

Doch das Gesicht vor mir gehörte nicht dem hochmütigen Prediger mit den Augen aus Feuer, der mir in der Vision begegnet war. Das hier war der Elias, der mich vom Bahnhof abgeholt hatte – es war meine Zeit, meine Welt. Ich war zurück, lag im Schnee am Waldboden und sah kleine weiße Sterne zwischen den schwarzen Silhouetten der kahlen Baumkronen hervorblitzen. Mir war schwindlig, meine Gliedmaßen kribbelten, und alles fühlte sich viel zu leicht an, als würde ich davonfliegen wie ein Luftballon, sobald Elias mich losließ.

»Du bist wach«, flüsterte er, nahm seine Hand von meiner Schulter und setzte sich zurück.

Entgegen meinen Erwartungen stieg mein Körper nicht schwerelos nach oben. Als jedoch die Ereignisse aus der Kapelle ihren Weg zurück in mein Bewusstsein fanden, rückte ich eilig von Elias ab.

»Du bist mir gefolgt«, zischte ich und versuchte ungeschickt, mehr Abstand zwischen uns zu bringen. Es fühlte sich an, als stecke Watte in meinem Kopf, meine Bewegungen waren fahrig und unkoordiniert, und ich wusste, dass ich in meiner jetzigen Verfassung nicht die geringste Chance hatte, vor ihm wegzulaufen, sollte er mir nachjagen.

Aber Elias versuchte gar nicht, mich einzufangen. Ruhig blieb er hocken und betrachtete mich wie ein schwer zu lösendes Rätsel.

»Wie fühlst du dich?«, fragte er.

Ich kannte kein Wort, um den Zustand, in dem ich mich seit der Vision befand, treffend zu beschreiben. »Eigenartig«, sagte ich schließlich, stemmte die Hände in den Schnee und setzte mich mühsam auf. Selbst diese simple Bewegung fühlte sich irgendwie *falsch* an. Ich spürte den Schnee gar nicht richtig, obwohl meine nackten Hände in der Kälte hätten schmerzen müssen.

Elias nickte verständig. »Kann ich mir vorstellen.«

Wo waren Lily und die anderen? Wo war Samael? Ich blickte an Elias vorbei in die Dunkelheit des Waldes, aber außer uns beiden schien niemand hier zu sein. *Noch* nicht. »Bist du hergekommen, um mich zurückzubringen?«, fragte ich angespannt. Allein die Vorstellung, Samael erneut zu begegnen, brachte meinen Puls zum Rasen.

Lily hatte in der Kapelle, aus welchen Beweggründen auch immer, versucht, mich ihrem dämonischen Liebhaber zu opfern. Wahrscheinlich hatte sie schon nichts anderes im Sinn gehabt, als sie mich am Donnerstag in der Frauenkirche angesprochen hatte. Es war alles ein abgekartetes Spiel gewesen – und der Mann mir gegenüber war ein Teil davon, völlig gleich, ob er nun mit der Gestalt aus meinen Träumen und Visionen zusammenhing oder nicht.

Elias sah mich lange an. »Ich denke nicht«, sagte er schließlich. »Aber die anderen suchen nach dir. Du kannst von Glück reden, dass ich dich als Erster gefunden habe. Die anderen dachten, du wärst der Straße gefolgt, um zu deinen Freunden zu gelangen.«

*Jo und Mark.* Seit der Vision hatte ich nicht mehr an sie gedacht.

»Geht es ihnen gut?«, fragte ich, doch ehe Elias mir antworten konnte, nahm meine Besorgnis überhand, und ich kam schwankend auf die Beine. Es fühlte sich an, als würden meine Füße kaum den Boden berühren. *Irgendetwas stimmt nicht mit mir.* »Lily hat gesagt, dass sie einen Unfall hatten.«

»Sie hat so etwas *angedeutet.*« Elias stand ebenfalls auf und klopfte sich den Schnee von der Kleidung. Einem plötzlichen Einfall folgend drehte ich mich um, doch dort, wo ich gelegen hatte, gab es keine Spuren im Schnee, und der Stoff meiner Jeans war nicht nass. *Gott steh mir bei.* »Allerdings glaube ich nicht, dass deinen Freunden wirklich etwas passiert ist. Wahrscheinlich ist das Auto auf dem Weg hierher abgestorben; die moderne Technik spielt oft verrückt, wenn Dämonen in der Nähe sind.«

Seine Vermutung beruhigte mich nicht. Ungeduldig schüttelte ich den Kopf. »Ich muss sie finden.«

Aber bevor ich den Hang erreichte, den ich vor meiner Vision mit letzter Kraft heraufgekrochen war, trat mir Elias in den Weg. »Das solltest du besser nicht tun.«

»Du gibst mir keine Befehle«, fauchte ich und versuchte, mich an ihm vorbeizudrängen. Als hätte er es geahnt, machte er einen Schritt zur Seite und verhinderte erneut mein Fortkommen. »Lass mich gehen.«

»Ich weiß nicht, ob ich es eben nicht deutlich genug gesagt habe, aber *die anderen suchen nach dir*«, erwiderte Elias nachdrücklich. »Und im Gegensatz zu mir werden die sich nicht lange mit dir unterhalten. Wenn sie dich finden, bringen sie zu Ende, was in der Kapelle begonnen wurde. Du steckst wirklich in Schwierigkeiten, Sera, in *großen* Schwierigkeiten. Und wenn du nicht alles nur noch schlimmer machen willst, dann solltest du dich jetzt vor allem um dich selbst kümmern. Deine Freunde kommen auch allein klar.«

Verbissen sah ich zu ihm auf. »Wer sagt denn, dass du mich nicht hinhältst, bis deine Verstärkung hier ankommt?«, fragte ich. »Du gehörst doch zu denen, warum sollte ich dir auch nur ein Wort glauben?«

»Wenn ich nicht auf deiner Seite wäre, hätte ich die anderen schon rufen können, als du noch bewusstlos am Boden lagst«, sagte Elias.

*Wie lange war ich denn weg?* Während der Vision hatte ich jegliches Zeitgefühl verloren – seit der Beschwörung konnten mehrere Stunden vergangen sein, ohne dass ich es gemerkt hätte. »In deinem Zustand wäre es nicht einmal nötig, dich zurück in die Kapelle zu bringen und ein Tor zu öffnen. Ich könnte Samael einfach *rufen*, und er würde herkommen und dich mitnehmen, und alle wären zufrieden.«

»Warum tust du es dann nicht?«, fragte ich. »Warum solltest du mir überhaupt helfen wollen?« Nach allem, was heute Nacht passiert war, war ich nicht mehr naiv genug, um an so etwas wie spontane Sympathie zu glauben.

»Ist das denn von Bedeutung? Warum bist du nicht einfach dankbar, dass ich es tue?«

»Ich brauche keine Hilfe«, erwiderte ich. »Und deine schon gar nicht.«

Erstmals sah ich Wut über sein verschlossenes Gesicht huschen. »Du kapierst es immer noch nicht, oder?«

Ich wusste, dass ich zu weit gegangen war, dass ich mich zurücknehmen sollte, aber ich konnte es nicht. »Was ich kapiere, ist, dass ich niemals in dein gottverdammtes Auto hätte steigen sollen«, fuhr ich ihn an und bereute für den Moment noch nicht einmal den Fluch, der mir über die Lippen gekommen war. »Ihr habt Samael beschworen, Herrgott! *Samael.* Ihr habt sie nicht mehr alle! Ihr seid verloren! Und jetzt lass mich endlich durch!«

Elias hob reflexartig die Hände, um mich festzuhalten. »Nein.«

Das war genug. Ich peilte seine Seite an und stürmte nach vorn, um mich mit bloßem Körpereinsatz an ihm vorbeizukämpfen. Doch als er mit einem raschen Schritt vor mich trat, rannte ich nicht wie erwartet gegen seinen Körper, sondern geradewegs *in ihn hinein.* Es war nicht so, als ob ich keinen Widerstand spürte und einfach hindurchhuschte wie die Geister in schlechten Filmen, aber ich konnte deutlich fühlen, dass ich ein Stück weit in ihm versank, als bestünde er nicht aus Knochen und Muskeln, sondern aus etwas Halbfestem wie Sirup.

Entsetzt wich ich vor ihm zurück, stolperte und fiel nach hinten in den Schnee, ohne den Aufprall zu spüren. Es fühlte sich an, als sei ich in einer riesigen Kiste mit Federn gelandet. »Was war das?«, entfuhr es mir. »Was stimmt nicht mir dir?«

Elias hatte das Gesicht verzogen und trat einen Schritt zurück, als sei die Begegnung eben auch für ihn nicht sonderlich angenehm gewesen. »Das würde ich dir gerne erklären, wenn du auch nur eine Sekunde zuhören würdest, anstatt mich umzurennen«, sagte er. »Wir haben keine Zeit, Sera. Wenn die anderen erst einmal da sind, wird das hier …«, er deutete mit einer Hand vage in meine Richtung, »… dein geringstes Problem sein.«

»Sag mir einfach, was los ist«, bat ich ihn ruhig. Mein Zorn war einer Mischung aus Verwirrung und schlechtem Gewissen gewichen. Ich schämte mich für mein Verhalten und wünschte mir, dass ich die Hälfte der Dinge, die ich gesagt hatte, zurücknehmen könnte, aber natürlich war es dafür zu spät. *Was, wenn er die Wahrheit sagt? Wenn er mir wirklich helfen will?*

»Es ist nicht ganz einfach«, begann Elias. Er schien nicht wütend zu sein. »Um es kurz zu machen: Als Samael dich in der Kapelle zu sich gezogen hat, hast du die Dimension gewechselt. Es hätte nicht möglich sein sollen, aber irgendwie ist es dir gelungen, dich aus seinem Sog zu befreien und zu entkommen. Jetzt bist du mit Haut und Haaren im *Dazwischen*. Ich habe allerdings noch nie zuvor erlebt, dass etwas Vergleichbares passiert wäre, deswegen kann ich dir noch nicht sagen, ob ...« Er ließ das Ende des Satzes unschlüssig in der Luft hängen.

Ich dachte einen Moment über seine Worte nach. Ich hatte die ganze Zeit über gemerkt, dass an meinem Körpergefühl etwas falsch war. Elias' Erklärung klang irgendwie richtig – schließlich war das nicht einmal das Verrückteste, was mir in dieser Nacht passiert war.

»Und was ist das?«, fragte ich kleinlaut. »Das Dazwischen?« Ich konnte mich zwar erinnern, dass Lily den Begriff bei unserem ersten Gespräch hatte fallen lassen, aber erklärt hatte sie ihn mir nicht, und seither hatte ihn niemand mehr verwendet.

»Es ist eine Art Übergangsbereich«, sagte Elias. »Die Welt zwischen den Welten. Zwischen dem *Hier* und dem *Dort*, zwischen Diesseits und Jenseits. Es ist die Sphäre, in der sich Engel und Dämonen wie Samael frei durch diese Welt bewegen können. Und auch die Seelen der Verstorbenen wandeln im Dazwischen, bis sie bereit sind, ins Jenseits überzutreten.«

Ich traute meinen Ohren nicht. »Du meinst also, ich bin *tot?*«

Elias presste die Lippen zusammen. »Wahrscheinlich nicht.«

»*Wahrscheinlich?*«

Er kratzte sich verlegen am Hals. »Wie gesagt, uns ist noch nie etwas Vergleichbares passiert. In der Regel ist es wegen der Dimensionsverschiebung vollkommen unmöglich, den Bereich einer Beschwörung überhaupt zu verlassen oder ihn zu betreten. Ich weiß also nicht, warum du rausgekommen bist. Aber wenn du auf gewöhnliche Art und Weise gestorben wärst, dann hätten sich Körper und Seele voneinander getrennt, und ich hätte auf dem Weg hierher deine Leiche gefunden.«

Fassungslos betrachtete ich meine Hände. Sie sahen ganz normal aus, nicht blass wie die einer Toten, nicht durchsichtig wie die eines Geistes. Sogar meine Klamotten und der nahezu gänzlich abgesplitterte Nagellack waren noch da; die rötlichen Brandwunden meiner Finger und der Schnitt in meiner Handfläche waren dagegen verschwunden.

Plötzlich konnte ich in der Stille des Waldes jemanden rufen hören. Die Stimme war noch weit entfernt, doch ich verstand, wessen Namen gerufen wurde. »Sie suchen nach dir«, flüsterte ich atemlos.

»Ja, das ist Abaddon«, stellte Elias fest. Ein gehetztes Flackern trat in seine Augen, und er blickte suchend in die Richtung, aus der die Laute gekommen waren. Noch war niemand zu sehen, aber ich war mir sicher, dass sich das bald ändern würde: Im Gegensatz zu mir hatte Elias deutliche Fußspuren im Schnee hinterlassen.

Auf einmal fiel mir etwas ein. »Der *echte* Abaddon?«, fragte ich fassungslos. »Der Hüter des Abgrunds? Ist der etwa auch hier?«

Statt einer Antwort sagte Elias: »Du musst fort.«

Er bot mir eine Hand, aber ich hatte noch unsere letzte Berührung in Erinnerung und stand alleine auf.

»Wenn die uns zusammen sehen, ist es für uns beide aus«, fuhr er fort.

»Wo soll ich denn hin?«

Elias schüttelte ratlos den Kopf. »Du wirst im Wald bleiben müssen. Versuch einfach, die Nacht zu überleben, und wundere dich nicht, wenn du keine Farben siehst – im Dazwischen erscheint alles grau. Ich komme zurück, sobald ich kann.«

»Bis dahin bin ich erfroren.«

»Du kannst nicht erfrieren«, erwiderte er. »Du bist vielleicht nicht ganz tot, aber so gut wie. Meide alle Wesen im Dazwischen, aber fürchte dich nicht vor der Kälte. Die diesseitige Welt kann dir dort drüben nichts mehr anhaben.«

Inzwischen war die Stimme – Matthias' Stimme, wie ich erschrocken feststellte – näher gekommen, und ich verstand einzelne Worte. »Elias, wo bist'n?«

»Wir sehen uns morgen«, sagte Elias leise und wandte sich ab, um Matthias oder Abaddon oder wer auch immer dort auf der Suche nach ihm war, entgegenzugehen, doch ich sprang ihm nach und griff nach dem Ärmel seiner Jacke. Obwohl meine Finger geradewegs durch den Stoff drangen und er die Berührung vermutlich gar nicht fühlen konnte, blieb Elias stehen und sah mich an.

»Danke«, presste ich hervor.

Er nickte abwesend, als sei die Sache kaum der Rede wert. »Viel Glück.«

»E-li-as!«, rief Abaddon gedehnt. Mittlerweile konnte ich sogar das Knirschen seiner Schritte im Schnee hören – das Geräusch gab mir den nötigen Schubs, um mich von Elias zu lösen und endlich davonzulaufen.

Ich lief fort von Abaddons Stimme, zwischen den Bäumen hindurch und hin zu einem dichten Gebüsch, hinter dem ich mich verbergen konnte, bis alle weg waren.

»Ich bin hier drüben!«, rief Elias.

Hinter den Büschen ging ich in die Hocke, wickelte den Umhang fest um meine Schultern und hielt angespannt die Luft an. Jetzt würde sich zeigen, ob ich Elias wirklich vertrauen konnte oder ob alles nur ein übler Trick gewesen war, um mich ein paar Minuten lang in Schach zu halten.

»Ja mogst des ned amoi eher song?«, fragte Abaddon. »Bevor i hoibad um d'Welt glatscht bin?«

Nun waren zwei Paar Schritte zu hören. Elias entfernte sich von meinem Versteck. Er würde mich nicht verraten. *Bitte, lieber Gott.* Er würde tun, als hätte er nichts gesehen.

»Und, host as gfunden?«, fragte Abaddon einen Moment später.

*Nein. Nein, nein, nein. Bitte, Gott, lass ihn Nein sagen.*

»Nein«, sagte Elias. Mir fiel ein Felsbrocken vom Herzen. »Wahrscheinlich ist sie die Straße entlanggelaufen. Hier im Wald gab es keine Spuren von ihr.«

»An der Straßn wars ned, do hamma scho gschaud.«

»Na ja, sie kann sich ja nicht in Luft aufgelöst haben.«

Ich konnte meine Neugier nicht bezähmen. So vorsichtig wie möglich richtete ich mich auf, Zentimeter für Zentimeter, und spähte über das Gebüsch. Vierzig, fünfzig Meter entfernt, Elias gegenüber, stand ebenjener Mann, den Lily mir vor der Kapelle als Matthias vorgestellt hatte. Er hatte die Kapuze seines Umhangs wieder abgenommen, und ich konnte im Licht der Sterne sein Gesicht sehen. War es mir vorhin noch vertrauenswürdig erschienen, so wirkten seine Züge nun grob. Und als er missmutig die Lippen verzog, kam eine Reihe spitzer Zähne zum Vorschein, dreieckig wie die eines Haifischs. Er war nicht menschlich.

»Kruzifix, des is a Sauerei mit dene«, schimpfte Abaddon. Im Gegensatz zu Elias schien er, nun, da ich im Dazwischen war, dauerhaft in einen dunklen Nebel gehüllt. *Weil er ein Dämon ist?* »'s werd fei langsam Zeit, dass ma fertig wern. Wie vui sans 'n no?«

Als ich mich wieder auf den Boden setzen wollte, streckte ich die Hand aus Gewohnheit nach einem nahen Ast aus, um mich abzustützen, doch in meinem halbkörperlichen Zustand fand ich keinen Halt. Mit einem winzigen Keuchen fiel ich um und betete, dass die beiden Männer nichts gehört hatten.

»Wenn wir sie haben, fehlen noch achtundzwanzig«, sagte Elias eilig, und schon an der Hast seiner Worte erkannte ich, dass er mich gehört haben musste. Hoffentlich galt das nicht auch für Abaddon. »Vierundvierzig haben wir schon.«

Es folgte eine längere Pause. Ich konnte geradezu fühlen, wie Abaddons Blick prüfend über mein Gebüsch glitt. »D'Chefin werd des fei gar ned meng, dass die furt ist«, bemerkte er schließlich.

Ich hörte, wie sich die beiden in Bewegung setzten, und stellte mit unendlicher Erleichterung fest, dass sich ihre Stimmen allmählich entfernten.

»Wahrscheinlich nicht«, stimmte Elias ihm zu. »Aber ewig verstecken kann sie sich auch nicht ... Die taucht schon wieder auf.«

Abaddon seufzte schwer. »Mei. Schaung ma moi, dann seng mas scho.«

# 11

Ich blieb mucksmäuschenstill hinter den Büschen hocken, bis nichts mehr von ihnen zu hören war.

Abaddon. In der Bibel war er der Engel des Abgrundes, der Wächter des Tores zum Reich der Toten, und wurde von den verschiedenen Interpreten mal als Dämon, mal als ergebener Diener Gottes gewertet. Manche Okkultisten sahen in ihm gar eine Verkörperung Satans, aber dasselbe galt auch für den gefallenen Engel Samael.

*Der Teufel hat viele Gesichter,* hatte meine Oma immer gesagt. Ich wollte gar nicht daran denken, dass es sich bei einem der beiden um den Leibhaftigen gehandelt haben könnte, und es erschloss sich mir absolut nicht, was Samael und Abaddon überhaupt hier zu suchen hatten – geschweige denn, warum der Hüter des Höllentores Bayerisch sprach.

Ich hörte wieder Lilys Worte: *Er wollte dich, Sera, dich, und niemand anderen.*

Aber ging es hier wirklich um mich? *Malakh,* hatte Samael mich genannt. Es war die hebräische Bezeichnung für die göttlichen Boten – für Engel.

*Eine der zweiundsiebzig,* hatte Lily gesagt.

Ich überlegte. Im mittelalterlichen Glauben gab es zweiundsiebzig Völker, zweiundsiebzig Weltsprachen, aber das half mir hier nicht weiter. *Was könnte sie sonst gemeint haben?* Meine Oma hätte es mit Sicherheit gewusst. In Sachen Mythologie war sie ein wandelndes Lexikon gewesen, und wo mein Wissen größtenteils auf das Christentum und die Bibel beschränkt war, hatte sie sich ebenso mit jüdischen und islamischen Schriften ausgekannt. Aber meine Oma war nicht hier, und Elias hatte mich mit mehr Fragen als Antworten zurückgelassen.

Wie würde es nun weitergehen? War ich hier sicher? Konnte ich Elias trauen? Was, wenn er mich belogen hatte? Wenn dieses Dazwischen mehr Gefahren barg, als sein dahingeworfenes »Meide alle Wesen im Dazwischen« aussagte? Und wie sollte ich überhaupt erkennen, ob ein Wesen sich bei mir im Dazwischen befand, wo doch Elias und Abaddon eben kaum anders ausgesehen hatten als sonst?

Ich vergrub mein Gesicht in den Händen, krallte die Finger in mein Haar. Atmen. *Helligkeit einatmen, Dunkelheit ausatmen.* Es half nichts, in Panik zu verfallen. Ich brauchte einen Überblick über die Situation und die Möglichkeiten, die ich jetzt hatte. Im Geiste ging ich die Ereignisse der letzten Stunden Schritt für Schritt durch. Mein Bauchgefühl, das sich schon bei unserer ersten Begegnung in der Frauenkirche gemeldet hatte, hatte mich nicht getrogen: Lily schien eine außergewöhnliche Verbindung zu dunklen Mächten zu haben. Im Gegensatz zu Samael und jetzt Abaddon hatte sie vollkommen menschlich gewirkt – doch sicher konnte ich mir da nicht sein. Und selbst wenn sie nur ein Mensch war, eine Dienerin der Hölle, wollte sie mich töten. Ich musste unbedingt vermeiden, ihr erneut zu begegnen. Elias hatte mir zwar zugesichert, dass mir die diesseitige Welt nichts mehr anhaben konnte, aber nachdem

Lily meinen Körper in der Kapelle so mühelos kontrolliert hatte, war ich mir nicht sicher, ob das auch für sie galt.

Was wusste ich noch? Dämonen waren echt. Daran gab es nach allem, was mir widerfahren war, keinen Zweifel mehr. Auch hier hatte ich also mein Leben lang recht gehabt.

Wenn Elias jedoch mit seiner Vermutung richtiglag, dass die moderne Technik im Beisein dämonischer Präsenzen versagte, hatte ich nach wie vor keine Beweise. Selbst Jo und Mark hätten nach dem Abbrechen der Verbindung nicht mehr gesehen, was in der Kapelle vor sich gegangen war.

Hoffentlich ging es den beiden gut, und hoffentlich hatten sie schon die Polizei alarmiert! Die würde zwar bei ihrem Eintreffen nichts weiter als eine leere Kapelle, dekoriert mit Kreidestrichen, Asche und Blutflecken vorfinden, aber dann wenigstens das Schlimmste befürchten und nach mir suchen.

Weiter. Woran erinnerte ich mich noch? Samael und Lily hatten mich während der Beschwörung wiederholt einen Engel genannt. Doch wenn ich irgendetwas anderes als rein menschlich gewesen wäre, hätte ich es längst gemerkt, davon war ich überzeugt. Ich hatte mediale Fähigkeiten, ja. Hatte diese Begabung die beiden zu dem Irrglauben verleitet, ich sei ein übernatürliches Wesen? Die Vorstellung, ein Engel zu sein, war aufregend, keine Frage, aber sie war bestimmt nicht mehr als das: eine Vorstellung.

Und dann war da noch Elias. Seine bloße Präsenz löste etwas in mir aus, das ich nicht wirklich benennen konnte. Es war wie eine Vibration, eine Spannung in der Luft, die sich bei der leisesten Berührung explosionsartig in der Vision des betenden Mannes entladen hatte, stärker als alles andere, was ich je erlebt hatte. Es gab eine Verbindung zwischen ihm, mir, Margarete und dem Elias aus meinen Träumen, das spürte ich. Ging es hier um so etwas wie eine Wiedergeburt? Wusste der Elias meiner Zeit ebenfalls davon? Das konnte ich nur herausfinden, wenn ich mit ihm redete.

Wie ich es auch drehte: Ich brauchte Elias, da er offenbar der Einzige war, der mehr über meine Situation zu wissen schien. »Headhunter«, wiederholte ich flüsternd den Beruf, den er mir genannt hatte. »Dass ich nicht lache.«

Elias hatte mit hundertprozentiger Sicherheit von Lilys Plänen gewusst, lange bevor ich in sein Auto gestiegen war. Dass er mir nun plötzlich half, konnte einem schlechten Gewissen oder eiskalter Berechnung geschuldet sein und musste rein gar nichts damit zu tun haben, dass er die schwingende Verbindung unserer Seelen ebenfalls spürte.

Das Resümieren der Fakten hatte den Sturm meiner Ängste beruhigt, und ich stand auf. Es war totenstill im Wald. Keine Vögel, kein Wild und schon gar keine Menschen. Nur ich.

Obwohl das bedeutete, dass Lily und ihr Gefolge die Suche nach mir beendet hatten und ich fürs Erste sicher vor ihnen war, erhielt das Wort »alleine« allmählich auch eine andere Bedeutung: Anstatt in meinem warmen Bett in München zu liegen, war ich mitten im Wald und steckte in einer Paralleldimension fest, aus der ich ohne fremde Hilfe wohl nicht mehr herauskam. Bis Elias zurückkehrte – *wenn* er zurückkehrte –, würden sicher Stunden vergehen. Bis dahin wollte ich nicht hier herumstehen und darauf warten, dass jemand – oder noch schlimmer, etwas – mich fand. Ich musste etwas tun.

Ein Teil von mir wollte zurück zur Kapelle, zurück zu der Stelle, an der das Portal gewesen war, und versuchen, ob ich nicht auf dem gleichen Weg, auf dem ich ins Dazwischen gekommen war, auch wieder herauskam. Doch die Angst, dort

Samael oder Lily und ihren Gefährten zu begegnen, war zu groß. Stattdessen lief ich Richtung Straße. Wenn Jos und Marks Auto unterwegs tatsächlich abgestorben war, waren sie vielleicht noch da. Ich musste einfach herausfinden, ob es ihnen gut ging.

Den Weg zur Straße zu finden war leicht – ich brauchte nur den tiefen Spuren von Elias und Abaddon im Schnee zu folgen und kam so an einer kleinen Parkbucht an, in der sie wohl in ihr Auto gestiegen und davongefahren waren. Ich lief in die Richtung, aus der Elias und ich zuvor gekommen waren, um zurück zur Hauptstraße zu gelangen, als ich in der Ferne das Brummen eines Motors vernahm. *Ein Auto.*

Wenig später sah ich die Lichter der Scheinwerfer, und mein Herz machte einen Sprung. Wenn um diese Zeit noch jemand hier entlangfuhr, kam das schon fast einer göttlichen Fügung gleich. Würde der Fahrer mich sehen, wie Elias, und mich mitnehmen?

Wenn nicht, hätte ich zumindest mehr über meine Situation in Erfahrung gebracht.

Ich trat auf die Fahrbahn, als das Auto um die Kurve fuhr, und streckte die Handflächen vor. *Es wird anhalten,* dachte ich. Aber das Auto wurde nicht langsamer.

Ich begann zu winken, damit der Fahrer auf mich aufmerksam wurde, aber als das Auto ohne abzubremsen mit mindestens fünfzig km/h auf mich zuraste, sprang ich im letzten Moment zur Seite. Der Wagen rauschte vorbei und verschwand hinter der nächsten Biegung in der Nacht.

»Mist«, flüsterte ich.

Der Fahrer hatte überhaupt nicht auf mich reagiert, war mir noch nicht einmal ausgewichen. Also war ich im Dazwischen für normale Menschen tatsächlich nicht sichtbar.

»Das tun sie immer«, sagte eine weibliche Stimme ganz in meiner Nähe, und ich zuckte erschrocken zusammen. Wie aus dem Nichts war eine Frau neben mir am Straßenrand aufgetaucht. »Ich habe es oft versucht. Sie halten nie an.«

Unsicher lächelte ich sie an.

Die Frau war wie ich ganz alleine; sie trug einen Janker aus grober Wolle und darunter nichts weiter als eine Art Kleid; hell, aber dunkler als der Schnee und verschmiert, als habe sie heute noch im Stall gearbeitet. Wenn sie mich sehen konnte, ließ das nur zwei mögliche Schlüsse zu: Entweder sie hatte dieselben Fähigkeiten wie Elias. Oder sie war hier bei mir im Dazwischen und damit ... *tot.* Mir fielen die Geschichten ein, die es über die Kapelle und den hiesigen Wald gab und die wir in unserem YouTube-Video damals ausführlich behandelt hatten. Im Netz hatten wir bei unserer Recherche sogar ein paar Posts gefunden, die von Sichtungen einer weißen Frau berichteten. Plötzlich hielt ich es für alles andere als unwahrscheinlich, dass diese Erzählungen der Wahrheit entsprachen.

»Als wären wir unsichtbar, was?«, fragte ich, gebannt auf ihre Reaktion wartend.

»Es ist wie verhext«, sagte sie und zog ihre Jacke enger um sich. »Egal was ich tue, sie fahren immer weiter.«

»Sind Sie von hier?«, fragte ich höflich.

Ihrem Dialekt nach kam sie definitiv aus Bayern; ich war mir ziemlich sicher, dass es sich bei ihr um eine Anwohnerin handelte. *Gehandelt hatte.* Mein Herz schlug mir bis zum Hals – noch nie zuvor hatte ich mich so mühelos mit einem Geist unterhalten.

»Aus Haunshofen«, sagte die Frau.

Ich kannte den Ort nicht, nahm aber an, dass er in der Nähe

lag. Andernfalls hätte sie sich wärmer angezogen, bevor sie rausgegangen war. »Dann sind Sie auf dem Heimweg?«

Die Frau blickte mich an. Als etwas an ihrer Stirn im Sternenlicht schimmerte, bestätigte sich meine Ahnung, dass hier etwas nicht stimmte. »Ich suche meine Kinder«, sagte sie. »Sie sind hier im Wald, aber ich finde sie nicht.«

»Und das bei dieser Kälte?«, fragte ich weiter.

Sie ignorierte meine Frage, als würden wir einander in einer lauen Sommernacht begegnen. »Hast du sie gesehen? Sie sind noch klein, und es ist dunkel. Alleine finden sie den Weg nicht.«

Bedauernd schüttelte ich den Kopf. »Ich habe niemanden gesehen.«

»Ich muss sie finden. Alleine kommen sie nicht nach Hause.« Mit diesen Worten wandte sich von mir und der Straße ab, um in den dunklen Wald hinter uns zu gehen.

»Darf ich Ihnen helfen?«, fragte ich, ohne eine Sekunde lang über mein Verhalten nachzudenken. Es war ein natürlicher Reflex. »Vier Augen sehen mehr als zwei. Ich könnte mitsuchen.«

Sie drehte sich um. Noch ein Auto kam um die Kurve und rauschte in die andere Richtung an uns vorbei. Für einen Moment war mein Gegenüber in grelles Scheinwerferlicht getaucht. Sie war noch keine dreißig, sah aber bedeutend älter aus. Ihr hellbraunes Haar war von weißen Strähnen durchzogen, ihre Züge wirkten verhärmt, als gäbe es in ihrem Leben nur selten Gründe zu lächeln. Die Flecken auf ihrer Schürze waren mehr braun als rot, doch die Feuchtigkeit an ihrer Schläfe schimmerte einen Wimpernschlag lang in der Farbe einer Mohnblume, und ihr zarter Hals war von dunklen Flecken gezeichnet.

Dann war das Auto verschwunden, und wir standen einander wieder in Dunkelheit gegenüber.

*Meide alle Wesen im Dazwischen*, hörte ich Elias' Stimme in meinem Kopf, wie einen Moralapostel, den ich nie um seine Meinung gebeten hatte. Natürlich hatte ich seine Worte nicht vergessen, aber völlig kopflos vor dieser Frau wegrennen konnte ich nun ja auch nicht mehr. Außerdem hatte ich dieses übermächtige, unbezwingbare Gefühl, dass ich ihr helfen musste, um jeden Preis.

»Würdest du das tun?«, fragte sie.

Mein Puls hatte sich vollends beruhigt, als ich zu ihr in den Wald ging. Es fühlte sich gut an, wie das Erfüllen einer lange vergessenen Pflicht. »Wir werden sie finden«, sagte ich voller Zuversicht, obwohl ich noch nicht einmal wusste, wo ich mit der Suche beginnen sollte. »Ich bin übrigens Sera.«

»Agnes«, sagte sie. Sie wirkte im ersten Moment zögerlich, vielleicht sogar misstrauisch, doch sie schloss sich mir an, als ich tiefer in den Wald ging.

»Wo hast du deine Kinder zuletzt gesehen?«, fragte ich.

Agnes schüttelte den Kopf. »Sie spielen häufig im Wald. Aber sie kommen sonst immer vor dem Abend zurück. Ich weiß nicht, warum sie nicht heimgekommen sind.«

Das half mir nicht wirklich weiter. In dieser Gegend gab es mehr Wald als irgendetwas anderes, und ich wusste ja nicht einmal, in welcher Richtung ihr Heimatort lag.

»Mein Sohn fürchtet sich im Dunkeln«, sagte Agnes nun. »Und sie sind schon so lange weg.«

Ich presste die Lippen zusammen. Agnes' Kleidung nach zu urteilen waren die Kinder nicht erst seit gestern, sondern seit ein paar Jahrzehnten, wenn nicht seit über einem Jahrhundert verschollen. War sie sich dessen gar nicht bewusst? Und was war mit ihr selbst geschehen? »Wo hast du denn schon nach ihnen gesucht?«, fragte ich, um einen ersten Anhaltspunkt zu finden.

Doch Agnes schüttelte erneut den Kopf. »Ich kann sie nirgendwo finden.«

»Warst du denn schon überall?«

»Vielleicht haben sie sich versteckt«, sagte sie, und erstmals schlich ein Zittern durch ihre raue Stimme. »Franz, mein Mann, er … Er ist sehr streng. Vielleicht haben sie sich vor ihm versteckt.«

Ihre Worte ließen mich das Schlimmste befürchten. Das Gefühl, ihr um jeden Preis helfen zu *wollen*, aber es nicht zu *können*, wurde mit jeder verstreichenden Sekunde stärker. Für mich sahen im Dunkeln alle Bäume gleich aus, und so wusste ich nach der ersten halben Stunde weder, ob wir bereits im Kreis gelaufen waren, noch, in welcher Richtung sich die Straße befand. Agnes begleitete mich, ohne den Weg, den ich einschlug, jemals zu hinterfragen oder von sich aus eine Unterhaltung zu beginnen. Sie war so still, dass ich mich hin und wieder umdrehen musste, um sicherzugehen, dass sie überhaupt noch da war – ihre Schritte verursachten kein Geräusch und *falls* sie atmete, dann so leise, dass meine Ohren es nicht wahrnehmen konnten. Wenn ich versuchte, ein Gespräch zu beginnen, drehten wir uns nach wenigen Sätzen im Kreis. Immer wieder kam sie auf ihre Kinder zurück.

»Warum bist du hier?«, fragte ich irgendwann.

»Ich suche nach meinen Kindern«, sagte Agnes wieder, als hätten wir einander gerade erst getroffen.

»Erzähl mir von ihnen«, versuchte ich es erneut. Es musste doch möglich sein herauszufinden, ob sie sich ihres Zustandes bewusst war.

»Sie sind noch klein, und Alfons fürchtet sich im Dunkeln. Sie sind hier im Wald, aber ich kann sie nicht finden. Sie müssen hier irgendwo sein.«

»An was kannst du dich noch erinnern?«

Agnes wich meinem Blick aus. »Sie sind schon so furchtbar lange weg.«

Irgendwann wusste ich selbst nicht mehr, wie lange wir schon unterwegs waren. Stoisch setzte ich einen Fuß vor den anderen, streckte nur gelegentlich eine Hand aus, um meine geisterhaften Finger durch einen dünnen Baumstamm huschen zu lassen, und Agnes folgte mir schweigend. *Ich muss ihr helfen.* Aber wie? Wir würden ihre Kinder nicht finden. Aber konnte ich ihr das sagen? Würde es ihr helfen, oder würde ich das kleine bisschen Vertrauen, das sie mir geschenkt hatte, auf der Stelle verlieren und sie nie mehr wiedersehen? Uns blieb wahrscheinlich nur diese eine Nacht.

Doch während ich allmählich die Hoffnung verlor, veränderte sich etwas in mir: Umso größer meine Verzweiflung wurde, desto leerer wurden auch meine Gedanken – und irgendwann spürte ich ganz deutlich, dass wir in die falsche Richtung liefen.

*Du siehst, was andere nicht sehen, meleğim,* sagte die papierdünne Stimme meiner Großmutter in meinen Gedanken. *Du bist ein Geschenk des Herrn.*

Es war, als gäbe es einen unsichtbaren Kompass in meinem Inneren, den ich die ganze Zeit über ignoriert hatte, da meine Vernunft um so vieles lauter gewesen war als mein Gefühl. Ich wusste mit einem Mal genau, in welche Richtung wir gehen mussten. »Wir müssen umkehren«, sagte ich zu Agnes und blieb stehen. »Das ist der falsche Weg.«

Sie warf mir einen argwöhnischen Blick zu. »Hast du sie gesehen?«

»Vielleicht weiß ich, wo wir sie finden können«, sagte ich. Der Hoffnungsschimmer, der daraufhin durch ihre Augen huschte, brach mir beinahe das Herz. Eilig ging ich wieder los. »Es kann nicht mehr lange dauern. Wir sind bestimmt bald da.«

Unser Weg führte uns aus dem Wald heraus und über verschneite Wiesen hinweg, dann wieder in einen Wald hinein, immer tiefer, bis die Kronen der Nadelbäume über unseren Köpfen so dicht standen, dass das Licht der Sterne fast verschwunden war. Irgendwann fühlte ich, dass wir ganz nahe an der Stelle waren, die mein Gefühl mir zeigen wollte. Ich hätte es Agnes gerne gesagt, doch meine Anspannung war nun so groß, dass kein Laut mehr über meine Lippen drang. Meine Haut begann zu kribbeln, als meine Schritte immer rascher und entschlossener wurden, bis ich das Gefühl hatte, gar nicht mehr anhalten zu *können*, selbst wenn ich es gewollt hätte.

Und dann ...

*Hier ist es.* Nahe einer großen Tanne ließ ich mich auf die Knie fallen. Mein Kopf schien zu schweben; mir war schwindlig, als wäre ich betrunken. Agnes raffte sorgsam ihre Röcke und ging neben mir in die Hocke. Ich fühlte ihren Blick auf mir ruhen, als ich, keinem bewussten Gedanken, sondern nur noch meinem Instinkt folgend, die Hände über dem Boden ausbreitete. *Hier ist es.* Wie von einem geisterhaften Wind erfasst, stob der Schnee beiseite, den blanken Waldboden enthüllend. *Hier.*

Am Rand meines Sichtfelds tanzten dunkle Flecken. Ich griff in das Loch, das sich unter meinen Händen gebildet hatte, *in* den Boden hinein, bis mein Arm bis zum Ellbogen verschwunden war und sich meine Finger um ein dünnes

Stöckchen schlossen, das ich ohne jeden Widerstand berühren und aus dem Erdreich hervorziehen konnte.

»Hast du sie gefunden?«, fragte Agnes mit erstickter Stimme, als ich das Stöckchen betrachtete – winzig klein und zart, zerbrechlich, hell wie verblichenes Pergament. *Ich habe sie gefunden, Agnes. Es tut mir so leid, ich habe sie gefunden.* Ich hielt ihr den Knochensplitter hin, und als sie zögerlich danach griff, schloss ich meine Hände um ihre, die sich kühl und trocken anfühlten, aber nicht *tot.* Obwohl ich die Hand eines Geistes hielt, war ihre Berührung hier im Dazwischen viel realer als die von Elias.

Wieder sah ich die Hoffnung in ihren Augen, und einen Moment lang spiegelte sie sich in meinem Herzen, doch nur zu bald spürte ich, dass etwas nicht stimmte. *Es geht nicht.* Dieser Teil von mir, der erst mit meinem Übertritt ins Dazwischen erwacht zu sein schien, und den ich selbst noch kaum kannte, wusste, dass etwas hätte passieren sollen – aber es tat sich nichts, und der Wald um uns herum blieb stumm.

*Warum geht das Tor nicht auf?* Ich umklammerte Agnes' Hände als wäre *ich* diejenige, die Hilfe benötigte. *Es funktioniert nicht. Herr, steh mir bei, es geht nicht. Ich kann ihr den Weg in den Himmel nicht zeigen.* Meine Kraft verließ mich, und der Abgrund rief erneut nach mir.

Ich würde das Bewusstsein verlieren.

In Agnes' Augen schimmerten Tränen, als ich von unseren ineinander verschränkten Händen zu ihr aufsah. »Es tut mir so leid«, flüsterte ich.

Dann verlor ich den Halt und stürzte hinab.

# 12

In der Schwärze rauschten die Bilder meiner letzten Vision erneut an mir vorbei. Ich sah Elias, wie er mit glühender Überzeugung zu der Menge sprach, ich sah das sanfte Gesicht des Paters, von tiefen Sorgenfalten durchzogen, das dunkle Innere des Wirtshauses, die grobe Holzplatte des Tisches, an dem der Pater einem ihm fremden Wanderprediger offenbart hatte, dass sein Kindheitsfreund Jörg mit dem Teufel im Bunde war. Und dann ... die Dunkelheit, das Gefühl zu fallen, diese Stimme, eigenartig vertraut und doch übermächtig ...

*Hilf ihm ... Steh ihm bei ... Verteidige sein Leben, und wenn es dich das deine kostet.*

Das schummrig-leichte Körpergefühl, das mich bei meinem Übertritt ins Dazwischen überkommen hatte, verschwand, ich spürte weiches Gras unter meinem Rücken, und die warmen Düfte des Sommers kitzelten meine Nase. Die Sonne brannte so hell vom Himmel herab, dass mich ihr gleißendes Licht selbst durch die geschlossenen Lider hindurch schmerzte, die Vögel sangen über mir in den Bäumen, und eine leichte Brise strich über mein Gesicht.

Ich wollte die Augen aufschlagen und mich umsehen, war aber viel zu entkräftet, um mich überhaupt rühren zu können.

Nicht weit entfernt waren zwei Männerstimmen zu hören, die näher kamen. Ich erkannte beide, kam aber im ersten Moment nicht darauf, zu welchen Gesichtern sie gehörten.

»Und doch braucht selbst die Kirche ein wenig Geld, um sich am Leben zu erhalten«, sagte ein Mann gerade. »Die Zuwendung des Herrn mag unseren Geist nähren, aber kann sie auch unseren Körper versorgen? Kann der Glauben allein Kirchen bauen, Klöster betreiben und den Dienern des Herrn Essen und Obdach bieten? Ich meine nicht.«

»Ich lebe seit über acht Jahren ohne Geld«, entgegnete der zweite Mann stolz. »Ich lebe von dem, was die Güte des Herrn und seiner Kinder mir zukommen lässt.«

»Das mag in deinem Fall möglich sein, da du jung und gesund bist, aber du bist ein einzelner Mann. Man kann von den Gläubigen nicht erwarten, *alle* Klöster und Kirchen nur mit Spenden zu ernähren.«

»Wenn die Kirche genügsam wäre und sich jeder, sei er Mönch oder Priester, zum Abendbrot mit einem Becher klaren Wassers und einem Kanten alten Brotes begnügen würde, wäre es machbar«, beharrte der Jüngere. »Aber so? Der Klerus schwelgt im Reichtum. Und diese Ablassbriefe? Ihr zieht den Menschen auch noch den letzten Pfennig aus der Tasche und versprecht ihnen *dafür* das Seelenheil. Die Ewigkeit ist nicht käuflich.«

»Der Herr weiß es zu schätzen, wenn seine Kinder ihm zeigen, wie viel sie für ihren Glauben opfern wollen«, sagte der ältere Mann ausweichend. »Die Briefe sollen zur Buße ermahnen und den Käufern helfen, nach ihrem Tod im Himmel aufgenommen zu werden ...«

»Leere Versprechungen. Das Einzige, das die Seele in den Himmel eintreten lässt, ist ein Leben im Sinne des Herrn.«

Die Schritte waren immer näher gekommen und die Stimmen nun sehr klar. »Geld allein macht eine Sünde nicht ungeschehen.«

»Nichts und niemand kann eine Sünde je wieder ungeschehen machen. Wenn wir aber Reue zeigen, wird Gottes Urteil sanfter ausfallen, als wenn ...«

»Moment«, fiel der Jüngere ihm plötzlich ins Wort, und die Schritte verstummten. »Da liegt jemand.«

»Dann lass uns schnell weitergehen«, sagte der Ältere eilig, doch ich hörte bereits, wie jemand durch das Gras auf mich zukam. »Es könnte ein Hinterhalt sein«, fuhr der Ältere ängstlich fort, »es gibt Räuber in der Gegend. Zum Glück hat der Herr mich auf meiner bisherigen Reise beschützt, und ich fand dich rasch ... Elias, du willst da doch nicht wirklich hingehen?«

*Elias.* Natürlich. Wieso hatte ich nicht gleich erkannt, dass die Stimmen zu Elias und dem Pater gehörten?

Aber warum lag ich hier am Boden, anstatt meine erhöhte Position als stumme Beobachterin einzunehmen? Panik durchströmte mich, doch als ich flatternd die Lider aufschlug, war es zu spät, um zu fliehen. Der junge Prediger stand neben mir und sah interessiert auf mich herab.

Seine Augen waren so blau wie der Himmel, das Gras um uns leuchtete in sattem Grün, und sein wirres Haar schimmerte bernsteinfarben im Licht der Sonne. *Ich kann Farben sehen.* Wenn ich mich in den anderen Visionen in einem mittelalterlichen Dazwischen befunden hatte, war dies nun nicht mehr der Fall – das hier war zweifelsohne echt.

»Du bist am Leben«, stellte Elias leise fest.

Ich erwartete, dass es wie in meinen Träumen sein würde, dass mein Körper und meine Stimme von allein handeln würden und ich nichts tun musste, außer alles geschehen zu lassen. Aber als ich darauf wartete, dass die junge Frau, in deren Körper ich offensichtlich zu Besuch war, sich rührte, passierte gar nichts, außer dass Elias die Stirn runzelte. »Sprichst du meine Sprache?«

Ich sah ein, dass es mit meiner passiven Zuschauerrolle vorbei war. Wenn ich weiterhin schwieg, würden die beiden mich wohl einfach hier liegen lassen.

»Ich kann dich verstehen«, krächzte die Stimme, die zwar aus meinem Mund kam, aber doch nicht die meine war.

»Was machst du allein in dieser einsamen Gegend?«, fragte Elias misstrauisch.

»Ich …« *Ich bin gefallen,* schoss es mir durch den Kopf. *Er hat mich hinabgeschickt. Ich habe einen Auftrag.* »Ich weiß es nicht«, sagte ich und setzte mich mühsam auf.

»Eine Frau?«, fragte die Stimme des Paters. Inzwischen war er näher herangekommen, hielt aber Abstand, als sei ich ein wildes Tier, das ihn jederzeit anfallen konnte.

Plötzlich verschwand das Misstrauen aus Elias' Gesicht und wich einer Grimasse, die wohl ungläubiges Erstaunen imitieren sollte.

»Nicht irgendeine Frau«, sagte er an den Pater gewandt. »Meine Base aus Augsburg. Ich wollte sie und ihre Familie besuchen, als ich zuletzt dort war, aber ich traf niemanden an … Ich war ganz krank vor Sorge. Dich hier auf dem Weg nach München zu finden, Margarete …«

*Margarete.* Ich wusste, dass es nicht *mein* Name war, nicht mein echter zumindest, aber er fühlte sich normal und gewöhnlich an, als ich ihn im Geiste wiederholte – er war glaubhaft. Verdutzt ließ ich mir von Elias auf die Füße helfen. »Gott hat dich geschickt«, versuchte ich, in sein Spiel einzusteigen.

Der Pater schüttelte fassungslos den Kopf. »Deine Base? Hier?«, fragte er, noch nicht restlos von dieser hanebüchenen Geschichte überzeugt. »Wahrhaftig ... Die Wunder des Herrn sind ohne Zahl.«

»Was ist dir bloß widerfahren?«, fragte Elias und bedachte mich mit einem scharfen Blick, ehe er meine Hand losließ und suchend durch das Gras strich. »Hattest du gar nichts bei dir?«

»Ich ...«, sagte ich und dachte: *Ich bin furchtbar schlecht im Lügen.* Fieberhaft überlegte ich, welche Geschichte von mir erwartet wurde – eine junge Frau im Mittelalter allein auf einer Wiese? Undenkbar, es sei denn, sie war eine Hexe oder Dirne. Beides würde mir bei einem Mann der Kirche keine Sympathien einbringen. Um Elias, der mein falsches Spiel offensichtlich durchschaut hatte, würde ich mich später kümmern müssen.

»Mein Pferd ist durchgegangen«, brachte ich schlussendlich hervor. »Ich war mit meinem Vater und meiner Mutter auf der Reise nach München, um dort in ein Kloster einzutreten, doch auf dem Weg gerieten wir in einen Hinterhalt und ...«

»Wärst du bei den Augsburger Benediktinerinnen nicht besser aufgehoben gewesen?«, fragte Elias beiläufig, und mir fiel mit eiskaltem Entsetzen ein, dass die Münchner Klöster jener Zeit größtenteils von Mönchen betrieben worden waren.

*»Das daheim erzogen Kind ist und heißt am Hof ein Rind«*, zitierte ich einen Spruch, den ich einmal bei Kaufringer, einem schwäbischen Dichter jener Zeit, gelesen hatte. »Meinen Eltern war es wichtig, dass ich nicht den Rest meines Lebens in meiner Heimatstadt verbringe.«

»Das Klarissenkloster am Anger hat einen guten Ruf«, schaltete sich der Pater dankenswerterweise ein. »Ich bin sicher, dass du dort unterkommen kannst. Es gab in den letzten Jahren ein paar Probleme mit der Obrigkeit, aber nachdem die ... sagen wir, weltlich orientierten Schwestern das Kloster verlassen haben, wirst du dort die besten Bedingungen für ein Leben im Sinne des Herrn vorfinden.«

Noch während der Pater gesprochen hatte, hatte Elias sich gebückt, um etwas aufzuheben. Als er sich nun wieder aufrichtete, erkannte ich ein schimmerndes Kurzschwert in seiner Hand, das er kommentarlos zwischen den Falten seines löchrigen Gewandes verschwinden ließ. Dass die Waffe möglicherweise *mir* gehörte, wo sie doch direkt neben mir im Gras gelegen hatte, kam ihm offenbar nicht in den Sinn.

»Eben das hatte ich gehofft«, nahm ich den Ansatz des Paters dankbar an, ohne Elias aus den Augen zu lassen. »Ein Leben in Andacht, Stille und Enthaltsamkeit ist, was ich suche.«

»Löblich«, sagte der Pater erfreut. »Auch wenn es mich natürlich erschreckt, dass dich der Herr auf deiner Reise auf eine solch harte Probe stellt ... Du sagtest, ihr seid überfallen worden?«

»Ich erinnere mich nicht mehr genau«, sagte ich, ehe ich in meiner Ahnungslosigkeit noch mehr Schaden anrichten konnte. »Wir waren auf der Straße, als die Räuber von allen Seiten aus den Büschen kamen. Mein Pferd ist erschrocken, und ich habe noch versucht, mich festzuhalten, aber irgendwann warf es mich ab.« Ich blickte an meinem Körper herab und sah das lange strohig-blonde Haar, das ich auch in meinem Traum gehabt hatte, auf dem groben Stoff meines Gewandes ruhen. Meine Kleider waren zu einfach für jemanden, der zu Pferde unterwegs war, und es gab keine Löcher oder Dreckspuren, die meine Geschichte von dem Unfall unterstützt hätten, aber nun, da ich sie begonnen hatte, konnte ich sie nicht mehr zurücknehmen. »Ich muss auf den Kopf gefallen und dann ohnmächtig geworden sein.«

Der Pater schlug sich eine Hand vor den Mund. »Entsetzlich. Du solltest dem Herrn danken, dass wir dich gefunden haben. Undenkbar, was hätte passieren können, wenn jemand anders mit weniger guten Absichten vorbeigekommen wäre.«

»Wo sind deine Eltern jetzt?«, fragte Elias und sah sich um. Als ich seinem Blick folgte, stelle ich fest, dass wir allein waren – weit und breit war niemand zu sehen. Wiesen und Felder zogen sich über sanfte Hügel, nicht weit von uns entfernt stand eine kleine Baumgruppe. »Tante Els, Onkel Ulrich? Du sagst, sie waren bei dir. Haben sie nicht nach dir gesucht?«

Ungeduldig schüttelte ich den Kopf. »Elias, ich weiß nicht mehr als du«, entgegnete ich. »Als mein Pferd die Flucht ergriff, verlor ich die beiden aus den Augen. Ich bin erst erwacht, als du mich hier gefunden hast.«

»Schlimmstenfalls wurden sie von diesen Bestien ermordet!«, rief der Pater voll Grauen aus. »Ich habe es ja gesagt, die Straßen sind gefährlich hier. Wir sollten beten, dass uns auf dem Rest des Weges kein ähnliches Schicksal ereilt.«

»München ist noch eine knappe Tagesreise weit entfernt«, bemerkte Elias und fügte an mich gewandt hinzu: »Du kannst den Weg zur Stadt unmöglich alleine bewältigen.«

»Wir werden dich natürlich mit uns nehmen«, beschloss der Pater, der nun endlich näher trat. Elias warf ihm einen Seitenblick zu. »Unser Weg führt in dieselbe Richtung. Der Herr wird jedes weitere Unheil von dir abwenden. Du bist nun in Sicherheit, mein Kind.«

Ich blickte den Pater dankbar an. »Ihr würdet mir sehr helfen.«

Er nickte. »Mein Name ist Pater Markus. Ich bin für gewöhnlich im Augustinerkloster tätig und habe euren Vetter hier in einer besonders delikaten Angelegenheit um Hilfe gebeten. Wir werden dich mit uns nach München nehmen und dort so rasch als möglich den Klarissen vorstellen. Du wirst sehen, alles wird gut. In einigen Monaten wird dieser schreckliche Vorfall in weite Ferne gerückt sein, und die Liebe des Herrn wird die Lücke füllen, die der Verlust deiner Eltern in deinem Herzen hinterließ ...«

»Ich danke Euch«, sagte ich und senkte bescheiden meinen Kopf. Als ich ihn wieder ansah, bot er mir seinen Arm und führte mich durch das hohe Gras zur Straße, ein unebener Weg aus Kies und Erde, in den unzählige schmale Wagenräder tiefe Rillen gegraben hatten.

Ich spürte Elias' bohrenden Blick zwischen meinen Schulterblättern, drehte mich aber nicht um.

Das Bild fiel in sich zusammen.

Aus seinen flirrenden, bunten Einzelteilen entstand eine neue Szene. Inzwischen hatte die Dämmerung eingesetzt, wir hatten die Straße verlassen und befanden uns am steinigen Ufer eines breiten Flusses. War das hier bereits die Isar? Ich wusste es nicht. Elias hockte in der Nähe des Ufers am Boden und baute aus großen Steinen eine Feuerstelle auf.

»Ich finde trotzdem, dass wir einkehren sollten«, sagte der Pater, der etwas abseits stand und Elias' Treiben skeptisch beobachtete. »Nicht weit entfernt von hier gibt es ein Gasthaus. Wir könnten noch vor der Dunkelheit dort sein.«

»In einer warmen Sommernacht einzukehren ist vollkommen überflüssig«, hielt Elias dagegen, ohne von seiner Arbeit aufzusehen. »Wir bleiben bis Sonnenaufgang hier und setzen morgen den Weg nach München fort. Wenn wir unterwegs keinen Schwierigkeiten begegnen, werden wir die Stadt am Nachmittag erreichen.«

»Aber es ist gefährlich, hier draußen zu schlafen«, entgegnete Pater Markus. »Besonders mit einer jungen Frau, die auf unseren Schutz angewiesen ist. Es gibt Räuber, Gesetzlose. Manch einer kann der Versuchung des Teufels nicht widerstehen ...«

»Was soll ein Räuber stehlen, wenn man ohne Habe ist?«, fragte Elias und richtete sich auf. Sein Steinkreis war vollendet, aber wir hatten noch kein Holz, das er hätte entzünden können. »Ich trage keine Wertsachen bei mir. Es gibt nichts, das sie mir nehmen könnten.«

»Unser wertvollstes Gut ist das Leben.« Der Pater warf mir einen Blick zu. »Margarete, Kind, das tragische Schicksal deiner Eltern sollte uns doch bewiesen haben, dass diese Gegend hier voller Gefahren steckt. Deine Lieben haben diese Reise mit ihrem Leben bezahlt – Gott schütze ihre Seelen! Sicherlich fürchtest du dich davor, die Nacht in der Wildnis zu verbringen?«

»Wie um alles in der Welt wollt Ihr denn überhaupt für eine Unterkunft aufkommen?«, fragte Elias, bevor ich auch nur Luft für eine Antwort holen konnte. »Ich trage nichts von Wert bei mir, und meine Base hat all ihre Habe verloren, als sie von diesen Männern überfallen wurde und ihr Pferd geflüchtet ist. Ihr allein könnt unmöglich drei saubere Betten und drei warme Mahlzeiten vom Geld der Gläubigen bezahlen.«

»In einer solchen Notlage hätte der Herr sicher Verständnis, wenn wir das Gold seiner Truhen einem guten Zweck zukommen ließen ...«

»Von was für einer Notlage redet ihr denn?«, unterbrach ihn Elias. »Es ist warm, wir haben noch etwas Brot und Wurst bei uns und werden morgen schon in München sein.«

»Margarete aber ...«

»Meine Base steht unter Gottes Schutz«, sagte Elias überzeugt. »Wenn der Herr ihren Weg nicht aufmerksam bewachen würde, hätte sie den Überfall nicht nahezu unversehrt überstanden. Ihr wird hier draußen nichts geschehen.«

Darauf wusste der Pater offenbar nichts mehr zu erwidern. Elias nickte zufrieden und wandte sich ab, um in Richtung Wald zu gehen. »Richtet Euch das Lager«, wies er den Pater an. »Ich werde Holz sammeln.«

*Hilf ihm,* sagte die Stimme in meinem Kopf.

»Ich komme mit dir und helfe dir«, platzte es aus mir heraus.

»Margarete, Kind, das ist keine Aufgabe für eine junge Frau ...«, widersprach Pater Markus, doch Elias blieb stehen und sah mich an.

Sein Blick ließ mein Herz höher schlagen – ob es vor Angst oder Freude geschah, konnte ich nicht sagen. Ohne seine Notlüge hätte Pater Markus mir meine fadenscheinige Geschichte nie im Leben geglaubt, und ich wusste, dass er mich zur Rede stellen würde, sobald wir allein waren. Allerdings wollte ich unbedingt herausfinden, warum er sich überhaupt auf meine Seite geschlagen hatte.

»Lasst sie nur mitkommen«, sagte Elias. »Wenn sie das möchte, kann sie sich gern nützlich machen. *Manus manum lavat,* nicht wahr?«

Wenig später strich ich an Elias' Seite durch das Halbdunkel des Waldes, um nach trockenen Ästen zu suchen. Es war wunderbar friedlich – bis auf das Zirpen von Insekten und das leise Rauschen des nahen Flusses gab es keine Geräusche. Moos und Tannennadeln dämpften unsere Schritte, und alles war in das sanfte Licht der letzten Sonnenstrahlen getaucht.

»Ich bin dir wirklich dankbar«, begann ich vorsichtig das Gespräch, doch Elias ging nicht darauf ein.

»Sag mir, was führt dich wirklich nach München, *Margarete?*«, fragte er stattdessen. Die Art und Weise, wie er den Namen betonte, führte mir erneut das Ausmaß unserer gemeinsamen Lüge vor Augen. Elias hatte mich mitgenommen, ohne zu wissen, wie ich hieß oder woher ich kam. War es Barmherzigkeit, die ihn dazu getrieben hatte?

»Erzähl mir nicht, dass du ins Kloster eintreten willst. Keine ehrbare junge Frau macht sich allein auf eine solche Reise, und dass deine Eltern spurlos verschwunden sind, ohne dich mit sich zu nehmen oder nach dir zu suchen, glaube ich dir nicht. Pater Markus mag leicht zu überzeugen sein, aber ich bin in dieser Gegend auf all meinen Reisen noch nie einem Räuber begegnet, der dich oder deine Verwandtschaft hätte töten können. Und dein Pferd hat nirgends Spuren hinterlassen. Einen Mann, der nur alle paar Monate die sicheren Wände seines Klosters verlässt, können wir mit einer solchen Geschichte vielleicht zum Narren halten, aber ich bin weit gereist und erkenne eine Lüge, wenn ich sie sehe.« Er blieb stehen und musterte mich nach dieser langen Rede eingehend. »Also, sag mir, wie ist dein Name? Wer bist du, wo kommst du her? Wie kann es sein, dass ich vom ersten Moment an das Gefühl hatte, dich zu kennen, wo wir uns noch nie zuvor gesehen haben?«

Ich wusste, wenn es einen Zeitpunkt gab, die Wahrheit zu sagen, dann jetzt. Würde ich weiterhin lügen und an meiner Geschichte von einem Überfall festhalten, dann würde sich Elias' Weg spätestens bei der Ankunft in München von meinem trennen, und das durfte keinesfalls geschehen.

»Mein Name ist Seheiah«, sagte ich, einer Art Intuition folgend, die im Gegensatz zu mir selbst ganz genau über das Wie und Warum meines Daseins Bescheid zu wissen schien. »Aber solange ich auf Erden weile, will ich gern jenen Namen tragen, den du mir gegeben hast.«

»*Seheiah* …« Elias' Blick wurde weicher, wirkte irgendwie entrückt, als versuchte er, sich ein lang zurückliegendes Ereignis in Erinnerung zu rufen.

»Der Herr hat mich geschickt, um dir zu helfen«, fuhr ich fort und sah zu Boden. »Das ist der Grund, warum du und Pater Markus mich unversehrt und mutterseelenallein auf dem Weg nach München fandet. Dort sollte ich dich treffen. Und du irrst dich – wir sind uns schon einmal begegnet, vor ein paar Jahren. Du warst noch jung damals, hast bei deiner Tante in Sachsen gelebt und warst unglücklich, weil die Predigten des Pfarrers deinen Durst nach Gottes Wort nicht stillen konnten.«

»Woher …«

»Ich war dort«, sagte ich sachte. »Nicht so wie jetzt, freilich, aber ich war dort und habe dir Gottes Wort überbracht.«

»Der Engel aus meinem Traum«, sagte Elias nahezu tonlos.

Ich hatte keine Ahnung, woher all die Worte kamen, die wie Wasser von meinen Lippen perlten – waren sie eine Eingebung oder stammten sie aus jenem Teil von Margaretes Bewusstsein, der mir und meinen Gedanken verschlossen blieb? –, aber es schienen die richtigen zu sein. Als ich Elias ins Gesicht sah, hielt er meinem Blick stand, und ich konnte regelrecht fühlen, wie sich seine glashellen Augen auf der Suche nach der Wahrheit in meine Seele bohrten. »Warst du das etwa?«

Ein Lächeln flog über meine Lippen. »Ich wache seit deiner Geburt über dich. Der Herr hat dir eine große Verantwortung zugedacht, Prophet.«

»Was ist mit dem Schwert, das neben dir im Gras lag?«

Ohne dass ich einen Wimpernschlag lang nachdenken musste, verließ die Antwort auf seine Frage meinen Mund: »Eine Waffe, das Böse zu bannen.«

Nun senkte Elias den Blick. »Pater Markus ersuchte mich in Freising, ihn nach München zu begleiten und den Teufel aus der Stadt zu vertreiben …«

»Ich weiß«, sagte ich. »Ich habe über euer Gespräch im Gasthaus gewacht.«

Er sah wieder auf. »Wenn du die Wahrheit sagst, werde ich die Waffe mit mir führen, um den Mächten des Bösen gegenüberzutreten, Seheiah«, sagte er. »Aber *du* solltest morgen deine Heimreise antreten. Wenn die Erzählungen des Paters stimmen und in wenigen Tagen der Leibhaftige in der Stadt erscheint, darf jemand wie du nicht vor Ort sein.«

*Steh ihm bei,* dröhnte die mächtige Stimme erneut durch meinen Kopf. »Ausgeschlossen. Ich werde mit dir kommen.«

Elias schüttelte den Kopf. »Wenn es dein Schicksal war, meinen Weg zu kreuzen und mir das Schwert zu übergeben, dann scheint deine Aufgabe hiermit erfüllt, oder nicht?«, sagte er. »Der Herr wird sich bestimmt erkenntlich zeigen.«

»Meine Aufgabe ist es, dich auf deinem Weg zu begleiten«, erwiderte ich mit fester Stimme. »Wohin auch immer er dich führen mag.«

Ich konnte den Widerstand in seinen Augen sehen, hart und schimmernd, und ich erwartete, dass er mich erneut zurückweisen würde, doch einen Moment später wandte er sich ab und las einen ersten trockenen Ast vom Boden auf.

»Es wird bald dunkel«, sagte er schlicht. »Wenn wir am Nachmittag in München eintreffen wollen, müssen wir uns morgen in aller Frühe auf den Weg machen.«

Gerne hätte ich weiter mit ihm nach Feuerholz gesucht, seine Stimme und seinen Atem gehört und die stille Zwanglosigkeit seiner Bewegungen beobachtet, doch in diesem Moment zog mich die Vision fort, löste sich das Bild in Nebel auf und ließ vor mir die belebten Straßen einer Stadt entstehen.

Ich erkannte die Umgebung aus meinem Traum. Wir waren in München angekommen. Zwischen dem Pater und Elias trat ich aus dem Gewirr einer engen Gasse auf den Marienplatz und sah mich aus großen Augen um. Der gesamte Markt war von geschäftigem Treiben erfüllt – an allen Ecken wurde Handel getrieben, Kinder rannten jauchzend zwischen den Beinen der Erwachsenen hindurch, vor dem Rathaus gab sogar eine Gruppe von Schaustellern ihr Können zum Besten. Dazwischen sah ich vereinzelt Tiere – Hunde, Hühner, manchmal eine Ziege oder einen Esel. Obwohl es laut und dreckig war und nicht nur angenehme Gerüche in der Luft hingen, war ich überwältigt. Zum ersten Mal wurde mir *wirklich* bewusst, dass ich hier war, im München des späten 15. Jahrhunderts. Wenn meine Visionen mir wahrhaftig die Vergangenheit zeigten, waren die Szenen, die ich sah, über fünfhundert Jahre her. Es war unglaublich.

»Ich nehme an, du hast noch nie eine Stadt gesehen?«, fragte Elias und lächelte über meine offensichtliche Begeisterung. Seit unserer Unterhaltung im Wald waren das Misstrauen und die Kälte aus seiner Stimme gewichen, wenn er mit mir sprach.

»Doch, natürlich«, entgegnete ich, und nachdem ich sicher war, dass Pater Markus weit genug vorausgegangen war, um mich nicht hören zu können, fügte ich an: »Ich war immer bei dir. In Erfurt, in Würzburg, sogar in Nürnberg.«

»Im Vergleich zu diesen Städten ist München ein Dorf«, bemerkte er. »Komm, sonst verlieren wir Pater Markus aus den Augen!«

Wir eilten dem Pater nach, der uns zielstrebig über den Platz in Richtung der beiden Türme der Frauenkirche führte, die mir selbst in ihren dürren Holzgerüsten stolz und mächtig erschienen und Respekt einflößend über den Dächern der umliegenden Häuser aufragten.

»Ein sehr schönes Dorf, versteht sich, der Dom ist jetzt schon prächtig, aber München ist eben doch keine Stadt«, knüpfte Elias an unsere Unterhaltung an. »Wenn die Augustiner nicht wären, hätte sich wohl nie jemand um diesen Ort geschert.«

»Ich war noch nie mitten drinnen, verstehst du?«, sagte ich. »Bisher habe ich all die Städte nur gesehen und ihren Lärm gehört, aber immer nur von oben, und immer war alles grau und weit weg. Ich war noch nie eine von ihnen, konnte den Menschen ins Gesicht sehen und dieselbe Luft atmen. Das ist alles neu für mich, und es ... es ist großartig.«

Elias lachte auf. »Du bist die Erste, die es großartig findet, diese Luft zu atmen!« Im nächsten Moment griff er nach meinem Arm und lotste mich um einen dunklen Haufen herum, der eindeutig nach Dung aussah. Seine Berührung ließ mein Herz einen Schlag aussetzen, und ich fühlte ihre Wärme noch lange, nachdem er seine Hand wieder zurückgezogen hatte. »Ist es denn so schlimm dort oben?«

»Nein, gar nicht«, erwiderte ich. »Es ist friedlich. Aber auch einsam. Ich sehe dich, ich beobachte, was du tust, und höre deine Predigten, aber ich weiß nie, was du denkst. Oft glaube ich, ganz sicher zu wissen, was du als Nächstes sagen oder tun wirst, und dann reagierst du doch wieder ganz anders. Ich habe mir immer gewünscht, mich mit dir unterhalten zu können, aber wir sind bloß Boten. Wir überbringen Gottes Wort und führen Seinen Willen aus, aber wir wurden nicht dazu geschaffen, eigenständig zu handeln und zu denken.«

»Und doch bist du jetzt hier«, sagte Elias. »Bislang bist du mir immer nur als helles Licht im Traum erschienen. Der Herr muss großes Vertrauen in dich haben, dass er dich auf die Erde geschickt hat.«

Ich schwieg einen Moment. So hatte ich die Sache bislang nicht betrachtet. *Ist es wirklich eine Wertschätzung oder nicht doch eher ein Test?* »Ich denke, dass die Schwere der Lage ein entschiedenes Eingreifen notwendig macht«, gab ich zurück. »Immerhin kommt der Teufel in die Stadt.«

Elias schüttelte den Kopf. »In der Heiligen Schrift ist nur an wenigen Stellen explizit von Engeln die Rede. Dass einer von ihnen unerkannt unter den Menschen wandelt … Es ist möglich, aber es kommt selten vor.«

Ich wiegte den Kopf hin und her. »Na ja. Ich weiß nicht, was in der Heiligen Schrift geschrieben steht, aber viele Menschen haben schon Gottes Boten beherbergt, ohne überhaupt davon zu wissen. Dass ich mich dir offenbart habe, liegt daran, dass du ein Prophet bist. Du siehst mehr als andere, hast früh gelernt zu *glauben*. In den Ohren des Falschen hätte mir meine Geschichte gefährlich werden können.«

»Das kann sie auch jetzt noch«, sagte Elias. »Es sind gefährliche Zeiten für Frauen ohne Mann oder Familie, und wenn du hier bist, um mich zu beschützen, nehme ich an, dass du dich nicht wirklich den Klarissen anschließen willst?«

Er hatte recht. Die Geschichte unserer entfernten Verwandtschaft hatte ausgereicht, um den gutmütigen und eher einfältigen Pater von meiner Tugend zu überzeugen, aber sie würde keiner genaueren Betrachtung standhalten können. Im besten Fall würde man mich für eine Ehrlose halten, im schlimmsten Fall …

Darüber wollte ich nicht einmal nachdenken. Ihren traurigen Höhepunkt würde die Hexenverfolgung zwar erst ein gutes Jahrhundert später erreichen, aber dass Ketzer und Zauberinnen verhört und anschließend ertränkt, gehenkt oder auf dem Scheiterhaufen verbrannt wurden, war auch im ausgehenden 15. Jahrhundert keine unübliche Praxis.

Bevor ich den Gedanken weiterverfolgen konnte, hatten wir den Platz überquert und waren in eine engere Seitenstraße eingetaucht, wo Pater Markus stehen blieb, sich zu uns umdrehte und wartete, bis wir aufgeschlossen hatten.

»Wir haben großes Glück«, sagte er an Elias gewandt und ging, nun neben uns und etwas langsamer, wieder los. »Jörg scheint gerade auf der Baustelle zu sein, ich habe ihn rufen hören. Ich wollte dir eigentlich nur die Kirche zeigen, bevor wir Margarete in ihre Unterkunft bringen, aber vielleicht kannst du ihn gleich kennenlernen und bereden, wie …«

*Verteidige sein Leben, und wenn es dich das deine kostet.*

Ich reagierte, bevor ich überhaupt wusste, was passierte. Ich hörte aufgeregte und empörte Schreie, ein lautes Krachen, und dennoch war es eine Art Vorahnung, die mich handeln ließ, als sei es das Natürlichste der Welt – schneller, als ich es mir je zugetraut hätte, wirbelte ich herum, stieß Elias beiseite und ging mit ihm zu Boden. Keinen Wimpernschlag später rumpelte ein herrenloser Pferdewagen vorüber, und die Hufe der beiden in Panik geratenen Tiere flogen neben unseren Köpfen vorbei, durchpflügten jene Stelle, an der sich Elias gerade noch arglos aufgehalten hatte.

Ich lag auf ihm, und selbst durch den groben Stoff unserer Gewänder hindurch konnte ich das schnelle Schlagen seines Herzens an meiner Brust spüren. Um uns herrschte heller Aufruhr. Offenbar hatten nicht alle Menschen in der engen Gasse so viel Glück gehabt wie wir. Einige waren von den fliehenden Pferden oder dem unkontrolliert schlingernden Wagen getroffen worden.

»Wie hast du das gemacht?«, flüsterte Elias, die Pupillen so weit, dass das klare Blau seiner Iris beinahe von ihnen verschluckt wurde.

Als sein Atem sanft über mein Gesicht strich, fühlte ich einen warmen Schauer durch meine Glieder rieseln, und ich stellte mir vor, wie es sich anfühlen würde, wenn kein Stoff mehr zwischen uns war, wenn meine Finger seine Haut berührten und seine Lippen ... *Nein! Das darf nicht sein!*

Hastig richtete ich mich auf.

»Ich weiß nicht«, sagte ich, kletterte von ihm herunter und stand auf, um meine Röcke zu ordnen. »Ich habe es geahnt. Tut mir leid, dass ich ...« Doch ich wusste nicht mehr, was ich sagen sollte, und fühlte, dass meine Lippen bebten. *Du darfst das nicht. Du musst ihn beschützen, nicht ...*

»Ist euch etwas zugestoßen?«, fragte Pater Markus, der den Pferden ausgewichen war, indem er sich an die Hauswand gedrückt hatte. Mit zittrigen Händen half er Elias auf die Füße.

»Unversehrt, alle beide! Hättest du nicht so schnell gehandelt ... Du bist ein Engel, Margarete, ein Geschenk des Herrn!«

Ein Knall zerriss die Luft, scharf wie ein Pistolenschuss, aber ich schüttelte nur sachte den Kopf und gab meine Antwort, als wäre nichts geschehen: »Es war der Herr, der mich führte.«

Ein weiterer Knall ertönte, ohne dass einer der Menschen in der Gasse reagierte.

»Der Herr weist uns lediglich die Richtung, den Weg müssen wir selbst gehen«, warf Elias ein, doch seine Stimme klang dumpf, als hätte ich mir Watte in die Ohren gesteckt. Als ich in seine Richtung blickte, sah ich sein Gesicht nur noch verschwommen. »Ich schulde dir mein Leben.«

Schon fühlte es sich an, als würde sich unter meinen Füßen ein Abgrund auftun; ich konnte die Vision nicht mehr länger halten und fiel. Einen Augenblick später war es wieder dunkel um mich herum, ich fühlte jene ungewohnte Leichtigkeit in meinem Körper und wusste, dass ich zurück im Dazwischen war.

# 13

Als ich die Augen aufschlug, sah ich eine sanft gebräunte Hand vor meinem Gesicht, Daumen und Ringfinger fest aufeinander gepresst. Als die Spitze des Ringfingers die Daumenkuppe hinabglitt und das knallende Geräusch erneut ertönte, viel leiser und harmloser diesmal, erkannte ich, dass ich mich getäuscht hatte.

*Nur ein Schnipsen. Keine Pistolenschüsse.* Natürlich nicht. Im 15. Jahrhundert hatte es noch keine Handfeuerwaffen gegeben.

Ich bewegte einen Arm, um die Hand aus meinem Gesicht zu schieben, doch sobald ich mich bewegte, zog sie sich von allein zurück.

»Endlich«, seufzte eine Stimme, die ich inzwischen mühelos erkannte. »Ich dachte schon, du wärst tot. Also, noch toter als jetzt, meine ich.«

*Elias.* Der Elias *meiner* Zeit, meiner Welt, der aus unerfindlichen Gründen beschlossen hatte, mir bei meiner Flucht vor Lily und ihrem dämonischem Gefolge zu helfen.

War ich bis eben noch in der Vision gefangen gewesen, kehrten die Erinnerungen an die letzte Nacht nun mit aller Macht zurück. Die Fahrt, die Beschwörung, der Wald. *Agnes.* Sofort saß ich kerzengerade.

»Wo ist sie?«, fragte ich. Es war taghell, aber der Wald war leer. Weißer Schnee, schwarze Bäume unter einem grauen Himmel, doch außer uns beiden war niemand hier.

»Wo ist *wer*?«, fragte Elias misstrauisch.

»Agnes. Sie war neben mir, als ich …« Verwirrt brach ich ab. Wie spät war es überhaupt? Wie viel Zeit war während der Vision vergangen? Als ich nach oben blickte, blendete mich die Sonne, aber der Himmel war nicht blau. *Im Dazwischen erscheint alles grau,* hatte Elias gestern erklärt. »Hast du sie nicht gesehen?«, fragte ich ihn. »Sie war direkt hier.«

»Hier war niemand außer dir«, sagte er. Als ich aufstand, blieb er regungslos im Schnee hocken. »Und es gibt keinerlei Fußspuren, die das Gegenteil beweisen würden. Ich bin froh, dich überhaupt gefunden zu haben – was hast du dir nur dabei gedacht, so tief in den Wald zu laufen?«

»Ich habe sie hergebracht«, erwiderte ich. »Sie hat ihre Kinder gesucht, und … Ich hatte das Gefühl, ihr helfen zu müssen, also habe ich es versucht.«

Elias beäugte das Loch im Schnee, das sich gestern auf magische Art und Weise unter meinen Händen aufgetan hatte. »Ich nehme an, ›sie‹ war kein Mensch?«

»*Natürlich* war sie ein Mensch.« Ich ging neben ihm in die Knie, um den Boden zu untersuchen, aber der winzig kleine Knochen war fort.

»Ein *lebendiger* Mensch, meine ich.«

Ich fühlte, dass Elias mich beobachtete. Ich konnte mich noch genau an seine gestrige Ermahnung erinnern – *Meide alle Wesen im Dazwischen* –, doch diese Warnung hatte meiner Ansicht nach mehrköpfige Monster betroffen, keine verzweifelten Seelen auf der Suche nach Gewissheit und Frieden. »Nein«, presste ich hervor. »War sie nicht.« Er brauchte nur hörbar Luft zu holen, damit ich in die Verteidigung überging. »Aber was hätte ich denn tun sollen? Sie war allein, *ich* war allein, sie hat meine Hilfe gebraucht, also habe ich ihr geholfen.«

Entgegen meiner Erwartung machte Elias mir keine Vorwürfe. »Konntest du ihr denn helfen?«, fragte er ruhig. Er war überhaupt viel zu ruhig, viel zu vorsichtig, als müsse er sich jeden Satz erst dreimal überlegen, bevor er ihn aussprach. Weiß Gott, was Lily mit ihm gemacht hatte, damit er so funktionierte, wie sie es für ihre Zwecke benötigte. Mit dem ehrgeizigen, wissbegierigen Propheten aus meinen Visionen hatte er jedenfalls nicht viel zu tun.

»Nein.« Ich wollte das Loch wieder zuschütten, aber der Schnee gehorchte mir nicht mehr. »Konnte ich nicht.«

Elias nickte verständig. »Dachte ich mir schon.«

»Weshalb?« Zum ersten Mal seit meinem Erwachen sah ich ihn richtig an. »Warum sollte …?«

Verwirrt brach ich ab. Im Tageslicht waren seine Augen nicht mehr schwarz, sondern hatten die Farbe von verglühter Asche; dunkel und grau, mit ein wenig Blau darin. Sein Gesicht schien zwar blasser, der Bartansatz dunkler und die Augenringe tiefer als gestern, doch im Gegensatz zu unserer tristen Umgebung waren seine Züge alles andere als farblos. »Warum sehe ich *dich* in Farbe?«

Er hob die Brauen. »Tust du das denn?«

Ich ließ meinen Blick über die verblichene Bomberjacke, den dunklen Pullover – *derselbe wie gestern?* – und die verwaschenen blauen Jeans wandern. »Ja. Definitiv.«

»Möglich, dass dir die Verbindungsglieder zwischen dem Hier und dem Dort in Farbe erscheinen«, mutmaßte er. »Also Menschen, die das Zweite Gesicht haben, und Orte, an denen die Grenze zwischen den Welten dünner ist und man Portale öffnen kann, wie die Frauenkirche oder die Hardtkapelle. Aber ich war noch nie da, wo du jetzt bist, deswegen …« Er zuckte mit den Schultern.

Interessiert starrte ich ihn an. »Dann würdest du also selbst sagen, dass du hellsichtig bist?«

»Wenn du es so nennen willst.« Er legte den Kopf schräg. »Überrascht dich das denn? Ich rede die ganze Zeit mit dir. Normale Menschen würden dich da drüben nicht einmal sehen.«

»Ja, das dachte ich mir schon.« Vor meinem geistigen Auge rauschte das Auto an mir und Agnes vorbei. *Ich habe es oft versucht. Sie halten nie an.*

Erst jetzt wurde mir bewusst, wie groß mein Problem tatsächlich war: Gestern hatte ich nur zurück in mein Zimmer und zu Jo und Mark gewollt, inzwischen aber wusste ich, dass meine Freunde mich wahrscheinlich gar nicht wahrnehmen würden. Wenn ich in mein altes Leben zurückkehren wollte, war ich vollstens auf Elias' Hilfe angewiesen. »Wie geht es …«

»… deinen Freunden?«, beendete er meinen Satz mit einem kleinen Funkeln in den Augen, als habe er nur darauf gewartet, dass ich ihm diese Frage stellen würde. Es war irgendwie süß. »Gut, denke ich. Es gab keinen Unfall auf der Strecke, ich habe nachgesehen. Sogar im Internet. Wahrscheinlich sind sie längst wieder in München und in Sicherheit.«

»Wird Lily nicht nach ihnen suchen?«

»Vorerst nicht«, sagte Elias. »Zunächst einmal wird sie versuchen, dich ohne fremde Hilfe aufzutreiben. Je weniger Leute involviert sind, desto besser. Aber wenn das nicht klappt …«

»Sie werden sich Sorgen machen«, rutschte es mir heraus.

»Davon gehe ich aus.« Er stand mit knackenden Gelenken auf und befreite seine Hose vom Schnee. »Wenn nicht, solltest du dir dringend neue Freunde suchen.«

Siedend heiß fiel mir ein, dass Mark und Jo Lily noch nie persönlich gesehen hatten. Elias hingegen war ich begegnet, als wir noch über die Kamera miteinander verbunden gewesen waren: Sie hatten mitbekommen, dass ich in sein Auto gestiegen war. Danach war die Verbindung abgebrochen, bevor wir an der Kapelle angelangt waren. »Sie werden denken, dass *du* mich entführt hast«, sagte ich. »Wahrscheinlich sucht die Polizei schon überall nach dir.«

»Normalerweise weiß Lily das zu verhindern«, erwiderte Elias düster. »Es ist ja nicht das erste Mal, dass wir das machen. Sie kann natürlich nicht bis in alle Ewigkeit garantieren, dass die Geschichte nicht polizeilich verfolgt wird, aber sie wird uns auch in diesem Fall etwas Zeit verschaffen. Gedanken- und Körperkontrolle, du erinnerst dich?«

Schaudernd nickte ich. Nie wieder wollte ich etwas Vergleichbares erleben.

»Das funktioniert nicht nur bei dir, sondern auch bei besonders empfänglichen Polizisten«, fuhr Elias fort.

Ich richtete mich ebenfalls auf. »Wie geht es jetzt weiter?«, fragte ich. »Hast du einen Plan?«

»Mein Auto steht auf einem Waldweg«, sagte er nur und ging los. Mir blieb nichts anderes übrig, als ihm zu folgen. »Ziemlich weit weg von hier, aber ich wusste ja auch nicht, wohin du gelaufen bist. Wir müssen weg von der Kapelle und dich verstecken. Lilys Anhänger werden bald wieder hier sein und nach dir suchen.«

»*Kann* ich denn überhaupt mitfahren?«, fragte ich in Hinblick auf meinen schwammigen Zustand. »Falle ich nicht einfach … durch?«

Elias warf mir einen kleinen Blick zu. »Kennst du die Geschichten vom Ebersberger Forst? Von der Frau, die manchmal per Anhalter mitgenommen wird und dann im Rückspiegel wieder verschwindet?«, fragte er.

Ich nickte. Natürlich hatten wir die Geschichte auch schon in einem unserer Videos vorgestellt, immerhin handelte es sich bei ihr um eine der bekanntesten Spuklegenden Deutschlands.

Mit unseren heutigen Standards betrachtet war das Video grottenschlecht, hatte uns damals aber unsere ersten tausend Abonnenten eingebracht.

»Du bist ja nicht *weg*, solange du im Dazwischen bist«, erklärte Elias. »Nur eben nicht ganz da. Natürlich kannst du im Auto mitfahren.«

Ich würde also nicht länger allein hier draußen im Wald bleiben müssen – das war die erste gute Nachricht des Tages, wenngleich ich mich sträubte, Agnes alleine zurückzulassen, ohne ihr wirklich geholfen zu haben. »Und wie geht es dann weiter?«, fragte ich. »Hast du einen Weg gefunden, auf dem ich ins Diesseits zurückkommen kann?«

Verlegen fuhr er sich über den Nacken. »Das ist das Problem«, sagte er. »Ich habe die ganze letzte Nacht versucht, einen Hinweis zu finden, aber es gibt nicht viele Schriften, in denen das Dazwischen überhaupt eine Rolle spielt. Die meisten Beschreibungen des Jenseits sind fiktional, und wer das Diesseits erst einmal verlassen hat, kehrt in der Regel nicht mehr zurück, um seine Erlebnisse für die Nachwelt festzuhalten. Was ich weiß, habe ich entweder von den Seelen dort drüben erfahren, also von den paar Geistern und Dämonen, mit denen ich bislang gesprochen habe, oder von Lily, und sie kann ich ja schlecht fragen, wie wir dich da rausholen können.«

»Dann brauchst du einfach noch mehr Zeit zum Forschen?«

Er nickte. »Ich fürchte, dass der einzige Weg zurück ins Diesseits durch ein Portal führt, ähnlich wie das, das Lily bei der Beschwörung geöffnet hat«, gab er zu. »Für gewöhnlich gelingt es Geistern und Dämonen nicht, auf diese Weise ins Diesseits überzutreten, da sie keine feste körperliche Gestalt mehr annehmen können. Aber in deinem Fall sollte das anders sein, da du *mit* deinem Körper übergetreten bist ...« Wieder griff er sich in den Nacken. »Zumindest haben wir noch immer keine Leiche gefunden.«

Ich überging die makabre Bemerkung und bemühte mich darum, mich auf das Wesentliche zu konzentrieren. »Gut. Wie können wir so ein Portal öffnen?«

»Gar nicht.« Elias blickte weiter auf den Boden. »Ich kann es nicht, und du auch nicht. Selbst wenn die Grenze zwischen den Welten so dünn ist wie an den Teufelstritten, setzt es einiges an Macht und Erfahrung voraus, einen Durchgang zu öffnen, der so groß und stabil ist, dass du ohne Probleme hindurchgehen kannst. Ich kenne nur eine Person, die dazu imstande wäre.«

Mir dämmerte, worauf er hinauswollte. »Lily.«

Er nickte knapp. »Sie ist die Einzige, die diese Dinge beherrscht.«

»Aber sie wird uns nie im Leben dabei helfen, mich zurückzuholen.«

»Freiwillig nicht, nein.«

»Dann willst du sie hinters Licht führen?«

Elias nickte, und ich musste an Jörg von Halsbach denken, der vor über fünfhundert Jahren versucht hatte, den Teufel auszutricksen. Für ihn hatte die Geschichte kein schönes Ende genommen; er war meinen Recherchen zufolge kurz nach der Fertigstellung der Kirche unter mysteriösen Umständen gestorben.

Lily war vielleicht nicht der Teufel in Person, schien aber seine Geliebte zu sein, was sie wohl zu einer Hexe, schlimmstenfalls sogar zu einer Dämonin machte. Ich war jedenfalls nicht scharf darauf, Jörgs Schicksal zu teilen. »Das wird nicht funktionieren.«

»Wenn wir alles richtig machen, wird sie nichts bemerken«, erwiderte er. »Samael beruft einmal im Jahr eine Versammlung seines Gefolges ein. Wenn es soweit ist, werden mehrere Portale zugleich geöffnet, und der ganze Ort wird von Dämonen wimmeln ... *Wenn* es einen Zeitpunkt gibt, an dem Lily abgelenkt genug ist, sodass du es an ihr vorbei hindurchschaffst, dann diesen.«

Sein Plan klang an sich nicht schlecht, aber das Zögern in seinen Worten machte mich stutzig, und so hakte ich nach: »Und wann findet diese Versammlung statt?«

Noch immer weigerte er sich, mir in die Augen zu sehen. »Morgen«, presste er schließlich hervor.

»Morgen schon«, wiederholte ich leise. Da war also der Haken an der Geschichte.

»Lily hat dir sicherlich erzählt, dass es Tage und Nächte gibt, an denen die Grenze zwischen den Welten dünner ist?«, sagte er und warf mir endlich einen kurzen Blick zu, nun, da die Katze aus dem Sack war. Als ich nickte, fuhr er fort: »Die Raunächte, Allerheiligen, Sonnwende, Neu- und Blutmond zum Beispiel ... Morgen Nacht haben wir Neumond, deswegen wollte sie dich gestern treffen und morgen die Versammlung einberufen.«

»Und die Leute da«, begann ich. »Also Lily, Samael und wer oder was auch immer sonst noch daran teilnimmt, sind vermutlich alle darauf aus, mich zu töten?«

»Nun, im Prinzip kann Energie nicht verloren gehen – sie wird umgewandelt und existiert in einer anderen Form weiter, deshalb ist ›töten‹ vielleicht nicht ...«

»Das war nicht die Frage, Newton«, unterbrach ich ihn. Mir war schleierhaft, warum er ständig versuchte, um den heißen Brei herumzureden. Wollte er mich nur schonen oder mich manipulieren, damit ich zu jener Versammlung ging und Lily mich ohne aufwendige Suche schnappen konnte?

»Du würdest jedenfalls aufhören zu existieren«, gestand Elias. »Samael würde dich in sich aufnehmen und die Energie deiner Seele verwenden, um stärker zu werden. Und da das wiederum im Interesse seines Gefolges liegt, wäre wohl tatsächlich die ganze Versammlung darauf aus, dich zu töten, wenn du es unbedingt so nennen willst. Beantwortet das nun die Frage?«

Nach den bisherigen Ausflüchten klang diese Auskunft überraschend ehrlich und so beschloss ich, sofort weiter zu fragen. »Wo wird dieses Treffen stattfinden?«

In meiner Fantasie malte ich mir die Versammlung von Samaels Gefolgsleuten einmal als ordentlich geregelte Tagung menschlicher Gestalten und dann als wüstes Gemenge dämonischer Bestien mit Flügeln, Fangzähnen und scharfen Klauen aus. Ich schüttelte den Kopf und konzentrierte mich auf Elias' Antwort:

»Der Treffpunkt ändert sich von Mal zu Mal, wir arbeiten ja nicht nur hier ...«

*»Wir?«* Überrascht stellte ich fest, dass ich Elias längst nicht mehr zum Rest der Gruppe zählte.

Er überging meinen Einwurf. »Für dieses Treffen hat Lily ein altes Heizkraftwerk ausgesucht, hier in München.«

»Das in Aubing?« Ich kannte das Gebäude – es war eine Ruine, einsturzgefährdet, *Betreten verboten*. Letztes Jahr hatte ich dort mit Jo und Mark ein Video gedreht, weil es auch ohne Spukgeschichten eine Schande war, dass wir einen der eindrucksvollsten verlassenen Orte unserer Heimatstadt noch nie zuvor betreten hatten. Es war nichts Außergewöhnliches passiert, außer dass Mark beim Versuch, durch ein Loch in der Wand zu klettern, mitsamt unserer Ausrüstung stecken geblieben war. Die Erinnerung brachte mich trotz allem zum Schmunzeln.

»Du kennst es?«, fragte Elias, und als ich bejahte, fuhr er fort: »Vielleicht verschafft uns das einen kleinen Vorteil. Es wird nicht leicht werden, an all den Dämonen vorbeizukommen, schon gar nicht, wenn Lily und Samael weiterhin nach dir Ausschau halten, aber eine andere Lösung sehe ich nicht.«

Schweigend folgte ich ihm einen holprigen Waldweg entlang, auf dem die Reifen von Traktoren eisige Spuren in den Schnee gegraben hatten. Wie jedes Jahr kam mir der Winter endlos vor, obwohl es erst vor wenigen Wochen zum ersten Mal geschneit hatte – ich wollte gar nicht daran denken, dass es erst Januar war und uns das Schlimmste noch bevorstand.

Nach einigen Minuten der Stille zwischen uns beschloss ich, einen neuerlichen Vorstoß zu wagen.

»Ich nehme an, du willst mir nicht verraten, was das alles überhaupt zu bedeuten hatte? Lily hat mir bei unserem ersten Treffen vor ein paar Tagen erzählt, die Beschwörung diene nur dazu, mit einem Dämon zu *sprechen*. Sie hat kein Wort darüber verloren, dass sie Samael höchstpersönlich beschwören wird, dass sie ihn kennt oder sogar liebt. Und sie hat erst recht nichts davon gesagt, dass sie mich ihm opfern will.«

»Nun, wenn sie es dir gesagt hätte, wärst du wahrscheinlich nicht alleine hergefahren, nicht einmal für diese YouTube-Geschichte«, antwortete Elias trocken.

»Du hast es gemerkt, oder?« Natürlich hatte er das. Ich hatte es in seinen Augen gesehen, als sein Blick letzte Nacht am Revers meiner Jacke hängen geblieben war.

Anders als meine Kleidung und der unschöne Umhang, den Elias mir vor der Kapelle gegeben hatte, hatten die technischen Spielereien meinen Übertritt ins Dazwischen nicht überlebt. Vermutlich waren sie schon in der Kapelle herabgefallen. Nicht dass ich den Verlust bedauerte: Ich glaubte nicht, dass der Funk zwei verschiedene Dimensionen miteinander verbinden konnte, und wenn meine Freunde oder die Polizei die Ausrüstung in der diesseitigen Welt fanden, lieferten sie ihnen einen ersten Hinweis auf meinen Verbleib.

»Lily hat damit gerechnet, dass du nicht allein kommen würdest. Dass ihr aber filmen wolltet, wie du vom Regenten der Hölle absorbiert wirst, war dann doch eine Überraschung.« Er sah mich von der Seite an. »Um auf die eigentliche Frage zurückzukommen – es ist, wie es ist. Samael benötigt die Energie deiner Seele, um selbst stärker zu werden. Deswegen hat Lily diese ganze Show abgezogen, all die Recherchen betrieben und dich in der Frauenkirche angesprochen.«

»Aber warum mich?«, fragte ich. Als er nicht antwortete, bohrte ich weiter nach: »Samael hat mich in der Kapelle *malakh* genannt, und er hat gesagt, dass meine Eltern eine Vorahnung gehabt haben mussten, als sie meinen Namen ausgesucht haben. Aber keiner von euch hat offenbar auch nur in Erwägung gezogen, dass ihr die Falsche haben könntet.«

In Elias' Gesicht regte sich Widerstand, doch ich sprach weiter, bevor er etwas sagen konnte: »Ich bin kein Engel. Den Namen hat meine Oma damals vorgeschlagen, weil sie einen Fimmel hatte, was Engel angeht, aber nicht, weil sie in mir etwas anderes als ein ganz normales Baby gesehen hat …«

*Aber was, wenn Oma doch mehr gewusst hat?* Rasch schob ich den Gedanken beiseite.

»Ich nicht jeden Sonntag in der Kirche, ich war schon dreimal betrunken, und ich habe noch nie, nie, *nie* in meinem Leben Gottes Stimme gehört, obwohl es überall heißt, dass Engel göttliche Boten ohne eigenen Willen sein sollen. Ich …«

Plötzlich blieb Elias stehen. »Sera …«, begann er.

Aufgebracht drehte ich mich zu ihm um, obwohl hinter der nächsten Biegung bereits das Heck seiner unseligen kleinen Schrottkarre aufblitzte.

»Was?«, fragte ich wütend.

»Ich verstehe, dass du viele Fragen hast, und ich würde dir gern alle beantworten. Aber wenn wir beide heil aus dieser Sache rauskommen wollen, müssen wir einander vertrauen können. Das heißt, wenn ich dir alles erzähle, was ich weiß, erwarte ich dasselbe von dir.«

Der Elias aus meinen Visionen erschien vor meinem inneren Auge. Das besorgte Gesicht des Paters, die Feuerstelle am schimmernden Fluss. *»Manus manum lavat«*, murmelte ich, mehr zu mir selbst als zu ihm. »Eine Hand wäscht die andere.«

Der Elias vor mir nickte. »Ich tausche meine Geheimnisse gegen deine. Abgemacht?«

Ich zögerte. Ich wusste nicht, ob es klug war, ihm von meinen Visionen zu erzählen und so den kleinen Vorteil zu verschenken, den ich ihm gegenüber möglicherweise hatte.

Doch wenn ich nicht zustimmte, würde er mir misstrauen und schlimmstenfalls nicht mehr helfen.

Er hielt mir bereits seine Hand hin, und obwohl ich schon beim Gedanken an das geisterhafte Gefühl meiner Berührungen erschauerte, schlug ich letzten Endes, so fest ich es in meiner jetzigen Form konnte, ein. »Abgemacht.«

# 14

Ich bekam die Folgen unserer Abmachung zu spüren, noch ehe wir das Auto erreicht hatten.

»Wo hat Er dich hingeführt?«, fragte Elias.

Im ersten Moment hatte ich keine Ahnung, was er meinte. »Wer?«

»Du hast vorhin so etwas gesagt«, erklärte er. »Als ich dich gefunden habe. *Es war der Herr, der mich führte.*«

Hatte ich das wirklich laut gesagt? »Vielleicht habe ich im Schlaf gesprochen. Manchmal träumt man die merkwürdigsten Dinge«, erklärte ich ausweichend.

»Du *kannst* da drüben gar nicht schlafen«, erwiderte Elias.

»Dann hast du dich vielleicht verhört?«, versuchte ich es erneut.

Er bedachte mich mit einem langen Blick. »Wir haben eine Abmachung, Sera.«

»Aber warum soll *ich* mit dem Erzählen anfangen? Warum packst du nicht als Erster aus?«, fragte ich. »Eine Abmachung ist keine Einbahnstraße. Wenn du willst, dass ich dir etwas erzähle, musst du das auch tun!«

Wie erwartet blieb Elias unbeeindruckt. Es war, als würde ich ins Wasser schießen – stets sanken meine Vorwürfe in die

Tiefe, ohne ihr Ziel zu erreichen. »Du hast es doch selber gesagt: Eine Hand wäscht die andere«, erwiderte er. »Ich habe dir gestern das Dazwischen erklärt und dich vor Abaddon verborgen. Und heute bin ich hergekommen, um dich aus dem Wald zu bringen, ehe die anderen ein zweites Mal nach dir suchen. Meinst du nicht, dass langsam *du* an der Reihe bist?«

Er hatte ja recht. Doch die Hemmschwelle, die ich mir in den letzten zweiundzwanzig Jahren mühsam antrainiert hatte, war zu groß, und ich brachte kein Wort hervor.

»Kann es sein, dass du auch das Zweite Gesicht hast?«, fragte er plötzlich, und für den Moment war jede Unnahbarkeit aus seiner Stimme verschwunden. »Dass du Visionen hast, Gespenster siehst?«

Ich zögerte noch immer, konnte ihm aber nicht mehr in die Augen sehen. *Er wird lachen. Früher oder später lachen sie alle.* »Ich habe Visionen«, gab ich schließlich zu, den Blick auf sein Auto gerichtet. »Wenn ich jemanden berühre, sehe ich Bilder, die das Leben der jeweiligen Person betreffen. Wenn ich Klarträume habe, kann ich für gewöhnlich sicher sein, dass sie sich auf ein in Kürze bevorstehendes Ereignis aus meinem Leben beziehen.«

*Es ist raus.* Ich atmete tief durch. Seltsamerweise wartete ich nun nicht darauf, dass er mich schief ansehen oder einen blöden Kommentar machen könnte. Ich fühlte mich befreit.

»Aber vorhin hast du niemanden berührt, und schlafen kannst du dort drüben auch nicht«, bemerkte Elias.

Ich nickte. »Im Moment ist alles etwas anders als sonst.«

»Ich habe keine Visionen«, sagte er. Die verständnisvolle Ruhe, mit der er über seine Gabe sprach – fast so, als unterhielten wir uns über alltägliche Dinge und nicht über etwas, das andere für pathologisch hielten –, war Balsam für meine Seele.

»Zumindest kaum«, fuhr er fort, als ich ihm wieder ins Gesicht sah. »Manchmal sind da Bilder, Vorahnungen, aber immer nur so kurz, dass ich sie nicht richtig begreifen kann. Meine Stärke liegt eher darin, die Präsenzen im Dazwischen wahrzunehmen.«

»Bei mir ist es genau andersherum«, platzte ich heraus, als hätte sich tief in meinem Hirn ein Knoten gelöst. Ich dachte an die Geister, die ich im Laufe meines Lebens gesehen hatte. Der kleine Junge in meinem Kinderzimmer. Der halb durchsichtige Mann an der Donnersbergerbrücke, die junge Frau, die ich im Italienurlaub weinend am Rande eines trockenen Brunnens hatte sitzen sehen. Die Begegnungen waren immer flüchtig gewesen, und sobald ich näher hingesehen oder auch nur geblinzelt hatte, waren die Erscheinungen wieder verschwunden gewesen.

»Ich habe schon manchmal Präsenzen gesehen, aber immer nur ganz kurz. Ich hätte mich nie im Leben so mit ihnen unterhalten können, wie du jetzt mit mir redest.«

Er lächelte. Es war nicht das gehässige Grinsen meiner Klassenkameraden, nicht die Grimasse, die er Lily gegenüber gezeigt hatte, nur eine kleine Bewegung der Mundwinkel, die aber wohltuende Wärme durch meinen Körper rieseln ließ. »Scheint, als ob wir uns in dieser Hinsicht ganz gut ergänzen, was?«

»Du die Geister, ich die Visionen?« Ich musste sein Lächeln erwidern. Noch nie, *noch nie* zuvor in meinem Leben war ich einem anderen Menschen begegnet, der eine ähnliche Gabe hatte, der verstand, was ich fühlte. Meine Oma hatte mir zwar immer geglaubt, aber *gesehen* hatte sie selbst nichts, und obwohl es im Internet Tonnen selbst ernannter Geisterseher gab, hatten sich ihre haarsträubenden Geschichten in aller Regel so sehr von meinen eigenen Erfahrungen unterschieden, dass ich ihnen mit der Zeit immer seltener Glauben geschenkt hatte. »Zu irgendwas wird es wohl gut sein.«

Wir waren an seinem Auto angelangt, und er öffnete mir die Beifahrertür. »Was hast du eigentlich gesehen, als du mich berührt hast? Vor der Kapelle?«, fragte er, funkelndes Interesse in den Augen. »Da hattest du doch eine Vision, oder?«

*Dann hast du es also doch gemerkt,* schoss es mir durch den Kopf.

Doch die Erwähnung der Kapelle zerschlug die Magie des Moments und rief mir brutal ins Gedächtnis, wo ich das letzte Mal gelandet war, als ich jemandem blind vertraut hatte, nur um mehr über meine Gabe in Erfahrung bringen zu können.

Ich wollte Elias glauben, und ich wusste, dass uns wahrscheinlich eine gemeinsame Vergangenheit verband, aber selbst wenn es sich bei ihm um die Wiedergeburt des Predigers aus meinen Visionen handelte, konnte sich in den letzten fünfhundert Jahren alles Mögliche getan haben.

»Nicht viel«, wich ich aus, doch ich fürchtete, dass er mir nicht glauben würde, und fügte unserer Abmachung zuliebe an: »Mit dir ist es irgendwie anders als sonst.«

Der Funken in seinen Augen wuchs sofort zu einem hellen Flackern an. »Tatsächlich?«, fragte er. »Inwiefern?«

Ich wedelte mit der Hand durch die Luft. »Es war alles ziemlich verschwommen, und ich wusste nicht, was ich damit anfangen sollte«, redete ich mich heraus. »Mehr ein Gefühl als greifbare Bilder. Es war auch nur das eine Mal. Seit ich im Dazwischen bin, passiert gar nichts, wenn wir einander berühren.«

Entmutigt ließ er die Schultern sinken. »Verstehe.«

Ich wollte die Enttäuschung in seinen Augen nicht sehen und stieg vorsichtig ein. Ich sank viel tiefer in den Sitz als sonst, aber Elias behielt tatsächlich recht. Ich fiel nicht nach unten durch, sondern saß ebenso sicher wie gestern in seinem Auto. Sofort flog mein Blick auf die Vertiefung in der Mittelkonsole, in die ich letzte Nacht meine Kette gelegt hatte, doch das Schmuckstück war fort.

»Wo fahren wir eigentlich hin?«, fragte ich, um mich abzulenken – ich würde meinen Schatz ohnehin nicht tragen können, solange ich im Dazwischen war. »Nach München?«

»Nicht in die Stadt«, sagte er, an die offene Beifahrertür gelehnt, was ihn in Verbindung mit seinen schäbigen Klamotten überraschend cool aussehen ließ. Als er mein Starren bemerkte, senkte ich eilig den Blick. Die subtile Kunst des Flirtens, die bei Jo immer kinderleicht erschien, hatte ich noch nie beherrscht.

»Ich denke, wenn Lily weiter nach dir sucht, wird sie die Orte, an denen du dich für gewöhnlich aufhältst, als Erstes in Betracht ziehen«, erklärte Elias. »Eure Wohnung ist alles andere als sicher, und mein Zimmer kommt auch nicht infrage.«

Der Gedanke, sein Zuhause und seine Sachen, seine Bücher oder seine Fotos zu sehen, reizte mich; dann fiel mir ein, dass er für seine dubiosen Machenschaften vermutlich ständig mit Lily und ihren Gefährten auf Achse war und sein Zimmer wahrscheinlich allenfalls provisorisch eingerichtet war. Das war es, was mich störte – ich sah ihn vielleicht in meinen Visionen, ich fand ihn leider attraktiv und irgendwo auch sympathisch, aber ich wusste so gut wie nichts über die Person, die er war, oder das Leben, das er führte.

»Du könntest mich zu meiner Mutter nach Rosenheim bringen«, schlug ich vor.

»Damit sie dich nicht sieht und eine Heidenangst bekommt, wenn du etwas aus dem Regal wirfst oder eine Tür bewegst?«, fragte er. »Zurzeit bist du für sie nur ein Poltergeist. Außerdem ist Rosenheim viel zu weit weg. Ich bin mittags mit Lily verabredet, um ihr bei den Vorbereitungen für die Versammlung morgen zu helfen.«

Er presste die Lippen zusammen, schloss meine Tür und ging um die Motorhaube herum zum Fahrersitz. Meine Mutter zu erwähnen, kam mir jetzt töricht vor. Was, wenn Lily meine Familie als Druckmittel benutzte, wenn sie mich nicht bald fand?

»Wir könnten einen der Lost Places in der Gegend anfahren«, sagte ich, sobald Elias neben mir eingestiegen war und sich umständlich aus seiner Jacke schälte. Mir fiel auf, dass er für seine Größe ziemlich schlank war. Vermutlich war er einer jener Intellektuellen, die so viel andere Dinge im Kopf hatten, dass sie gelegentlich das Essen vergaßen. »Die Kapelle hier und die bei Polling haben wir auf dem Channel behandelt, aber in Untermaxkron gibt es zum Beispiel ein verlassenes Wasserkraftwerk. Da könnte ich warten, bis du mich abholst und wir zur Versammlung fahren.«

Elias warf die Jacke auf den Rücksitz und zog aus einem dort liegenden Rucksack, den ich bisher nicht bemerkt hatte, eine dunkelbraune Banane hervor. Ich selbst nutzte die Gelegenheit, um mich des Umhangs zu entledigen und ihn neben Elias' Sachen auf die Rückbank zu werfen, wo er sich augenblicklich in Luft auflöste. Ob das hier im Dazwischen mit allen Gegenständen passierte, die ich nicht am Leib trug? Schaudernd wandte ich mich wieder nach vorn.

»Wenn es noch nicht auf eurem Kanal war, wird Lily dort nicht nachsehen«, überlegte Elias, die Banane schälend, als gehöre es zu seiner eigenen Definition von Ästhetik, dass all seine Sachen entweder alt, abgenutzt oder längst völlig zerschlissen waren. »Also ja ... Warum nicht.« Er nahm einen großen Bissen. »Kennst du den Weg?«

Ich wusste noch nicht einmal, wo genau wir waren, doch zu meiner Überraschung hatte Elias ein passables Handy dabei, mit dem wir schon nach wenigen Augenblicken die Adresse gefunden hatten.

Da er sich vornehmlich auf die Straße konzentrierte, hatte ich zum ersten Mal, seit er mich so unsanft aus meiner Vision geweckt hatte, die Gelegenheit, die Dinge, die ich gesehen hatte, in Ruhe zu reflektieren: In meinen Visionen war ich nicht ich, sondern Margarete, bei der es sich jedoch allem Anschein nach nicht um einen Menschen, sondern um einen von Gott auf die Erde gesandten Schutzengel handelte.

Der Elias aus meinen Visionen war ein Wanderprediger, vielleicht ein Prophet, wie Elija in der Bibel, hatte aber auf den ersten Blick nicht viel mit jenem Elias zu tun, der mich nun Richtung Ruine brachte.

Doch wie Margarete in meinen Visionen offenbar auf dem besten Weg war, sich in ihren Schützling zu verlieben – hatten Engel überhaupt so etwas wie Gefühle? –, hatte auch ich mich von Sekunde eins an zu Elias hingezogen gefühlt.

Es war allein die mahnende Stimme meiner Vernunft, die mich davon abhielt, ihm alles, was ich in meinen Visionen erlebt und gesehen hatte, bis ins kleinste Detail zu erzählen. Ich entschied, vorsichtig vorzugehen.

»In der Kapelle ...«, begann ich, und er merkte sofort auf. »Lily und Samael haben mich behandelt, als sei ich ein Engel.«

»Ja«, sagte er ruhig.

Seine Antwort war nicht gerade das, was ich hören wollte. »Aber das kann nicht stimmen, oder? Sie haben die Falsche?«

Elias holte tief Luft, als die Navigation seines Handys von einem schrillen Klingelton unterbrochen wurde und meine Frage unbeantwortet in der Luft hängen blieb.

»Unterdrückte Nummer«, murmelte ich, doch Elias schien zu wissen, um wen es sich bei dem Anrufer handelte, und fuhr augenblicklich rechts ran. In seinen Augen lag wieder dieser gehetzte Ausdruck von nachts im Wald: als werde er verfolgt. Nachdem er mir mit einer kleinen Geste bedeutet hatte, still zu sein, nahm er den Anruf an.

»Was gibt's?«, fragte er ohne jede Begrüßung. Ich hörte, dass am anderen Ende der Leitung eine Frauenstimme sprach, konnte aber nichts verstehen und war erneut meinen Gedanken überlassen.

Angenommen, es stimmte, was Lily und Samael behauptet hatten. Angenommen, ich war ein auf die Erde gesandter Engel wie in meinen Visionen – warum hatte ich, anders als Margarete, nie einen klaren Auftrag erhalten? Warum war ich nicht eines Tages im Gebüsch oder an irgendeinem anderen Ort der Erde gelandet, neben mir eine Waffe, eine Botschaft oder einen wie auch immer gearteten Hinweis auf meine Aufgabe? In der Bibel waren Engel Gottes Werkzeuge. Dass ich eine halbwegs normale Kindheit erlebt hatte, dass ich eigenständig dachte und fühlte, passte überhaupt nicht in dieses Bild.

Und doch schien plötzlich vieles einen Sinn zu ergeben. War das der Grund für meine Gabe, dafür, dass ich immer die Außenseiterin, immer *anders* gewesen war als all meine Klassenkameraden und Kommilitonen? Hatte ich Agnes gestern im Wald deswegen unbedingt helfen wollen, obwohl Elias mich vor den Geistern im Dazwischen gewarnt hatte?

*In der dunkelsten Zeit, als ich allein war, nicht wusste wohin, habe ich Gott um einen Engel gebeten, der mir die Richtung weist,* sagte die Stimme meiner Großmutter in meinem Kopf. *Damals dachte ich, Er hätte mich nicht erhört. Aber Er hat mir dich geschickt, meleğim.*

Hatte Oma es immer schon gewusst?

»Ich weiß ja«, sagte Elias neben mir gerade. »Aber ich bin zu Hause, ich hab bis eben noch geschlafen ... Gestern war's ziemlich spät.« Als ich ihn ansah, runzelte er die Stirn. »Du meinst jetzt? Nein, auf keinen Fall. Ich trage noch nicht mal eine Hose. Gib mir vierzig Minuten, mindestens, dann können wir uns in der Stadt treffen ... Nein, weiß ich nicht, aber ich habe ein Navi. Ja. Bis dann.« Er legte auf und warf das Handy auf die Rückbank. »Verdammt.«

»Wer war das?«, fragte ich, doch seine Reaktion war Antwort genug. »Lily?«

»Ja«, sagte er. »Sie will mich treffen, am besten sofort, und ich habe keine Ahnung, weshalb. Wie gesagt, wir waren mittags ohnehin verabredet.«

Das klang nicht gut. »Meinst du, sie hat etwas gemerkt?«

»Ich weiß es nicht«, sagte Elias. »Vielleicht. Wir müssen vorsichtig sein, aber wenn ich jetzt absage oder zu spät komme, weiß sie ganz sicher, dass etwas nicht stimmt. Ich werde so tun, als wäre alles wie immer, und du ...«

*Hilf ihm.* »Ich komme mit dir«, sagte ich und erschrak im selben Moment über meine Worte.

War das wirklich ich? Oder verlor ich allmählich auch hier die Kontrolle über mein Tun? Woher kam diese Stimme, die mich dazu trieb, ihm zu helfen wie Margarete in meiner Vision?

Als Elias energisch den Kopf schüttelte, zählte ich ihm meine Gründe auf: »Wir haben keine Zeit, bis zu der Ruine zu fahren, ich will nicht wieder allein im Wald bleiben, und du kannst ein zweites Paar Augen vielleicht gebrauchen.«

Elias schwieg eine Weile, dann fuhr er sich mit den Fingern nachdenklich über seine Bartstoppeln. »Hier draußen ist es sicherer für dich.«

»Ist es das?«, fragte ich. »Ich weiß nicht, welche Mittel Lily aufwendet, um mich zu suchen. Aber bis auf Agnes gestern habe ich noch kein anderes Wesen gesehen. Das Dazwischen ist so gut wie leer – wenn jemand mit deiner Gabe vorbeikommt, und sei es nur zufällig, dann wird er mich sehen.«

»Die anderen teilen meine Gabe nicht, deshalb braucht Lily mich ja so dringend«, entgegnete er. Als ich ihn fragend ansah, holte er weiter aus: »Sie hat die letzte Nacht damit verbracht, ein Tor zu öffnen und ein ganzes Rudel ihrer Untergebenen aus der Hölle hervorzuholen, niedere Dämonen in Schlangengestalt. Heute Morgen wollte sie die Suche nach dir fortsetzen. Die Biester sind auf dich angesetzt. Abaddon und Azazel, beziehungsweise Alexander und Matthias, wenn dir das lieber ist, werden sie mit dem VW-Bus zur Kapelle bringen, damit sie von dort aus deine Fährte aufspüren und dich verfolgen können.«

Ich war schockiert. »Und das sagst du mir *jetzt*?«

Er zuckte mit den Schultern. »Hätte es denn etwas geändert, wenn ich es dir vorhin schon erzählt hätte?«

»Dass mir ein Dutzend Dämonen auf den Fersen ist?«

»Es sind eher zwei Dutzend.«

Ich schüttelte den Kopf, um meine Gedanken zu klären. *Atmen.* »Ich kann keinesfalls hierbleiben, wenn Lilys Dämonen auf der Suche nach mir sind. Sie wird nicht damit rechnen, dass ich geradewegs zu ihr komme. Das ist wie mit den Leuten, die ihre Brille nicht finden, obwohl sie sie die ganze Zeit auf dem Kopf tragen.«

Elias schien nicht überzeugt von meinem Vergleich, legte aber den Gang ein und nutzte einen kreuzenden Forstweg, um sein Auto zu wenden. »Sie kann das Dazwischen kaum noch sehen, seit sie sich im Diesseits befindet, deswegen wird sie dich nicht wahrnehmen, solange du dich nicht bewegst«, erklärte er. »Ich sage es nur ungern, aber wahrscheinlich hast du recht, und es ist wirklich besser, wenn du mitkommst.«

Als er aus dem Rückwärtsgang schaltete und mich ansah, lag eine Wärme in seinem Blick, die mir neu war. »Wenn du das willst.«

Eilig nickte ich. »Mehr als alles andere.«

# 15

Ich wusste nicht, ob meine Freude über seinen Sinneswandel angebracht war, oder ob ich mich hätte fürchten sollen. Immerhin hatte ich gerade selbst vorgeschlagen, mich von einem ihrer Mitarbeiter vor die Füße der Frau bringen zu lassen, die mich Samael ausliefern wollte. Aber je mehr Zeit ich mit Elias verbrachte, desto abwegiger kam mir mein Misstrauen ihm gegenüber vor. Ich konnte mir kaum mehr vorstellen, dass er mein Feind war, und entschied, dass ich mehr über ihn herausfinden musste.

»Wenn Lily und die anderen beiden das Dazwischen nicht sehen können, du aber schon, dann bist du also so etwas wie ihr Bluthund?«, fragte ich, sobald wir uns auf dem Zubringer zur A95 befanden, die uns zurück nach München führen würde.

Elias lächelte müde. »So kann man es wohl auch nennen.«

»Wie muss ich mir das vorstellen?«, bohrte ich weiter. »Was will jemand wie Lily von einem Geisterseher? Kommt es denn öfter vor, dass eure ... Opfer entwischen?«

»Nein, nie«, sagte er. »Du bist die Erste. Du bist anders als die anderen, stärker. Das habe ich schon am Bahnhof gespürt ... dass diesmal etwas anders ist, meine ich, aber da konnte ich es noch nicht wirklich greifen und dachte, dass ich mich vielleicht täusche. Als es dir dann aber gelungen ist, dich aus Lilys Bann zu befreien, war ich mir sicher. Deswegen wollte ich dir ja helfen. Für gewöhnlich ist es meine Aufgabe, die Engelsseelen aufzuspüren und ihren Aufenthaltsort an Lily zu melden, damit …«

»Dann ist es also wahr?«, unterbrach ich ihn. Tief in mir hatte ich es längst gewusst – all meine geistigen Einwände waren nichts als ein zunehmend verzweifelter Versuch gewesen, die unglaubliche Wahrheit zu verdrängen. »Ich bin ein Engel?«

Elias presste die Lippen zusammen. »Ganz so einfach ist es nicht«, sagte er. »Du bist ein Mensch, aber du trägst die Seele eines Engels in dir.«

»Aber weshalb?«, fragte ich. »Wie kann das sein? Wurde ich zur falschen Zeit geboren oder …«

»Das ist eine längere Geschichte«, sagte Elias. »Ich weiß auch nicht alles, nur das, was ich in den letzten Jahren von Lily und den anderen aufgeschnappt habe – sie verraten nicht viel über ihre wahren Pläne –, aber ich kann versuchen, es dir zu erzählen.«

Als wir auf die Autobahn fuhren, war ich überrascht, dass die kleine Schrottkiste es nach einigem Röcheln auf über hundert Stundenkilometer brachte. »Ich würde sie sehr gern hören«, sagte ich. »Es gibt so vieles, das ich noch nicht verstehe.«

Während Elias sich seine Worte zurechtlegte, war ein paar Augenblicke lang nichts als das Motorengeräusch zu hören.

»Es ist rund zweiundzwanzig Jahre her«, begann er schließlich, und seine Formulierungen blieben die gesamte Erzählung hindurch so glatt und präzise, als läse er sie aus einem wohldurchdachten Buch.

»In meinem Geburtsjahr?«, fragte ich.

Er nickte. »Es geschah zur Jahrtausendwende und ohne dass die Menschen hier im Diesseits etwas davon mitbekamen. Samael hatte schon lange Zeit zuvor begonnen, gegen den Himmel aufzubegehren – nicht zum ersten Mal in der Geschichte, wie du sicher weißt. Gestählt von seinen zahllosen gescheiterten Versuchen, Gottes Thron zu erklimmen, war er mächtiger als je zuvor. Zudem war es ihm im Lauf der Jahrhunderte gelungen, so viele Anhänger um sich zu scharen, dass er nun eine Armee aufstellen konnte, die alles bisher Bekannte übertraf. Gefallene Engel, Dämonen, die Seelen der Verdammten – Abertausende von ihnen, und sie alle waren darauf aus, sich nach dem Leid und dem Elend, das sie in den Feuern der Hölle erlebt hatten, an Gott zu rächen. An jenem Richter, der sie zu diesem Dasein verdammt hatte. Als das alte Jahrtausend im Begriff war, zu vergehen, zog Samaels Armee gegen den Himmel in den Krieg.«

Seine Worte erinnerten mich an eine Bibelstelle, die mich schon öfter beschäftigt hatte. Bisher war ich davon ausgegangen, dass die Verse allegorisch gemeint waren, aber vor dem Hintergrund von Elias' Erzählung erhielten sie auf einmal eine furchtbar plastische Bedeutung.

*»Wenn die tausend Jahre vollendet sind, wird der Satan aus seinem Gefängnis freigelassen werden. Er wird ausziehen, um die Völker an den vier Ecken der Erde zu verführen und sie zusammenzuholen für den Kampf«*, zitierte ich leise.

»Die Offenbarung des Johannes«, bestätigte Elias mit einem gewissen Stolz in der Stimme. »Die Prophezeiung gab Samaels Gefolge die Hoffnung, zur Jahrtausendwende einen Kampf zu gewinnen, der unter anderen Umständen völlig aussichtslos gewesen wäre.«

»Aber in der Bibel wird der Teufel besiegt.«

Er nickte. *»Und es fiel das Feuer von Gott aus dem Himmel und verzehrte sie«*, zitierte er den Rest der Apokalypse. *»Und der Teufel, der sie verführte, ward geworfen in den feurigen Pfuhl von Schwefel und wird gequält werden Tag und Nacht von Ewigkeit zu Ewigkeit.«*

»Dann hat Samael also verloren?«, fragte ich, obwohl ich die Antwort fürchtete.

»Es gab große Verluste«, sagte Elias und warf mir einen raschen Blick zu. »Aber Samael hatte einen Weg gefunden, an den Engelsscharen und den göttlichen Feuern der Prophezeiung vorbei direkt ins Herz der himmlischen Festung zu gelangen. Während draußen weiterhin die Kämpfe tobten, drang er in den Thronsaal ein und stand dem Herrn und seinen Seraphim allein gegenüber.«

»Willst du damit etwa sagen, dass …?« Ich ließ das Ende der Frage in der Luft hängen, nicht sicher, ob ich die Dinge, die Elias mir hier erzählte, wirklich glauben konnte.

Die Existenz von Engeln und Dämonen würde ich nach allem, was ich zuletzt gesehen hatte, gewiss nie mehr infrage stellen, aber Kriege zwischen Himmel und Hölle gehörten für mich in dunkle alttestamentarische Zeiten, nicht ins 21. Jahrhundert.

»Er hat ihn gestürzt«, beantwortete Elias meine unausgesprochene Frage. »Am Ende gewannen Samael und seine Anhänger den Kampf. Gott ist seit jenem Tag verschwunden. Niemand weiß, ob Er sich freiwillig zurückgezogen hat und seither im Verborgenen existiert, oder ob es Samael an jenem Tag tatsächlich gelang, Ihn zu …« Zum ersten Mal stockte er, als sei er nicht sicher, welches Wort angebracht war, wenn es um den Allmächtigen ging. »Oder ob Er tatsächlich einfach *weg* ist.«

Mir wurde kalt, noch viel kälter als gestern vor der Kapelle. Ich versuchte, mir eine Welt ohne Gott vorzustellen. Was geschah mit den Seelen der Verstorbenen, wenn es niemanden gab, der sie zu sich nahm? Welche Folgen hatte es, wenn die Gebete der Gläubigen ins Leere liefen? Wenn einfach niemand da war, der uns den Weg wies, uns Trost spendete, uns beschützte? Es war mir nicht möglich zu glauben, dass ich von Geburt an in einer Welt aufgewachsen sein sollte, in der es keinen Gott gab. Ich hatte immer fest daran geglaubt, dass Er bei mir war.

»Aber was passiert dann mit den Verstorbenen?«, fragte ich schließlich. *Was ist mit meiner Oma?* »Wo gehen sie hin, wenn Gott nicht mehr da ist, um sie zu richten?«

»Das Tor zum Himmel lässt sich seit dem Kampf nicht mehr öffnen«, wich Elias aus. »Zumindest ist es bisher niemandem gelungen, obwohl Lily es in den Jahren nach der großen Schlacht sicherlich mehrfach versucht hat. Deswegen hat es mich auch nicht überrascht, dass du dieser Frau im Wald gestern nicht den Weg weisen konntest.«

»Dann stecken sie alle im Dazwischen fest, so wie Agnes?«, fragte ich. Im nächsten Moment bereute ich meine Naivität bereits – die Ereignisse, von denen Elias mir hier erzählt hatte, lagen zweiundzwanzig Jahre zurück. Wenn seither jede Seele hier auf Erden verweilen würde, müsste das Dazwischen übervoll sein, doch Agnes war der einzige Geist, der mir seit meinem Übertritt begegnet war.

»Im Dazwischen bewegen sich generell nur Engel, Dämonen und jene armen Seelen, die zum Zeitpunkt ihres Todes noch nicht mit ihrem diesseitigen Leben abschließen konnten. Der Rest ist leider …«

»Nein!« Mir standen Tränen in den Augen.

»Es tut mir leid, falls du seither jemanden verloren hast.«

*»Nein«*, wiederholte ich flüsternd.

Von allen Menschen auf der Welt hatte meine Oma es am allerwenigsten verdient, die Ewigkeit in der Hölle zu verbringen. Es musste einen Weg geben, sie zu retten, sie und all die anderen armen Seelen, die wegen Samael gezwungen waren, ihr Nachleben an einem solchen Ort zu fristen.

Man hatte mir gesagt, dass Oma mit einem Lächeln auf den Lippen gestorben war. Ihr Leben lang war sie fest davon ausgegangen, dass ihre Lieben, ihre Eltern, ihre Brüder und mein Opa, sie auf der anderen Seite erwarten würden. Ich wollte nicht glauben, dass ihr all das verwehrt geblieben war.

»Die Engel jedenfalls mussten nach Gottes Verschwinden erkennen, dass sie verloren hatten«, nahm Elias den Faden wieder auf, als ich aus dem Fenster sah und mit den Tränen kämpfte. »Wollten sie nicht von Samaels Anhängern vernichtet oder in die Hölle gezerrt werden, mussten sie fliehen. Die Erzengel und die Seraphim, jene sechsflügeligen Wächter, von denen Samael bei der Beschwörung erzählt hat, blieben bis zum bitteren Ende an Gottes Seite und wurden getötet. Der Großteil der niederen Engel dagegen verließ vorzeitig das Schlachtfeld. Sie stiegen auf die Erde hinab und ließen ihre Seelen in die Körper neugeborener menschlicher Kinder fahren. Sie gaben alles auf – ihre Kräfte, ihre Gestalt, ihre Erinnerungen – in der Hoffnung, dass sie sich in ihren menschlichen Körpern verbergen könnten, bis Gott eines Tages zurückkehrte, um sie zu sich zu holen und den Himmel neu zu errichten.«

Erst jetzt fiel mir auf, dass ich meine Hände krampfhaft umklammert in meinem Schoss hielt. Ich hatte beinahe vergessen, dass Elias indirekt von *mir* sprach, wenngleich mir die

Ereignisse, von denen er berichtete, fern und abstrakt erschienen und mir entsprechende Bilder noch nie in meinen Visionen begegnet waren. Ich sah zu ihm, löste meine ineinander verknoteten Finger und rieb meine Handflächen, um gedanklich ins Hier und Jetzt zurückkehren zu können.

»Dann bin ich einer jener Engel, die damals geflüchtet sind?«, fragte ich.

Er nickte. »Die Engel dachten vermutlich, sie wären in ihren menschlichen Körpern vor einer weiteren Verfolgung durch Samael sicher«, mutmaßte er. »Und in den ersten Jahren waren sie das auch. Der Kampf hatte Samael geschwächt – so sehr, dass er jahrelang nicht mehr auffindbar war, obwohl Lily verzweifelt nach ihm gesucht hatte und seine Anhänger bereits dachten, er habe den Kampf gegen Gott nicht überlebt. Als er schließlich wiederkehrte, war er nicht viel mehr als ein blasser Schatten seiner selbst, sogar im Dazwischen kaum in der Lage, zu kommunizieren oder eine feste Gestalt anzunehmen. Seine einstige Macht schien unwiederbringlich verloren.«

Wenn ich daran dachte, wie Furcht einflößend mir Samaels Präsenz in der Hardtkapelle erschienen war ... Nicht auszumalen, wie groß seine Macht einst gewesen war.

»Um über das gesamte Jenseits, über Himmel *und* Hölle, herrschen zu können, wie er es von Anfang an gewollt hatte, muss Samael zu seiner alten Form zurückfinden«, sagte Elias. »Da ihm dies aus eigener Kraft nicht mehr gelingen kann, suchten er und seine Anhänger nach einer anderen Energiequelle. Für gewöhnlich können sich nur Dämonen von der Energie fremder Seelen nähren. Samael aber fand heraus, dass auch er als gefallener Engel jene Kräfte in sich aufnehmen kann. Als er dann auch noch erfuhr, welches Schicksal all die niederen Engel für sich gewählt hatten, begann die Jagd.«

»Dann sind Samael und die anderen also hinter den Seelen der Engel her, die sich hier in der Menschenwelt versteckt halten«, fasste ich zusammen. »Und ich bin eine von ihnen. Deswegen wollte Lily, dass ich zu der Beschwörung komme.«

Elias nickte. »Engelsseelen liefern Samael um ein Tausendfaches mehr Kraft, als eine menschliche Seele es je könnte. Und da sie auf ihrer Flucht all ihre Kräfte aufgaben, sind selbst mächtige Engel wie du leichte Beute für Samael und seine Gefährten.«

*Eine der zweiundsiebzig*, sagte Lilys Stimme in meinem Kopf. *Mein Name ist Seheiah*, sagte die von Margarete, und plötzlich fiel es mir wie Schuppen von den Augen, warum mir sowohl die Zahl als auch der Name von Anfang an ein Begriff gewesen waren. In der Engelslehre der Kabbala gab es zweiundsiebzig Schutzengel, und einer von ihnen war Seheiah.

Meine Oma hatte mir in meiner Kindheit von allen Engeln erzählt, sich dann aber vornehmlich mit jenen drei Engeln befasst, die ihrem Geburtsdatum nach für sie zuständig waren. Seheiah war nicht unter ihnen, und die Gesamtzahl war nie wirklich relevant gewesen, weshalb ich den Bezug nicht schneller hatte herstellen können. Anders als die gewöhnlichen Engel, von denen es der Bibel nach Hunderttausende gab, waren die Schutzengel keine bloßen Boten, die nur in Visionen und Träumen erschienen, sondern verfügten über besondere Fähigkeiten, die es ihnen erlaubten, zum Schutz der ihnen zugeteilten Seelen aktiv in das Weltgeschehen einzugreifen.

»Dann war ich ein Schutzengel?«, fragte ich, um mir Elias' Bestätigung meiner These einzuholen.

Er nickte. »Samael hat deine Präsenz gespürt, als ihr in jener Nacht in der Frauenkirche wart, um seinen Fußabdruck zu filmen. Deshalb hat er versucht, sich zu manifestieren. Als ihm das nicht gelang, hat er Lily benachrichtigt, und wir sind auf dem schnellsten Weg nach München gekommen, um dich zu finden und zu einer Beschwörung zu locken.«

»Da hattet ihr ja ein leichtes Spiel mit mir«, bemerkte ich verbittert. Hätte ich gewusst, was wirklich hinter der Begegnung in der Frauenkirche steckte, wäre ich an jenem Abend noch nicht einmal mit Lily spazieren gegangen.

Elias sah mich den Bruchteil einer Sekunde lang an. Mitleidig. »Du konntest das ja nicht wissen.«

»Ich hätte es ahnen sollen.«

»Glaub mir, keiner der vierundvierzig Schutzengel, die wir in den letzten Jahren bereits gefangen haben, hatte eine Chance«, sagte er. »Wenn du misstrauischer gewesen wärst und Lily bei ihrer ersten Annäherung hättest abblitzen lassen, wäre sie oder einer ihrer Handlanger dir im Laufe der nächsten Tage in anderer Gestalt und mit einem weniger mystischen Vorhaben begegnet, um dich alleine an den Ort der Beschwörung zu locken. Für sie ist das alles nicht mehr als ein Spiel, und sie ist längst zu einer Meisterin darin geworden. Für gewöhnlich braucht sie nicht mehr als zwei Versuche, um ihr Opfer in ihre Fänge zu bekommen.« Ich wollte erneut beklagen, dass ich so blauäugig in mein Verderben marschiert war, doch Elias kam mir zuvor. »Ärgere dich nicht. Lily lässt uns Dinge glauben, die nicht immer wahr sind, und wie ich bereits sagte, du bist etwas Besonderes. Eigentlich müsstest du seit letzter Nacht tot sein, und doch bist du hier und redest mit mir.«

»Dafür, dass ich bisher nur weggerannt und ziellos durch den Wald gestolpert bin, hast du eine ziemlich hohe Meinung von mir.« Ich ließ mich so tief in meinen Sitz sinken, dass ich Angst hatte, doch noch schmerzlich zu erfahren, wie ich als halber Geist durch Sitze und Karosserien gehen konnte.

Elias lachte auf. Es war das erste Mal, seit ich ihn am Bahnhof getroffen hatte, und ich zuckte fast zusammen, so überrascht war ich. »Ich habe ein gutes Gefühl, was dich angeht, Sera. Und das ist bei mir eher selten.«

*Und ich habe dir noch nicht einmal gesagt, dass wir uns bereits vor einem halben Jahrtausend kannten*, dachte ich. Doch bevor ich ihm die Wahrheit erzählen konnte, verließen wir die Autobahn, und Elias musste sich darauf konzentrieren, die Adresse zu finden, die Lily ihm genannt hatte. Der richtige Moment, falls es ihn denn je gegeben haben sollte, war vorbei.

Ich würde mit ihm sprechen, wenn das Treffen mit Lily überstanden war und wir etwas Zeit hatten. Ich würde mich bei ihm entschuldigen und ihm von dem Prediger mit den Augen aus Feuer erzählen, von Margarete und Pater Markus und Jörg, dem Mann, der damals mit Samael im Bunde gewesen war. Vielleicht konnte Elias mir dann sagen, wie diese Geschichte mit den Ereignissen unserer Zeit zusammenhing.

In einer ruhigen Seitenstraße im Stadtteil Berg am Laim fanden wir wenig später einen freien Parkplatz. Obwohl mir die Adresse, die Lily Elias am Telefon als Treffpunkt genannt hatte, zunächst kein Begriff gewesen war, stellte ich nun überrascht fest, dass ich die Gegend kannte. Keine zwei Straßen entfernt lag die Wohnung von Jos Bruder Theo, in der wir vor Gründung unserer eigenen WG ein paarmal gefilmt hatten, wenn wir für unsere Videos einen neutralen Hintergrund gebraucht hatten.

»Und ihr trefft euch wirklich auf der Straße?«, fragte ich. »Nicht in einem Café oder so?«

Elias zuckte mit den Schultern. »Das habe ich nicht zu bestimmen.«

Das Auto stand so, dass ich durch die Frontscheibe beobachten konnte, was an der Hauptstraße vor sich ging.

Ich hatte eingewandt, das sei zu gefährlich und Lily könne mich sehen. Doch Elias bestand darauf, dass ich von hier aus die Umgebung im Auge behalten solle. Sobald mir etwas merkwürdig vorkam, würde ich mich mit aller Kraft auf die Hupe werfen, um ihn zu warnen. Immerhin gelang es ganz gewöhnlichen Poltergeistern immer wieder, Türen zu bewegen und Gegenstände schweben zu lassen – da sollte das Bedienen einer Autohupe für mich als ehemaligen Engel möglich sein. Üben konnte ich leider nicht, da wir nicht wussten, ob Lily bereits in der Nähe war.

»Im Dazwischen erkennst du Dämonen daran, dass sie von einer dunklen Aura umgeben sind«, erklärte Elias, als er den Motor abstellte. Ich erinnerte mich an die Dunkelheit, die Abaddon gestern im Wald umgeben hatte, und nickte. »Sobald einer der Passanten also in Schatten gehüllt ist, drückst du auf die Hupe. Sowohl Abaddon als auch Azazel können bis zu einem gewissen Grad ihre Gestalt verändern, und obwohl ich ihre Auren auch vom Diesseits aus sehen kann, kann es sein, dass ich sie im Gespräch mit Lily nicht rechtzeitig bemerke. Wenn also die Luft über mir und Lily sich verdunkelt, wenn du einen der beiden Jungs oder einen anderen Dämon in der Nähe siehst, dann muss ich das sofort wissen.«

»Ich dachte, die anderen sind deine Freunde«, merkte ich an.

»Diese ›Freundschaft‹ gilt nur, solange ich tue, was man mir sagt«, erklärte Elias. »Unser Opfer zu retten und in meinem Auto zu verstecken war nicht Teil des Plans. Außerdem bin ich, anders als die Dämonen, nicht uneingeschränkt an Lilys Befehle gebunden, und das weiß sie. Schlimmstenfalls ist sie uns einen Schritt voraus und weiß, dass etwas faul ist – anders kann ich mir kaum erklären, dass sie mich um diese Zeit herzitiert hat.«

»Verstehe.« Ich musterte Elias neugierig, aber ich konnte in der Luft um ihn herum keine dunklen Schlieren erkennen. Wenn ich mich konzentrierte, dann war da etwas an ihm – aber es war nicht dieser dicke, düstere Nebel, der mir gestern an dem Dämon aufgefallen war. Es war leicht, hell, weiß, beinahe leuchtend. Wie Wasserdampf.

»Ich bin ein Mensch«, sagte er indigniert, als er meinen Blick bemerkte. »In jederlei Hinsicht.«

Doch als ich die Augen kurz über die Straße schweifen ließ, konnte ich an keinem der vorbeieilenden Passanten ein ähnlich helles Flimmern erkennen. »Bist du dir da sicher?«

»Ja.« Er löste seinen Anschnallgurt und öffnete die Tür. »Glaub mir, manchmal wäre es mir lieber, wenn ich es nicht wäre.« Er hätte aussteigen sollen, aber irgendwas ließ ihn zögern. »Bis später«, sagte er.

Meine Kehle war plötzlich trocken. »Viel Glück.«

Er lächelte angespannt. »Dir auch.«

Ich sah ihm nach, wie er aus der kleinen Seitenstraße hinaus auf die Kreuzung trat und mit erzwungener Gelassenheit die Fahrbahn überquerte. Er hatte den Treffpunkt – das dunkle Schaufenster eines geschlossenen Friseursalons – noch nicht erreicht, als Lily mit zwei Pappbechern in den Händen um die Ecke eines nahen Gebäudes schwebte wie eine Schauspielerin, der man hinter den Kulissen das Signal zum Auftritt gegeben hatte. Da sie offensichtlich nicht mit meiner Anwesenheit rechnete, schien ihr kleines Gothic-Theater endgültig vorbei zu sein. Sie wirkte völlig verändert: Die übertriebenen Rüschenkleider hatte sie gegen eine schwarze Lederjacke und zerrissene Jeans getauscht, ihr langes Haar war nicht in adrette Locken gedreht, sondern fiel feucht und wirr um ihre Schultern wie das einer Sirene. Ohne die Schminke auf ihren Lippen und Lidern erinnerte sie mich einen kurzen Augenblick lang an jemanden, den ich woanders schon einmal gesehen hatte, aber ich konnte nicht sagen, wo und an wen.

Selbst in ihrer Alltagskleidung hatte sie eine starke Ausstrahlung und war sicher eine Frau, nach der die Leute sich umdrehten, wenn sie auf der Straße an ihnen vorbeiging. Was mich bei ihrem Anblick aber sofort die Luft anhalten ließ, war nicht ihr Aussehen, sondern die Aura, die sie umgab: Der schwarze Nebel um sie herum war so undurchdringlich, dass er ihre kurvige Gestalt bisweilen fast verschluckte. Mit den dünnen Schlieren, die Abaddon gestern Nacht umgeben hatten, war das nicht zu vergleichen.

*Dämon,* schoss es mir durch den Kopf. *Sie ist eine Dämonin.* Mein Herz begann zu rasen. Warum hatte Elias das nicht erwähnt? Wusste er es selbst nicht? *Nein.* Er konnte Auren sehen, das hatte er eben gesagt. Er *musste* es wissen, und er hatte sich bewusst dagegen entschieden, es mir zu sagen.

Ich griff nach der Türklinke und zog, doch meine Finger glitten durch den Plastikgriff, ohne ihn zu bewegen. Ich versuchte es erneut, drückte mit der Schulter gegen die Tür, streckte einen Moment die Hand Richtung Hupe, nicht sicher, ob der Versuch es wert war, möglicherweise aufzufliegen.

Wenn ich nichts bewegen konnte, war ich hier drinnen gefangen.

Ich sah wieder zu Lily und Elias. Sie schenkte ihm ein träges Lächeln, als sie auf ihn zutrat. Dann drückte sie ihm einen der beiden Kaffeebecher in die Hände, schloss ihn aber nicht in die Arme, wie ich es bei einer jahrelangen Bekanntschaft erwartet hätte. Ich konnte sehen, dass sie etwas sagte, doch auf die Entfernung hatte ich keine Chance zu erraten, worum es ihr bei dem Treffen ging.

Elias hatte gestresst ausgesehen, als ihn im Auto ihr Anruf erreicht hatte. Doch nun schien er entspannt und nippte sogar an seinem Kaffee, als käme es gar nicht infrage, dass Lily diesen vergiftet haben könnte. Mein Misstrauen gegen ihn gewann erneut die Überhand. Jetzt, da seine Nähe mir nicht mehr den Verstand vernebelte, war mir klar, dass ich keine hundert Meter von meiner Todfeindin entfernt in seinem Auto festsaß.

Ich schüttelte den Kopf. Nein, Elias hatte genug Gelegenheiten gehabt, mich zu verraten. Gestern im Wald, heute Morgen, jetzt. Ob er nun von der Geschichte, die ich in meinen Visionen sah, wusste oder nicht – meine zart aufkeimenden Gefühle für ihn waren echt. Vielleicht fühlte er es auch. Vielleicht war ich wirklich der Grund, wieso er sich nun gegen Lilys Weisungen auflehnte.

Ich sah Lily nur blass, ihre Farben waren kaum wahrnehmbar bis auf den leisesten Blaustich ihres Haares, woraus ich schloss, dass ihr Zweites Gesicht wirklich nur schwach ausgeprägt war. Kurz hatte ich das Gefühl, dass sie dennoch in meine Richtung sah, hoffte aber, dass der Blick nur Elias' Wagen und nicht mir gegolten hatte. Ich blieb so still wie möglich sitzen: keine plötzliche Bewegungen, nichts, das sie dazu gebracht hätte, erneut herzusehen.

Dann nahm ich die Umgebung ins Visier, so wie Elias mich gebeten hatte. Die Leute, die an ihnen vorbei gingen, waren alle grau; niemand hatte eine dunkle Aura, es gab kein Flimmern, kein Leuchten, nichts, das mir gefährlich oder auch nur auffällig erschienen wäre. Einen kurzen Moment lang keimte so etwas wie Hoffnung in mir auf. Vielleicht hatten wir, hatte *ich* mir umsonst Sorgen gemacht. Vielleicht war Lily nur ein weiterer Auftrag für ihren menschlichen Bluthund eingefallen und sie hatte ihn deshalb zu sich bestellt. In ein paar Minuten würde sie das Gespräch beenden, und dann …

In diesem Augenblick sah Lily direkt in meine Richtung. Elias folgte ihrem Blick mit einer Mischung aus Angst und Verwirrung im Gesicht. Er war aschfahl.

*Schau*, formten ihre Lippen, und mir blieb das Herz stehen. Dann hob sie einen in Leder gekleideten Arm und zeigte mit ihrer porzellanweißen Hand auf etwas. Doch nicht auf Elias' Auto und damit mich, sondern daneben.

Verwirrt folgte ich ihrem Fingerzeig – und sah Jo.

Mein Magen zog sich zusammen. Natürlich war es kein Zufall, dass Lily diesen Stadtteil als Treffpunkt gewählt hatte. Nur wenige Meter von mir entfernt fuhr meine beste Freundin in ihrem dunklen Wollmantel auf dem klapprigen Damenfahrrad, das sie so sehr liebte. Sie war wohl bei Theo gewesen, denn sie kam aus der Richtung seiner Wohnung. Ich blinzelte überrascht: Über ihrer Gestalt waberte ein schummriger dunkelgrauer Nebel, und statt auf den Radweg abzubiegen, der sie zurück nach Bogenhausen führen würde, raste sie an Elias' Auto vorbei und ohne einen Blick nach rechts oder links ungebremst auf die Hauptstraße hinaus, geradewegs vor einen LKW, der mit mindestens sechzig Stundenkilometern die Straße entlangdonnerte.

Es war, als sähe ich alles nur noch in Zeitlupe. Es war unmöglich, dass der Lastwagen noch bremsen konnte. Er würde sie frontal erwischen, und Jo trug noch nicht einmal einen Helm.

Jo würde sterben.

Klar wie schimmerndes Eis schnitt die Erkenntnis durch mein Bewusstsein und ließ jeden anderen Gedanken verstummen.

*Sie wird sterben.*

Ich wusste nicht, wie ich aus dem Auto kam oder wie ich die Distanz, die mir eben noch endlos erschienen war, in der Dauer eines Wimpernschlags überbrückte. Es fühlte sich an wie Fliegen, und ehe mir überhaupt bewusst wurde, was ich gerade tat, war ich neben Jo und stieß sie mit aller Kraft von der Straße, ging mit ihr und dem Rad zu Boden und lag schützend über ihrem Körper, als der Lastwagen mit dröhnender Hupe und quietschenden Bremsen an uns vorbeidonnerte und den Körper meiner besten Freundin um Haaresbreite verfehlte.

Ich sah den Schock in ihren weit aufgerissenen blassblauen Augen, und obwohl Jos Farben nicht an die von Elias heranreichten, schimmerte der Blutstropfen, der träge an ihrer Stirn herabfloss, nicht grau, sondern rötlich. Eine winzige Sekunde lang kam es mir so vor, als sähe sie mir direkt in die Augen, doch dann eilten die ersten Passanten herbei, und der Moment war vorüber. Aus allen Richtungen kamen weitere Menschen, umringten Jo, halfen ihr auf die Beine und versuchten, mit ihr zu sprechen, aber die wenigen Wörter, die sie herausbrachte, waren wirr und kaum verständlich. Niemand beachtete mich, und auch Jo blickte kein zweites Mal in meine Richtung.

Noch während ich am Straßenrand hockte, schien mein Körper vor unverbrauchter Energie zu glühen. Die Kraft einer ungekannten Macht kribbelte bis in meine Fingerspitzen, als wäre Kohlensäure in meinem Blut, das golden leuchtend durch meine Venen schoss. Zum ersten Mal seit meinem Übertritt ins Dazwischen fühlte ich mich stark und unbesiegbar. Es war wie ein Rausch.

»Da ham's aber a fleißiges Schutzengerl g'habt«, sagte eine der Frauen, die Jo auf dem Gehweg auf eine dicke Winterjacke gesetzt hatten. Als ich einem Impuls folgend nach oben blickte, sah ich strahlende, scharf geschnittene Formen über meinem Kopf, so blendend hell, dass ihr Licht mir in den Augen wehtat.

Federn.

Mit offenem Mund starrte ich die riesigen Flügel an, die hinter mir in den kalten Winterhimmel ragten. *Meine* Flügel. Ich konnte es nicht glauben. Nun, da Jo wieder in Sicherheit war und das Kribbeln in meinen Gliedern allmählich nachließ, begann auch das weiße Glühen der Federn zu erlöschen. Sie wurden blasser, durchscheinend, verschwanden schließlich ganz. Aber sie waren da gewesen, ich hatte sie *gesehen*, und allein das war unglaublich. Ich hatte Jo das Leben gerettet.

*Ich bin einer der zweiundsiebzig Schutzengel.*

Vorhin im Auto hatte ich die Geschichte zwar gehört und geglaubt, aber erst jetzt konnte ich sie *begreifen*. In mir ruhte die Seele eines Wesens, das so viel mächtiger war als alles, was ich während meines Lebens je zu sein gehofft hatte. Ich hatte Jos Leben gerettet. Ich hatte sie vor dem sicheren Tod bewahrt, obwohl Elias mir gesagt hatte, dass die Engel mit ihrem Eintritt in die Welt der Menschen nicht nur ihre Erinnerungen, sondern auch ihre Kräfte aufgegeben hatten. Elias hatte sich getäuscht, er …

Ein Schlag durchzuckte mich bei dem Gedanken.

*Elias!*

# 16

Ich sprang auf und wandte mich hektisch in jene Richtung, in der ich Elias und Lily zuletzt hatte stehen sehen. Da ich für Jos Rettung die Hauptstraße überquert hatte, war der leere Friseursalon, vor dem sie sich getroffen hatten, keine dreißig Meter von mir entfernt – aber Lily und Elias waren fort. Alles, was von ihnen geblieben war, war ein heruntergefallener Kaffeebecher, der seinen Inhalt quer über den Gehsteig verteilt hatte und jetzt leer in Richtung Straße rollte. Sie *mussten* den Unfall gesehen haben, und Elias würde mit seiner starken Gabe bestimmt beobachtet haben, dass ich diejenige war, die Jo gerettet hatte. Warum sonst hätten sie die Straße im Anschluss so eilig verlassen sollen?

Als ich wieder zu Jo blickte, fiel mir sofort auf, dass die dunkelgrauen Schlieren, die sie auf ihrem Fahrrad umgeben hatten, verschwunden waren. Kalte Wut kochte in mir hoch. Hatte Lily den Unfall nicht nur *gesehen*, sondern überhaupt erst verursacht? Jo musste unter Lilys Einfluss gestanden haben, genau wie ich gestern in der Kapelle – es gab keine andere Erklärung dafür, dass sie ohne abzubremsen und auf den Verkehr zu achten auf die Hauptstraße gerast war.

*Sie ist ja süß, aber furchtbar leicht zu beeinflussen.*

Ich sah Jo vor mir, die drei Stunden mit mir im Treppenhaus meiner Uni wartete, damit ich nicht alleine zur Einschreibung musste. Wie sie mir ohne das kleinste Murren die Haare zurückgehalten hatte, als ich eine ganze Nacht krank über der Kloschüssel hing. Jo, die mir immer ehrlich ihre Meinung sagte, auch dann, wenn Mark seine Gedanken zurückhielt. Ich sah uns feiern, sah uns streiten, sah uns zusammen unsere Videos schneiden und dann ... sie, auf ihrem Fahrrad, von dunklem Nebel umgeben. *Lily wollte sie töten!*

Sie musste alles geplant haben – vielleicht hatte sie geahnt, dass Elias mir nach der Beschwörung geholfen hatte, und ihn herbeordert, um mich aus der Reserve zu locken. Sie hatte den Tod meiner besten Freundin in Kauf genommen, um einen bloßen Verdacht zu bestätigen. Und jetzt, da der Beweis ihrer Vermutung mit schimmernden Flügeln über die Straße geflogen war und den Unfall verhindert hatte, konnte sie sich auch ohne Zweites Gesicht sicher sein, dass Elias sie hintergangen hatte.

Sein Leben war in höchster Gefahr.

Ich wusste, dass mir nicht viel Zeit blieb, um ihn zu retten. Doch diesmal schien mein Körper nicht von selbst zu wissen, was zu tun war. Ich warf einen letzten Blick zu Jo, die von den Passanten gut versorgt wurde, und lief dann in jene Richtung, aus der Lily vorhin gekommen war. Mir fiel kein anderer Weg ein, auf dem sie so schnell hätte verschwinden können.

Ich hatte das Gebäude, hinter dem ich sie und Elias vermutete, fast erreicht, als sich die Betonplatten des Gehwegs vor mir plötzlich verflüssigten. Erschrocken bremste ich ab – die graue Masse vor mir begann wie ein Pfuhl aus Schwefel zu brodeln, und noch bevor ich ganz zum Stehen gekommen war, wanden sich zwei Dutzend schwarz-violetter Schlangen aus dem Boden empor. Ein Passant ging an mir vorüber, ohne in dem Loch zu versinken oder die Schlangen auch nur zu bemerken. Die Biester waren hier bei mir, im Dazwischen, und ich wusste nicht, ob sie mich verletzen könnten. Das hier waren also die Dämonen, die Lily letzte Nacht aus der Hölle hervorgeholt hatte, damit sie im Dazwischen nach mir suchten. Die größte der Schlangen richtete sich direkt vor mir auf und entblößte zischend ein Paar feucht glänzender Giftzähne.

Von meiner Phobie gelähmt sah ich keinen Ausweg. Die Schlangen waren jetzt überall, auf dem Gehweg, der Straße, selbst auf den Dächern geparkter Autos wanden sich Untiere unterschiedlichster Größen, allesamt dabei, eilig in meine Richtung zu kriechen. Wenn ich nichts unternahm, würden sie mich in kürzester Zeit umzingelt haben.

*Ich muss ihn retten!*

Der Gedanke an Elias gab mir neue Kraft. *Verteidige sein Leben, und wenn es dich das deine kostet.* Mit einem Mut, den ich mir nie zugetraut hätte, nahm ich Anlauf, rannte direkt auf die Schlangen zu, und stieß mich in jenem Moment ab, als die größte schnappend nach vorne stieß. Mühelos sprang, *flog* ich über die fauchenden Tiere hinweg und landete hinter dem brodelnden Loch, aus dem sie gekommen waren, auf den Füßen.

*Weiter.*

Ich rannte zum Ende des Gebäudes, hinter dem tatsächlich eine kleine Gasse in einen von außen kaum einsehbaren Innenhof führte. Und dort fand ich sie! Lilith, und mit dem Rücken zu mir – Elias. Die beiden schienen zu diskutieren, sogar zu streiten, als Lilith plötzlich ihre Hände dramatisch nach vorn streckte und mit tiefer Stimme Worte in einer mir unbekannten Sprache murmelte. Elias wurde augenblicklich merkwürdig starr, als habe sie ihn mit einer Fernbedienung auf Stand-by geschaltet.

Als ich vorsichtig näher kam – noch hatten sie mich nicht bemerkt –, knackte es plötzlich in meinen Ohren, und es fühlte sich an, als würde ich durch eine Wand aus Kälte treten. Dann erklang das Rauschen der Stadt nur mehr gedämpft, und schneidender Wind pfiff mir um die Ohren. Inzwischen erkannte ich die Stille, den Wind und die Kälte als Zeichen: Lily war in Begriff, ein Portal zu öffnen. Doch das schwarze Loch, das sich mit einem reißenden Geräusch vor ihren Füßen im Boden auftat, hatte nur wenig Ähnlichkeit mit den hell leuchtenden Flecken, denen ich in der Frauenkirche und der Hardtkapelle begegnet war und die das Diesseits mit dem Dazwischen verbunden hatten. Es war tiefer, größer, *dunkler*, ein bodenloser Abgrund, aus dessen Mitte schwefeliger Dampf emporquoll.

Jede Hoffnung, dass Lily mein Kommen noch nicht bemerkt hatte, wurde zerschlagen, als sie mir über das Loch zwischen uns hinweg ein Grinsen schenkte, das mehr an ein kampfbereites Zähnefletschen denn an ihr liebliches Lächeln von gestern denken ließ.

»Sieh mal einer an!«, rief sie aus und ließ die Hände langsam sinken. Mit einem Rucken ihres Handgelenks drehte sich Elias zu mir um, seinen Kaffeebecher noch immer in den Händen haltend. Erst jetzt fiel mir auf, dass der weiße Dunst seiner Aura vollständig jenen dunkelgrauen Schlieren gewichen war, die auch Jo umfangen hatten. *Er steht unter ihrem Einfluss!*

»Elias, mein Lieber, deine kleine Freundin scheint nun dich retten zu wollen«, sagte Lily mit erzwungener Heiterkeit, doch Elias reagierte nicht auf sie; seine Augen starrten an mir vorbei ins Leere. »Blöd nur, dass sie diesmal zu spät dran ist, hm?«

Ich wusste nicht, warum Lily mich sehen konnte, bis ich mich daran erinnerte, dass Elias von einer Dimensionsverschiebung im Umkreis geöffneter Portale gesprochen hatte. Die Fassaden der umstehenden Häuser erschienen mir undeutlich und verschwommen, als befänden wir uns unter einer riesigen Käseglocke.

»Wie geht es Johanna, Sera?«, wandte sich Lily nun an mich. »Gut, hoffe ich? Nachdem du so selbstlos zu ihrer Rettung geflattert bist?«

»Jo hätte sterben können«, stieß ich wütend hervor.

»Ist sie aber nicht«, erwiderte Lily leichthin. »Deinetwegen. Du solltest stolz auf dich sein.« Sie legte den Kopf schief. »Ich geb's ja zu, ich hab dich wirklich unterschätzt, Engelchen. Bisher waren all deine Geschwister zu nichts zu gebrauchen. Und nachdem du ohne langes Hin und Her mit uns zur Kapelle gekommen bist, dachte ich, dass wir auch mit dir ein leichtes Spiel haben würden – und jetzt das. Ich wusste nicht, dass ihr eure Kräfte zurückgewinnt, sobald ihr im Dazwischen seid.«

*Ich auch nicht.*

Bis eben hatte ich ja noch nicht einmal gewusst, dass ich, von meinen Visionen und dem Zweiten Gesicht einmal abgesehen, überhaupt so etwas wie übernatürliche Kräfte besaß. Der Nachteil war, dass ich nach wie vor nicht wusste, wie ich sie gezielt einsetzen konnte.

»Aber das spielt jetzt ohnehin keine Rolle mehr«, verkündete Lily stolz, als ich nicht antwortete. »Du kannst nicht ewig vor uns fliehen. Mein Geliebter ist sicher längst auf dem Weg hierher und wird deinem armseligen Dasein auf Erden bei seinem Eintreffen *endlich* ein Ende bereiten. Und bis dahin ...«, sie warf Elias einen affektiert bedauernden Blick zu, »... zeigen wir deinem neuen Freund hier, was passiert, wenn man die Fürstin der Hölle zum Narren hält.«

»Du bist Lilith«, stellte ich erschrocken fest. Lilith. Die erste Frau Adams. Der jüdisch-christlichen Mythologie nach hatte sie das Paradies verlassen, weil sie sich weigerte, ihrem Mann zu gehorchen. Anschließend hatte sie sich mit dem gefallenen Engel Samael verbunden, um an seiner Seite über das Reich der Dunkelheit zu herrschen.

Lily lächelte. »Kluges Mädchen.«

Alles ergab nun einen Sinn. Sie nannte Samael ihren Geliebten, wurde von einer Horde Schlangen verteidigt und schien über ungeheure Kräfte zu verfügen – verdammt, sie nannte sich sogar Lily! Ich hätte schon viel früher daraufkommen müssen, dass sie weit oberhalb meiner Liga spielte. Sie war fast so etwas wie eine dunkle Göttin und ich nichts weiter als ein Schutzengel, der seine eigenen Kräfte kaum im Griff hatte.

Vielleicht konnte sie mir nichts anhaben, solange ich mich im Dazwischen befand, aber das galt nicht für Elias.

Noch immer hatte er sich nicht gerührt, obwohl der schneidende Wind aus dem Portal seine Jacke aufbauschte und seine Züge verkrampft erschienen. Ich konnte unmöglich hierbleiben und warten, bis Samael eintraf, aber ich konnte Elias auch nicht alleine mit Lilith zurücklassen, nachdem er sie meinetwegen verraten hatte.

»Was hast du mit ihm vor?«, fragte ich, um Zeit zu gewinnen. Gestern bei der Beschwörung war es mir gelungen, mich aus ihrem Bann zu lösen, und wenn mich nicht alles täuschte, war Elias der Schlüssel zu meiner Befreiung gewesen. Erst als ich ihm in die Augen gesehen hatte, hatte ich gefühlt, dass der Zauber brach. Vielleicht würde es andersherum auch funktionieren. Ich musste nur seine Aufmerksamkeit auf mich lenken.

»Ich schicke ihn nach Hause, damit er über sein Fehlverhalten nachdenken kann«, erklärte Lily bereitwillig. »Dort unten laufen die Uhren anders als auf der Erde. Bis morgen Abend wird er verstanden haben, dass es sich nicht ziemt, seiner Herrin so schändlich ins Gesicht zu lügen.«

»Er kann nichts dafür«, entgegnete ich reflexartig. »Ich bin ihm vom Wald aus in die Stadt gefolgt. Er wusste nicht, dass ich da bin.«

»Reizend, dass du ihn schützen willst, wirklich, aber ich bin nicht dämlich. Ich stand in seinem Zimmer, als er mir am Telefon erzählt hat, dass er ganz allein zu Hause sei und keine Hosen anhabe. Die Sache mit der Hose kann ich natürlich nicht beurteilen, aber in seiner Wohnung war er nicht, und da ihm sofort dein Name auf den Lippen lag, als du zur Rettung deiner Freundin geflogen bist, gehe ich davon aus, dass er auch nicht allein war.«

Sie atmete tief ein und ließ die Luft in einem tiefen Seufzer entströmen, während ich Elias anstarrte.

*Wach auf, wach auf, wach auf.*

»Er war die letzten Jahre so loyal«, fuhr Lily fort. »Er hat dir doch sicher erzählt, wie viele von deinesgleichen er bereits an mich ausgeliefert hat, ohne auch nur mit der Wimper zu zucken? Ich weiß nicht, was du an dir hast, dass sich das plötzlich ändern musste. Aber ich hoffe, dass ihn die Erinnerung an die letzten fünfhundert Jahre seines Daseins wieder auf die richtige Spur bringen wird.«

Sie hob mit gespreizten Fingern die Hand und bewegte sie sachte nach vorn. Sofort setzte Elias sich in Bewegung, taumelte wie ein Schlafwandler auf das Portal im Boden zu. »Letzte Worte?«, fragte Lily mich, doch ich war voll und ganz auf Elias konzentriert.

*Komm schon, sieh mich an.*

Er lief weiter.

*Nein,* dachte ich mit aller Kraft, kurz bevor die Spitze seines Schnürstiefels den Rand des Portals berührte. *Bleib stehen!*

Plötzlich fühlte ich einen leichten Schlag – nicht schmerzhaft, nicht unangenehm, aber ich spürte doch, dass sich etwas verändert hatte. Und dann waren die Wärme und das Kribbeln, das mich nach Jos Rettung verlassen hatte, wieder zurück, der Kaffeebecher fiel allein in die Hölle hinab, und der dunkle Nebel um Elias herum verschwand.

Lily verzog das Gesicht, als Elias blinzelte und mit vor Schreck geweiteten Augen von ihr und dem Portal abrückte, als sei er aus einem dunklen Traum erwacht. »Was zur ...«

»Natürlich«, knurrte sie, und auf eine ruckartige Handbewegung hin wurde Elias' Körper mit unheimlicher Wucht gegen die nächste Wand geschleudert. Der Aufprall war so heftig, dass ich etwas brechen hörte. Mit schmerzverzerrtem Gesicht sank Elias zu Boden. »Ich hätte davon ausgehen sollen, dass euch der Trick aus der Kapelle noch ein zweites Mal gelingt.«

Jeder kleinste Zweifel, den ich an Elias und seinen Motiven gehabt haben mochte, wurde bei seinem Anblick von jenen übermächtigen Worten erstickt, die seit der ersten Vision wieder und wieder durch meine Gedanken pulsierten: *Hilf ihm. Steh ihm bei. Verteidige sein Leben, und wenn es dich das deine kostet.*

Ich würde ihn retten, komme, was wolle. Entschlossen trat ich auf Lily zu, nicht sicher, was ich tun könnte, um sie aufzuhalten, doch ich hatte noch keine zwei Schritte gemacht, als der Boden vor mir erneut zu brodeln begann und sich ein weiteres Rudel der furchtbaren Schlangen aus dem Grund hervorwand, um sich wie ein Schutzwall vor den Füßen seiner Herrin aufzubauen.

»Komm einen Schritt näher, und sie werden dich angreifen«, drohte Lily kalt. »Ihr Gift kann dich vielleicht nicht töten, aber lähmen. Du würdest es meinem Geliebten nur leichter machen, deine Seele in sich aufzunehmen.« Die Schlangen zwischen uns zischten, als wollten sie die Worte ihrer Herrin unterstreichen.

»Verschwinde, Sera!«, presste Elias hervor.

»Ich gehe nicht ohne dich«, erwiderte ich, ohne den Blick von Lily zu lassen.

Doch Elias gab nicht auf: »Du bist nicht an die Regeln dieser Dimension gebunden. Du musst fort, ehe Samael hier ist.«

»Ich wäre dir sehr verbunden, wenn du den Mund halten könntest, mein Lieber«, zischte Lily. Sie wischte mit dem Arm durch die Luft und ließ Elias auf der anderen Seite des Innenhofs auf den Betonboden knallen. Ich schrie auf, obwohl ich seinen Schmerz nicht fühlen, nur erahnen konnte. Ich wollte zu ihm, doch die Schlangen waren augenblicklich zur Stelle und versperrten mir den Weg.

»Lass ihn in Ruhe«, fuhr ich Lily an. Wo war die Macht, die mich von selbst zu Jos Rettung hatte eilen lassen?

»Du hast es nicht begriffen, oder?«, erwiderte Lily. »Sein Schicksal hat er sich selbst zuzuschreiben.«

Als Elias mühsam versuchte, sich aufzurichten, ließ sie ihn mit einer eleganten Handbewegung in die Luft steigen. Es sah noch nicht einmal aus, als ob sie sich anstrengte. Die Schlangen hatten mich längst umzingelt, und ich stand starr in ihrer Mitte, unfähig, Elias zu helfen, während er in der Luft baumelte und Blut aus seiner Nase tropfte.

»Er hatte alles! Meinen Schutz, ewige Jugend, einen Platz aufseiten der *Gewinner*. Und dann macht ihm ein dahergelaufener Engel schöne Augen, und er verrät mich so schändlich.«

Elias schüttelte verständnislos den Kopf. »Das hat doch damit rein gar nichts zu tun«, keuchte er. »Ich habe Sera geholfen, weil sie *anders* ist als die anderen, weil sie vielleicht als Einzige eine Chance hat, euer Treiben aufzuhalten.«

Lilys Brauen schossen überrascht in die Höhe. »Darum geht es dir also?«

Ich war mindestens ebenso erstaunt wie Lily. Elias konnte seine Worte nicht ernst gemeint haben. Wie konnte er davon sprechen, Lily und Samael *aufzuhalten*, wo wir ziemlich sicher nicht einmal die nächste Stunde überleben würden? Ich dachte nicht gern daran, aber bislang standen unsere, standen insbesondere Elias' Chancen mehr als schlecht.

»Was wir tun, ist *falsch*, Lily«, bekräftigte Elias. »Samael kann nicht glauben, dass eine gottlose Welt die nächsten Jahrhunderte stabil bleiben wird. Ohne Licht kann es auch keinen Schatten geben.«

»Mein Geliebter ist schön wie die Sonne und weise wie der Mond«, erwiderte Lily. »Mit ihm an meiner Seite braucht es den Herrn und seine Engel nicht mehr.« Sie sah an sich selbst herab, lockerte in nachdenklichem Schweigen die Finger ihrer freien Hand. »Ich muss sagen, ich bin enttäuscht von dir, Elias. Ich habe dir eine Zukunft gegeben, einen Platz auf der Welt, eine Perspektive. Und du? Du wirfst mir mein Geschenk ins Gesicht.«

Elias spuckte etwas Blut auf den Boden. »Dein Geschenk war von Beginn an vergiftet, Lilith. Wenn ich diese Welt verlasse, dann nicht ohne das Wissen, dass ich alles versucht habe, um dem Herrn den Weg zu seiner Rückkehr zu ebnen.«

»Dann stirbst du erneut den Märtyrertod?«, fragte Lily mit einem Kopfschütteln. »Nachdem dein letzter Abgang so entsetzlich schiefgegangen ist, dachte ich, du hättest dem alten Herrn endlich ein für alle Mal den Rücken gekehrt.«

Elias schien verwirrt, doch anstatt sich zu erklären, öffnete Lily die Hand und ließ eine dunkle Kugel entstehen, die binnen Sekunden zur Größe eines Fußballs anwuchs. »Aber so kann man sich täuschen«, fuhr sie fort. »Elias, es war nett mit dir, aber mit deiner Aussprache hast du dein Schicksal besiegelt. Ich habe keine Verwendung für Verräter in meinen Reihen.«

In seinen Augen glomm ein Funke. »Wir sehen uns in der Hölle.«

»Nein«, wisperte ich, wissend, dass mein Widerspruch nichts an Lilys Tun würde ändern können. Hilflos musste ich mit ansehen, wie sie ausholte und den Ball geradewegs in Elias' Richtung schleuderte. Doch anstatt seinen Körper zu treffen, zerplatzte die Kugel auf halber Strecke wie ein Schneeball an einer Glasscheibe. Die in der Kugel enthaltene Energie raste als Druckwelle über den Hof und durch mich hindurch, Lily dagegen wurde frontal getroffen und von den Füßen gerissen. Sie verlor die Kontrolle über Elias, und er fiel wie ein Stein zu Boden. Die Schlangen um mich gerieten ohne die leitende Hand ihrer Herrin in Unruhe und krochen ziellos in alle Richtungen.

Endlich frei rannte ich auf Elias zu und ließ mich neben ihm auf die Knie fallen. Seine Kleidung war blutig und verdreckt, und als er blinzelnd zu mir aufsah, wirkten seine Augen matt. »Du lebst«, flüsterte ich und griff nach seinen Schultern, da ich fürchtete, dass er nicht mehr lange bei Bewusstsein bleiben würde.

»Was war das?«, fauchte Lily, während sie sich umständlich aufsetzte. »Was hast du getan?«

»Gar nichts«, rief ich. Es war die Wahrheit – ich hatte nichts getan, weder freiwillig noch unfreiwillig, hatte nichts tun *können*, und doch war da plötzlich eine Wand gewesen, die Elias vor Lilys dunkler Magie bewahrt hatte.

Wo war sie hergekommen? Ich sah mich verstohlen um, doch da war niemand außer uns dreien in dem Innenhof.

»Lüg mich nicht an.« Lily warf Elias einen hasserfüllten Blick zu. »Er ist ein Mensch, ein *Fußabtreter* des Herrn, er ist gar nicht dazu *in der Lage*, auch nur das kleinste bisschen …« Sie hielt inne und sah einen Moment lang fast so aus, als ob sie sich beruhigt hätte. Doch ich konnte noch immer sehen, dass die dunklen Wolken ihrer Aura wie von einem Sturmwind gepeitscht um sie herumwirbelten. »Es sei denn …« Sie musterte mich eingehend. »Es sei denn, *du* bist es, Seheiah. Oder sollte ich sagen … *Margarete?*«

*Nein.* Sie konnte unmöglich von den Visionen wissen. »Woher …?«

»Das wäre *zu* schön, nicht wahr?« Sie lächelte, ein irres Funkeln in den Augen. »Dass ihr euch wiedergefunden habt, nach all den Jahren, hier in München? Aber so ist es, nicht wahr? *Die Geschichte wiederholt sich.* Wie überaus tragisch, dass sie schon wieder ein solches Ende finden muss.«

Ohne aufzustehen streckte sie ihre rechte Hand in die Höhe; Elias wurde gewaltvoll meinen Armen entrissen und in die Luft gehoben. Ich sprang auf, um ihn festzuhalten, doch meine Finger glitten widerstandslos durch ihn hindurch.

Lily wandte sich ihren Schlangen zu. »Na los, packt sie euch.«

Als hätten die Biester nur auf diesen Moment gewartet, schossen sie aus allen Winkeln auf mich zu, doch es waren nicht die Schlangen, die mein Herz stillstehen ließen. Ohne ein weiteres Wort hatte Lily Elias über das Tor zur Hölle gehoben, ließ ihn den Bruchteil einer Sekunde lang in der Luft baumeln – und öffnete dann einfach die Hand.

*Nein!*

Erneut durchströmte dieses gleißend helle Licht meinen Körper, die Sekunden schienen sich in die Länge zu ziehen, ich sah Elias wie in Zeitlupe fallen und konnte nur noch eines denken: *Hilf ihm.* Ich hechtete nach vorn, sprang, *flog* in die Luft, umfing seinen Körper mit meinen Armen. *Sicherheit, bring ihn in Sicherheit, beschütze ihn.* Ich kniff die Augen zu, wissend, dass es aussichtslos war, fühlte bereits, wie wir durch das Portal in die Hölle, an jenen Ort ohne Licht fielen, von dem es kein Entkommen mehr geben würde.

Doch als wir mit einem heftigen Aufprall auf dem Boden aufkamen und ich die Augen öffnete, waren es nicht die Flammen des Fegefeuers, die mich blendeten – es war das grellweiße Licht der Energiesparlampen in unserem Treppenhaus.

Ich war zu Hause.

# 17

Fassungslos setzte ich mich auf und beobachtete, wie die geisterhaften Flügel an meinem Rücken abermals verschwanden. Während das Kribbeln in meinem Körper allmählich nachließ, glitt mein Blick über die ausgeblichene Fußmatte unter uns, über das Paar Schuhe, das Mark vor der Tür ausgezogen hatte, die hölzerne Wohnungstür, die ich aufsperrte, wenn ich von der Uni heimkam. Ich konnte es nicht glauben. Die Gegend, in der wir noch vor einer Sekunde Lily gegenübergestanden hatten, war kilometerweit entfernt. Dass wir eine solche Distanz innerhalb eines Wimpernschlags zurückgelegt haben sollten, war schlichtweg nicht möglich, nicht einmal fliegend.

Mein Blick blieb an Elias hängen, der regungslos neben mir auf der Fußmatte lag und aussah, als sei er gerade von einer S-Bahn überrollt worden. Auf seinem Pulli waren dunkle Blutflecken, Jacke und Jeans waren zerrissen, und sein Gesicht war blass vom Staub der Stadt. Ich fürchtete, dass er das Bewusstsein verloren hatte, als seine Augenlider flatterten und er mühevoll den Kopf anhob. »Wo sind wir?«

»In Sicherheit«, sagte ich rasch.

Er zog die Stirn in Falten. »Hast du uns etwa hergebracht?«

»Ich habe gar nichts gemacht«, wehrte ich ab und versuchte, ihm eine blutige Haarsträhne aus dem Gesicht zu streichen, doch meine Finger glitten hindurch, ohne ihn wirklich berührt zu haben. Ich hing also noch immer im Dazwischen fest. »Wie geht es dir? Glaubst du, wir müssen einen Arzt holen?«

Elias versuchte, sich aufrecht hinzusetzen, griff dann aber nach seiner Brust und verharrte mit schmerzverzerrtem Gesicht auf dem Ellbogen. »Ich heile schnell«, erwiderte er abweisend und tastete mit der freien Hand seine Rippen ab. »Fühlt sich nicht an, als ob ernstlich was kaputt wäre.«

»Wir können jedenfalls nicht hierbleiben«, sagte ich und sah unruhig die Treppe erst hinauf und dann hinunter. Wenn einer der Nachbarn vorbeikäme, würde er nicht mich, sondern nur einen fremden jungen Mann entdecken, der aus der Nase blutend auf unserer Fußmatte lag und Selbstgespräche führte. »Wir ...«

»Warum hast du nichts gesagt?«, fragte Elias plötzlich. Als ich ihn anblinzelte, lag zum ersten Mal etwas wie ein Vorwurf in seinen Augen. »Die Flügel, der Schutzschild, jetzt ... *das*. Du hast nicht nur ein paar, sondern *all* deine Kräfte behalten, Sera. Und wie hat Lily dich eben genannt? Margarete? Kanntest du Lily denn vorher schon?«

»Das ... Ich habe keine Ahnung, ob ich sie kenne, ich ...«

»Hör zu«, unterbrach er mein nervöses Gestammel zwar ruhig, aber mit Wut in der Stimme. »Ich weiß, dass du mir etwas verheimlichst. Ich wusste es schon, als ich dich heute Morgen im Wald gefunden hatte, aber da war ich noch naiv genug zu glauben, dass du mich einweihst, wenn wir uns die Hand darauf geben.«

*Manus manum lavat*, hörte ich die Stimme seines mutmaßlich früheren Ichs durch meine Gedanken summen. Mein schlechtes Gewissen erdrückte mich beinahe. »Ich weiß, aber ...«

»Ich dachte, du brauchst vielleicht Zeit, also habe ich dir erzählt, was ich über dich und die anderen Engel weiß, wollte dir beweisen, dass ich auf *deiner* Seite bin, aber du ...«

»Was hätte ich denn machen sollen?«, schoss ich verletzt zurück. »Hätte ich riechen sollen, dass du einer von den Guten bist? Dass du das ganze Theater nicht nur mitmachst, um mich am Ende doch an Lily auszuliefern? Ich hatte Angst, Elias, das musst du doch verstehen!«

»Du hättest mir vielleicht nicht ins Gesicht lügen sollen, nachdem du mir versprochen hast, genau das nicht zu tun. Fünftes Gebot, du erinnerst dich?«

*»Das Achte«*, korrigierte ich ungehalten. Ich wusste nicht, ob er bewusst auf meinen vermeintlichen Fehler zurückgriff, aber im Moment war es mir auch egal. »Ich habe dich nie belogen.«

»Mehrfach sogar«, erwiderte er stur. »Erstaunlich oft für ein Wesen ohne Sünde. Und ich hab es mir gefallen lassen, weil ...« Er brach ab, setzte neu an. »Was ist mit deinen Visionen? Alles nur verschwommen, was mich angeht? Und deine Kräfte?«

»Ich *wusste* nicht, dass ich das alles kann«, verteidigte ich mich.

»Wenn ich gewusst hätte, dass du im Vollbesitz deiner Fähigkeiten bist, hätte ich Lily gar nicht mehr treffen müssen«, ignorierte er meinen Einwand. »Wir hätten verschwinden und uns einen Plan zurechtlegen können. Ich wäre fast gestorben in dem Innenhof, beinahe hätte sie mich in die Hölle geschickt, und Samael hätte dich gefunden und vernichtet und dann ...«

»... und dann *was*? Alles wäre umsonst gewesen? Dein fieser Masterplan wäre den Bach runtergegangen?«, fragte ich, nun nicht minder wütend wie er.

Verständnislos schüttelte er den Kopf. »Was denn für ein Masterplan?«

»Darum geht es doch die ganze Zeit, oder nicht?«, fauchte ich, und endlich erhielt der Schmerz, der mir während des Kampfes im Innenhof ins Herz gefahren war, eine Stimme. »Lily gegenüber hast du es sogar zugegeben. Es geht gar nicht um mich, oder um uns, noch nicht einmal um *dich*. Du hast mir gestern im Wald nur geholfen, weil du gehofft hast, dass ich dir im Kampf gegen Samael helfen würde.« Die Wut in seinem Gesicht verrauchte, aber ich war noch nicht fertig. »Es ging dir nie darum, mich ins Diesseits und zu meinen Freunden zurückzubringen. Du wolltest mich nur benutzen. Du bist genauso fanatisch wie damals, Elias, aber damals *gab* es wenigstens einen Gott, dem du dienen konntest, während heute ...«

Ich brach erschrocken ab, als ich hinter mir ein Schloss knacken hörte und die Tür unserer Wohnung sich öffnete.

Mark stand in Jacke, Schal und Socken im Türrahmen, eine von Jos Umhängetaschen in der Hand. Als sein Blick auf Elias fiel, klappte sein Kiefer nach unten. »Ach du Scheiße«, entfuhr es ihm. Sein Blick glitt durch das Treppenhaus, als suche er die versteckte Kamera, ehe er neben Elias vorsichtig in die Hocke ging. »Ist alles gut bei Ihnen?«

»Ja«, sagte Elias fest, obwohl alles an ihm das Gegenteil schrie. Er suchte meinen Blick, und nach meinem Ausbruch von eben lag fast so etwas wie Reue in seinen Augen.

»Mark, du musst uns helfen«, flehte ich meinen besten Freund an, aber er reagierte nicht, sah noch nicht einmal in meine Richtung. Ich suchte das braune Karomuster auf seinem Schal, das Grün seiner Augen, doch es gab keine Farben an ihm – er erschien mir durch und durch grau. Anders als Elias, Lily und sogar Jo schien er keinerlei Verbindung zum Dazwischen zu haben.

»Er hört dich nicht«, sagte Elias zu mir, kurz nachdem ich selbst darauf gekommen war.

Mark blinzelte. Die ehrliche Hilfsbereitschaft in seinem Gesicht schlug in Misstrauen um. »Soll ich Ihnen einen Arzt rufen?«

»Ich brauche keinen Arzt«, erwiderte Elias. »Ein paar Stunden Ruhe, dann heilt das von selbst.«

»Du kannst aber nicht auf unserer Fußmatte schlafen«, erwiderte ich unruhig.

Elias funkelte mich an. »Das will ich ja gar nicht.«

Mark sah inzwischen aus, als denke er ernstlich darüber nach, ihn an Ort und Stelle liegen zu lassen. »Und Sie sind sicher, dass es Ihnen gut geht?«, fragte er noch einmal.

»Ja, bin ich«, sagte Elias. »Alles bestens. Ich liege nicht im Sterben.«

»Nur auf unserer Fußmatte«, murmelte ich.

»Wissen Sie, ich habe nicht den Eindruck, dass alles stimmt«, sagte Mark vorsichtig. Wie so oft bewunderte ich ihn für seine Geduld. Ich an seiner Stelle hätte mich wohl längst in der Wohnung verbarrikadiert und die Polizei gerufen. »Ich würde Ihnen gern helfen. Ich kann …«

»Sera, du kennst ihn doch?«, fiel Elias ihm ins Wort. »Kannst du ihm ein Zeichen geben, ihm irgendwie mitteilen, dass alles in Ordnung ist? Ich brauche keine Hilfe.«

»Ich kann *gar nichts*«, erwiderte ich. Bislang hatten sich meine Kräfte nur dann gezeigt, wenn sich einer meiner Freunde akut in Lebensgefahr befunden hatte.

»Sind Sie ein Freund von Sera?«, fragte Mark verwirrt. Und dann schien der Groschen zu fallen. Hektisch kam er auf die Füße. »Moment mal, ich kenne dich doch! Du bist der Kerl, der Sera am Bahnhof abgeholt hat! Wo hast du sie hingebracht? Was habt ihr mit ihr gemacht?«

»Sie ist hier«, sagte Elias, doch ich konnte nichts tun, um es zu beweisen. Ich wusste, was Mark dachte – dass Elias mich in der letzten Nacht entführt hatte, vielleicht sogar getötet. Wie sollte ich ihm nur erklären, dass er auf unserer Seite war?

»Sera, zeig dich ihm«, erklärte Elias voll Zuversicht. »Du kannst es. Denk an den Engel, der Maria erschienen ist, um ihr von Jesus zu künden ...«

»Das war Gabriel!«, warf ich ein. »Gabriel ist ein *Erzengel*, ich ...«

»Versuch es!«

Ich presste die Augen zu und konzentrierte mich. Versuchte, das Kribbeln, das den Rettungen von Jo und Elias vorausgegangen war, hervorzuholen, versuchte mir einzureden, dass die Macht, die die beiden gerettet hatte, irgendwo tief in mir verborgen war und nur darauf wartete, hervorgeholt zu werden. *Zeig dich. Mark muss dich sehen.*

Nichts geschah, doch als ich blinzelte, konnte ich sehen, dass Marks Hand unauffällig zu seiner Hosentasche gewandert war. *Er wird die Polizei holen. Er wird Elias in Gefahr bringen.* Als hätte ich mit dem Gedanken einen Schalter umgelegt, begann die vertraute Wärme durch meinen Körper zu strömen, und plötzlich sah ich, dass sich in den Gläsern von Marks Brille ein Licht spiegelte.

Erschrocken wich er vor mir zurück. »Was zur Hölle ist das denn?«

Das helle Licht in den Gläsern seiner Brille hatte eine Form angenommen – ich erkannte eine weiß und golden glühende, halb durchscheinende Gestalt mit Flügeln. *Ein Engel.*

»Ich bin es, Mark«, sagte ich und konnte es selbst nicht glauben. Meine eigene Stimme hörte sich fremd in meinen Ohren an, schöner und kraftvoller als meine oder Margaretes, hell und klar wie das Läuten einer Glocke. »Du kannst ihm vertrauen. Er ist ein Freund.«

Elias lächelte, obwohl seine Lippe einriss und ein Blutstropfen an seinem Kinn hinablief. »Du kannst es.«

Mark beäugte ihn misstrauisch und sah dann wieder zu mir, das Gesicht so weiß, als habe er einen Geist gesehen. Im Grunde genommen war ich ja auch nicht viel mehr als das, eine halb durchsichtige Erscheinung, kein Mensch.

»Sera?«, fragte er leise und kam, als ich nickte, zögerlich näher. »Was ist passiert? Bist du ...« Er brach ab.

»Ich bin am Leben«, sagte ich. »Aber man verfolgt uns. Du musst uns helfen, ich bitte dich.«

Mark zog die Stirn in Falten. »Wer verfolgt euch?«

Weiter oben im Treppenhaus wurde ein Schlüssel im Schloss gedreht, und jemand verabschiedete sich lachend. »Wir haben keine Zeit zu verlieren«, sagte ich drängend. »Lass ihn bitte rein.«

Nach kurzem Zögern trat Mark zur Seite. »Ich muss ins Krankenhaus fahren«, sagte er. »Jo ihre Sachen bringen. Nichts Schlimmes, aber sie wollen sie über Nacht dabehalten. Sie hatte wohl einen Unfall, nachdem sie bei Theo war, ist ohne Helm vom Rad gestürzt ...«

Ich nickte. »Ich weiß.«

Auf der Treppe waren Schritte zu hören. Elias bemühte sich, auf die Füße zu kommen, und ich versuchte, ihm aufzuhelfen, doch obwohl ich leuchtete wie eine Christbaumkugel und in ganzen Sätzen mit Mark reden konnte, gelang es mir immer noch nicht, ihn richtig zu berühren. Mein lieber, unbezahlbarer Mark legte ohne ein weiteres Wort Jos Sachen zur Seite und ging in die Hocke, um Elias zu stützen und ihn in die Wohnung zu bringen.

»Danke«, brachte Elias im Flur hervor.

»Danke, Mark«, sagte auch ich, doch keine Worte der Welt hätten in diesem Moment die Dankbarkeit ausdrücken können, die ich ihm gegenüber empfand. »Gehen wir in mein Zimmer ... ich werde auf ihn aufpassen. Du kannst ihm vertrauen, wirklich.«

Als Mark sich nach mir umdrehte, konnte ich sehen, dass mein Spiegelbild in seinen Brillengläsern so gut wie verschwunden war. Ihm zu erscheinen laugte mich aus. Lange würde ich nicht mehr sichtbar bleiben können.

»Dir ist hoffentlich klar, dass du mir noch eine Erklärung schuldest, Sera«, sagte er.

»Vollkommen.« Wir waren in meinem Zimmer angekommen, und Mark bugsierte Elias, der inzwischen beunruhigend blass war, auf mein Bett. »Wir werden dir alles erklären, wenn es Elias besser geht, das verspreche ich dir. Aber mach dir bitte keine Sorgen. Du kannst Jo besuchen und ihr sagen, dass es mir gut geht und dass ...«

»Nein«, sagte Elias plötzlich. »Sie hat zu viel Macht über sie. Johanna darf auf keinen Fall wissen, dass wir hier sind.«

Ich konnte sehen, dass sich in Mark Misstrauen und Widerspruch regten. »*Wer* hat Macht über sie?«

»Lilith«, flüsterte ich. Mir war klar, dass Elias recht hatte. Lily hatte es ja selbst gesagt. Ich wusste nicht, woran es lag, aber selbst aus weiter Ferne schien sie Einfluss auf Jos Verhalten haben zu können – ich wollte nicht daran denken, was für Folgen es hätte, wenn Elias Lily in seinem jetzigen Zustand begegnete. »Mark, er hat recht, Jo darf nichts davon wissen«, sagte ich, obwohl mir die Worte wehtaten. »Zumindest vorerst nicht. Wir lassen uns etwas einfallen, sobald es Elias besser geht. Lass uns später darüber reden, heute Abend vielleicht ... ja?«

Diesmal zögerte Mark lange. Es war viel, was ich von ihm verlangte, vielleicht mehr, als es unsere Freundschaft mir erlaubte. Er kannte Jo so viel länger als mich. Doch letzten Endes nickte er. »Ist vielleicht eh besser, wenn sie erst einmal ihre Ruhe hat. Die letzte Nacht war vollkommen verrückt, weißt du? Erst ist die Verbindung zu dir abgebrochen, dann ist unser Auto verreckt, und bis wir es endlich zur Kapelle geschafft haben, wart ihr alle verschwunden. Wir haben natürlich gleich die Polizei alarmiert, aber die konnten nichts machen. Kein Wunder, dass Jo sich im Verkehr nicht richtig konzentriert hat.« Das nächste Danke lag mir bereits auf den Lippen, als er den Finger hob. »Aber wenn sie morgen entlassen wird, wird sie nach Hause kommen. Egal ob dein Freund hier dann wieder fit genug ist, um alleine nach draußen zu laufen, oder ob er Blut kotzt und sich nur kriechend von der Stelle bewegen kann. Wenn Jo gesund ist, kommt sie heim.«

Ich nickte. »Aber natürlich.« Tränen standen mir in den Augen, als ich auf ihn zutrat, um ihn in die Arme zu schließen. Doch anstatt mir entgegenzukommen, zuckte er unwillkürlich zurück, und ich gab den Versuch auf.

»Danke«, flüsterte ich schließlich. »Danke für alles. Wenn du wieder da bist, erkläre ich dir alles.«

»In Ordnung.«

Ich konnte fühlen, dass meine Kraft mir wie Wasser aus den Fingern rann. In der Spiegelung seiner Brillengläser sah ich, dass ich verschwunden war.

»Sera?« Mit verwirrtem Gesicht ließ er seine Hand durch die Luft gleiten, durch jene Stelle, an der er mich gerade noch gesehen hatte. Ich scheute die Berührung, wich vor ihm zurück, und schließlich gab er es auf, ließ die Hand fallen und warf Elias, der auf meinem Bett lag und sich nicht mehr rührte, einen letzten, fragenden Blick zu. »Ich hoffe wirklich, dass es für das alles eine Erklärung gibt«, murmelte er, mehr zu sich selbst als zu mir oder Elias, und war wenige Sekunden später aus meinem Zimmer verschwunden.

Als ich hörte, wie sich an der Wohnungstür der Schlüssel im Schloss drehte, ließ ich mich völlig entkräftet neben dem Bett auf den Boden sinken. Meine Arme und Beine fühlten sich an wie Gummi, und die Dinge, die ich im Lauf der letzten Stunden getan hatte, kamen mir weit weg und verschwommen vor wie ein Traum. Ich legte mein Kinn neben Elias' Schulter auf die Matratze, beobachtete das gleichmäßige Heben und Senken seiner Brust, und als mich endlich so etwas wie Erleichterung durchströmte, war ich so schwach, dass ich mir nicht vorstellen konnte, jemals wieder aufzustehen.

Wir hatten es geschafft. Wir waren in Sicherheit.

Vorerst.

Vermutlich war es nur eine Frage der Zeit, bis Lily und Samael uns ausfindig machen würden. Ich konnte nur hoffen, dass die Zeit bis dahin reichte, um wieder zu Kräften zu kommen und einen Plan zu erstellen. Es war mir vollkommen schleierhaft, wie es Elias und mir allein gelingen sollte, gegen die Regenten der Hölle anzukommen, aber allmählich war ich mir nicht mehr sicher, ob mir eine andere Wahl blieb, als es wenigstens zu versuchen. Unser beider Leben hing davon ab.

Fasziniert beobachtete ich, wie der Riss in Elias' Lippen sich schloss, bis nicht viel mehr als ein weißlicher Strich zurückblieb. Ich konnte nur hoffen, dass er recht behielt, dass all seine Verletzungen von allein heilten und es ihm bald besser gehen würde. Andererseits hatte ich *gesehen,* wie er einen Schild heraufbeschworen hatte, um sich vor Lilys dunkler Magie zu schützen.

Er selbst schien zwar zu glauben, dass der Schild mein Werk gewesen war, doch ich hatte rein gar nichts getan, nichts *gefühlt,* als er wie aus dem Nichts entstanden war. Und außer uns beiden und Lily war niemand vor Ort gewesen. Elias mochte noch so stur behaupten, dass er ein Mensch war. In Anbetracht seiner Fähigkeiten und der hellen Aura, die ihn noch immer umgab, *musste* es einfach etwas an ihm geben, das anders war. Aber würde es am Ende wirklich reichen, um Samael und Lilith die Stirn zu bieten?

Fast ohne mein Zutun suchte meine Hand die seine, als die Tiefen meines Unterbewusstseins mich hinabzogen und ich schwerelos in der fremd-vertrauten Welt Margaretes versank.

# 18

Kurze, verschwommene Bilder jagten einander wie Blätter im Wind. Ich sah die Baustelle der Frauenkirche, Stapel von Holz und Steinen, verschwitzte Handwerker, deren drahtige Muskeln in der Sonne glänzten. Zuletzt einen älteren Mann mit spärlichem weißem Haar, dessen verhärmtes Gesicht mir auf eigenartige Weise bekannt vorkam. Obwohl ich mir sicher war, ihm im Laufe *meines* Lebens nie begegnet zu sein, schien Margarete ihn zu erkennen, denn sein Name tönte klar und deutlich durch meine Gedanken: *Jörg. Jörg von Halsbach.*

Der Baumeister also, jener Mann, der den Worten des Paters nach einen Pakt mit dem Teufel geschlossen hatte.

Gerade schüttelte er den Kopf. »Das ist keine Angelegenheit, die man vor Weibern besprechen sollte«, hörte ich seine kratzige Stimme sagen.

Elias war neben mir. Ich fühlte, wie er seine Hand auf meine Schulter legte, wie die Berührung einen warmen Schauer zu meinem Herzen sandte. »Margarete ist meine Base«, log er mühelos, während Pater Markus noch um Worte rang. »Sie wird sich demnächst den Münchner Klarissen anschließen, und ich kann Euch versichern, dass sie nichts von dem, was wir zu besprechen haben, weitererzählen wird. Sie ist kein Klatschmaul.«

Jörgs staubgraue Augen glitten über meinen Körper, blieben mit verschlossenem Ausdruck an meinem Gesicht hängen. »So«, meinte er nur. »Welch Verschwendung. Sie hat das Haar eines Engels. Man hätte ihr hier in der Stadt sicher eine gute Partie finden können.«

Ich wollte sein Misstrauen nicht schüren und ließ meinen Blick schüchtern zu Boden sinken, anstatt mich gegen ihn zu behaupten, wie ein Teil von mir oder Margarete es wollte.

»Sie ist längst dem Herrn versprochen«, entgegnete Elias abweisend.

»Ob ein Priester und ein ziellos umherreisender Wunderheiler wohl die rechte Begleitung für eine solch zarte Blüte sind?«, fragte der Baumeister, und als ich den Kopf hob, sah ich, dass ein müdes Lächeln sein faltiges Gesicht zerfurchte.

»Ich bin Prediger«, stellte Elias mit stolzer Stimme klar. »Ich verkünde den Menschen den Willen des Herrn.«

Jörg bedachte ihn mit einem langen Blick, ehe er abwinkte. »Einerlei, was du bist oder nicht bist«, sagte er. »Bring sie an ihr Ziel und kehr im Laufe des Tages zu mir zurück, dann werde ich erzählen, was mir widerfahren ist.«

Das Bild fiel in sich zusammen, und als sich die nächste Szene entfaltete, hatten wir die Baustelle hinter uns gelassen und überquerten einen breiten Graben voll schmutzigen Wassers, der im München meiner Zeit längst unter Beton und Asphalt verschwunden war. Pater Markus eilte wieder voraus, während Elias und ich ihm mit etwas Abstand in das Gedränge kleiner Gassen folgten.

»Wir werden dich in einem nahen Gasthaus unterbringen«, sagte Elias leise. »Ich kenne den Wirt, er hat mich schon öfters um meinen Rat gebeten und ist mir einen Gefallen schuldig. Ich mache das normalerweise nicht, aber du kannst nicht auf der Straße schlafen und du benötigst etwas zu essen. Bei ihm bist du sicher.«

*Steh ihm bei.* »Ich will dich begleiten, wenn du mit Jörg sprichst«, erwiderte ich, wissend, dass es sinnlos war. *Verteidige sein Leben.* »Lass mich dich schützen.«

Elias schüttelte den Kopf. »Du hast den Baumeister ja gehört. Er wird in deinem Beisein nicht über den Pakt sprechen. Und …« Er schwieg eine Sekunde, setzte dann erneut an. »Du weißt, ich komme viel herum auf meinen Reisen. Glaub mir, wenn ich sage, dass es in diesen Tagen große Gefahren birgt, mit dem Teufel in Verbindung gebracht zu werden, ganz besonders für Frauen. Erst vor Kurzem habe ich nördlich von hier ein Mädchen brennen sehen, das man der Hexerei für schuldig befand.«

»Ich stehe im Dienste des Herrn«, hielt ich dagegen. »Mir wird kein Leid geschehen.«

»Seheiah«, sagte er, als gefiele es ihm, mich bei meinem Engelsnamen zu nennen, wenn niemand uns zuhörte. »Ich *glaube* dir, dass der Herr dich geschickt hat, um mir in dieser Angelegenheit beizustehen, und ich schätze deine Gegenwart mehr als alles andere. Aber ich bitte dich – lass mich zunächst allein mit ihm sprechen. Zu deiner eigenen Sicherheit. Ich werde so schnell wie möglich zu dir zurückkehren, um dir alles zu erzählen.« Als ich erneut zu einer Widerrede ansetzte, strich seine Hand flüchtig über die meine. »Ich verspreche es.«

Und er hielt sein Wort. Wie im Zeitraffer verfolgte ich unseren Weg von der Baustelle zum Kloster, wo wir uns von Pater Markus verabschiedeten. Obwohl es aufgrund der Zerstörungen während des Zweiten Weltkrieges gravierende Unterschiede zu heute gab, erkannte ich nicht nur die Augustinerkirche, die noch immer an der Neuhauser Straße stand, sondern sogar den angrenzenden Klosterbau, wenngleich er im heutigen München keine Ordensbrüder mehr beherbergte.

Im Gasthaus angekommen verschaffte Elias mir bei seinem Bekannten, einem ernsten Mann, der kaum die Miene verzog und den ich mir nur schwerlich dabei vorstellen konnte, wie er Elias um Rat ersuchte, eine Kammer zum Schlafen. Dann bat er den Wirt darum, mir etwas Suppe, einen Kanten Brot und einen kleinen Krug Bier zu bringen.

»Hab tausend Dank«, hörte ich mich flüstern, als der Mann in seiner Vorratskammer verschwand. Mittellos, wie ich war, hätte ich ohne Elias' Hilfe auf der Straße um Obdach und eine Mahlzeit betteln müssen.

Der Schankraum war um diese Zeit bis auf einen struppigen Hund, der inmitten der Tische selbstvergessen mit einer hölzernen Kugel spielte, leer, und Elias legte mir sanft eine Hand auf den Rücken und lotste mich zu einem länglichen Ecktisch.

»Keine Ursache«, antwortete er leise, als wir uns gesetzt hatten. »Du hast die letzten dreiundzwanzig Jahre darüber gewacht, dass mir auf meinen Reisen kein Leid geschieht, da ist es an der Zeit, mich erkenntlich zu zeigen, findest du nicht?«

Errötend senkte ich den Blick. »Ich habe lediglich meinen Auftrag erfüllt.«

»Wie ist das?«, fragte Elias interessiert. »Bekommt jeder Engel mehrere Schützlinge?«

»Für gewöhnlich, ja«, sagte ich, mich umsehend, um sicher zu gehen, dass wir nach wie vor alleine waren. Nur der Hund polterte weiterhin in der Schankstube herum und verhinderte so, dass man uns im Nebenraum hörte. »Viele meiner Geschwister beschützen so viele Menschen, dass sie manche zuweilen aus den Augen verlieren und nicht da sein können, wenn sie am dringendsten gebraucht werden.« Ich erahnte Elias' nächste Frage und fuhr rasch fort: »Aber mit dir ist es anders. Du bist ein Prophet. Du hörst Gottes Wort und stehst unter dem besonderen Schutz des Herrn. Seit ich denken kann, habe ich niemand anderen als dich bewacht.«

Elias hob die Brauen. »Wie alt bist du wirklich, Margarete?«

Ich griff in mein Haar und spielte damit, ganz so, wie ich es ein halbes Jahrtausend später noch machen würde, wenn eine Unterhaltung mir unangenehm war.

»Ich war bei dir, als du König Ahab gegenübergetreten bist«, sagte ich. »Ich war in dem Raben, der dich in Kerith genährt hat, als die Dürre das Land im Griff hielt, und ich sprach mit der Witwe, die dich aufnahm, um ihre letzte Ration Mehl und Öl mit dir zu teilen. Ich führte deine Hand, als du ihren Sohn von den Toten erwecktest, und ich ...«

Elias hatte bis eben mit ungläubigem Erstaunen meinen Worten gelauscht, nun unterbrach er mich, indem er nach meinem Arm griff.

Ich hielt erschrocken inne und sah hoch.

Der Wirt war zurückgekehrt, stellte meine Mahlzeit vor mir auf den Tisch und erkundigte sich bei Elias nach den Verhältnissen, denen er in der letzten Zeit in Augsburg und Freising begegnet war.

Die Stunden schienen ineinander zu verschwimmen, und als das Bild wieder klarer wurde, war es bereits Nacht.

Im Licht einer Kerze saß ich in meiner kleinen, karg möblierten Kammer vor dem Fenster und beobachtete gebannt die finstere Straße unter mir. Das Gasthaus befand sich im Hackenviertel, bei dem es sich, wie ich aus einem Seminar zur Geschichte Münchens wusste, um die ärmste Gegend der noch kleinen Stadt gehandelt hatte, und so war bis auf ein paar windige Gestalten mit hochgezogenen Schultern niemand mehr unterwegs. Die Person, nach der sich mein Herz längst verzehrte, sah ich nicht.

Als ein Klopfen an meiner Tür die Stille zerriss, fuhr ich erschrocken zusammen und stieß mit dem Ellbogen die Kerze neben mir um. Reflexartig schossen meine Hände nach vorn, um sie aufzufangen, doch ich griff versehentlich in die Flamme, die mir den Finger verbrannte und dann verlosch.

»Margarete?«, hörte ich Elias' Stimme vor der Tür im Flüsterton fragen. »Bist du noch wach?«

»Ja«, rief ich in die Dunkelheit hinein, die mich nun umgab, und sprang auf, um zur Tür zu eilen. Mit vor Aufregung und Freude zittrigen Fingern schob ich den Riegel beiseite und öffnete. »Komm nur rein.«

Elias, in sein übliches und wohl auch einziges Gewand gehüllt und eine kleine Lampe in der Hand haltend, trat nur sehr zögerlich auf die Schwelle. »Darf ich …?«

Augenblicklich nickte ich. »Natürlich.«

Den Konventionen der Zeit nach war es wohl alles andere als natürlich, dass er mich als unverheirateter junger Mann nachts in meiner Schlafkammer aufsuchte. Obwohl seine eigene Kammer direkt nebenan lag und das Wirtshaus inzwischen ganz ruhig war, schien er sich mit diesem nächtlichen Besuch nicht gänzlich wohlzufühlen.

Zweimal vergewisserte er sich, dass der Gang zu beiden Seiten leer war, ehe er eintrat und die Tür hinter sich vorsichtig ins Schloss zog.

»Ich habe mit Jörg gesprochen«, sagte er leise und stellte sein Licht neben meiner verloschenen Kerze auf dem kleinen Holztisch vor dem Fenster ab. Obwohl die Verbrennung, die ich mir beim Auffangen der Kerze zugezogen hatte, gerade noch geschmerzt hatte, konnte ich nun, als ich meinen Finger ins Licht hielt, keine Verletzung mehr erkennen. Selbst als ich darüberstrich, spürte ich keinen Schmerz, als wäre die kleine Wunde im Laufe von Sekunden verheilt.

Elias lehnte sich an die Tischkante und sah mich an.

Auf der Suche nach Halt umfasste ich die Lehne des Stuhles, auf dem ich bis vor wenigen Sekunden noch gesessen hatte. »Und?«, fragte ich. »Was hat er gesagt?«

»Er war zu Beginn nicht gerade gesprächig«, begann Elias mit gesenkter Stimme. »Ich denke, er schämt sich seiner Taten und hatte Bedenken, noch mehr Leute einzuweihen, angesichts der hohen Strafen, die auf derartige Bündnisse stehen.«

»Zu Recht«, sagte ich. »Dass Pater Markus überhaupt dazu bereit ist, ihm zu helfen ... Dass er diesen weiten Weg in Kauf genommen hat, um dich zu finden ... Der Pater trägt unvergleichliche Güte im Herzen.«

»Na ja.« Elias legte den Kopf schräg. »Du hast es ja gehört, den Baumeister hat er längst aufgegeben. Es ist das Schicksal der Stadt und ihrer Bewohner, um das er fürchtet, deshalb hat er sich nach Jörgs Beichte so schnell auf die Suche nach mir gemacht. Jörg hingegen ...«

»... will nur sich selbst retten?«, beendete ich seinen Satz.

»So ist es.« Elias lehnte sich an die Wand neben dem Fenster, um von außen nicht gesehen werden zu können. »Andererseits ist es ebendiese Furcht um das eigene Leben, die ihn überhaupt dazu angetrieben hat, sich Pater Markus zu offenbaren.«

»Aber mit dir wollte er nun nicht darüber sprechen?«, fragte ich verwirrt.

»Doch, aber es dauerte, bis er sich mir öffnete. Die Geschichten, die ihm Pater Markus über mein ...«, er warf mir ein verschwörerisches Schmunzeln zu, »... über *unser* Wirken erzählt hat, haben ihn zwar überzeugt, dass es sinnvoll sein könnte, meinen Rat in dieser Sache einzuholen. Aber als ich Jörg nun gegenüberstand, ging es wohl doch gegen seinen Stolz, einem Mann, der jünger und ärmer ist als er, seine Hilflosigkeit einzugestehen. Erst als ich gehen wollte, wurde ihm der Ernst der Lage bewusst, und er fiel vor mir auf die Knie und *flehte* darum, nicht allein zu sein, wenn der Teufel morgen herkommen wird, um die Kirche zu besichtigen.«

»Morgen schon?«, fragte ich erschrocken.

Elias nickte ernst. »Der Baumeister hat Pater Markus belogen, um seine Lage weniger aussichtslos erscheinen zu lassen. Uns bleibt also kaum noch Zeit.«

Angespannt umklammerte ich die Stuhllehne. »Was willst du tun? Jörg hat längst gegen seinen Teil des Paktes verstoßen. Der Teufel wird die Fenster sehen, wenn er herkommt.«

»Jörg plant, den Teufel nachts direkt in der Kirche erscheinen zu lassen. Er hat den Bau so konstruiert, dass man von einem bestimmten Punkt im Eingangsbereich keines der Fenster sehen kann«, sagte Elias. »Er hofft, ihn so glauben zu machen, dass er sich an den Pakt gehalten hat.«

Verständnislos schüttelte ich den Kopf. »Und du meinst, dass der Teufel sich so leicht überlisten lässt?«, fragte ich. »Wenn er sich nun doch durch die Kirche bewegt? Wenn er sich weigert, genau an jener Stelle zu erscheinen? Wenn er tagsüber kommt und das Sonnenlicht die Kathedrale erhellt? Wir haben keine Zeit mehr, die Fenster zuzunageln oder dergleichen.«

Elias' Gesicht verschloss sich. Obwohl ich ihn seit Jahrhunderten, Jahrtausenden, kennen sollte, konnte ich nicht sagen, was in ihm vorging.

»Nun, Jörg denkt in dieser Sache ähnlich«, erklärte er. »Er glaubt auch nicht, dass der Teufel sich dauerhaft täuschen lässt, nicht bei einem Bau dieser Größe. Es geht ihm eher darum, ihn kurzfristig abzulenken ... ihn in einen Hinterhalt zu locken.« Ich richtete mich kerzengerade auf, starrte Elias an und wollte nicht glauben, was ich hörte. »Das war der Grund, warum Jörg Pater Markus bereits vor Wochen darum gebeten hat, nach mir zu suchen. Der Baumeister plant, den Teufel bei seinem Besuch in der Kirche zu vernichten! Um das Böse ein für alle Mal aus dieser Stadt zu verbannen und so die Schuld zu begleichen, die er dem Herrn gegenüber auf sich genommen hat, als er mit dem Teufel einen Pakt schloss.«

»Und wie soll dir das gelingen?«, fragte ich. »Glaubt er, dass du allein in der Lage bist, den Leibhaftigen zu bannen?«

Elias bedachte mich mit einem langen Blick. Der schwache Schein der Kerze warf harte Schatten auf sein hageres Gesicht. »Mit Gottes Hilfe, ja.«

Als ich nichts erwiderte, löste er sich von der Wand und griff unter sein zerlumptes Gewand, um einen länglichen, in schmutzigen Stoff gewickelten Gegenstand hervorzuholen. Er legte ihn zwischen uns auf den Tisch und löste das Tuch. Zum Vorschein kam die glänzende Klinge des Kurzschwertes, das bei meiner Ankunft auf der Erde neben mir im Gras gelegen hatte. *»Eine Waffe, das Böse zu bannen«*, sagte er. »Das waren deine Worte, Seheiah.«

Schweigend starrte ich auf die Klinge zwischen uns. Das Silber der Waffe schimmerte fast rötlich, als würde ein eigenes Feuer in seinem Inneren lodern. Selbst jetzt, da sie nur auf dem Tisch lag und von niemandem berührt wurde, schien sie eine warme Energie zu verströmen. Mir war vollkommen klar, dass es sich nicht um ein gewöhnliches Schwert handelte.

»Ich habe nachgedacht«, brach Elias die Stille. »Ich sagte es bereits, aber ich *glaube* dir deine Geschichte. Ich glaube daran, dass der Herr dich zur Erde herabgeschickt hat, damit unsere Wege sich kreuzen. Ich glaube dir, dass du mein Schutzengel bist und dass du seit Anbeginn der Zeiten über meine Wege wachst. Und deswegen glaube ich auch, dass es kein Zufall ist, dass der Herr dir diese Waffe mitgegeben hat. Es muss Gottes Wille sein, dass ich das Schwert verwende, um den Leibhaftigen zu bezwingen.«

»Du könntest sterben«, wandte ich ein, doch Elias' Augen hatten bereits zu glühen begonnen, und ich wusste, dass jede Diskussion zwecklos sein würde.

»Wenn ich bei der Ausführung Seiner Mission sterbe, dann soll es so sein«, erklärte er im Brustton der Überzeugung. »Ich habe mein Leben in die Dienste des Herrn gestellt, und wenn es Sein Wunsch ist, auf meine Predigten und Worte nun auch Taten folgen zu lassen, dann werde ich diese Aufgabe mit Freuden annehmen.«

»Also wirst du es tun?«, fragte ich, obwohl ich die Antwort kannte. Er würde wohl *alles* tun, wenn er glaubte, damit den Willen Gottes zu erfüllen. Doch irgendetwas an seinen Worten fühlte sich für mich nicht richtig an.

»Ja, ich werde es versuchen«, antwortete Elias. »Ich werde den Teufel zusammen mit Jörg in Empfang nehmen. Und wenn er abgelenkt ist, werde ich ihn vom Angesicht unserer Erde tilgen, wie der Herr es mir befiehlt.«

Als er begann, das Schwert wieder einzuwickeln und unsere Blicke sich trafen, wurde sein Gesichtsausdruck endlich weicher, das kriegerische Feuer in seinen Augen verglühte.

»Seheiah«, flüsterte er. »Ich hoffe, du weißt, dass ich dir schon jetzt zutiefst dankbar bin. Du hast mir mein Leben lang den rechten Weg gewiesen und mich vor Unheil bewahrt, als es nötig war. Ich erwarte nicht von dir, dass du den Weg, der nun vor mir liegt, an meiner Seite bestreitest.«

*Steh ihm bei.* »Ich werde dir folgen, wohin auch immer du gehst«, sagte ich mit fester Stimme. Ich löste meine Finger von der Stuhllehne und ging zu ihm. »Wenn du dem Teufel begegnest, werde ich da sein. Und wenn sich mir eine Möglichkeit bietet, dein Leben zu verteidigen, dann werde ich sie ohne jedes Zögern ergreifen.«

Elias hielt die eingewickelte Waffe unbewegt vor dem Körper. Vorsichtig trat ich näher, umfasste seine Hände mit den meinen; mein Herz schlug mir längst bis zum Hals. »Der einzige Zweck meines Daseins ist es, dein Leben zu schützen, *Elija*«, flüsterte ich. »Ich werde dich nicht verlassen. Niemals.«

Er schwieg, doch in seinen Augen konnte ich all die Fragen sehen, die er mir nicht stellen wollte, seine Dankbarkeit, die Vertrautheit, die uns verband, als hätten wir uns tatsächlich schon immer gekannt, als wäre ich nicht die meiste Zeit meines Daseins über nur eine stumme Beobachterin gewesen, immer in seiner Nähe und doch nie erreichbar.

Aber da war noch mehr zwischen uns – etwas Düsteres, Gefährliches, dass das Verlangen nach seiner Nähe übermächtig werden ließ. *Es darf nicht sein. Du darfst das nicht.* Und dennoch verringerte ich den Abstand zwischen uns, fühlte seinen Atem auf meinem Gesicht, hörte das eingewickelte Schwert dumpf zu Boden fallen, spürte seine Hände auf meinen Hüften, meinem Rücken, meinen Schultern, seine Finger in meinem Haar. *Eine Sünde. Es ist eine Sünde.*

Als unsere Lippen sich trafen, war aus der Wärme in meinem Herzen glühende Hitze geworden, ein loderndes Feuer, das sich flackernd durch meine Adern fraß und jeden klaren Gedanken in einer Schwärze versenkte, in der nur noch mein Versprechen an ihn bestehen blieb.

*Ich werde dich nicht verlassen.*

*Niemals.*

# 19

Obwohl ich nichts sah, nichts fühlte als die schwerelose Dunkelheit um mich herum, wusste ich, dass die Zeit verging. Sekunden, Minuten und Stunden zogen innerhalb weniger Augenblicke an mir vorbei, und als sich die ersten Konturen aus der Dunkelheit schälten und ich an Elias' Seite durch die frische Morgenluft schritt, war der nächste Tag gekommen.

*Es ist soweit.*

Elias wirkte angespannt, aber mir erging es nicht anders.

Ohne dass ich es miterlebt hatte, wusste ich, dass ihn heute Morgen im Gasthaus ein Bote aufgesucht hatte. Über ihn hatte Jörg mitteilen lassen, dass sein Gast die Vereinbarungen gebrochen hatte: Der Teufel würde nicht in tiefster Nacht in die Stadt kommen, sondern bereits im Laufe des Tages erscheinen. Die veränderten Umstände erforderten andere Maßnahmen. Jörg wollte nun einige der Fenster mit großen Stoffbahnen abhängen, damit kein Sonnenlicht in die Kirche dringen konnte. Elias und ich waren skeptisch, befanden uns aber dennoch auf dem Weg zur Baustelle, um bei den letzten Vorbereitungen zu helfen.

»Weißt du denn, wie er anreisen wird?«, fragte ich leise, um keine Aufmerksamkeit auf uns zu ziehen.

Ohnehin gingen uns die meisten Leute aus dem Weg. In den letzten Wochen waren laut Pater Markus vereinzelt Menschen an einer rätselhaften Seuche erkrankt, und man war misstrauisch geworden, besonders Fremden gegenüber. Ich selbst konnte nur hoffen, dass Gott Elias, den Pater und mich vor einer Ansteckung schützen würde – die Ablassbriefe, die auf den Straßen verkauft wurden, und die parfümierten Tücher, die sich bessergestellte Bürger vors Gesicht hielten, würden, wie ich aus der Gegenwart wusste, nicht helfen. »Wird er einfach durch das Stadttor kommen?«

Elias neigte mir seinen Kopf zu. Ich konnte fühlen, dass sich nach der letzten Nacht etwas zwischen uns verändert hatte. Da war eine Vertrautheit in unseren Worten, unseren Bewegungen, die ich noch nie empfunden hatte. »Jörg wird ihm ein Portal öffnen. Direkt in der Kirche«, sagte er, und fügte nicht ohne Verachtung in der Stimme an: »Der Teufel ist sicher ein vielbeschäftigter Mann. Vermutlich fehlt ihm die Zeit, zu Fuß oder zu Pferd von Stadt zu Stadt zu reisen.«

Ich blickte mit ängstlicher Ungewissheit zu den Spitzen der beiden Kirchtürme auf, die in dieser Zeit noch ohne ihre Zwiebelhauben in den weiß-blauen Himmel über München ragten. »Wenn wir am Dom ankommen ...«, begann ich, und Elias verstand sofort, auf was ich hinauswollte.

»Ich werde vorangehen und mit Jörg sprechen«, sagte er. »Wenn er abgelenkt ist, schleichst du durch ein Seitenportal in die Kirche und verbirgst dich hinter einer der Säulen. Von dort aus solltest du das Geschehen im Blick behalten können, ohne entdeckt zu werden.«

Da Elias inzwischen auf mein Beisein in der Kathedrale bestand, der Baumeister jedoch nach wie vor der festen Überzeugung war, dass die Anwesenheit einer Frau nur Unglück brächte, hatten wir beschlossen, dass ich die Beschwörung heimlich verfolgen und nur einschreiten würde, wenn es absolut nötig war.

Ich nickte. »Wann wird der Teufel ankommen?«

Elias' Blick verdüsterte sich. »Vermutlich um die Mittagszeit.«

Mein Blick suchte die Sonne am Himmel. Sie kletterte allmählich über die Dächer im Osten. Ein paar Stunden blieben uns noch. Doch schneller, als es mir lieb war, zerfiel die friedliche Szene in ihre Einzelteile, und ich fand mich im Inneren der Frauenkirche wieder.

Die Wände mit ihren zahlreichen kleinen Seitenkapellen waren kahl, der riesige Raum bis auf die tragenden Säulen entlang des Mittelgangs beängstigend leer – auch wenn man vor Kurzem den letzten Stein auf die Türme gesetzt hatte, war das Innere des Doms offensichtlich noch nicht fertig. Staubteilchen tanzten durch die Strahlen des Sonnenlichts, das durch die unverglasten Fenster hereinfiel. Jörgs Handwerkern war es gelungen, die Fenster im Eingangsbereich und jenes am hinteren Ende des Kirchenschiffs abzudecken, die übrigen aber waren frei und ließen das warme Licht der Mittagssonne ungehindert auf den glänzenden Marmorboden fließen. Für mehr hatten die Zeit und das zur Verfügung stehende Material nicht gereicht.

Ich hatte mich wie vereinbart hinter einer der schlanken weißen Säulen verborgen, die das Sterngewölbe des Doms trugen. Alles in mir war bis zum Zerreißen gespannt.

Ich hatte gehofft, dass meine Angst sich legen würde, sobald ich Elias erblickte, doch als ich vorsichtig hinter der Säule hervorspähte und sah, wie er an Jörgs Seite die Kirche betrat, wurde sie nur noch größer. Abgesehen von den beiden Männern und mir war niemand hier. Ich wusste nicht, was Jörg seinen Handwerkern erzählt hatte, doch sie hatten ihre Arbeit ohne Widerworte verrichtet und den Dom im Anschluss eilig verlassen.

Pater Markus hatte sich aus religiösen Gründen von vornherein geweigert, dem Erscheinen des Teufels beizuwohnen.

Nervös beobachtete ich Jörg dabei, wie er mit leerem Blick durch den Eingangsbereich schritt, unverständliche Wörter murmelte und sich schließlich inmitten der Vorhalle niederkniete, um mit einem Stück Kreide etwas auf den Boden zu zeichnen. Wie in Trance schien er Anweisungen zu folgen, die außer ihm niemand hören konnte. Kein einziges Mal sah er von seiner Arbeit auf, keine Sekunde lang befürchtete ich, dass er in meine Richtung blicken und mich entdecken würde.

Elias stand am Rande des Geschehens, die Stirn in tiefe Falten gelegt. Als sich unsere Blicke trafen, fuhr seine Hand tastend an die Seite seines Gewandes, wie um sicherzustellen, dass sich das Kurzschwert noch an Ort und Stelle befand.

Sobald Jörg die Zeichnung fertiggestellt hatte und zurücktrat, veränderte sich die Luft in der Kirche. Es wurde schlagartig kalt, ein Sturmwind zerzauste mein Haar, wirbelte Jörgs und Elias' Gewänder in die Höhe, und ich hörte die Stimmen der Verdammten flüstern, flehen, *schreien*. Dann tat sich in der Mitte der Kreidestriche ein dunkles Loch mit glühenden Rändern auf. Dunkler Nebel waberte aus dem Portal im Boden hervor und verdichtete sich zu einer Gestalt, einem menschlichen Körper, bis sich ein hochgewachsener Mann in einem goldbestickten Seidengewand vor Jörg manifestiert hatte.

Ich – wer auch immer das in diesem Moment war: Seheiah, der Engel, Margarete oder *ich*, Sera, das Mädchen, das über fünfhundert Jahre später naiv genug sein würde, ebenjene Stelle für ein paar Klicks mitten in der Nacht filmen zu wollen – erkannte ihn sofort. Sein Name hallte wie ein Glockenschlag durch meine Gedanken.

*Samael.*

Er hatte keine Hörner, keine Flügel, sah in der Form, in der er vor Jörg und Elias stand, vollkommen menschlich aus. Doch ich fühlte die Macht seiner Präsenz in kalten Wellen über meinen Körper rollen. Eine dunkle Aura umwirbelte ihn, dunkler selbst als die von Lily. Samael verströmte eine Energie, die mir die Körperhaare aufstellte und das Atmen erschwerte, die den tonnenschweren Stein, aus dem Jörg die Kirche hatte erbauen lassen, ehrfürchtig erzittern ließ.

*Er ist es,* dachte ich, *er ist der Teufel.*

Samael hob eine Hand, und erneut stieg schwarzer Rauch aus dem Portal hervor, schmiegte sich wie eine freundliche Katze an seine gespreizten Finger und verwandelte sich binnen Sekunden in einen glänzenden Ebenholzstock. Samaels Augen schimmerten wie milchiger Bergkristall, als er sie aufschlug, sich mit dem Stock nach vorn tastete und einen ersten Schritt aus dem Portal machte.

Der Grund unter seinem rechten Fuß gab dampfend unter ihm nach, wie warmes Wachs, und erst als er einen weiteren Schritt nach vorne trat, begannen die Marmorfliesen ihn zu tragen wie einen gewöhnlichen Menschen. Das Portal hinter ihm verschloss sich mit einem zischenden Geräusch und verschwand, als hätte es den Durchgang nie gegeben, doch der erste, dunkle Fußabdruck, den er im Boden hinterlassen hatte, blieb bestehen.

Kein Freudensprung, kein wütendes Aufstampfen wie die verschiedenen Sagen es berichteten, die bloße Wucht seiner

Präsenz reichte aus, um die Spur seiner Anwesenheit auf immer und ewig in den jahrhundertealten Marmor zu prägen. Samael stand nun genau an jenem Punkt, an dem er keines der Fenster würde sehen können. Aber ich wusste, dass es keinen Unterschied machen würde: Er war blind.

Ich verstand nun, weshalb der Teufel es zur Bedingung des Paktes gemacht hatte, die Kirche ohne Fenster zu errichten: Er hatte die Gläubigen spüren lassen wollen, wie es sich anfühlte, in völliger Dunkelheit zu verharren. Zum ersten Mal stahl sich ein Hoffnungsschimmer in mein vor Sorge um Elias bebendes Herz. Samael würde die Fenster tatsächlich nicht sehen. Und damit würde Elias mehr als genug Zeit haben, seinen Plan in die Tat umzusetzen und Samael zu vernichten.

Ich beobachtete, wie sich Jörg dem Teufel unter diversen Bücklingen näherte, wie er ihn begrüßte und ihm Elias als seinen treu ergebenen Lehrling vorstellte. Samael lächelte wohlwollend, entgegnete ebenso leere Höflichkeiten und bewegte den Kopf ganz so, als betrachte er die imposante Kirche, die man mit seiner Hilfe erbaut hatte. Mein Herz hüpfte gegen meine Brust. Vielleicht war noch nicht alles verloren.

Dann aber ließ sich Samael von Jörg den Weg zum Altar weisen und schritt an seiner Seite den Mittelgang entlang, direkt auf die riesigen Lichtfelder zu. Selbst hinter meiner Säule konnte ich den warmen Luftzug von draußen fühlen, hörte die Stimmen von Menschen und Tieren, das Klappern und Hämmern, das vom Marktplatz durch die noch unverglasten Fenster hereindrang.

*Er wird es merken.*

Elias folgte den beiden Männern lautlos, während das gleichmäßige Klopfen von Samaels Gehstock den Takt ihrer Schritte vorgab.

*Gott steh mir bei, er wird es merken.*

Ich sah, dass Jörg und Elias einen kurzen Blick tauschten, dass der Baumeister begann, sich nervös die Hände zu reiben, doch keiner von ihnen sagte ein Wort, als sie sich unaufhaltsam den ersten Sonnenstrahlen näherten, die Luft und Boden der Kirche an jener Stelle erwärmten.

Wenn wir den Dom lebend verlassen wollten, mussten sie etwas tun. *Jetzt.* Elias musste es beenden, bevor Samael verstand, was für ein Spiel hier gespielt wurde.

Tatsächlich fuhr seine Hand nun fließend unter sein Gewand, dorthin, wo er heute Morgen das Schwert des Herrn verborgen hatte, aber er zog es nicht hervor.

*Du musst es machen,* dachte ich verzweifelt.

Samaels Fuß trat ins Licht. Rote Edelsteine funkelten im dunklen Holz seines Gehstocks, dessen Griff dem Kopf einer Schlange nachempfunden war. Ich sah den glänzenden Schweiß auf Jörgs Stirn, ich fühlte, wie sich meine Finger auf dem kalten Stein der Säule verkrampften, und ich *spürte* Elias' Anspannung, als gäbe es ein unsichtbares Band zwischen uns, das uns über den Mittelgang der Kirche hinweg verband.

*Tu es!* Samael trat vollends ins Licht. *Tu es, in Gottes Namen, Elias, tu es!*

Einen winzigen Moment, kaum einen Wimpernschlag lang, glaubte ich, dass Samael nichts bemerkt hatte. Dass er das Licht auf seiner Haut nicht wahrgenommen, den Luftzug nicht gespürt hatte und seinen Weg durch die Kirche fortsetzen würde. Doch da war dieses kurze Stocken in seinem zuvor so gleichmäßigen Gang, ein Aufblitzen von Zorn in seinem makellos schönen Gesicht, und ich wusste mit tödlicher Gewissheit, dass er den Schwindel durchschaut hatte.

Aber noch während seine Lippen sich zu einem Lächeln

öffneten, stürzte Elias nach vorn und stieß ihm das eigenartig matte Schwert des Herrn von hinten in den Körper, geradewegs dorthin, wo sich beim Menschen das Herz befand. Mit einem dumpfen Knall löste sich Samael in dicken Rauch auf. Aschepartikel rieselten auf den Boden, wo er gerade noch gestanden hatte, und als die dunkle Wolke sich allmählich in der Kirche verteilt hatte, war der Teufel mitsamt seinem Stab verschwunden.

Die Zeit schien stillzustehen. Elias blickte fassungslos auf das Schwert in seinen Händen hinab, Jörg stand daneben, die knochige Hand fest vor den Mund gepresst, während ich die Säule neben mir umklammerte wie eine Ertrinkende. Keiner von uns wagte es, sich zu rühren. Ein leiser Wind zog auf, viel schwächer als die Böe, die beim Öffnen des Portals durch die Kirche gefegt war, und verteilte die letzten Rauchschwaden und Aschepartikel im Dom, bis nichts mehr von ihnen zu sehen war. Wären die Kreidestriche und der dunkle Fußabdruck im Eingangsbereich nicht gewesen, hätte man meinen können, dass Samael niemals hier gewesen wäre.

Ich konnte wieder frei atmen. Das Licht der Sonne wärmte meinen Rücken, irgendwo draußen vor der Kirche bellte ein Hund. Er war fort! Elias hatte den Leibhaftigen bezwungen!

Obwohl ich an nichts anderes denken konnte, wollte sich in meinem Herzen keine Freude einstellen. Wir hatten es geschafft, hatten ihn überlistet, ihn besiegt. Vielleicht war der Teufel nicht auf ewig vernichtet, aber doch fürs Erste gebannt. Dennoch fühlte es sich für mich absolut nicht an wie ein Erfolg. *Etwas stimmt nicht.* Woher kam die Kälte in meinem Herzen, der schale Geschmack in meinem Mund?

Jörg war der Erste, der sich aus seiner Starre löste – er ließ die Hand sinken, und zum ersten Mal, seit ich ihn kennengelernt hatte, erhellte ein offenes, herzliches Lachen sein Gesicht. »Es ist geglückt!«, jubelte er und ergriff mit leuchtenden Augen Elias' Hand. »Du hast den Leibhaftigen aus diesem Hause Gottes vertrieben! Ich danke dir. Ich kann dir nicht genug danken. Du bist wahrhaftig ein Mann des Herrn. Ich verdanke dir mein Leben, nicht nur meines, sondern auch das all jener der Stadt!«

Elias' schmale Lippen verzogen sich zu einem Ausdruck, der wohl ein Lächeln sein sollte, aber seine Miene war völlig starr. Ich traute mich nicht, mein Versteck zu verlassen und mich zu offenbaren, aber als Elias unauffällig in meine Richtung blickte, wusste ich auch so, dass wir dasselbe dachten.

*Das kann nicht alles gewesen sein. Es war zu einfach.*

Jörg zog Elias mit sich in Richtung Hauptportal. In der Hoffnung, dass das Sonnenlicht die Finsternis meiner Gedanken vertreiben würde, löste ich mich von der Säule, sobald die beiden die Kirche verlassen hatten, und huschte an der Wand entlang zu einem der Seitenportale. Doch als ich das Tor öffnete, empfing mich nicht die warme, von menschlichen Stimmen erfüllte Sommerluft, die ich erwartet hatte, sondern schneidende Kälte und ein furchtbares, feuchtes Geräusch, das klang wie das Keuchen eines Ertrinkenden.

Wie aus dem Nichts waren schwarze Wolken vor die Sonne gezogen. Die Menschen auf dem Platz neben der Kirche eilten mit neugierigen Blicken in Richtung Hauptportal – niemand schenkte mir Beachtung, als ich die Stufen hinunterstolperte und mich ihnen anschloss. Vor dem Portal hatte sich bereits eine Menschentraube gebildet, und ich musste mich erst durch die Menge nach vorn zwängen, um zu sehen, was dort geschah.

Jörg kniete, in dunkelgraue Schlieren gehüllt, vor einem rot schimmernden Fleck auf den Stufen der Kirche und rang um Atem. Als er hustete, würgte er Blut hervor. Seine Hand fuhr an seinen Hals, als könne das etwas ändern, doch er schien kaum Luft zu bekommen. Die papierdünne Haut über seinen scharfen Wangenknochen schimmerte bläulich, und seine Augen waren weit aufgerissen, schienen aber die größer werdende Menge vor der Kirche nicht wahrzunehmen.

»Er muss besessen sein«, hörte ich jemanden murmeln. »Der Teufel ist in ihn gefahren!«

»Diese verfluchte Seuche ist das«, widersprach ein anderer. Einige der Umstehenden keuchten erschrocken auf und gingen auf Abstand. »Der dritte Fall heute Morgen.«

»Die Strafe Gottes. Er hat diese Kirche nicht im Sinne des Herrn errichtet.«

»Er lässt ihn für seine Sünden büßen.«

»Geht weg von ihm!«

Endlich nahm auch ich Elias wahr, der hinter Jörg stand. Doch er ging nicht fort, wie der dicke Mann neben mir es gefordert hatte. Stattdessen zerrte Elias nun ein kleines hölzernes Kreuz hervor, hielt es in die Luft und begann, lateinische Worte zu murmeln. Er ließ sich neben Jörg auf die Knie fallen, zeichnete ein Kreuz auf seine Stirn und bekreuzigte sich selbst, immer weiter sprechend und betend, ohne das schreckliche Keuchen und Japsen des Baumeisters lindern zu können. Es war, als drücke ihm eine unsichtbare Hand die Kehle zu.

*Herr, du musst ihm helfen!* Hatte der Teufel seine Finger im Spiel? Aber warum sollte Samael Jörg angreifen und nicht Elias, der die Waffe geführt hatte? Und weshalb stand ihm der Herr nicht bei, nun, da Seine Hilfe so dringend gebraucht wurde?

Die Menschen vor dem Portal waren unruhig, aber keiner wagte es, sich Elias und Jörg zu nähern. Als könne der Dämon, die Krankheit oder der Fluch, der Jörg die Luft abschnürte und ihn Blut und Galle spucken ließ, auch sie befallen, wenn sie sich näherten. Ich wollte gerade nach vorne treten, als mich der dicke Mann zurückhielt. »Nicht«, sagte er. »Niemand kann ihm mehr helfen.«

Ich wollte gerade widersprechen, als eine klare Frauenstimme das angespannte Gemurmel der Menschen zerschnitt.

»Bringt ihn fort!«, rief sie. »Bringt ihn aus der Nähe dieses Mannes! Er ist es, der sein Leiden verursacht!«

Um mich herum wurden Hälse gereckt und Köpfe neugierig herumgedreht, als eine Gruppe bewaffneter Männer den Platz betrat, angeführt von einer bildschönen jungen Frau mit wallendem kupferblondem Haar. Sie musste den reichen Verzierungen ihres dunkelblauen Samtkleides nach zu urteilen eine Adlige oder zumindest sehr reich sein.

Wie Samael war auch sie von einer tiefschwarzen Aura umgeben, und ich wusste augenblicklich, dass sie kein Mensch war. *Sie ist es.* Schlagartig wurde mir klar, warum mir Lilys Gesicht ungeschminkt so bekannt vorgekommen war. Die fremde Edelfrau, die ich in meinem Traum auf dem Podium vor dem Feuer gesehen hatte, war niemand anders als Lilith.

Die Menschen bildeten eine Gasse, um die Neuankömmlinge hindurchzulassen. Zwei der mit Speeren bewaffneten Männer gingen ohne jedes Zögern auf Jörg zu, hoben ihn zwischen sich auf die Füße und zogen ihn beiseite. Und tatsächlich – kaum dass sie ein paar Schritte Abstand zu Elias hatten, sog Jörg zitternd die Luft ein, als sei er von einem Moment auf den anderen geheilt. Was nur ich sah: Auch die dunklen Schlieren um ihn verschwanden.

»Dieser Mann ist mit dem Teufel im Bunde«, verkündete Lilith und zeigte mit dem Finger auf Elias. Die übrigen Wachen stellten sich mit gezückten Lanzen in einem weiten Halbkreis um Elias herum auf, der noch immer vor Jörgs schimmerndem Blutfleck auf dem Boden kniete, das kleine Holzkreuz so fest in der Hand, dass seine Knöchel scharf unter der Haut hervortraten.

»Ich bin ein Mann Gottes«, hielt er dagegen, doch es war nur ein Flüstern.

»Dieser Mann kam in unsere schöne Stadt und brachte die Pestilenz mit sich, um Meister Jörg zu töten und dieses prachtvolle Gotteshaus, das jener im Laufe der letzten zwanzig Jahre zu Ehren unseres Herrn errichten ließ, mit den Feuern der Hölle niederzubrennen«, fuhr Lilith fort.

»Das stimmt nicht«, sagte Elias, nun lauter, und erhob sich. Die Spitzen der Lanzen um ihn herum folgten jeder seiner Bewegungen. »Die Krankheit hat ohne mein Zutun ihren Weg nach München gefunden. Ich kam hierher, um das Böse zu *bannen*. Ich bin ein Diener Gottes!«

»Hört, wie schamlos er den Namen des Herrn in seinen sündigen Mund nimmt!«, höhnte Lilith.

»Ich habe gehört, der Mann ist ein Prediger«, rief einer der Umstehenden. »Man sagt, er zieht durch die Lande, um das Wort Gottes zu verbreiten.«

»Es ist das Zischen der Schlangen Satans, das er mit samtweicher Stimme verkündet«, fauchte Lilith, und ihre Augen, so blau, dass sie violett erschienen, schimmerten hart wie die Edelsteine an ihrem Hals. »Dieser Mann ist nichts weiter als ein Ketzer!«

*Ketzer.* Sobald sie das Wort ausgesprochen hatte, ging ein erschrockenes Raunen durch die Menge.

Ich konnte nicht länger schweigen. »Das ist nicht wahr«, rief ich, erntete aber nur misstrauische Blicke. »Ich kenne diesen Mann. Er ist ein frommer Diener des Herrn!«, fügte ich hinzu.

»Er hat die Gedanken dieses Mädchens vergiftet!«, behauptete Lilith und warf mir einen kühlen Blick zu.

»Die Herrin hat recht«, mischte sich eine furchtbar vertraute Stimme ein.

In namenlosem Entsetzen sah ich, wie Pater Markus mit demütig gesenktem Haupt an die Seite Liliths trat. Wie Jo und Elias zu meiner Zeit und wie Jörg gerade eben vor dem Portal, war auch er in dunkelgraue Schlieren gehüllt. Er stand unter Liliths Einfluss, doch außer mir würde es niemand sehen.

»Ich hörte von den Wundern, die dieser Mann vollbracht haben soll, und bat ihn, mir im Kampf gegen das Böse, das ich in unserer schönen Stadt vermutete, beizustehen«, fuhr Pater Markus reuig fort. »Ein Fehler, wie es sich herausstellte. Ich habe große Schuld auf mich geladen.«

Elias schüttelte den Kopf. »Pater«, begann er, doch der Mann, den ich bislang für unseren Verbündeten, *unseren Freund* gehalten hatte, ließ sich nicht beirren und wandte sich nun direkt an Elias: »Ich dachte, die Wunder, die Ihr vollbracht habt, seien das Werk Gottes. Aber das hier ...« Pater Markus deutete erst auf den dunkel verhangenen Himmel, dann auf Jörg, der in sicherem Abstand zu Elias vollkommen erschöpft auf dem Boden kniete. »Das ist das Werk des Teufels! Ich bat dich, Meister Jörg zu schützen, stattdessen bist du dem Willen Satans gefolgt und hast selbst dann noch dieses Kind Gottes gemartert, als es vor dir und deinem dunklen Herrn aus dieser unseligen Kirche floh.«

Ich hörte das Zittern in der sonst so ruhigen Stimme des

Paters und begriff, dass es weder Bosheit noch Hinterlist war, die ihn so sprechen ließ. Tatsächlich schien er sich gegen die fremde Macht, die seine Stimme lenkte, wehren zu wollen, hatte aber keine Chance, Liliths dunklen Bann zu brechen.

Ich sah, dass Jörg etwas sagen wollte, doch der einzige Laut, der sich seiner Kehle entrang, war ein heiseres Krächzen.

Ein bärtiger Mann trat aus der Menge einen Schritt nach vorne. »Ich sah einen Lichtblitz in den Fenstern, als die beiden in der Kirche waren«, erklärte er.

Dass sich mit Pater Markus ein Mann der Kirche gegen Elias gestellt hatte, schien die meisten Schaulustigen von dessen Boshaftigkeit überzeugt zu haben.

»Ich habe Stimmen gehört«, sagte eine junge Frau. »Als würde jemand schreien.«

»Man sah schwarzen Rauch aus den Fenstern steigen.«

»Er muss dort drinnen mit dem Teufel verkehrt haben!«

»Ich habe *gegen* den Teufel gekämpft«, warf Elias ein. Jede Sicherheit war aus seiner Stimme gewichen. Nicht nur, dass jene Behauptungen in keiner Weise der Wahrheit entsprachen – sie griffen sein gesamtes Dasein an, alles, was ihm heilig war. »Ich habe mein Leben in den Dienst Gottes gestellt. *Alles*, was ich tat, war *Sein* Wille!«

»Ich fürchte, es war der Teufel, der dich lenkte«, erwiderte der Pater. »Ich war da, ich habe deine Predigt vernommen und dich über das, was du so vermessen deinen Glauben nennst, sprechen hören. Du bist ein Gegner der Kirche, und wer sich solchermaßen gegen uns, die treuen Diener des Herrn, stellt, bringt auch Gott gegen sich auf.«

»Der Wille der Kirche ist nicht gleichzusetzen mit dem Willen des Herrn«, verteidigte Elias sich, doch jedes Wort schien seine Lage nur weiter zu verschlimmern.

»Nun gibt er sogar offen zu, dass er die Grundfeste unserer Kirche infrage stellt und dämonischen Irrglauben in unseren Landen verbreitet!«, rief Lilith mit gespieltem Entsetzen.

»Die Kirche ist seit Jahrzehnten vom rechten Pfad abgekommen«, entgegnete Elias.

Ich wollte ihn aufhalten, ihn beschützen, denn ich wusste, dass er sein Schicksal mit derartigen Reden besiegeln würde. Aber ich konnte nichts tun, und meinen Protesten schenkte im allgemeinen Aufruhr niemand Gehör. Stattdessen wurde ich von zahlreichen Münchnern und Frauen zur Seite geschoben, die nach vorne drängten und lauthals: »Er ist des Teufels!« schrien.

Ich hatte mich gerade mit Ellbogen und Fäusten wieder nach vorne zu Elias durchgekämpft, als mich plötzlich zwei Wachen packten. Sie hatten sich unbemerkt von hinten genähert und hielten mich nun mit eisernem Griff fest.

Ich wehrte mich mit aller Kraft und sah nur zu Elias, versuchte, eine Verbindung zu ihm aufzunehmen. *Steh ihm bei,* war alles, was durch meinen Geist hallte.

Das Feuer in Elias' Augen loderte wieder auf. »Was Ihr in Euren Messen predigt, ist die Macht des Goldes, nicht die des Herrn! Jesus Christus hat sich nicht ans Kreuz nageln lassen, damit sich eine Gruppe alter Männer mit dem Geld der Gläubigen die Taschen füllt!«

*Hör auf,* flehte ich innerlich. *Sei still. Ich liebe dich, bitte, hör auf.*

»Die Dame hat recht. Das ist Häresie«, schrie jemand.

»Die Kirche kann euch nicht schützen, sie kann euch kein ewiges Leben und keine Vergebung gewähren, einzig der Herr kann es!«, rief Elias in die Menge. »*Er* wird euch richten, wenn der Tag des Jüngsten Gerichts gekommen ist, und lebt ihr in Seinem Sinne, dann wird Er sich gnädig zeigen!«

»Bleibt zu hoffen, dass Er auch *dir* Gnade erweisen wird, Ketzer«, zischte Lilith. »Elias, oder wie auch immer du dich nennst, ich denke, du hast uns allen bewiesen, wer du wirklich bist – ein Diener des Teufels und ein Feind Gottes. Ich lasse dich wegen Ketzerei festnehmen.«

*»Nein!«*, schrie ich, aber niemand wollte mich hören. Lediglich Pater Markus warf mir vom anderen Ende des Platzes einen bedauernden Blick zu. »Ihr dürft ihn nicht mitnehmen! Er ist ein treuer Diener Gottes!«

*Herr, lass sie die Wahrheit sehen, ich bitte Dich, mein Herr, steh ihm bei.*

Aber Gott schwieg. Dort, wo ich Seinen Beistand gespürt hatte, seit ich auf die Erde herabgekommen war, war nichts als Leere.

*Verlass mich nicht. Bitte. Lass mich nicht allein, lass ihn nicht allein, ich liebe ihn, lass ihn nicht sterben.*

»Er ist unschuldig!«

Vier Wachen schritten auf Elias zu, und er ließ sich ohne jede Gegenwehr von ihnen ergreifen. Ich wusste, dass das Schwert des Herrn noch bei ihm war, doch er zog die Klinge nicht, und wenig später hatte einer der Männer die Waffe gefunden und mit einem Kopfnicken seiner Herrin überreicht. Verzweifelt versuchte ich, mich aus dem Griff der beiden Wachen zu befreien, aber sie waren so viel stärker als ich. Als ich nicht aufhörte, mich gegen sie zu wehren, hoben sie mich einfach in ihrer Mitte hoch und trugen mich in eine schmale Seitenstraße, weg von der Kirche, von den Menschen, von Elias.

»Lasst mich gehen! Ich muss zu ihm!«

Verzweifelt warf ich einen Blick über meine Schulter und sah gerade noch, wie Elias in der Menge unterging, dann war er verschwunden. *Beschütze ihn.* Ich trat um mich, ich spuckte und schnappte nach den Wachen wie ein tollwütiger Hund, aber ich hätte genauso gut mit bloßer Hand gegen eine Felswand schlagen können. Die beiden Männer ließen alles mit regungslosen Mienen über sich ergehen und schleppten mich immer tiefer in die dunkle Gasse hinein.

Als sich meine Augen an die Schatten gewöhnt hatten, sah ich, dass wir nicht allein waren. Nur wenige Meter entfernt stand ebenjener Mann, dem Elias gerade ein Schwert durch das Herz gestoßen hatte, der Teufel, der Satan, der Leibhaftige. Samael.

Elias hatte ihn nicht getötet, schien ihn noch nicht einmal ernstlich verletzt zu haben.

*Herr, steh mir bei!* Ein ersticktes Wimmern presste sich durch die Enge in meinem Hals, als die Wachen mich direkt vor seinen Füßen auf die Knie stießen.

»Das Engerl, mein Herr«, sagte der Mann links hinter mir.

»Das Liebchen«, fügte der andere feixend an.

»Abaddon, Azazel, ich danke euch«, erwiderte Samael. Mit dem staubigen Ende seines schwarzen Stabs hob er mein Kinn an, als wisse er auch ohne sein Augenlicht ganz genau, wo ich mich gerade befand. »Vater wird schwer enttäuscht von dir sein, Seheiah. Du weißt doch, dass Er es verboten hat.«

Die Hitze in meinen Venen, das Glühen seiner Augen, das Gefühl seiner Lippen auf meinen. *Eine Sünde.*

Aber Samael konnte unmöglich wissen, was im Gasthaus zwischen mir und Elias geschehen war. »Der Herr wird ihn schützen«, sagte ich, nun wieder wütend.

»War das nicht *deine* Aufgabe, Engelchen?«, schaltete eine Frauenstimme sich ein. Einen Augenblick später glitt Lilith an Abaddon, Azazel und mir vorbei und schmiegte sich an

Samaels Seite wie eine Katze. »Stattdessen vergisst du deine Pflichten und wärmst ihm das Bett. Sieht fast so aus, als hättest du versagt, hm?«

Samael ließ seinen Stock sinken und zuckte die Schultern. »Noch ist ihr kleiner Schützling am Leben.«

»Du sagst es, *noch*«, bemerkte Lilith vergnügt. »Aber ich denke, bis morgen können wir das ändern.«

»Dachtest du denn wirklich, dass ihr ein so leichtes Spiel mit mir haben würdet?«, fragte Samael mich. »Ich wusste bereits von euren Plänen, während ihr noch mit euch selbst beschäftigt wart. Danach war es ein Kinderspiel, euch mit euren eigenen Waffen zu schlagen.«

»Es hat Spaß gemacht«, flötete Lilith. »Der Husten, das Blut, die stumpfen Gesichter der Menge. Ich liebe diese Auftritte. Zu schade, dass ich in der Kirche nicht dabei sein konnte.«

»Der Herr wird euch dafür büßen lassen«, fauchte ich.

»Um ehrlich zu sein, denke ich, dass Er zuerst einmal *euch* zwei Turteltauben büßen lässt«, erwiderte Lilith. »Der alte Herr konnte es noch nie leiden, wenn man sich Ihm widersetzt, und doch habt ihr genau das getan. Ihr habt euch schwer gegen Ihn versündigt, Kleines. Wo waren all deine Kräfte, als der Tölpel eben sein Schicksal besiegelt hat? Nicht da, oder? Denkst du denn wirklich, der alte Herr hätte eine solche Behandlung seines herzallerliebsten Propheten zugelassen, wenn Er *keinen* Groll gegen euch hegen würde?«

»Er wird es nicht zulassen, dass ihr ihn umbringt«, entgegnete ich, spürte aber Zweifel in mir aufsteigen. »Ich werde ihn beschützen.«

»Das denke ich nicht.«

Lilith streckte die Hand aus und ließ sich von ihrem Geliebten den Stock geben.

*Herr, steh mir bei.*

Das Letzte, das ich sah, waren die glühend roten Rubinaugen des hölzernen Schlangenkopfes, der furchtbar schnell auf mein Gesicht zuflog. Dann zerriss der Schmerz explosionsartig meinen Kopf, und alles um mich herum versank in Schwärze.

# 20

Einen Moment schwebte ich im Nichts.

Sobald das kleinste bisschen Gefühl in meinen Körper zurückgekehrt war, sobald ich das Schlagen meines Herzens fühlte und wusste, dass ich *lebte,* fuhr ich hoch, bereit, mich gegen Lilith und ihre Schergen zu verteidigen. Aber da war niemand mehr, vor dem ich mich hätte schützen müssen. Statt in der düsteren mittelalterlichen Gasse befand ich mich in einem freundlich eingerichteten Zimmer. *Meinem Zimmer.* Da war mein von Kerzen, Räucherstäbchen und historischen Stadtkarten überquellender Schreibtisch, mein Laptop, meine vollen Bücherregale, die Fotos meiner Familie an der Wand, meine Bibel und das in silbrige Pailletten gebundene Traumtagebuch auf meinem Nachttisch. Und da, direkt neben mir, auf den Laken meines frisch bezogenen Bettes lag ... er.

Nur träge tröpfelten die Erinnerungen zurück in mein Bewusstsein: die Fahrt nach München, Jos Unfall, *ich, ein Engel,* die furchtbare Begegnung mit Lily im Hinterhof, unsere Flucht, der Streit.

Und dann diese neue Vision. Sie war länger gewesen als alle vorherigen, schöner, schrecklicher, klarer, und sie hatte mir gezeigt, was noch gefehlt hatte, um Margaretes Geschichte zu vervollständigen. Aus meinen Träumen wusste ich, wie es weitergehen würde: Lilith würde mich in eine finstere Krypta sperren, man würde Elias wegen Ketzerei auf dem Scheiterhaufen verbrennen, und ich, sein Schutzengel, würde zu spät sein, um ihn zu retten.

*Aber so ist es eben, oder?*, höhnte Lilys Stimme in meinen Gedanken. *Die Geschichte wiederholt sich.*

»Nein«, wisperte ich und richtete mich auf. Diesmal hatte ich nicht versagt. Diesmal hatte ich ihn vor Lilith gerettet.

Doch Elias neben mir war totenstill, hatte sich offenbar keinen Zentimeter bewegt, seit Mark ihn in seiner unvergleichlichen Güte auf mein Bett bugsiert hatte.

»Elias?«, fragte ich, löste meine Hand aus seiner und richtete mich auf. Im Geiste sah ich wieder, wie Lily ihn durch die Luft wirbelte, wie sein Körper mit voller Wucht gegen die Wand schlug, hörte das Knacken seiner Knochen, sah das Blut auf seinem Gesicht. *»Elias.«*

Als ich mich über ihn beugte, stellte ich erleichtert fest, dass seine Nasenflügel bebten. Tatsächlich sah er um Längen besser aus als noch vor der Vision. Seine Wangen hatten wieder Farbe, die dunklen Schatten unter seinen Augen waren verschwunden, und obwohl Spuren getrockneten Blutes seine Wange verunzierten, konnte ich nirgends eine Wunde entdecken.

Ich dachte an die Verbrennung, die Margarete sich in meiner letzten Vision an der Kerze zugezogen hatte und die innerhalb eines Wimpernschlages verheilt war, dann an meine Wunde aus der Frauenkirche, die noch Tage nach dem Dreh höllisch wehgetan hatte und erst bei meinem Übertritt ins Dazwischen gänzlich verschwunden war. Wenn Margarete ein auf die Erde gesandter Engel war, was war dann Elias, wo er doch über die gleichen magischen Selbstheilungskräfte verfügte?

Noch immer sah ich die hell schimmernde Aura um ihn, die seinem mittelalterlichen Vorgänger fehlte. Bislang war ich davon ausgegangen, dass Margarete kein Zweites Gesicht hatte und sie deshalb keine Auren sah, doch die Begegnung mit Samael, Lilith und ihren Schergen hatte mir das Gegenteil bewiesen.

War der Elias meiner Zeit am Ende auch so etwas wie ein Engel? Aber hätte Samael ihn dann nicht eher vernichtet und seine Seele in sich aufgenommen, als ihn für sich arbeiten zu lassen?

Ehe ich diesen Gedanken weiterverfolgen konnte, schlug Elias die Augen auf. Ich rückte hastig von ihm ab, als sich die Erinnerungen an unsere Nacht im Gasthof mit aller Macht den Weg zurück in mein Bewusstsein bahnten.

*Der dunkle Glanz in seinen Augen, seine Finger in meinem Haar, das Feuer in meinen Adern.*

»Sera?«, fragte Elias, die Stimme rau vom Schlaf. »Ist alles in Ordnung?«

»Alles bestens«, log ich, obwohl der Klang meines Namens aus seinem Mund mir Gänsehaut bereitete. Waren das Margaretes Gefühle für ihn, die mein Herz in seiner Gegenwart schneller schlagen ließen, oder waren es die meinen? Machte es überhaupt einen Unterschied?

Elias richtete sich vorsichtig auf, schien aber keine Schmerzen mehr zu haben. Fahrig rieb er sich die Augen. »Ich hatte den merkwürdigsten Traum.«

»Tatsächlich?«, fragte ich, nervös mit dem Saum meines Ärmels spielend. *Was, wenn er es gesehen hat?* »Was hast du denn geträumt?«

»Ich habe Samael gesehen«, sagte er nachdenklich. »Ihn und einen alten Mann in einer Kirche.«

Erschrocken erinnerte ich mich daran, dass ich nach seiner Hand gegriffen hatte, ehe ich in die Vision hinabgestürzt war. Hatte ich die Bilder meines Geistes dadurch unwissentlich mit ihm geteilt?

»Und das war alles?«, hakte ich zaghaft nach. Es war mir unangenehm, nicht zu wissen, ob er auch die Bilder aus dem Gasthaus gesehen hatte. Nicht nur, dass wir nach allem, was ich wusste, offensichtlich miteinander geschlafen hatten. Nein, wenn Lilith mit dem, was sie gesagt hatte, recht behielt, war Margarete, war *ich*, dafür verantwortlich, dass Gott uns im entscheidenden Moment im Stich gelassen hatte. *Eine Sünde.* Ich war schuld an seinem Tod. Was, wenn er das auch so sah? Wenn er begriff, was geschehen war, wenn er mich verließ, sich gegen mich wandte?

»Da war eine Menschenmenge«, sagte er nun, wie immer die Ruhe selbst, und nahm die Bibel auf meinem Nachttisch in die Hand, um ziellos durch die Seiten zu blättern.

Es war mir peinlich, dass er mein Zimmer, einen Teil von mir, so sah, wie es eben war, und nicht so, wie ich es ihm gerne gezeigt hätte – sauber, ordentlich, mit dem 43. Kapitel Jesaja, Vers 2 aufgeschlagen, oder zumindest dem Epheser auf dem Schreibtisch. Natürlich hätte ich auch etwas anderes angezogen. Ich hätte meine Haare gekämmt und einen hellen, weichen Pullover getragen, nicht die dicken Schichten schwarzer Kluft aus dem Wald.

»Aber nicht so wie heute«, fuhr Elias fort, meine völlig unsinnigen Gedanken unterbrechend, »eher historisch, wie …«

»… im 15. Jahrhundert vielleicht?«

Er hielt inne und sah mich an. »Ja, genau so«, bekräftigte er. »Die Leute waren alle angezogen wie im Mittelalter, wie in einem Historienfilm. Dann war da, wie gesagt, noch eine

Kirche, ein alter Mann, ein Schwert. Aber wie kommst du darauf? Hast du ...« Er brach ab und klappte die Bibel langsam zu. »Moment. Das war gar kein Traum, oder? Das war deine Vision.«

*Helligkeit ein-, Dunkelheit ausatmen.* »Ja, das war es«, gestand ich. Ich klammerte mich an seine Ruhe wie an einen Anker, als ich langsam zu meinem Schreibtisch ging und mich mit verschränkten Armen dagegen lehnte. »Ich habe deine Hand genommen, als du auf meinem Bett das Bewusstsein verloren hast. Wahrscheinlich habe ich die Vision durch meine Berührung mit dir geteilt. Ich wusste vorher nicht, dass das möglich ist«, setzte ich schnell hinzu.

»Wir lernen ständig etwas dazu«, sagte Elias mit einem flüchtigen Lächeln. »Wer war der junge Mann, den ich gesehen habe? Kennst du ihn?«

»Das warst du«, erwiderte ich. »Zumindest glaube ich das. Er ist ein Wanderprediger, und in meinen Visionen folge ich ihm in Gestalt einer jungen Frau namens Margarete. Er sieht ganz anders aus als du, aber er trägt deinen Namen und hat das gleiche Glitzern in den Augen, wenn er über Gott spricht.«

Elias lachte ungläubig auf. »Hast du mich deshalb fanatisch genannt, vorhin im Treppenhaus?«

Ich konnte fühlen, dass ich rot wurde. »Entschuldige.«

Er winkte ab. »Ich glaube, wir haben beide ein paar blöde Sachen gesagt. Kein Wunder, wir stehen ziemlich unter Stress.« Er rutschte auf dem Bett nach vorne und setzte sich auf die Bettkante. Dass seine Kleider und Schuhe Flecken auf meiner bislang blütenweißen Bettwäsche hinterlassen hatten, störte mich erschreckend wenig.

»Lily hat dich Margarete genannt. Das ist derselbe Name wie in deiner Vision. Und sie hat deinen Engelsnamen benutzt:

*Seheiah.* Glaubst du, die Visionen sind Erinnerungen aus deinem früheren Leben als Schutzengel?«

Ich wusste, dass es nun endgültig an der Zeit war, ihm die Wahrheit zu sagen, und nickte. »Am Anfang war es nur ein Traum. Nacht für Nacht derselbe, und immer war ich in einer Krypta gefangen, ohne entkommen zu können.« *Bis auf die Nacht, bevor ich Lily kennengelernt habe. Da hab ich dich brennen sehen.* »Ich dachte lange, es wäre alles symbolisch verschlüsselt, wie meine Visionen es sonst sind. Aber dann habe ich dich getroffen, und ...«

Als Elias sanft nickte, fuhr ich selbstbewusster fort: »Ab dem Moment, an dem wir uns vor der Hardtkapelle kurz berührt haben, wurde es stärker. Es war, als hättest du in meinem Inneren einen Schalter umgelegt.«

»Und deswegen glaubst du, dass ich und dieser Prediger ein- und dieselbe Person sind und wir uns damals schon gekannt haben? Denkst du, dass du in deinen Visionen ein früheres Leben von mir siehst?«

In Elias' Stimme lag kein Spott, nur Neugierde, und so nickte ich erneut. Das letzte Mal hatte ich so offen über meine Gabe gesprochen, als ich mit einer dampfenden Teetasse in den Händen am Küchentisch meiner Oma gesessen hatte. Seit ihrem Tod war Elias der Erste, der mir ein vergleichbar gutes Gefühl gab.

»Ja«, meinte ich. »Es erklärt auch, was Lily heute Mittag gesagt hat: dass die Geschichte sich wiederholt, wir uns ausgerechnet hier in München wiedersehen und all das.«

Elias sprang auf und lief, mit einem Mal aufgeregt, im Zimmer auf und ab. »Wenn das stimmt ... wenn du Margarete warst, und Margarete Seheiah war, dann bist du ja meine Ge...«

»Dein Schutzengel?«, unterbrach ich ihn schnell.

»Ja.« Elias wandte sich mit einem Glitzern in den Augen zu mir um. »Es würde alles erklären. Ich hatte von Anfang an das Gefühl, dich von irgendwoher zu kennen, sogar schon, als Lily und Abaddon mir zum ersten Mal eines eurer Videos gezeigt haben. Aber ich dachte, dass das eurer Internetprominenz geschuldet ist.«

»Prominenz?«, fragte ich ungläubig. »Wir sind ja nicht einmal hier wirklich bekannt. Erst seit dem Video mit der Frauenkirche und den Zeitungsberichten hat sich das geändert.«

Elias ließ sich von meinem Einwand nicht beirren. »Wenn diese Geschichte aus deinen Visionen wahr ist, dann kennen wir uns nicht erst seit gestern, sondern seit …« Er sah mich fragend an.

»Die Geschichte meiner Visionen müsste sich im Jahr 1488 ereignet haben«, sagte ich. »Dem Jahr, in dem die Bauarbeiten an der Frauenkirche beendet wurden.«

»Ein halbes Jahrtausend lang«, murmelte er.

»Länger sogar.« Im Geiste hörte ich Margaretes Stimme: *Ich war bei dir, als du König Ahab gegenübergetreten bist. Ich war in dem Raben, der dich in Kerith genährt hat …*

Ich musste meine Bibel nicht aufschlagen, um zu wissen, dass all diese Szenen im Alten Testament beschrieben wurden und damit ein paar Jahrtausende zurücklagen.

»Du meinst, ich hatte mehrere Leben und in all diesen warst du bei mir?«, fragte er. »Bitte sag mir alles, was du weißt. Hattest du noch andere Visionen von mir?«

Ich schüttelte den Kopf. »Margarete oder Seheiah schien mehr über dein Schicksal und unsere Vergangenheit zu wissen, aber ich selbst habe immer nur das Leben von Margarete gesehen. Ich schätze, dass es einen Grund dafür gibt. Vielleicht liegt es an Lilith und Samael … Wir sind ihnen damals ebenfalls begegnet. Vielleicht kehren diese Erinnerungen deshalb gerade zurück, weil ich in der Frauenkirche auf Samael gestoßen bin.«

»Das würde Sinn ergeben«, stimmte Elias mir zu. Er blieb stehen und sah mich an. »Vielleicht zeigen uns deine Visionen einen Schlüssel, um die zwei zu besiegen.«

»Das wäre toll«, presste ich hervor. »Aber ich fürchte, wir haben sie damals nicht besiegt.«

»Das Letzte, was ich gesehen habe, war die Festnahme ...« Elias legte den Kopf schief. »Aber dann? Weißt du, wie es weiterging?«

Ich wich seinem Blick aus. »Kannst du dich wirklich an gar nichts erinnern?«, fragte ich. »Lily wollte dich heute Mittag zurück in die Hölle schicken, oder? Das war es, was sie sagte. Das heißt, du warst schon einmal dort, sogar fünfhundert Jahre lang, wenn sie die Wahrheit sagt.« Elias nickte zögerlich. »Kannst du dich wirklich überhaupt nicht erinnern, warum du dort unten gelandet bist?«

Nun schüttelte er den Kopf. »Ich weiß generell sehr wenig.«

»Wie meinst du das?« Ich durfte mir von meinen pausenlos hochwallenden Gefühlen für ihn nicht völlig den Verstand benebeln lassen. Er war noch immer Liliths Bluthund, der Mann, der vierundvierzig meiner Brüder und Schwestern an den Teufel ausgeliefert hatte, und ich wusste praktisch nichts über sein derzeitiges Leben. »Hat Lily nie mit dir darüber gesprochen?«

»Lange Geschichte.« Er atmete tief aus, ließ sich gegen die Fensterbank in seinem Rücken sinken. »Ich hab es dir bisher nicht gesagt, aber ich hatte keine normale Kindheit, keine Jugend, zumindest keine, von der ich weiß. Ich bin vor mehr als acht Jahren orientierungslos in einem Wald hier in der Gegend aufgewacht. Ich war hungrig, trug keine Kleidung, irrte stundenlang durch die Nacht, bis ich zufällig auf Lily, Abaddon und Azazel traf«, erklärte Elias. »Sie gaben mir etwas zu essen und trinken, und Lily sagte, dass sie mir helfen würden. Damals hätte ich ihr alles geglaubt. Ich meine, ich schien wie aus dem Nichts aufgetaucht zu sein – oder jemand, meine Eltern, hatte mich einfach zurückgelassen –, und ich konnte mich an nichts außer meinen Namen erinnern. Außerdem habe ich unter anderen Leuten rasch gemerkt, dass ich wie jemand sprach, der Luther dabei geholfen hat, seine Thesen an die Kirchentür zu nageln.«

Obwohl seine Geschichte alles andere als lustig war, ließ mich der Vergleich schmunzeln.

»Lily hat mich an jenem Tag im Wald zu sich mitgenommen, und sie hat mir dabei geholfen, mich in der Welt zurechtzufinden. Für dich ist das sicher schwer nachzuvollziehen, aber ohne Pass, ohne richtige Identität oder auch nur die Kenntnis einer lebenden Sprache kommt man hierzulande nicht weit. Und Lily wiederum gab mir alles, was ich zum Leben brauchte – sie sorgte dafür, dass ich stets genug Geld zur Verfügung und ein Dach über dem Kopf hatte. Im Gegenzug half ich ihr mit meiner Begabung, die Engelsseelen zu finden.« Er schwieg kurz.

»Am Anfang hielt ich das alles für einen fairen Deal, aber mit der Zeit dämmerte mir, dass Lily und ihre Leute keine normalen Menschen waren und dass der Rest der Welt noch nicht einmal von der Existenz jener Engelsseelen wusste, denen wir wie selbstverständlich Tag für Tag nachjagten. Als meine Fragen mit der Zeit immer drängender wurden und Lily mir partout keine klaren Antworten geben wollte, begann ich, eigenständig zu forschen. Ich habe die alten Schriften gelesen, wann immer ich auf unseren Reisen die Gelegenheit dazu fand, aber obwohl ich mir nach und nach die Geschichte zusammenreimen konnte, die ich dir auf der Fahrt nach München erzählt habe, wusste ich die ganze Zeit über, dass da noch mehr sein musste. Ich spürte mit aller Deutlichkeit, dass es Dinge über mich und meine Vergangenheit gab, die Lily bewusst von mir fernhielt. Aber die Wahrheit über mich selbst konnte ich weder in der Thora noch in der Bibel finden, und so blieb die drängendste all meiner Fragen – die nach meiner Identität – immer ohne Antwort.«

»Lilith muss die ganze Zeit über gewusst haben, dass du vor deiner Zeit hier auf Erden in der Hölle warst«, sagte ich bestürzt. »Andernfalls hätte sie vorhin im Innenhof nicht gesagt, dass sie dich dorthin zurückschickt.«

»Sie beherrscht diesen Ort«, bestätigte er. »Sicher hat sie es gewusst, genau wie Samael.«

»Aber sie wollten es dir nie sagen ...« Plötzlich fragte ich mich, ob es denn wirklich ein Zufall war, dass Lily und ihre Schergen Elias damals im Wald gefunden hatten. War es nicht eher wahrscheinlich, dass sie ihn bewusst aus dem Jenseits zurückgeholt hatte, um ihn und seine ganz besondere Gabe für ihre eigenen Zwecke zu missbrauchen? Ich behielt diesen schrecklichen Gedanken erst einmal für mich und versuchte, den Faden wieder aufzunehmen: »Warum all die Geheimniskrämerei?«, fragte ich. »Wäre es nicht einfacher gewesen, dich in alles einzuweihen?«

»Na ja, wenn ich von Anfang an gewusst hätte, dass es sich bei einem unserer Opfer um meinen eigenen Schutzengel handeln würde, hätte ich mich wohl schon viel früher gegen Samael und Lilith gewandt.«

»Hast du aber nicht«, stellte ich fest.

»Nein.« Er rieb über seine Bartstoppeln. »Lily wusste zu jeder Zeit, welche Schalter sie betätigen konnte, um mich im Zaum zu halten«, erklärte er. »Wann immer ich einen Schritt vom Wege getan oder Zweifel an ihren Plänen geäußert habe, musste ich keinen Tag später die Rechnung für meinen Fehler bezahlen. Sie hat mir Albträume und Visionen vom Fegefeuer geschickt, mich von ihren Dämonen verfolgen lassen. Und als ich mich einmal weigerte, einen alten Bibliothekar zu einer Beschwörung Samaels zu bringen, hat sie meinen Hund umgebracht ... Er hieß Hiob, ich hatte ihn in Griechenland auf der Straße gefunden, ihn gesund gepflegt, und er war in den ersten Jahren bei Lily mein bester, wenn nicht einziger Freund auf dieser Welt. Als ich ihn sterbend in den Armen hielt, war mir klar, dass ich allein keine Chance hatte, gegen Lilith zu bestehen.«

»Ist dir nie aufgefallen, dass dein Name in der Bibel, im Koran, in der Thora, in all den heiligen Schriften, auftaucht?«, versuchte ich, ihm sanft auf die Sprünge zu helfen. »Ich meine, die meisten Übersetzer schreiben Elija, aber manchmal ist auch von Ilya oder eben Elias die Rede. Du sagst, du konntest dich an nichts als deinen Namen erinnern, als du damals im Wald aufgewacht bist.«

»Du sprichst von dem Propheten.« In Elias' Augen lag unverhohlene Skepsis. »Elija war der größte Prophet im nördlichen Israel. Ich bin ein Typ, der als Junge nackt im Wald lag. Mich mit ihm gleichzusetzen wäre Hybris.«

»Du hast Margarete doch gehört, oder? *Du bist ein Prophet.* Ich denke, dass darin der Grund für deine Geschichte liegt.«

Elias starrte mich nachdenklich an. »Jetzt wo du es sagst.« Er strich sein Haar zurück. »Margarete hat noch viel mehr erzählt, oder? Ich hab es nur nicht auf mich bezogen. Irgendwas mit einem Raben und einer Witwe ... Das sind alles Stellen aus der Bibel, nicht wahr?«

Ich nickte, erleichtert, dass wir allmählich auf den gleichen Nenner kamen. »Der Überlieferung nach werden die Propheten Elias und Henoch von Gott am Leben erhalten, um zur gegebenen Zeit gegen den Satan zu kämpfen. Vielleicht ist es das, was Lily all die Jahre vor dir geheim halten wollte. Vielleicht hat sie deshalb so heftig reagiert, wann immer du versucht hast, gegen sie aufzubegehren.«

»... weil es in Wahrheit meine Aufgabe ist, Samael die Stirn zu bieten?«, fragte er, schüttelte dann aber den Kopf. »Ich habe es dir doch erzählt: Gott ist seit über zwanzig Jahren verschwunden. Selbst wenn ich ein reinkarnierter Prophet bin, hätte Er nicht bewirken können, dass ich gerade in dieser Zeit auf die Erde zurückkehre. Und wenn stimmt, was wir vermuten und ich fünf Jahrhunderte in der Hölle verbracht habe – warum bin ich dort überhaupt gelandet? Würde der Herr seinen Diener nicht besser behandeln?«

*Denkst du denn wirklich, der alte Herr hätte eine solche Behandlung seines herzallerliebsten Propheten zugelassen, wenn er keinen Groll gegen euch hegen würde?*, schossen mir Liliths Worte durch den Kopf.

*Die letzten fünfhundert Jahre hat er ja nicht umsonst dort unten verbracht.* War es am Ende gar möglich, dass die Schleife von Elias' Wiedergeburten mit seinem Tod auf dem Scheiterhaufen geendet hatte, bis Lily ihn fünfhundert Jahre später aus der Hölle befreit hatte? Dass es meine Schuld gewesen war?

*Es war eine Sünde.*

»Vielleicht konnte Gott dir nicht helfen«, sagte ich leise, krank vor lauter Schuldgefühlen ihm gegenüber. Wenn er sich sogar noch erinnern konnte, was Margarete über den Raben und die Witwe gesagt hatte, musste er auch die Szene im Gasthaus gesehen haben. Er wusste also, was passiert war, schien aber im Gegensatz zu mir noch keinen Zusammenhang mit seinem Scheitern im Kampf gegen Samael zu sehen. Ich versuchte mir vorzustellen, wie es war, wenn man den Bildern der Visionen beiwohnte, ohne Margarete zu sein, ohne ihre Empfindungen spüren und ihre Gedanken hören zu können. Offensichtlich hatte Elias noch gar nicht realisiert, worin unser Fehler damals bestanden hatte.

»Weil der Herr auf die Seelen in der Hölle keinen Zugriff mehr hat?«, schlug Elias vor. »Das mag sein, würde aber immer noch nicht erklären, warum ich überhaupt dort gelandet bin. Diese Mittelaltergeschichte wäre das letzte Leben, von dem wir wissen. Keine Ahnung, was danach kam. Wenn ich die Zeit zwischen damals und heute, wenn ich *ein halbes Jahrtausend* in der Hölle verbracht haben soll, dann muss mein Fehler unermesslich groß gewesen sein.«

Ich konnte mir kaum vorstellen, dass eine einzige Nacht fünfhundert Jahre der Qualen rechtfertigte, und doch ... *es war eine Sünde.*

»Aber warum hast du dich in dem Innenhof offen gegen sie gestellt?«, fragte ich rasch, um vom Thema abzulenken. »Ich meine, du hast Lily jahrelang geholfen, und erst jetzt erfahren, dass ich dein Schutzengel war. Ich sehe ein, warum du mir im Wald helfen wolltest, aber jetzt ...? Wir hätten beide sterben können, wenn meine Kräfte uns nicht in letzter Sekunde geholfen hätten.«

Elias blinzelte. »Na ja ... schon«, sagte er verwirrt von meinem Themenwechsel. »Aber es war an der Zeit. Ich hatte zwar, wie gesagt, schon länger Zweifel an dem Ganzen, aber solange ich das tat, was Lily von mir wollte, war es ein aufregendes

Leben, das ich führte, noch dazu das einzige, das ich kannte. Ich habe in wenigen Jahren mehr Länder und Kulturen gesehen als andere Leute in ihrem ganzen Leben. In guten Zeiten fühlte ich mich als Teil eines großen Ganzen. Abaddon und Azazel können sehr lustig sein, und ich war dank meiner Gabe unentbehrlich. Ohne mich hätte Lily die mit ihr verbündeten Geister im Dazwischen befragen müssen, um eine Engelsseele zu finden, und dafür wäre jedes Mal eine Beschwörung nötig gewesen. Mit mir ging alles viel schneller.«

»Du meinst, die Dämonen im Dazwischen sehen die Auren zwar, können aber nur mit Lily kommunizieren, wenn sie ein Portal öffnet?«, fasste ich zusammen.

Er nickte. »Ihr hattet großes Pech, Samael bei eurem Dreh in der Raunacht in die Arme gelaufen zu sein. Für gewöhnlich ist die Suche nach Engelsseelen viel aufwendiger. Wir müssen Berichten und Erzählungen niederer Dämonen nachgehen, die nicht selten die wildesten Geschichten verbreiten, um sich beim Fürstenpaar beliebt zu machen. Oft reisen wir ans Ende der Welt, nur damit ich vor Ort feststelle, dass es sich bei der Person um einen ganz gewöhnlichen Menschen handelt. Sobald wir von dir erfahren hatten, haben wir den ersten Flug nach München genommen, um dich zu finden. Meine Aufgabe bestand dann nur noch darin, dich vom Bahnhof abzuholen und zur Beschwörung zu bringen. Den Rest kennst du ja ...« Er zuckte bedauernd die Achseln.

»Und in der Kapelle hast du dich entschieden, Lily den Rücken zu kehren?«

Er trat auf mich zu. »Es hat sich von der ersten Sekunde an grässlich angefühlt, dich an sie auszuliefern«, sagte er. »Als würde ich mir das Herz aus der Brust reißen und es ihr auf einem Silbertablett servieren. Aber ich kannte es nicht anders, also habe ich zunächst mitgemacht. Bis du ihren Bann gebrochen hast und aus der Kapelle geflüchtet bist. Da wusste ich, dass diesmal etwas anders ist als sonst.«

Ich drückte mich von der Schreibtischplatte ab und machte nun auch meinerseits einen Schritt auf ihn zu. »Ohne dich wäre es mir nicht gelungen, den Bann zu brechen«, sagte ich. »Kurz bevor es passiert ist, habe ich in Gedanken deine Stimme gehört. Erst danach war ich wirklich frei.«

Elias' Augen blitzten auf. »Tatsächlich?« Er neigte den Kopf zu mir hinab. »Ich hatte dasselbe Gefühl, als wir vorhin im Innenhof Lilith gegenüberstanden – ich habe deine Stimme gehört, und dann konnte ich mich wieder bewegen.«

»Dann haben wir wirklich eine Verbindung zueinander«, sagte ich und sah mit klopfendem Herzen zu, wie er sachte meine Hand nahm, die in seiner blass und durchscheinend wirkte.

»Was es auch ist, ich glaube, dass du mit deinen Kräften zurzeit das einzige Wesen auf Erden bist, dem es gelingen kann, Samael aufzuhalten«, sagte er.

Ich zwang mich mit aller Macht, ruhig stehen zu bleiben, obwohl der schüchterne Teil von mir die Flucht ergreifen, der ältere, erfahrene Teil meiner Seele ihn an mich ziehen wollte.

»Ich verstehe, warum du gestern wütend warst, aber es ging mir nie darum, dich zu benutzen. Ich bin dir in den Wald gefolgt, weil ich fühlte, dass es richtig war, dir zu helfen. Ich habe dich vor den anderen verborgen, weil ich wollte, dass du eine Chance hast. Ich habe mich gegen Lily gestellt, weil ich gesehen habe, was du für deine Freundin getan hast. Wenn ich gewusst hätte, wie viel uns wirklich verbindet ...«

Ich sah von unseren Händen auf in seine Augen, die im Tageslicht blauer wirkten als sonst ... *lebendiger.*

»Du hast mir zum ersten Mal so etwas wie Hoffnung gegeben, Sera. Aber ich würde dich nie zu etwas zwingen. Wenn du diesen Kampf nicht willst, werden wir ihn nicht bestreiten, und ich werde stattdessen alles daransetzen, dich zurück ins Diesseits zu bringen. Ich fahre lieber erneut zur Hölle, als dich meinetwegen erneut in Gefahr zu bringen.«

Mir lag so vieles auf den Lippen – *es tut mir leid, dass ich dir nicht schon viel früher alles erzählt habe, ich habe dich damals brennen sehen, küss mich endlich, verdammt* –, doch ich kam nicht dazu, einem dieser Gedanken eine Stimme zu geben, denn die Haustür wurde geöffnet, und Jos unverkennbar glucksendes Lachen erklang im Flur.

# 21

Jo ist hier«, flüsterte ich, und rückte wie vom Donner gerührt von Elias ab, als auch Marks ruhige Bassstimme durch die Tür drang. Verwirrt sah ich auf den Digitalwecker auf meinem Nachttisch. Die Vision musste erneut mein Zeitgefühl durcheinandergebracht haben, denn wir waren nicht, wie ich bis eben angenommen hatte, ein paar Stunden lang hier gewesen, sondern einen halben Tag und die ganze letzte Nacht. Es war neun Uhr morgens.

»Durch die Wand kann ich nicht sehen, ob Lilith von ihr Besitz ergriffen hat«, wisperte Elias. »Ich müsste ihr gegenüberstehen, um die Aura zu sehen.«

Ich erhob mich und ging auf die geschlossene Zimmertür zu. »Sie sieht mich nicht, oder? Vielleicht kann ich ...«

»Du kannst wirklich nicht durch Wände gehen«, fuhr er mir in die Parade. »Poltergeister müssten keine Türen bewegen, wenn sie geradewegs hindurchspazieren könnten.«

Leider hatte er recht. Als ich versuchte, meine Finger durch das weiß lackierte Holz meiner Zimmertür zu schieben, stieß ich schon nach wenigen Millimetern auf Widerstand.

»Aber was machen wir stattdessen? Willst du warten, bis sie abgelenkt ist?« Ich hörte, wie Mark und Jo leise miteinander redend an meinem Zimmer vorbei in Richtung Wohnzimmer gingen. »Jo wird sicher duschen wollen, sie hasst Krankenhäuser. Vielleicht können wir uns dann rausschleichen, ohne dass sie merkt, dass wir hier waren.«

»Und wenn sie noch besessen ist?«, gab Elias zu bedenken. »Dann kommt sie früher oder später herein. Vielleicht weiß Lilith auch schon längst, dass wir in eurer Wohnung sind. Jetzt, wo sie deine Kräfte kennt, wird sie uns sicherlich nicht noch mal davonkommen lassen wollen. In diesem Zimmer sind wir gefangen wie die Kaninchen.«

»Du hast recht«, sagte ich hilflos.

Plötzlich leuchteten seine Augen auf. »Warte. Ich hab eine bessere Idee«, sagte er und schob eine Hand in die vordere Tasche seiner Jeans. »Ich wollte sie dir eigentlich geben, sobald du wieder im Diesseits bist, aber jetzt ...«

Mir blieb fast die Luft weg, als er seine Hand wieder befreite und mir ein filigranes goldenes Schmuckstück präsentierte.

»Meine Kette«, stellte ich fest und streckte meine Finger nach ihr aus, ohne sie berühren zu können. Schimmernd ruhte das winzige goldene Kreuz auf der weichen Haut seiner Handfläche. »Aber ich dachte ... Woher ...?«

Elias zuckte entschuldigend die Achseln. »Ich hatte das Gefühl, dass sie dir sehr viel bedeutet, deswegen habe ich sie aus dem Auto geholt und mitgenommen, bevor wir uns im Wald auf die Suche nach dir gemacht haben.«

Ich wusste nicht, was ich sagen sollte. Nachdem ich die Kette in der Mittelkonsole seines Autos, dort, wo ich selbst sie hingelegt hatte, nicht mehr gesehen hatte, war ich sicher gewesen, dass sie für immer verloren war. »Danke«, flüsterte ich.

»Wäre es denn in Ordnung für dich, wenn ich sie als Schutzschild verwende?«, fragte Elias. »Vielleicht kann sie Johanna vor Liliths Einfluss bewahren.« Als ich ihn ungläubig ansah, erklärte er: »Als Gott Samael und seine Anhänger aus dem Himmelreich verbannte, gab Er ihnen eine Schwäche für bestimmte Worte und Symbole mit, damit die Gläubigen immer Mittel und Wege haben würden, um sich vor den dunklen Mächten zu schützen. Deshalb hat Lily darauf bestanden, dass du die Kette vor der Beschwörung ablegst.«

Was er sagte, ergab Sinn. Meine Großmutter hätte es auch nicht anders gewollt. »Mach«, sagte ich. »Nimm sie.«

Elias' Lippen formten ein kleines »Danke«, und so schnell, dass ich ihn nicht aufhalten hätte können, trat er auf den Flur hinaus. Eilig folgte ich ihm.

Ich hatte angenommen, dass Jo und Mark sich im Wohnzimmer befanden, doch Elias hatte kaum mein Zimmer verlassen, als Jo – vermutlich auf dem Weg ins Bad – beinahe in ihn hineinlief.

Erschrocken riss meine Freundin die Augen auf. »Wer …?«, begann sie, aber anders als Mark gestern brauchte sie keine Sekunde, um zu schalten. *»Du!«*, fauchte sie. »Du bist doch das Arschloch, das Sera entführt hat! Was hast du in ihrem Zimmer verloren?«

Elias hob beschwichtigend die Hände, als Jo auf der Suche nach einer Waffe nach Marks hölzernem Schuhlöffel griff. Meine Kette baumelte wie ein Pendel von seinen Fingern herab. »Ich kann dir alles erklären«, sagte er angespannt.

Im Durchgang zum Wohnzimmer war Mark aufgetaucht. »Was ist hier los?«

»Wir werden es gleich erklären«, wiederholte Elias und hielt die Kette vorsichtig, als müsse er eine bissige Kobra füttern, in Jos Richtung. »Aber zuerst musst du die hier anziehen.«

»Vergiss es«, fauchte Jo.

»Du musst ihm vertrauen«, drängte ich meine Freundin. Obwohl sie mir nach wie vor in zarten Pastelltönen erschien, hatte sie mich bislang wohl weder gesehen noch meine Stimme gehört. Immerhin konnte ich keine dunkle Aura um sie erkennen – sie schien also nicht unter Lilys Bann zu stehen. Ich konzentrierte mich gerade darauf, ihr zu erscheinen, wie ich es gestern für Mark getan hatte, als ein dunkler Schatten an unserer Haustür meine Aufmerksamkeit auf sich zog: Schwarze, neblige Schlieren krochen durch die Tür, geradewegs auf meine Freunde zu. War das Lily, die die Finger ihrer dunklen Kräfte nach uns ausstreckte?

»Sera würde das auch wollen«, bat Elias nun, aber wir hatten keine Zeit mehr zu verlieren. Als ich an seinem Ärmel zog, sah er zu mir, dann auf meinen Fingerzeig hin in Richtung des düsteren Nebels, der unaufhaltsam näher rollte.

Bevor er aber etwas sagen konnte, kam Mark näher und fragte: »Das ist doch Seras Kette. Wo hast du die her?«

»Was hast du mit diesem Typen zu tun?«, fragte Jo entsetzt. »Scheiße, Mark, was wird hier gespielt?«

Mark ignorierte Jo und ließ Elias keine Sekunde aus den Augen. »Warum soll Jo Seras Kette tragen?«

»Sie kann sie schützen«, erwiderte Elias. »Glaub mir, es ist dringend«, fügte er hinzu und blickte unruhig auf die dunklen Wolken im Flur.

Misstrauisch nahm Mark ihm die Kette aus der Hand, während Jo noch immer aussah, als plante sie, Elias mit ihren kaum fünfundfünfzig Kilo Kampfgewicht aus der Wohnung zu schieben. »Sag uns sofort, wo Sera ist, oder du fliegst raus«, befahl sie.

»Sera ist bei ihm«, antwortete Mark an Elias' Stelle.

»Ach ja? Wo denn?« Jo trat mit dem Schuhlöffel in der Hand auf Elias zu, ein kaltes Glitzern in den Augen. »Was habt ihr mit ihr gemacht, hm? Habt ihr sie für irgend so ein krankes Opferritual benutzt, oder wolltest du sie einfach nur …«

*»Wir haben keine Zeit!«*, fiel Elias ihr scharf ins Wort. »Lilith steht kurz davor, von dir Besitz zu ergreifen, und wenn es erst einmal so weit ist, haben wir ein ziemlich großes Problem.«

Es half alles nichts – Elias allein würde es nie gelingen, meine Freunde zu überzeugen. »Mach es einfach, Jo«, bettelte ich, aber es war nicht die glockenhelle Engelsstimme von gestern, in der ich sprach, sondern ein leises Hauchen, und statt eines anhaltenden Leuchtens sah ich nur ein kümmerliches Flackern über die Wände huschen. Doch das reichte! Augenblicklich sah Jo in meine Richtung. *»Bitte«*, fügte ich hinzu.

»Bist du das, Sera?«, fragte sie, und die Kampfeslust in ihren Augen wich ungläubigem Erstaunen.

Mark nutzte diesen Moment, um ihr die Kette um den Hals zu legen und in ihrem Nacken zu schließen. Der Nebel hatte sie beinahe erreicht – sobald Mark jedoch fertig war, prallten die dunklen Wolken in der Luft vor Jo ab wie an einer Panzerglasscheibe.

»Das funktioniert ja wirklich«, stellte ich erstaunt fest.

Elias nickte erleichtert. »Gott sei Dank.«

*»Gott sei Dank?«*, wiederholte ich entsetzt. »Soll das heißen, du warst dir gar nicht sicher?«

»Ich meine, ich hab gesehen, wie sie dich vor der Kapelle beschützt hat«, wich er mir aus. »Und ja, ich geb's zu, ich hab sie unter anderem aus dem Auto geholt, weil ich gehofft hatte, dass sie auch mich schützen würde. Aber wie du gesehen hast, als wir Lilith gegenübergestanden haben, war das nicht der

Fall. Daher wusste ich nicht, ob sie nur bei dir ihre Wirkung entfaltet oder ...«

»... ob du sie einfach um den Hals hättest tragen müssen wie jeder normale Mensch, anstatt sie dir in die Hosentasche zu stecken?«, vervollständigte ich seine Gedanken. »Warum hast du's nicht einfach gemacht?«

Er hob entschuldigend die Schultern. »Ich hätte sie nicht getragen, ohne dich vorher zu fragen.«

»Mit wem redet er?«, fragte Jo leise, misstrauisch das kleine Kreuz an ihrem Hals betastend.

»Mit Sera«, erwiderte Mark ebenso leise. Er und Jo sahen kein bisschen so aus, als wären sie gerade in letzter Sekunde einer großen Gefahr entronnen. Verständlich, wenn man bedachte, dass sie beide nicht das Zweite Gesicht hatten und den dunklen Nebel, der offensichtlich kein Interesse an Mark und Elias hatte und sich nun langsam in Luft auflöste, nicht wahrnehmen konnten. »Zumindest *behauptet* er das hartnäckig.«

»Es ist die Wahrheit«, erwiderte ich entrüstet, ohne von ihnen gehört zu werden. Wie mir die letzten Versuche bewiesen hatten, schien ich nur unter enormer Anstrengung mit meinen Freunden kommunizieren zu können.

»Du hast Sera doch gestern gesehen, Mark«, sagte Elias. »Du hast sogar mit ihr gesprochen.«

Überraschenderweise ergriff Jo für ihn Partei. Das jämmerliche Flackern, das ich eben zustande gebracht hatte, schien ihren schlimmsten Zorn besänftigt zu haben, und sie legte den Schuhlöffel zurück auf die Kommode.

»Ich hab sie auch gesehen«, sagte sie. Als sie sich Mark zuwandte, sah ich ein ängstliches Flimmern durch ihre Augen huschen. »Gestern, bei meinem Unfall. Sie war da, als ich vom

Rad gestürzt bin. Ganz kurz nur, aber ich hab sie gesehen. Und jetzt gerade …« Sie blickte in meine ungefähre Richtung, und ich hätte nichts lieber getan, als sie in die Arme zu schließen, um den vertrauten Duft ihres Kokosduschgels in der Nase zu haben. Doch es war mir nicht möglich. Tatsächlich roch ich gar nichts mehr, seit ich im Dazwischen war, und dieser Zustand machte mich langsam wahnsinnig. »Dieses Leuchten, ihre Stimme … Es war ganz leise, aber du hast es doch auch gehört, oder?«

Marks Kopf machte eine ruckartige Bewegung, die wohl ein Nicken darstellen sollte.

»Nach dem Unfall dachte ich, ich hätte es mir nur eingebildet«, fuhr Jo fort. »Es war wie ein Licht, eine Gestalt vielleicht, halb durchsichtig und verschwommen, aber ich wusste einfach, dass *sie* es war.« Sie sah zu Elias. »Aber wenn Sera wirklich hier ist, wie kann es sein, dass du mit ihr redest und wir sie noch nicht einmal sehen können?«

»Veranlagung«, sagte Elias vage.

»Du meinst Hellsicht?«, fragte Mark skeptisch. »Bist du ein Geisterseher oder so?«

»Fast wie Sera«, murmelte Jo. »Kein Wunder, dass sie dich so toll fand.«

Elias schien geschmeichelt, während ich bei diesen Worten am liebsten im Boden versunken wäre. Natürlich hatte er mir bei unserem Kennenlernen am Bahnhof gefallen, aber da wusste ich ja noch nicht, wie leicht und vertraut sich der Umgang mit ihm schon wenige Stunden später anfühlen würde. Andererseits hatte Jo immer schon zu Überinterpretationen geneigt, wenn es um mein Liebesleben ging. Für sie war es unvorstellbar, dass ich auch ohne Beziehung glücklich sein konnte.

Mark rettete die Situation, indem er zur Seite trat und den Durchgang zum Wohnzimmer frei machte. »Willst du vielleicht erst mal reinkommen?«, fragte er, die Stimme kühler, als seine Wortwahl es vermuten ließ. »Ich würde deine Geschichte wirklich liebend gern hören, und auf dem Flur erzählt es sich schlecht.«

# 22

Leider kann ich dir nicht sagen, woran es liegt, aber Lilith – oder Lily, wie sie sich nennt – scheint ohne Schwierigkeiten und selbst aus großer Distanz Einfluss auf dich nehmen zu können. Seras Kette wird dich in Zukunft davor schützen, deshalb ist es momentan unentbehrlich, dass du sie trägst«, schloss Elias eine knappe Stunde später an Jo gewandt seine Erzählung.

Nachdem Mark ihn ins Wohnzimmer gebeten und wir alle am Tisch Platz genommen hatten, hatte Jo erstmals mehr Feingefühl und Gastfreundschaft als Mark besessen und ihm eine große Tupperbox mit kalten Nudeln, ein paar Scheiben Vollkorntoast und einen Teller übrig gebliebener Ingwerkekse hingestellt.

Elias hatte gegessen wie ein streunender Hund, den man halb verhungert im Rinnstein gefunden hatte, und meinen Freunden unsere Erlebnisse erst im Anschluss geschildert. Einerseits konnte ich es ihm wirklich nicht verdenken – seit er mich gestern Vormittag im Wald aufgelesen hatte, hatte ich ihn nichts anderes als eine matschige Banane und einen halben Becher Kaffee zu sich nehmen sehen. Andererseits bedauerte ich es, dass ich selbst im Dazwischen nichts essen konnte.

Marks vegane Nudelpfanne war legendär, und selbst Jo, die seine Experimente mit Käseersatz aus Trockenhefe und Thunfisch aus Kichererbsen sonst mied wie der Teufel das Weihwasser, aß zwei Portionen, wenn er das Gericht an unseren WG-Abenden auf den Tisch brachte.

Elias schien anfangs alles andere als begeistert von meiner Bitte an ihn, die Geheimnisse, die er jahrelang sorgfältig bewahrt hatte, mit zwei fremden Personen zu teilen. Aber nachdem Mark ihn hier übernachten ließ und Jo ihm alles Essbare im Haus gegeben hatte, wusste er so gut wie ich, dass er ihnen eine Erklärung schuldig war.

Er begann mit der Fahrt zur Hardtkapelle, berichtete von der missglückten Beschwörung, von seinem Plan, wie ich ins Diesseits zurückkehren könnte, und von der gestrigen Begegnung mit Lilith, der wir nur mit knapper Not entkommen waren. Zuletzt erzählte er von Samaels Putsch und dem Sturz des Himmelreichs vor zwanzig Jahren. Und dass ich ein Schutzengel war. Doch er hielt sich eher kurz und ließ so viele Einzelheiten aus, dass ich mich regelmäßig einschaltete, um noch etwas hinzuzufügen oder näher zu erklären.

Wann immer ich sprach, hielt Elias inne und wiederholte meine Worte sinngemäß, damit auch Jo und Mark hören konnten, was ich sagte. Ohne seine Hilfe wäre ich aufgeschmissen gewesen – Jo blickte zwar hin und wieder in meine Richtung, Mark hingegen schien mich überhaupt nicht wahrnehmen zu können, wenn ich nicht gerade leuchtete oder mit meiner Engelsstimme sprach.

Anfangs hatte ich ein schlechtes Gewissen, Elias solche Umstände zu bereiten, dann aber wurde mir bewusst, dass wir gerade keine neue Lösung erfanden, sondern schlicht und ergreifend zu dem zurückkehrten, was wir die letzten Jahrtausende über getan hatten: Er, der Prophet, trug die Worte seines Engels an die Menschen weiter. Schon nach wenigen Sätzen waren wir ein perfekt eingespieltes Team.

Jo drehte den Anhänger meiner Oma zwischen den Fingern. »Ich hab's gemerkt«, sagte sie leise. Ihre ohnehin schon blasse Haut war durchscheinend wie Porzellan, doch bis auf die Platzwunde an ihrer Stirn, über der nun ein Pflaster klebte, schien sie den Unfall ohne größere Blessuren überstanden zu haben. »Dass was nicht stimmt mit mir, meine ich. Das ging eigentlich schon los, als Sera diese bescheuerte Idee mit dem Undercover-Dreh in der Hardtkapelle hatte.«

»Aber *du* fandest den Plan doch gut«, erwiderten Mark und ich gleichzeitig. Ich war sogar fast noch empörter als er – bis die Details jenes Abends in meine Erinnerung zurückkehrten. Der merkwürdige Glanz in Jos Augen, ihr säuselnder Tonfall, das wilde Gebaren ihres schrecklichen Haustieres. *Sie will zu ihrer Herrin.*

Ich schlug mir die Hand vor den Mund. »O Gott.«

Als Elias mich ansah, lag Besorgnis in seinen Augen. »Alles in Ordnung, Sera?«

Neugierig folgten meine Freunde seinem Blick, wenngleich Mark geradewegs an mir vorbei in die Luft starrte wie ein schielendes Opossum.

»Ich weiß nicht«, sagte ich. »Als wir den Dreh geplant haben, kam mir Jos Benehmen seltsam vor. Jetzt glaube ich, dass Lilith sie da schon beeinflusst hat, damit wir den Plan mit der Beschwörung nicht wieder abblasen. Mit Jo auf meiner Seite stand es zwei zu eins, und Mark konnte sich mit seinen Zweifeln nicht durchsetzen.«

Als Elias meine Vermutung für die anderen wiederholte, begann Jo, heftig zu nicken. »Vollkommen richtig. Wäre ich bei Sinnen gewesen, dann hätte ich von Anfang an Nein gesagt, und all das wäre gar nicht erst passiert.«

Elias schüttelte den Kopf. »Lilith hätte einen anderen Weg gefunden.«

»Das werden wir nie wissen«, hielt Jo dagegen. »*Du* bist übrigens auch nicht ganz unschuldig an der ganzen Sache, mein Lieber. Schön, dass du dich inzwischen bekehrt hast, aber wenn du Sera gar nicht erst zur Kapelle gefahren hättest, wenn du sie *gewarnt* hättest, wie es sich für einen Gentleman gehört, dann hätten wir uns einiges erspart.«

»Hätte *ich* die anderen im Wald nicht von ihrer Fährte gelenkt, hätte Samael Seras Seele längst vertilgt, und wir wären nicht hier«, erwiderte Elias brüsk. »Dann würde ich jetzt vielleicht auf Madeira am Strand liegen, anstatt bei Eis und Schnee mein eigenes Leben aufs Spiel zu setzen«.

So ruhig und souverän, wie er sich mir gegenüber verhielt, hatte ich erwartet, dass er problemlos mit meinen Freunden klarkommen würde. Doch offenbar war das Gegenteil der Fall. Es war ja auch einleuchtend: Neben Jo und Mark, zwei ganz normalen Menschen, die ihre Tage in der Uni verbrachten und abends andere, ebenso normale Menschen trafen, um zu feiern oder eine Netflix-Serie zu schauen, kam auch mir Elias, der mit einer Gruppe Dämonen im Schlepptau die Welt bereiste, um nach Engelseelen zu suchen, plötzlich vor wie ein Wesen aus einem fremden Universum.

Genau so hatte ich mich damals unter meinen Klassenkameraden oft gefühlt. Marks Seufzen riss mich aus meinen Grübeleien.

»Das kannst du endlos weiterführen«, sagte er und löste damit die unangenehme Spannung auf. »So gesehen müssten wir eigentlich dem YouTube-Kanal die Schuld geben – kein

*Myrbex*, kein Dreh in der Frauenkirche, kein Samael, der plötzlich erscheint, weil er seine nächste Mahlzeit gerochen hat. Ohne das Projekt im Dom hättet ihr Sera vielleicht nie gefunden.«

»Hätte, hätte, Fahrradkette«, murmelte Jo, aber ich gab Mark innerlich recht. Wären wir bei unserem Dreh nicht zur falschen Zeit am falschen Ort gewesen, wären Samael und Lilith wohl nie auf mich aufmerksam geworden. Eigentlich war es erschreckend, dass ich an unseren YouTube-Kanal, der bis vor Kurzem das Wichtigste in meinem Leben gewesen war, in den letzten Tagen kaum einen Gedanken verschwendet hatte.

»Sie hätten Sera früher oder später trotzdem gefunden«, erklärte Elias nun. »Lilith und Samael werden erst ruhen, wenn sie alle auf der Erde befindlichen Engel aufgespürt haben und Samael mächtig genug ist, um über das ganze Jenseits, über Himmel *und* Hölle, herrschen zu können. Denn das ist es, was er will, was er von Anfang an wollte: Gott sein. Es genügt ihm nicht, zu dienen. Wenn es erst einmal so weit ist, werden er und Lilith praktisch unbesiegbar sein.«

»Wie sieht denn eine Welt aus, in der der Teufel regiert?«, fragte Mark skeptisch. »Brennende Städte und Flüsse aus Blut in den Straßen? Oder lassen einfach alle Leute die Hüllen fallen und feiern Sonntagmorgen Grillpartys, anstatt in die Kirche zu gehen?«

Jo ließ sich ein träges Lächeln abringen, Elias aber zuckte mit unbewegtem Gesicht mit den Schultern. »Schwer zu sagen. Zunächst wird sich das Jenseits verändern – schon jetzt wandern die Seelen der Verstorbenen geradewegs in die Hölle, da es den Engeln damals mit letzter Kraft gelungen ist, das Tor zum Paradies zu verriegeln.«

»Geschieht meinem Onkel Ludwig ganz recht, wenn du mich fragst«, bemerkte Mark düster. Jo schlug nach seinem Arm, aber Elias fuhr unbeirrt fort:

»Sobald Samael seine alte Macht zurückerlangt, wird er das Tor wieder öffnen. Dann kann er mit seiner Gattin nach eigenem Ermessen über das Schicksal aller Seelen entscheiden. Dann werden auch die, die im Paradies sind, nicht mehr vor seinem Urteil bewahrt werden können.«

»Willkürherrschaft also?«, fragte Mark. »Despotismus im Jenseits?«

Elias nickte widerwillig. »So kann man es wohl auch ausdrücken.«

»Aber war das mit Gott auf dem Thron nicht dasselbe?«

Ich verzog das Gesicht. Marks eklatanten Agnostizismus hatte ich beinahe verdrängt. Da wir ohnehin nie auf einen gemeinsamen Nenner kamen, sprachen wir in der WG nur selten über Religion.

»Gott war immer ein gerechter Herrscher«, schoss Elias zurück. »Samael sieht nur sich selbst. Er würde diejenigen bevorzugen, die ihm nützen, und Andersdenkende in die Hölle verbannen, um sie dort bis in alle Ewigkeit von seinen Schergen foltern zu lassen.«

»Also ist er *genau* wie Gott«, stellte Mark provokant fest.

»Welchen Teil von ›der Teufel ist das personifizierte Böse‹ hast du noch nicht verstanden?«, fragte Elias.

Nie hätte ich gedacht, dass sich die beiden ruhigsten Menschen, die ich je kennengelernt hatte, innerhalb weniger Sätze dermaßen in die Haare bekommen würden. »Wenn Samael und Lilith an der Macht sind, würde keinesfalls alles so weitergehen wie bisher – sie würden das Jüngste Gericht einberufen. Es wäre das *Ende der Welt.*«

»Eigentlich ist das doch erst mal egal, oder?«, schaltete Jo sich dankenswerterweise ein, ehe die beiden sich bis zur Theodizee hochschaukeln konnten. »Bevor wir uns über den Teufel streiten, müssen wir überlegen, wie wir Sera ins Diesseits zurückholen können. Sie kann ja nicht ewig in diesem Dazwischen stecken bleiben – auch wenn es dir wahrscheinlich gefällt, dass sie dort auf dich als Dolmetscher angewiesen ist.«

Elias holte Luft, aber Mark kam ihm zuvor: »Das ist übrigens auch so ein Ding«, sagte er. »Das Christentum ist eine furchtbar patriarchale Religion. Wenn mich nicht alles täuscht, dann ist Lilith die erste emanzipierte Frau der christlichen Mythologie?«

»Der *jüdischen*«, warf ich ungehört ein.

»Ich meine, vielleicht sind sie und Samael gar nicht so schlecht, wie es in der Bibel den Anschein hat«, führte Mark weiter aus. »Der Welt geht es doch vergleichsweise gut, obwohl wir laut deiner Geschichte seit über zwanzig Jahren keinen Gott mehr haben. Vielleicht machen wir uns umsonst in die Hose.«

»Noch ist Samael weit entfernt von seiner einstigen Macht«, wies Elias ihn ab und schüttelte verständnislos den Kopf. »Wie kannst du überhaupt so reden, nachdem er versucht hat, deine beste Freundin zu töten, nachdem er Zigtausende Seelen unverdient zur Hölle hat fahren lassen? Es wird nicht genügen, Sera ins Diesseits zurückzuholen. Sie werden sie wiederfinden. Wenn wir eine nachhaltige Veränderung erreichen wollen, müssen wir Lilith und Samael bekämpfen, *bevor* sie einen neuen Höhepunkt ihrer Macht erreicht haben.«

*Wir müssen sie bekämpfen.* Bei seinen Worten wurde mir kalt. Zwar hatten wir es bereits angesprochen, aber erst jetzt, vor meinen Freunden, wurde mir die Hybris unseres Vorhabens bewusst. Hatten wir – ein ahnungsloser Schutzengel und ein gottverlassener Prophet – überhaupt den Hauch einer Chance, gegen den Teufel und seine Gemahlin zu bestehen?

Doch je länger ich darüber nachdachte, desto klarer wurde mir, dass ich keine andere Wahl hatte. Wenn ich es nicht versuchte, Samael und Lilith zu stürzen, brachte ich damit nicht nur mich, sondern auch Elias, meine Freunde und meine Familie in Gefahr. Ich konnte mich ja nicht mein Leben lang vor Lilith und ihren Schergen verstecken, weder hier noch im Diesseits. Es ging um alles oder nichts.

»Sie bekämpfen?« Mark wirkte empört. Jo spielte an ihrem Piercing herum und sagte nichts. »Bist du des Wahnsinns?«

Als Elias meine Zustimmung suchte, sah ich in seinen Augen einen Funken jenes Feuers auflodern, das mich schon im Mittelalter in seinen Bann gezogen hatte.

»Ich rechne es dir hoch an, dass du mir die Wahl lässt«, sagte ich. »Aber ich werde alles daransetzen, sie zu besiegen. Für dich, für die anderen Engel, für all die armen Seelen in der Hölle. Es ist meine Pflicht.«

Elias nickte. Nun, da ich mich erstmals so unmissverständlich für ihn und seinen Plan ausgesprochen hatte, wirkte er wie befreit.

»Sera sieht diese Sache genau wie ich. Einen anderen Weg gibt es nicht«, sagte er zu meinen Freunden. »Je länger wir warten, je länger wir vor ihnen davonlaufen, desto größer wird ihre Macht werden.«

»Und wie willst du bitte den Leibhaftigen besiegen?«, fragte Mark. »Es mag ja sein, dass Sera neuerdings zaubern kann, aber wenn ein kleiner Schutzengel im Alleingang das Böse bezwingen könnte, dann wäre die Bibel wohl ein klein wenig dünner ausgefallen.«

»Wie ich schon sagte, Samael und seine Leute sind noch immer vom Kampf gegen den Himmel geschwächt«, erklärte Elias, doch Mark ließ dieses Argument nicht gelten.

»Ich erinnere dich wirklich ungern daran, wie du gestern hier reingestolpert bist«, sagte er. Von den Gegen-Rechts-Demos, an denen er und Jo immer mit viel Herzblut teilnahmen, abgesehen, war es das erste Mal, dass ich Mark jemand anderem gegenüber so feindselig erlebte. »Voller Blut und Dreck … Du konntest kaum reden, geschweige denn ohne Hilfe laufen. Und da seid ihr noch nicht einmal Samael selbst begegnet.«

»Im Diesseits ist Lilith stärker als er«, erwiderte Elias stur. »Samael existiert zurzeit nur im Dazwischen. Er kann Sera gefährlich werden, nicht uns. Bei Lilith ist es umgekehrt.«

Marks Augen funkelten böse. »Ich lasse es nicht zu, dass du Sera in Gefahr bringst, nur weil du dir einbildest, die Welt retten zu müssen.«

»Das hat nichts damit zu tun«, verteidigte Elias sich. »Es …«

»… ist völlig unmöglich, dass wir vier mit bloßen Händen den Teufel bezwingen können, und das weißt du«, hielt Mark erneut dagegen.

Ich atmete tief ein und suchte nach meinen Kräften, um der Diskussion ein Ende zu bereiten.

»Es gibt einen Weg!«, verkündete ich. An Mark und Jos Reaktion erkannte ich, dass es mir gelungen war zu erscheinen. Sie starrten mich beide aus riesigen Augen an.

»Sera«, flüsterte Jo leise und beugte sich zu mir.

Meine Energie war endlich zurückgekehrt – vielleicht war die lange Vision dafür verantwortlich gewesen, dass ich zuvor auf dem Gang so entkräftet gewesen war. »Es gibt ein Schwert, das den Teufel bannen kann.«

Mark warf die Hände in die Luft und ließ sich gegen die Lehne seines Stuhls fallen. »Ein magisches Schwert also. Klar. Warum sind wir nicht gleich darauf gekommen?«

Elias blinzelte mich fragend an. »Das Schwert aus der Vision meinst du?«

Mit einem Blick zu Jo ließ ich meine Erscheinung wieder verschwinden – ich musste meine Kräfte schonen, solange ich nicht wusste, wann ich sie wieder brauchen würde. »Ich konnte dir noch nicht alles erzählen«, sagte ich zu Elias. »Margarete hatte das Schwert neben sich liegen, als der Herr sie auf die Erde geschickt hat.«

*»Eine Waffe, um das Böse zu bannen«*, wiederholte Elias die Worte aus der Vision. Erschreckend, mit welcher Klarheit er Szenen verfolgt hatte, die sich sonst in den tiefsten Winkeln meines Gehirns verbargen. »Aber es hat nicht funktioniert damals. Samael hat überlebt.«

Ich schüttelte verzweifelt den Kopf. »Irgendetwas muss schiefgegangen sein. Erinnerst du dich? Im Gasthaus hat das Schwert von innen heraus geleuchtet, als würde ein Feuer in ihm lodern, aber in der Kirche war es ganz stumpf. Vielleicht kann es seine Macht nur unter gewissen Bedingungen entfalten.«

»Möglich«, sagte Elias, offenbar nicht vollends überzeugt.

Obwohl Jo und Mark von unserem Plan, der Welt den Teufel auszutreiben, nach wie vor wenig angetan schienen, verfolgten sie Elias' Reaktionen während unseres Wortwechsels neugierig. Bis jetzt hatte er ihnen noch nichts von meinen Visionen und der Mittelaltergeschichte im Allgemeinen erzählt, und so musste er das nun nachholen und erklären, was ich gesagt hatte. Als die Fragen meiner Freunde zu detailliert wurden und Elias nicht mehr weiterkam, übernahm ich. Entgegen meinem eben gefassten Vorsatz, keine unnötige Energie zu verschwenden, erschien ich und erzählte ihnen, was in Margaretes Erinnerung geschehen war.

Elias hörte die ausführliche Version der Geschichte ebenfalls zum ersten Mal, doch sein Gesicht verriet mir nicht, was er davon hielt. Unsere Nacht im Gasthaus und den Teil aus meinem Traum, in dem ich ihn hatte brennen sehen, ließ ich aus und beendete die Erzählung stattdessen mit seiner Festnahme.

Ich konnte ihm nicht vor Mark und Jo eröffnen, auf welch furchtbare Art und Weise sein Leben das letzte Mal geendet hatte und weshalb er meiner Vermutung nach von Gott verlassen in der Hölle gelandet war.

Als ich schwieg und mein Spiegelbild aus Marks Brillengläsern verschwand, steckte Jo fröstelnd die Hände in die Bauchtasche ihres Kapuzenpullovers.

»Diese Nummer mit dem Leuchten ist wirklich gruselig«, bemerkte sie. »Gut, dass du das nicht schon früher konntest, sonst hätte ich zweimal darüber nachgedacht, mit dir in eine Wohnung zu ziehen. Es wird Zeit, dass du wieder da rauskommst, ich vermisse die alte Sera.«

Elias ignorierte sie. Seine Augen waren nachdenklich an mir hängen geblieben, und natürlich sprach er nun genau jene Zweifel an, die sich schon längst mit scharfen schwarzen Krallen in meinem Hinterkopf eingenistet hatten.

»Aber wenn das Schwert Samael im Mittelalter schon nicht besiegen konnte, können wir nicht sicher sein, ob es das in der Gegenwart tun wird.«

Ratlos hob ich die Schultern. »Ich fürchte, es gibt einen Grund dafür, dass es damals nicht funktioniert hat«, sagte ich. »Möglicherweise hat uns Gott im entscheidenden Moment seinen Beistand verwehrt.«

»Aber warum hätte er das tun sollen?«

»Weil wir einen Fehler gemacht haben«, insistierte ich. Es konnte doch nicht sein, dass er den Zusammenhang noch immer nicht begriff, schon gar nicht, nachdem Lilith es am Ende der Vision so genüsslich angesprochen hatte.

»Einen Fehler?«, hakte Elias nach.

»Eine Sünde«, half ich ihm auf die Sprünge.

Und dann fiel der Groschen. Endlich. »Du meinst ...« Sein Mund stand offen, als könne er nicht glauben, was ich gerade gesagt hatte. *»Deshalb?«*

Ich nickte, wagte es nicht, ihm in die Augen zu sehen. *Meine Schuld.*

»Ist doch ganz klar, wo der Fehler liegt, oder?«, schaltete Mark sich in fachmännischem Tonfall ein. Augenblicklich huschte ein Schatten über Elias' Gesicht. »Hast du Sera denn gar nicht zugehört? Ein *Kurz*schwert, das neben *ihr* im Gras lag. Ein *Lang*schwert wäre eine männliche Waffe, wohingegen ...«

»Im Mittelalter wurden auch Kurzschwerter vornehmlich von Männern getragen«, wandte Elias mit erzwungener Ruhe ein.

Ich schob mich unbehaglich gegen die Lehne meines Stuhls – die Spannungen zwischen den beiden schienen mit jedem Wortwechsel größer zu werden, aber ich wusste nicht, wie ich hätte einschreiten können, ohne einem von beiden das Wort streitig zu machen. Sie hatten beide gute Ansätze. »Die Waffen der Frauen waren vor allem Gifte und Dolche«, sagte Elias nun.

»Nichtsdestotrotz ist ein Kurzschwert eine Waffe, die auch eine Frau führen *kann*«, beharrte Mark. »Und Gott hat das Ding offensichtlich neben Margarete gelegt, statt es in deinem Reisesack zu verstecken.«

»Du meinst, Margarete hätte es führen müssen?«, fragte ich, ohne gehört zu werden. Seine Argumentation begann, Sinn zu ergeben. Wenn Marks Vermutung stimmte, dass das Schwert aus diesem Grund in Margaretes Nähe geleuchtet hatte, gab es vielleicht doch noch Hoffnung. Wenn das Schwert hingegen vom Beistand des Herrn abhängig war, wie ich es bisher vermutet hatte, dann hatten wir in dieser gottlosen Welt keine Chance, seine verborgenen Kräfte zu nutzen.

»Selbst in Computerspielen braucht man für manche Waffen zuerst ein gewisses Level, damit sie ihre Magie entfalten können«, fuhr Mark fort. »Wenn ich die Geschichte richtig verstanden habe, dann war Margarete ein Engel in menschlicher Gestalt, während dieser Vergangenheits-Elias nur ein ziemlich sturer Wanderprediger war, den der liebe Gott ein paarmal zu oft durch die Wiedergeburtsschleife geschickt hat. Dann war er wohl einfach nicht der Richtige. Vielleicht kann dieses magische Himmelsschwert nur von einem Engel geführt werden, und Damals-Elias hat alles verbockt, weil er ein Egoist war und der Dame nicht den Vortritt lassen wollte.«

Schon bei der bloßen Erwähnung des Wortes »Computerspiel« hatte sich zwischen Elias' Brauen eine Falte gebildet, die sich mit jedem weiteren Satz vertiefte.

Eilig suchte ich nach einer Möglichkeit, Marks gewagter Theorie die Schärfe zu nehmen, als Jo sich nach vorn lehnte und die Handflächen geräuschvoll auf den Tisch schlug.

»Sieht denn wieder mal keiner von euch das *eigentliche* Problem?«, fragte sie. »Gott hat Margarete also ein magisches Schwert mit auf die Reise gegeben, schön und gut. Vielleicht funktioniert es unter bestimmten Bedingungen, vielleicht nicht. Aber, Leute – so oder so ist es *über fünfhundert Jahre* her.

In der Zwischenzeit könnte Gott das Schwert längst wieder zu sich in den Himmel gezogen haben. Oder irgendwelche Archäologen haben es gefunden und in ein Museum gesteckt, wenn es nicht schon längst verrostet und in seine Einzelteile zerfallen ist. Selbst wenn es mit diesem Schwert in der Hand möglich gewesen wäre, den Teufel zu bezwingen – wir kommen da nicht mehr dran.«

Zum ersten Mal hatten weder Mark noch Elias eine kluge Antwort parat, und so zerfiel die eben noch geführte Diskussion der beiden von einem Moment auf den anderen in ratloses Schweigen.

Fieberhaft überlegte ich, wo ich das Schwert zuletzt gesehen hatte. Lilith hatte es Elias abgenommen, als sie ihn vor der Kirche hatte festnehmen lassen. Man hatte Margarete verschleppt, sie hatte in einer Seitengasse das Bewusstsein verloren ... und dann? Dann war die Vision abgebrochen, ich war wieder in *meiner* Welt aufgewacht.

Wahrscheinlich ging die Geschichte ziemlich genau dort weiter, wo ich mich in meinen Träumen wiederfand. Vermutlich hatten Lilith und Samael Margarete zu jener Krypta gebracht, man hatte sie dort eingesperrt, damit sie nicht einschreiten konnte, um Elias zu schützen. Was aber lag dazwischen? Wie lange war Margarete bewusstlos gewesen, und gab es nicht doch eine Möglichkeit für mich zu sehen, was passiert war, um so einen Hinweis auf den Verbleib des Schwerts zu entdecken? Es war ein Strohhalm, an den ich mich klammerte, aber ich musste es zumindest versuchen.

Ich lehnte mich in meinem Stuhl zurück, ignorierte die anderen so gut wie möglich, schloss die Augen und versuchte, mich in Margarete hineinzufühlen.

*Zeig mir, wo das Schwert ist.*

Bisher war es mir nie gelungen, eine Vision bewusst herbeizuführen. Vielleicht war es mir gar nicht möglich.

*Wo ist es?*

Allmählich vergaß ich die Präsenz meiner Freunde. Ich konzentrierte mich auf die Atemtechnik, die meine Oma zum Meditieren verwendet hatte. Licht ein-, Dunkelheit ausatmen. *Wo ist es? Wo ist es, wo ist es, wo ist es ...*

Die Schwärze vor meinen Augen wurde noch dicker, als die angenehm trockene Wärme unserer Wohnung einer feuchten Grabeskälte wich.

Zwei Männer trugen mich eine dunkle enge Treppe hinunter. Ich wusste instinktiv, dass ich ihnen nicht zeigen durfte, dass ich wach war.

»Wir sperren sie ein«, befahl eine herrische Frauenstimme. Ich öffnete die Augen einen winzigen Spalt und sah vor mir Liliths kupferrotes Haar im Licht der Fackeln schimmern. »Alleine wird sie dort nicht herauskommen, bis wir mit dem Propheten fertig sind.«

»Da kann sie sich schon mal daran gewöhnen, unter der Erde zu sein, was?«, sagte einer der Männer, dessen kratzige Stimme ich als die von Azazel erkannte. Der andere – Abaddon – lachte.

Lilith öffnete eine knarzende Tür, dann wurde ich nach vorn geworfen, fiel der Länge nach auf einen kalten Steinboden. Mir war schwindlig, mein Kopf dröhnte, doch ich unterdrückte mit aller Kraft einen Aufschrei. Wie gerne hätte ich mich erhoben und wäre von diesem furchtbaren Ort geflohen.

Ein metallisches Schleifen war zu hören. »Was machen wir damit?«, fragte Lilith ihre Handlanger, und ich wusste sofort, wovon die Rede war. *Das Schwert.* »Sieht nicht besonders wertvoll aus. Dass sie *damit* versucht haben, meinen Gatten zu töten, grenzt an eine Beleidigung.«

»Zerstören?«, schlug Azazel vor.

»Hierlassen?«, fragte Abaddon.

»Damit sie in aller Ruhe einen Hinterhalt planen kann, während wir dem Prediger den Prozess machen?«, erwiderte Lilith. »Niemals.«

»Wenn du es bei ihr lässt, bringt sie es vielleicht selber zu Ende«, mutmaßte Azazel.

»Des glaub i ned«, erwiderte Abaddon. »Eher verreckt's da unten.«

»Zerstören will ich es nicht, solange ich nicht weiß, was es damit auf sich hat«, überlegte Lilith laut, ohne auf die beiden einzugehen. »So unscheinbar das Schwert auch aussieht. Ich bin sicher, dass der alte Herr seine Finger im Spiel hatte, und himmlischer Stahl könnte uns später von Nutzen sein. Wir müssen es so verstecken, dass ich zu ihm zurückkehren kann, wenn ich es will.« Sie schritt raschelnd durch den Raum und blieb in der Nähe meines Kopfes plötzlich stehen. »Das könnte gehen«, sagte sie. »Abaddon, Azazel, wir legen es hier rein. Alleine kann unser Engelchen die Platte nicht bewegen, und wenn es einen Ort gibt, an dem kein Gläubiger jemals nachsehen würde, dann im geweihten Bett eines Toten.«

Es ertönte ein Ächzen und Rumpeln, als die beiden Männer eine schwere Steinplatte verschoben, dann ein Klirren, als Lilith das Schwert achtlos hineinwarf. Wieder erklang das Schleifen von Stein auf Stein, dann wurden erst die Stimmen leiser und dann das Licht schwächer. Eine Tür schlug zu, und die Welt versank in Finsternis.

Zurück im Hier und Jetzt schnappte ich nach Luft, als sei ich durch Eiswasser getaucht.

»Es ist die Krypta«, sagte ich atemlos.

Besorgt sah Elias mich an. »Was?«

»Das Schwert«, erklärte ich. »Es ist … *war* in der Krypta. Ich habe es gesehen, Lilith hat es in einem der Gräber versteckt. Vielleicht ist es immer noch dort. Wir müssen nachsehen.«

Elias legte die Stirn in Falten. »Welche Krypta meinst du? Die in der Frauenkirche?«

Im Geiste stand ich wieder im Dunkeln auf der Straße, vor jener Kirche, vor der mich Lily am Abend unseres Kennenlernens alleine zurückgelassen hatte. Ich war hineingegangen, hatte den Innenraum wiedererkannt – *dieselbe Kirche wie in meinem Traum.*

»Es war die Allerheiligenkirche am Kreuz«, sagte ich.

»Hm«, machte Elias nachdenklich. »Ich dachte, die Kreuzkirche hat keine Krypta.«

»Offiziell nicht«, sagte ich. Aus dem Augenwinkel sah ich, dass Jo und Mark Elias gebannt beobachteten. Er würde ihnen später erklären müssen, was ich gesagt hatte. »Aber es war Jörg, der die Kirche erbaut hat. Wenn er nach dieser plötzlichen Erkrankung aus meiner Vision die Seiten gewechselt hat, dann war er Wachs in Liliths Händen.« Wenn mich nicht alles täuschte, hatte ich in meinem Traum sogar gesehen, wie er neben Lilith und Samael auf der Empore stand und Elias' Hinrichtung beiwohnte. »Vielleicht hat sie ihn dazu gebracht, die Krypta zumauern zu lassen. Wir müssen nachsehen, es ist der einzige Hinweis, den wir haben.«

»Aber wenn sie zugemauert ist, dann kommen wir doch gar nicht …« Elias brach ab und sah mir in die Augen.

Ich nickte. Daran hatte ich auch schon gedacht. »Lilith war es wichtig, bei Bedarf an das Schwert ranzukommen, und ich bin immer noch im Dazwischen. Vielleicht gelingt es mir von dieser Dimension aus, mehr zu sehen oder die Krypta zu betreten. Eventuell gibt es einen geheimen Durchgang?« *Wenn die Krypta überhaupt existiert.*

Ich hatte zwar bis auf das leise Flimmern neben dem Altar nichts gesehen, als ich die Kirche nach meinem Treffen mit Lily betreten hatte. Doch je länger ich über meine Theorie nachdachte, dass Jörg auf Liliths Befehl hin die Krypta zugemauert haben könnte, desto besser schien alles zusammenzupassen. Ich wurde unruhig, konnte es kaum noch erwarten, zur Allerheiligenkirche zu kommen und nachzusehen. Wenn Mark recht hatte, würde das Schwert in meiner Gegenwart zu glühen beginnen. Wenn es dort war, würden wir es also selbst in völliger Dunkelheit finden.

»Was sagt sie?«, fragte Mark, inzwischen sichtlich genervt, dass Elias sich mit mir unterhielt, ohne meine Worte für ihn und Jo zu wiederholen. »Gibt es das Schwert noch, oder nicht? Und was hat es mit dieser nicht existierenden Krypta auf sich?«

Bevor Elias antworten konnte, ertönte ein scharfes Klopfen an unserer Haustür. Jo und Mark tauschten einen ihrer kurzen, alle Geheimnisse der Welt in sich tragenden Blicke.

»Hast du was bestellt?«, fragte Jo dann.

Mark zuckte mit den Schultern und stand auf. Wir hörten, wie er draußen im Flur die Haustür öffnete. Kurz darauf drang eine Stimme zu uns ins Wohnzimmer, die mir nur zu bekannt war.

»Griaß eana. Mia kemma von da Stadtverwaltung ...«

*Abaddon,* formten meine Lippen lautlos, da ich nicht wusste, ob der Dämon meine Stimme würde hören können.

Elias nickte angespannt. »Und er ist sicher nicht alleine«, wisperte er. »Er und Azazel treten immer im Doppelpack auf.« Er biss sich in die Knöchel seiner Hand. »Verdammt.«

Jo sah ihn fragend an. »Was ist los?«, fragte sie in normaler Gesprächslautstärke. Eilig hielt Elias sich einen Finger an die Lippen, damit sie leise war.

Ihre Augen wurden kugelrund. »Sind das etwa die Bösen? An unserer Haustür?«, flüsterte sie fassungslos.

»Die beiden Dämonen dürfen auf keinen Fall wissen, dass wir hier sind«, wisperte Elias und sprang von seinem Stuhl auf. Jo wischte eilig auf dem Display ihres Handys herum und schaltete über ihre Soundanlage ein Stück Rockmusik ein, damit es unsere Stimmen übertönte, solange die Dämonen noch mit Mark beschäftigt waren. »Sicher hat Lilith sie hergeschickt, nachdem es ihr nicht mehr gelungen ist, Besitz von dir zu ergreifen«, sagte Elias.

»Mark kennt die beiden nicht«, bemerkte ich alarmiert.

Elias hob die Braune. »Meinst du, er lässt sie rein?«

»Mark ist kein Idiot, der lässt keine Fremden in die Wohnung«, versicherte Jo, die zwar nicht meine Worte, aber doch Elias' Antwort verstanden hatte.

Keine zehn Sekunden später hörten wir, wie die beiden Dämonen auf unserer Fußmatte ihre Schuhe abklopften.

Jo presste die Lippen zusammen. »Okay, vielleicht ist er doch einer.«

»Wir müssen hier weg«, sagte Elias. »Das Schwert suchen. Wir kommen zu euch zurück, sobald wir es gefunden haben, damit wir einen Plan aufstellen können, bevor morgen …« Er unterbrach sich. »Heute … Gut, vielleicht kommen wir nicht mehr her. Danke trotzdem, Johanna, und …«

»Aber wir kommen hier nicht raus«, unterbrach ich ihn. Ich glaubte nicht, dass es mir ein weiteres Mal gelingen würde, Elias und mich einfach so an einen anderen Ort zu teleportieren. »Wir müssen uns verstecken, bis sie wieder weg sind.«

Als wüsste sie erneut genau, was ich gesagt hatte, lief Jo entschlossen zum Fenster und riss es auf. Augenblicklich strömte eiskalte Winterluft herein. »Raus mit euch!«

»Wir sind im dritten Stock«, widersprach ich, aber sie und Elias ließen sich nicht beirren.

»Unten sind ein paar Büsche unter dem Schnee, *und* du hast deinen Schutzengel dabei«, sagte Jo zu Elias, als er sich aus dem Fenster lehnte und nach unten sah. »Dir kann also gar nichts passieren. Du bist doch wieder halbwegs fit, oder? Klettere runter, so weit du kannst, und dann lass dich fallen. Mark und ich kümmern uns um die zwei Kerle.«

Elias nickte. »Kriegen wir das hin, Sera?«

*Keine Ahnung.* Vermutlich würde er sich bei dem Sturz beide Beine brechen, und alles wäre umsonst. Doch in Ermangelung anderer Möglichkeiten gab ich mich optimistisch.

»Klar«, sagte ich. »Bin direkt hinter dir.« Ich konnte nur hoffen, dass meine Instinkte ihn retten würden, so wie es mir bei Jos Unfall gelungen war.

Er straffte die Schultern, kletterte auf das Fensterbrett und hielt inne. »Noch mal Danke für eure Hilfe«, sagte er zu Jo.

Sie winkte ungeduldig ab. »Macht, dass ihr wegkommt.«

Die Sekunden schienen sich endlos auszudehnen, als Elias nach unten sah, einatmete, ausatmete. Ich konnte mich vor lauter Anspannung kaum rühren.

Und dann sprang er.

# 23

Ich handelte, bevor ich die Möglichkeit hatte, einen klaren Gedanken zu fassen. *Beschütze ihn.*

Ohne mich noch einmal zu Jo umzudrehen, stürzte ich hinter Elias her, sprang, *flog* nach draußen, sah ihn wie in Zeitlupe fallen, holte ihn ein und umfing ihn mit beiden Armen, presste ihn mit aller Macht an mich, während wir fielen, immer schneller, Meter für Meter. *Beschütze ihn.* Als der Boden schon viel zu nah war, entfalteten sich *endlich* meine Flügel, umfingen uns wie ein glühender Schutzschild, bremsten und lenkten den Fall so minimal, dass wir einen Augenblick später undramatisch in den verschneiten Brombeerbüschen des Nachbarn landeten.

Ich ließ ihn los, und Elias rollte sich ab, um neben dem Buschwerk erstaunlich elegant auf die Füße zu kommen. »Gut gemacht.«

»Klettern hat sie gesagt«, keuchte ich, immer noch zittrig vor Angst um ihn. »*Klettern.* Welchen Teil davon hast du nicht verstanden?«

Elias grinste schelmisch. Es war schön, dass er wieder auflebte, aber mir wäre es lieber gewesen, wenn diese Veränderung nicht mit spontanen Sprüngen aus dem dritten Stock einhergegangen wäre. »Nichts passiert«, sagte er. »Wir müssen fort, ehe man uns sieht.«

Eilig verließen wir den Garten.

»Das hätte wirklich schiefgehen können«, insistierte ich, während er sich auf dem Gehsteig vor unserem Haus seelenruhig Brombeerdornen von der Kleidung zupfte.

»Mit dir an meiner Seite?«, fragte er. »Ich glaube nicht.«

Ich schüttelte den Kopf. »Du überschätzt mich.«

»Du *unter*schätzt dich«, erwiderte er. »Du kannst das alles, du musst nur an dich glauben. Wer weiß, vielleicht bin ich absichtlich gesprungen, damit du es auch siehst. Du bist um so vieles besser, als du denkst, Sera.«

»Dann stürzt du dich also in den nahezu sicheren Tod, nur um mein Selbstwertgefühl zu stärken?«, versuchte ich ihm zu folgen. »Besten Dank auch.«

Er zuckte erneut grinsend die Schultern. »Wo müssen wir lang?«

Ich zeigte nach vorne, und wir gingen los Richtung Innenstadt. Mich wollten die Sorge um Jo und Mark nicht loslassen. Was, wenn Lilys Dämonen ihnen etwas antaten, um sie zum Reden zu bringen? Wenn ich sie unverschuldet in Gefahr gebracht hatte?

Ich konnte nichts mehr tun, um sie zu schützen; es war bereits Mittag, und Elias und mir lief die Zeit davon. Nach Einbruch der Dunkelheit würde die Versammlung beginnen, die einzige uns bekannte Möglichkeit, mich ins Diesseits zurückzuholen. Bis dahin mussten wir das Schwert gefunden und einen Plan aufgestellt haben, wie wir Lilith und Samael besiegen konnten. Unsere oberste Priorität galt dabei Lilith. Samael und die anderen bei der Versammlung anwesenden Dämonen würden – so Elias' Hoffnung – kein Problem mehr darstellen, wenn es mir erst einmal gelungen war, das Dazwischen durch eines der geöffneten Portale zu verlassen.

Während Elias versuchte, mir alle offenen Fragen zu beantworten, ignorierte er die fragenden Blicke der Passanten so souverän, dass es fast aussah, als würde er nur mittels modernster Technologie telefonieren, anstatt munter mit der Luft zu reden.

Lilys starken Einfluss auf Jo konnte er sich nur so erklären, dass die beiden zuvor in irgendeiner Form in direktem Kontakt miteinander gewesen waren. Ich erzählte ihm schaudernd von dem ominösen Tinderdate, das Jo vor der Katastrophe gehabt hatte. Abaddon wiederum sprach offenbar meinen Heimatdialekt, da er als Hüter des Höllentores *alle* der Menschheit bekannten Sprachen beherrschte. Seit die Gruppe sich in der Gegend um München aufhielt, nutzte er also das Bayerische, um sich besser einzugliedern, ungeachtet der Tatsache, dass seine Mitstreiter längst genervt waren. Und in München nur noch die wenigsten Dialekt sprachen!

Auf die drängendste meiner Fragen aber hatte mir Elias noch keine Antwort geben können. Dennoch versuchte ich es erneut:

»Du bist ein Prophet«, begann ich. »Kein Engel, kein Dämon. Und trotzdem kannst du so viele Dinge, die kein normaler Mensch können sollte. Du hast dieses unglaublich stark ausgeprägte Zweite Gesicht, du kannst über Nacht deine Verletzungen heilen lassen, du hast wie aus dem Nichts diesen Schutzschild entstehen lassen, der dich vor Lilith gerettet hat. Wie passt das zusammen?«

»Ich kann mich heilen, seit ich denken kann, also seit dem Tag, an dem Lilith mich im Wald gefunden hat.« Er ballte die Hände zu Fäusten. »Das war dann wohl der Tag, an dem sie mich aus der Hölle geholt hat.« Er schwieg kurz und fuhr dann leiser fort. »Ich werde nicht krank, wenn ich mich verletze oder schneide, kann ich zusehen, wie sich die Wunde verschließt. Dasselbe gilt für meine Hellsicht. Aber was den Schild angeht … Ich dachte ehrlich gesagt, das warst du.«

»Nein, sicher nicht.« Nur zu gut erinnerte ich mich an meine Hilflosigkeit. Ich hatte nichts gegen Lilith tun können, obwohl ich es mir mehr als alles andere gewünscht hatte.

»Vielleicht haben auch Propheten gewisse Fähigkeiten«, mutmaßte Elias und warf mir einen kurzen Blick zu.

Ich dachte an die Schicksale, die seinesgleichen in der Bibel ereilt hatten: das Martyrium Jesajas, der von unten nach oben zersägt wurde, und die Kreuzigung waren nur die bekanntesten einer ganzen Reihe von traurigen Beispielen. Dieser Theorie konnte ich also kaum Glauben schenken.

»Ist es möglich, dass auch du ein Engel bist?«, sprach ich aus, was mir in den letzten Stunden mehrfach durch den Kopf gegangen war. Inzwischen hatten wir die Kreuzstraße erreicht und sahen den unverputzten Backsteinturm der Allerheiligenkirche in den stahlgrauen Winterhimmel ragen. »So wie Margarete? Auch sie ist plötzlich als Mensch im Diesseits aufgewacht, genau wie du, und auch sie konnte sich selbst heilen. Du hast doch gesehen, wie ihre Brandwunde innerhalb weniger Augenblicke von allein verschwunden ist.«

»Margarete wusste ganz genau, was der Zweck ihres Daseins ist«, entgegnete Elias. »Der Herr hat sie auf die Erde geschickt, damit sie die ihr zugewiesene Aufgabe erfüllen kann. Ich bin ganz offensichtlich hier gelandet, weil Lilith mich brauchte, noch dazu in einer Zeit, in der Gott seit Jahren verschwunden war.«

»Aber deine Aura ist weiß«, sagte ich. »Ich kann sie sehen, seit ich im Dazwischen bin. Der mittelalterliche Elias hatte das nicht.«

Den Bruchteil einer Sekunde lang schien Elias verunsichert. »Aber leuchtet sie?«, fragte er dann. »Das tut deine nämlich. Daran erkenne ich Engelsseelen. Wenn du mich ansiehst, hast du dann das Gefühl, dass ich von innen heraus strahlen würde?«

Ich musterte ihn eingehend, während wir vor das hölzerne Portal der Kirche traten. Wenngleich ich den federleichten Nebel um ihn auch jetzt erkennen konnte, reichte seine Helligkeit bei Weitem nicht aus, um es als Leuchten oder Strahlen zu bezeichnen. »Vielleicht erkenne ich es einfach nicht so gut wie du.«

Elias schüttelte bestimmt den Kopf. »Wenn es nicht leuchtet, dann bin ich auch kein Engel. So einfach ist das. Vermutlich hat all das wirklich nur mit dieser Prophetengeschichte zu tun, also mach dir deshalb keine Sorgen.« Er öffnete das Portal und ließ mir den Vortritt. »Wobei es sich mir noch nicht ganz erschlossen hat, welchen Nutzen ein Prophet haben soll, wenn es keinen Gott gibt.«

Ich betrat die Kirche und nahm einen tiefen Atemzug, um den vertrauten Geruch von Weihrauch und verbrannten Kerzen einzusaugen, aber hier im Dazwischen konnte ich nicht mehr als meine Erinnerung an die geliebten Düfte wahrnehmen. Ernüchtert ließ ich die Schultern sinken. Dann aber fiel mir etwas anderes auf. »Warum sind die Gitter offen?«

»Glück gehabt, würde ich sagen.« Elias schloss hinter uns leise das Portal und bekreuzigte sich. »Wenn sie geschlossen wären, würden wir es nicht einmal bis in den Hauptraum schaffen.«

Er hatte recht, und dennoch zögerte ich. Ohne Veranstaltung, ohne Messe, ohne *irgendjemanden* außer uns in der Kirche, hätte das Gitter geschlossen sein müssen. Niemand ließ vergoldete Altäre und jahrhundertealte Kunstwerke ungeschützt zurück. Mein Misstrauen verflog erst, als ich jene flimmernde Stelle am Boden neben dem Altar wiederentdeckte, die mir schon bei meinem ersten Besuch aufgefallen war. Nun sah ich das Flackern und Verschwimmen der Umrisse viel deutlicher, als hätten sich die Marmorfliesen an jenem Flecken verflüssigt.

»Dort ist es.«

Nachdem wir uns vergewissert hatten, dass wir wirklich allein waren, gingen wir Seite an Seite den Mittelgang entlang, geradewegs auf den kunstvoll verzierten Hochaltar zu und an ihm vorbei, hin zu der merkwürdigen Stelle, an der ich den verborgenen Durchgang zur Krypta vermutete.

»So etwas habe ich noch nie zuvor gesehen«, sagte Elias.

»Du siehst das Flirren also auch?«, fragte ich. »Was glaubst du, was es ist?«

»Es ist kein Portal.« Er tastete sich Stück für Stück voran, bis er mit einer Fußspitze direkt durch den flimmernden Flecken fahren konnte. »Zumindest keines von der Sorte, die Lilith entstehen lässt. Das hier verbindet keine disparaten Dimensionen miteinander.« Wie um seine Worte zu unterstreichen, stellte er nun einen ganzen Fuß auf die Stelle. Nichts passierte. »Für mich fühlt es sich ganz normal an. Versuch du es mal, aber sei vorsichtig.«

Er trat zurück, damit ich Platz hatte, mich dem vielleicht einen Meter breiten und einen halben Meter langen Fleck zu nähern. Ich sank auf die Knie und streckte eine Hand danach aus – ohne jeden Widerstand versanken meine Finger im Boden, wo ich undurchdringlichem Stein hätte begegnen müssen. Ich konnte meine Hand, meinen ganzen Arm hineinstecken, ohne dass es sich unangenehm oder gefährlich angefühlt hätte. Es war ein wenig wie Wasser, kühl und nachgiebig, aber eben nicht nass.

»Sieht so aus, als ob nur du dort hindurchkannst«, stellte Elias fest und ging neben mir in die Hocke. »Wenn du ein gutes Gefühl bei der Sache hast ... kannst du es meinetwegen versuchen. Ich werde hier oben auf dich warten.«

Ich zog den Arm wieder heraus und wischte ihn unruhig an meiner Kleidung ab, obwohl er ganz trocken war. »Ich mache mir Sorgen«, gab ich zu.

»Weshalb?«

»Es ist das, was Lilith gesagt hat. ›Die Geschichte wiederholt sich.‹ Am Anfang dachte ich, das wäre nur eine Phrase, aber je länger ich darüber nachdenke, desto mehr erkenne ich, dass sie recht hat. Damals ist alles ganz ähnlich verlaufen wie jetzt: Ich wechsle die Dimension – damals vom Dazwischen ins Diesseits, heute andersherum. Du findest mich, und wir machen uns – damals wie heute – gemeinsam auf den Weg nach München. In der Stadt rette ich jemanden vor einem Verkehrsunfall – damals dich vor einem Pferdewagen, jetzt Jo vor einem LKW. Wir stellen fest, dass wir das Schwert brauchen, um Samael zu besiegen.« *Ich verliebe mich in dich – damals wie heute – und mache einen Fehler.* »Und dann ...«

Als ich die Zweifel in seinen Augen aufkeimen sah, ruderte ich eilig zurück: »Ich meine, natürlich gibt es mehr Unterschiede als Gemeinsamkeiten, aber es ist schon irgendwie auffällig, oder?«

Elias sah mich aufmerksam an. »Aber weshalb machst du dir Sorgen?«, fragte er. »Wegen der Festnahme? Dass man

Leute als Ketzer verurteilt, ist heutzutage eher selten.«

Ich schüttelte mit zunehmender Verzweiflung den Kopf. »Weißt du denn *wirklich* nicht, wie es weiterging?«

Er schwieg. Lange. So lange, dass ich fürchtete, die Geschichte selbst bis an ihr Ende erzählen zu müssen. *Ich habe dich brennen sehen.* Ich konnte es ihm nicht sagen.

»Mit Feuer?«, fragte er schließlich, nahezu tonlos. Dass ich auf diese Frage hin wortlos zu Boden sah, schien ihm Antwort genug zu sein. »Ich habe es vermutet«, sagte er in erstaunlich lockerem Tonfall, als wäre seine öffentliche Hinrichtung in einem früheren Leben kaum der Erwähnung wert. »Lilith hat des Öfteren entsprechende Anspielungen gemacht, und ich bekomme Schweißausbrüche, wann immer ich nur neben einer Kerze sitze. Diese Fackeln bei den Beschwörungen sind jedes Mal die Hölle für mich.« Er brach ab. »Aber es macht eigentlich keinen Unterschied. Natürlich gibt es Parallelen zu damals; im Grunde sind ja auch dieselben Personen beteiligt. Aber du darfst dich davon nicht verunsichern lassen, Sera. Diesmal ist alles anders: Wir wissen und können mehr als noch vor fünfhundert Jahren, und Lilith und Samael sind um so vieles schwächer als früher, kaum noch Schatten ihrer Selbst. Wir schreiben die Geschichte einfach neu.«

Ich hob den Blick, und die ruhige Zuversicht in seinen Zügen ließ selbst mich als ewige Zweiflerin daran glauben, dass wir eine Chance hatten, etwas am Lauf der Dinge zu ändern. Vielleicht würde sich die vermeintlich größte Schwierigkeit unserer Zeit am Ende als Segen erweisen. Ich hatte Elias damals an die Flammen verloren, weil der Herr uns im entscheidenden Moment verlassen hatte und weil meine Kräfte sowohl bei der Festnahme als auch vor der Hinrichtung versagt hatten. Vielleicht waren wir ohne Gott wirklich besser dran?

Sicher war, dass unser damaliger Fehltritt ohne Sein Urteil keine Sünde mehr darstellte. Ohne Gott über mir war ich kein Engel, der gegen das Gebot seines Herrn verstieß, sondern eine junge Frau, die sich verliebt hatte.

Ich wusste nicht, was passieren würde, wenn ich in die Krypta hinabstieg, wusste nicht, ob wir beide unversehrt den Tag überleben würden. Vielleicht war es ein Abschied für immer.

Es war ein übermäßig dunkler Gedanke, doch er gab mir den Mut, den ich brauchte, um Elias tiefer in die Augen zu blicken, mich zu ihm vorzubeugen und ihm meine geisterhafte Hand an die Wange zu legen. Noch nie hatte ich etwas Vergleichbares aus eigener Initiative getan, doch ich versank in der Wärme zwischen uns, dem Gefühl, den einzigen Menschen auf Erden gefunden zu haben, der mich verstand, der mir in einer Welt, die uns beiden fremd war, ein Zuhause gab.

Ich spürte die Berührung seiner Lippen kaum, als er die Lücke zwischen uns schloss, aber sie war doch da und ließ mein Herz flattern, als wäre ein kleiner Vogel in ihm gefangen.

»Ich gehe jetzt«, flüsterte ich gegen seine Lippen, so nah und doch unerreichbar fern.

»Du wirst das Schwert finden«, erwiderte er zuversichtlich. »Und wenn du wiederkehrst, dann werde ich hier sein und auf dich warten.«

# 24

Als wir uns voneinander gelöst und uns erhoben hatten, stieg ich alleine durch den schimmernden Durchgang hinab.

Sobald ich gänzlich im Boden versunken war, wurde es stockfinster um mich herum. Stein und Erde zu durchwandeln, wo sich vor Hunderten von Jahren jene Treppe befunden haben musste, die ich in meinen Träumen und Visionen gesehen hatte, löste eine eigenartige Beklemmung in mir aus, die erst verschwand, als ich die seltsame Passage hinter mir gelassen hatte und mich in einem wirklichen Raum befand.

Mit etwas Konzentration gelang es mir, ein kleines Leuchten zu erzeugen, das hellweiß auf raue Wände fiel. Ich sah mich um. Hinter mir war die mit Steinen und Erde verschüttete Treppe. Vor mir lag der Gang, der zu der Tür führte, hinter der man Margarete damals weggesperrt hatte. Sie sah fast genauso aus wie damals. Hier unten, von allen äußeren Einflüssen abgeschirmt, schien sie die letzten Jahrhunderte nahezu unbeschadet überstanden zu haben. Hoffentlich galt dasselbe für das Schwert.

Mit klopfendem Herzen näherte ich mich der Tür, und tatsächlich: Das dunkle Holz schien zu flimmern, wie es auch die

Marmorfliesen getan hatten, durch die ich hatte herabkommen können. *Ein weiterer Durchgang.*

Bebend streckte ich eine Hand aus, die prompt durch das Holz drang, und ließ dann meinen Arm und schließlich meinen ganzen Körper folgen. *Ich bin drinnen.*

Im schwachen Leuchten meiner Erscheinung konnte ich die Umrisse der sechs steinernen Gräber erkennen, die ich in meinen Träumen ertastet hatte. *Das ist die Krypta, in der sie Margarete eingesperrt haben.*

Nun, da ich hier war, um mich herum nichts als die Stille alter Grabstätten, schienen die Szenen, die ich mit Margaretes Augen gesehen hatte, nur wenige Momente her zu sein. Ich konnte mir nicht vorstellen, dass mich ein halbes Jahrtausend von ihnen trennen sollte. Behutsam ging ich vorwärts, trat zwischen die Grabplatten und versuchte, mich an meine letzte Vision zu erinnern. In welchem der sechs Steinquader hatte Lilith das Schwert versteckt?

Margarete hatte zwischen ihnen auf dem Boden gelegen, während Azazel und Abaddon die schwere Steinplatte verrückt hatten. Wenn meine Erinnerung mich nicht täuschte, war das Geräusch von vorne links gekommen. Das letzte Grab der linken Seite musste es also sein.

Ich näherte mich dem steinernen Block, ließ meine Finger vorsichtig über die raue Oberfläche streichen, ohne sie wirklich zu spüren. Anders als die Fliesen und die Tür flimmerte das Grab nicht, und als ich versuchte hineinzugreifen, war es wie mit der Tür meines Zimmers – ich kam nicht durch. Ich wollte gerade um das Grab herumgehen, um zu sehen, ob es an einer der Seiten so etwas wie eine Öffnung gab, als mein Licht von einer Sekunde auf die nächste verlosch und ich mich in völliger Dunkelheit wiederfand.

Keine Nacht, kein Keller, kein Albtraum war jemals so finster gewesen wie die tonlose Schwärze, die mich nun umgab. Mein Herz raste, als mir der brennend süße Duft von schwelendem Honig in die Nase stieg, und ich wusste, dass ich nicht mehr allein war.

*Er ist hier,* dachte ich. *Gott, steh mir bei, er ist hier.*

»Suchst du vielleicht das hier, Seheiah?«, fragte Samaels samtweiche Stimme, untermalt vom metallischen Klirren eines Schwertes. *Er hat es.* Gelähmt vor Angst konnte ich mich nicht bewegen, nicht sprechen.

Elias' Worte geisterten durch meinen Kopf: *Samael existiert zurzeit nur im Dazwischen. Er kann Sera gefährlich werden, nicht uns.* Ohne Licht war ich hier unten blind, während Samael im Laufe der Jahrhunderte gelernt haben musste, mit seinen anderen Sinnen zu sehen. Ich war ihm ausgeliefert.

Ich zwang mich dazu, in die Hocke zu gehen, die Lippen fest zusammengepresst. Wenn er mich nicht hörte, wenn er mich nicht sah, dann würde er auch nicht wissen, wo ich mich befand. Inzwischen war mir das Schwert egal. Ich wollte nur lebend aus der Krypta herauskommen und Elias warnen, bevor es zu spät war – wenn man mich hier unten bereits erwartet hatte, dann schwebte auch er in allergrößter Gefahr.

»Ich muss sagen, ich bin enttäuscht von dir und Elija«, fuhr Samael ruhig fort. »Ihr seid in eurem Handeln genauso durchschaubar wie damals. Ich dachte, ihr hättet genug Zeit gehabt, um dazuzulernen, aber am Ende sind wir euch doch wieder einen Schritt voraus.«

Es war schwer zu bestimmen, woher seine Stimme kam. Mal schien er vor der Tür zu stehen, mal neben mir, dann wieder in einer der hinteren Ecken der Krypta, fast als geisterten seine

Worte körperlos durch den Raum. Aber er war hier. Ich fühlte es mit jeder Faser meines Körpers.

»Hat es dir die Sprache verschlagen, Schwesterherz? Du hast doch nicht etwa *Angst* vor mir?«

*Schwesterherz?* Ich schlug mir den grausam ironischen Kosenamen aus dem Kopf und konzentrierte mich auf seine Stimme. In dieser Sekunde stand er genau hinter mir zwischen den Gräbern, und damit weit weg von der Tür. Wenn es eine Möglichkeit zur Flucht gab, dann in diesem Moment, bevor die Spitze seines Stocks mich fand. Ohne weiter nachzudenken sprintete ich los, rannte in jene Richtung, aus der ich gekommen war, hoffend, dass ich auf Anhieb die Tür und damit den Durchgang in ihr treffen würde. Für Vorsicht hatte ich keine Zeit. Doch statt gegen die Tür oder gar eine Wand zu stoßen, wie ich es fast befürchtet hatte, krachte ich in einen anderen Körper. Meine Atmung wurde flach, als mir ein Geruch wie von brennendem Zimt in die Nase stieg. Doch ehe ich zurückweichen konnte, hatte Samael meine Handgelenke gepackt und hielt mich fest. Da er sich mit mir im Dazwischen befand, fühlte sich seine Berührung vollkommen echt an.

»Nicht doch«, tadelte er sanft, als spräche er mit einem in Panik geratenen Kind. »Geht man so etwa mit seinen Geschwistern um?«

*»Du bist nicht mein Bruder«*, zischte ich, aber es war nicht wirklich *meine* Stimme, die aus meinem Mund drang. War es die von Seheiah? Die von Margarete? Oder etwas dazwischen? »Lass mich gehen.«

Samael öffnete gehorsam die Hände, doch bevor ich mich bewegen konnte, wurde mein Körper von einer Bö erfasst, die stark genug war, mich schmerzhaft ans andere Ende des

Raumes zu schleudern. »Ich habe nicht hier unten auf deine Ankunft gewartet, um mit dir über Kleinigkeiten zu streiten.«

»Wenn du mich töten willst, dann *tu es endlich*«, fauchte ich, am Boden liegend, mich nur mühsam wieder aufrichtend. Wo war der Ausgang? Um mich war alles unverändert schwarz, und durch meinen Sturz hatte ich endgültig die Orientierung verloren.

»Nach allem, was passiert ist, wäre es erbärmlich von mir, dich in diesem Loch hier sterben zu lassen«, erwiderte Samael. »Verreckt wie eine Ratte, die den Ausgang nicht mehr finden konnte. Ich werde dich nicht töten. Nicht jetzt. Ich bin hergekommen, weil ich dir ein Angebot machen möchte.«

»Ich bin nicht interessiert.« Waren das Tränen in meiner Stimme? Ich tastete mich auf Händen und Knien voran, bis ich an eine der Grabplatten stieß und mich an ihr entlang nach vorne arbeiten konnte.

»Kannst du das denn beurteilen, wenn du es noch nicht einmal gehört hast?« Seine Stimme war direkt vor mir. Erschrocken hielt ich an und blickte nach oben, ohne etwas zu sehen. Da war *nichts*, nicht das kleinste Glimmen oder Blitzen, keine Silhouette und kein Schemen, nichts weiter als diese furchtbare Schwärze, die so vollkommen war, dass ich sie kaum noch als eine solche wahrnahm. Es machte mich wahnsinnig. »Ich bin nicht dein Feind, Seheiah.«

Plötzlich tauchten Bilder von brennenden Obstbäumen und vergifteten Brunnen vor meinem geistigen Auge auf. Ich sah gebrochene Flügel, zerstörte Bauten und blutige Federn, hörte die Schreie meiner Geschwister und die kampfeslustigen Rufe derer, die ich einst für einen Teil meiner Familie gehalten hatte. »Du bist *der* Feind, Samael«, entgegnete der Teil von mir, der um so vieles älter sein musste als Margarete und ich zusammen. »Ich werde dir niemals verzeihen. Deine Worte sind vergebens.«

»Ich bitte dich nicht um *Verzeihung*.« Samael klang beinahe amüsiert. »Deine Vergebung hat keinen Wert für mich.«

»Dann verschwinde endlich.«

Ich konnte seinen Ärger weder sehen noch hören, aber ich *fühlte* ihn, wie ein kurzes elektrisches Blitzen im Raum. Kurz darauf stieß direkt unter mir eine Steinsäule aus dem Grund hervor und warf mich erneut schmerzhaft zu Boden. *Aber wir sind im Dazwischen*, dachte ich. *Das sollte nicht möglich sein. Wie kann er Kontrolle über die Elemente im Diesseits haben?*

»Hast du es denn plötzlich so eilig, diese Welt zu verlassen?«, fragte Samael.

»Lass mich in Ruhe!«

»Ich fürchte, das wird nicht möglich sein.« Zum ersten Mal konnte ich das Flüstern seiner Schritte hören, als er auf mich zukam und direkt vor mir stehen blieb. Eilig setzte ich mich auf und rückte von ihm ab, bis ich mit dem Rücken gegen eine Wand stieß. »Es gibt nur zwei Optionen für dich«, sagte er, ging offenbar vor mir in die Hocke und fuhr fort: »Entweder du hörst mir zu und nimmst mein Angebot an, oder ich werde dich doch noch töten, so wie die anderen vierundvierzig Schutzengel vor dir. Du hast eine Chance – wenn du sie verspielst, gönne ich dir keine weitere Sonderbehandlung mehr, nur weil du uns damals den Weg gewiesen hast. Du hast die Wahl.«

So fest ich es konnte, drückte ich mich an die Wand in meinem Rücken, doch ich kam nicht fort von ihm. »Was willst du?«, stieß ich zwischen zusammengebissenen Zähnen hervor.

»Deine Unterstützung«, sagte Samael leichthin. »Du bist anders als die anderen, Seheiah, und du weißt es. Du hast die

Kraft, dich ihm zu widersetzen, hattest sie damals schon.« *Eine Sünde. Es war eine Sünde.* »Du kannst nach deinem eigenen Willen handeln. Das ist es, was uns beide miteinander verbindet. Was uns von all unseren anderen Geschwistern unterscheidet.«

Ich schüttelte den Kopf, als könne das seine Worte ungeschehen machen. »Wir haben nichts gemeinsam.«

»Mehr, als dir vielleicht lieb ist. Oder war es nicht dein Stolz, der dich glauben ließ, Vater würde es nicht merken, wenn ihr euch seinen Geboten widersetzt? Es ist uns nicht gestattet, die Menschen zu lieben. Du bist zu nah an die Sonne geflogen, hast dir deine Flügel verbrannt. Der Hochmut hat uns beide zu Fall gebracht, *malakh.*«

»Nein«, erwiderte ich, die Augen geschlossen, als würde die Dunkelheit so erträglicher werden. »Das ist nicht wahr.«

»Aber du brauchst dich deshalb nicht zu grämen«, sagte Samael, und die warme Haut seiner Fingerknöchel strich mir über die Wange. »Warum sollte Vater uns verwehren, was er den Menschen, diesen unvollkommenen Kreaturen, so bereitwillig gestattet? *Es steht uns zu* zu lieben, frei über unser Schicksal zu walten und eigene Entscheidungen zu treffen. Was du getan hast, war nicht falsch.«

*Eine Sünde.* Ich entzog mich der Berührung, indem ich den Kopf wegdrehte. »Du lügst.«

»Und doch hat er euch verbannt, hat einen seiner liebsten Propheten bereitwillig meiner Obhut übergeben und dich auf ewig aus dem Himmelreich verstoßen. Wegen eines einzigen Fehltritts. Siehst du nicht auch, warum es nötig war, ihn zu stürzen? Für einen Alleinherrscher wie ihn ist auf dieser Welt kein Platz mehr. Wir werden eine neue Ordnung im Jenseits aufbauen, Lilith und ich, und du kannst uns dabei helfen. Ich reiche dir meine Hand. Weise sie nicht so leichtfertig ab.«

»Was ihr tut, ist falsch«, wiederholte ich Elias' Worte, als müsse ich selbst den Satz hören, um ihn zu glauben. »Die Seelen der Menschen *brauchen* das Himmelreich, sie brauchen einen Vater, zu dem sie beten und einen Ort, an den sie zurückkehren können, wenn ihre Pflicht auf Erden erfüllt ist. Du allein kannst ihnen das nicht bieten, und Lilith kann es auch nicht. Ihr beide seid *verdorben.*«

Erneut konnte ich das kurze Aufblitzen seines Zornes fühlen. Doch diesmal blieb meine Provokation ohne Folgen.

»Sei nicht töricht«, sagte Samael. »Du hast damals schon versucht, ihm bis ans Ende zu dienen, und was hat es dir gebracht? Fünfhundert lange Jahre im Dazwischen, in denen du nichts anderes getan hast, als den verirrten Seelen der Verstorbenen den Weg auf die andere Seite zu weisen. Du warst nichts weiter als eine Sklavin, dabei bist du zu so viel mehr imstande. Komm mit mir, Seheiah, schließ dich uns an und sei Teil der neuen Welt. Die Jahrhunderte der Unterdrückung sind vorbei. Ohne ihn können wir in Freiheit und Selbstbestimmung leben, wir können im Himmel ein Reich aufbauen, das wir nach *unseren* Wünschen gestalten. Du brauchst nur Ja zu sagen, und ich werde dich wie die verlorene Schwester, die du bist, in unserer Mitte aufnehmen. Du hast nichts zu befürchten.«

Was er sagte, klang verlockend. Aber noch immer sah ich Feuer und Blut im Geiste, fühlte den Rauch in meinen Lungen brennen und hörte das Zischen, Schnarren und Knurren der entsetzlichen Kreaturen, die er sein Gefolge nannte. In der Vergangenheit hatte er nichts als Zerstörung über das Himmelreich gebracht. Warum sollte es jetzt anders sein? Oder war die Schuld an all dem Leid letzten Endes wirklich bei Gott zu suchen, wie Samael es mich glauben machen wollte?

»Was ist mit Elias?«, fragte ich, doch der Widerstand in meiner Stimme war zu einem fernen Flüstern verklungen. Es wäre so leicht, einfach mit ihm zu gehen, keine Angst mehr haben zu müssen.

»Was soll mit ihm sein?«, fragte Samael kühl. »Er ist ein Prediger, ein Prophet vielleicht, aber eben doch nur ein *Mensch*, den Vater bis zu dieser unseligen Geschichte mit dem Baumeister wieder und wieder zum Leben erweckt hat, um seinen Auftrag zu erfüllen. Ohne ihn sind seine Tage auf Erden gezählt – meine Gattin hat ihn zurückgeholt, aber mit dir in unseren Reihen haben wir keine Verwendung mehr für ihn. Er muss sterben, damit du zu deiner alten Kraft zurückfinden kannst.«

*Er muss sterben.* »Nein.« Ich schlug die Augen auf. Als könne mein Herz wieder sehen, nun, da meine Augen blind waren, kehrten mein Widerwille und mein Hass gegen Samael schlagartig zurück. Ich sah die Flammen des Scheiterhaufens gierig in die Höhe steigen, sah den Widerschein des Feuers auf Samaels schönem Gesicht. »Ihr habt ihn mir schon einmal genommen. Ihr werdet ihn mir kein zweites Mal nehmen.«

Samael seufzte tief. »Du wirst einen anderen finden.«

*»Nein.«* Wie hatte ich nur einen Augenblick glauben können, dass Samael *gut* war? Dass seine blühende Zukunft die Wahrheit darstellte? Wenn ich mit ihm ging, würde er Elias töten, ihn hinrichten, wie Lilith und er es damals schon getan hatten. *Beschütz ihn.* »Ihr dürft ihm nicht wehtun. Das werde ich nicht zulassen.«

»Ohne Vaters Anweisungen bist du von deinen Pflichten als Schutzengel befreit. Du wirst diesmal keine Konsequenzen zu tragen haben, wenn du ihn einfach sterben lässt.« Allmählich klang Samael, als würde das Gespräch ihn ermüden. »Sein

Dasein auf Erden dauerte bereits um so vieles länger, als es ein Menschenleben je sollte. Es ist an der Zeit.«

»Das hast *du* nicht zu bestimmen.« Plötzlich blitzte in der Finsternis ein Licht auf. *Die Tür,* dachte ich, kam hektisch auf die Füße und lief los. Doch statt den Ausgang zu finden, wie ich es gehofft hatte, stießen meine nach vorne gestreckten Hände gegen die nackte Wand.

»Ich erwarte deine Entscheidung am Abend«, sagte Samaels Stimme hinter mir. Es wunderte mich, dass er nicht versucht hatte, mich aufzuhalten – oder hatte am Ende *er* das kleine Irrlicht entstehen lassen, um Abstand zwischen uns zu bringen? »Du weißt, wo. Wenn dir wirklich so viel an diesem Propheten liegt, dann bist du besser pünktlich.«

Ich hörte ein leises Verpuffen, wie von entzündetem Gas, dann ein Klirren. Ganz ohne mein Zutun kehrte mein Licht zurück, vertrieb die Schwärze der Krypta und schälte die Umrisse der Gräber aus der Dunkelheit. Ein metallisches Glänzen am Boden verriet mir, dass das Schwert noch hier war – Samael aber war fort.

# 25

Samael war fort. Bis auf die glitzernde Klinge zu meinen Füßen und das unkontrollierte Zittern meiner Hände deutete rein gar nichts mehr darauf hin, dass er jemals hier gewesen war. *Ich muss raus.* Im hellen Glühen meines geisterhaften Körpers war es kein Problem mehr, den Ausgang zu finden. Ich nahm das Schwert an mich, das sich auch im Dazwischen von mir aufheben ließ, während ich in den letzten Tagen schon Schwierigkeiten gehabt hätte, ein Blatt Papier zu bewegen, und trat durch das schimmernde Portal in der Tür nach draußen. Sobald ich aber den finsteren Durchgang, der die Krypta mit dem überirdischen Teil der Kirche verband, hinter mir gelassen hatte, wurden meine schlimmsten Befürchtungen Realität: Ich war allein.

»Elias?«, fragte ich laut, doch das Kirchenschiff war menschenleer, die Gitter zum Vorraum verschlossen, wie sie von Anfang an hätten sein sollen.

*Ich werde hier sein und auf dich warten.*

*»Elias!«*, rief ich erneut, ohne eine Antwort zu erhalten. Samaels Stimme kroch durch meinen Kopf wie ein dünner Rauchfaden: *Wenn dir wirklich so viel an diesem Propheten liegt, dann bist du besser pünktlich.*

Elias war in ihrer Gewalt, weil wir naiv in unser Verderben gerannt waren. Lilith musste damit gerechnet haben, dass wir früher oder später herkommen und das Schwert holen würden, nachdem sie mich erkannt und meinen wahren Namen erraten hatte. Anders als Elias und ich erinnerten sie und Samael sich vollständig an alles, was vor fünfhundert Jahren passiert war. Statt uns mühsam durch die halbe Stadt zu jagen, hatten sie seelenruhig darauf gewartet, dass wir von allein zu ihnen kamen.

Und wir? Wir waren blindlings in ihre Falle getappt. Vermutlich hatte Lilith vorhin nur versucht, in unsere Wohnung einzudringen, um über Jo herauszufinden, wo wir uns aufhielten. Als dieser Plan wegen meiner Halskette nicht funktioniert hatte, hatte sie eben ihre Schergen an unserer Tür klopfen lassen, damit sie die Drecksarbeit für sie erledigten.

Weiß Gott, was Abaddon und Azazel mit meinen Freunden gemacht hatten. Vielleicht hatten die Dämonen inzwischen nicht nur Elias, sondern auch Jo und Mark entführt.

Ich musste sie finden, sie retten! Es war alles meine Schuld! Doch ich kam nicht weit. Zwar gelang es mir, meinen halbstofflichen Körper durch die Lücken der Gitterstäbe zu zwängen, vor dem hölzernen Portal der Kirche aber blieb ich gezwungenermaßen stehen. Es war genau wie mit der Tür meines Zimmers: Ich kam nicht hindurch, obwohl ich es versuchte. Zunächst sanft, dann mit Schwung, letztlich mit Gewalt, aber das massive Holz gab nicht nach, und die Klinke konnte ich nicht bewegen.

Ein unterdrückter Laut der Frustration bahnte sich den Weg aus meiner Kehle. Ich war der Krypta entkommen und nun in der Kirche gefangen. Es durfte nicht wahr sein. *Die Geschichte wiederholt sich.* Es war genau wie damals. Sie hatten

Elias, ich war gefangen, und wenn ich nicht schnell genug war, dann würden sie ihn töten, so wie sie ihn damals verbrannt hatten.

Mir lief die Zeit davon. Ich konnte nicht darauf warten, dass rein zufällig jemand vorbeikam, um die Kirche zu besuchen und mir so den Weg nach draußen zu eröffnen. Ein *Schutzengel* sollte doch dazu in der Lage sein, selbstständig ein Gebäude zu verlassen! Es musste möglich sein, aus dieser Kirche herauszukommen – doch als ich nach den Engelskräften griff, die tief in mir schlummerten, fühlte es sich an, als versuchte ich, Wasser aus einem vertrockneten Brunnen zu schöpfen. Da war einfach nichts, das ich hätte tun können, als hätte mich die Begegnung mit Samael all meiner Energie beraubt.

Wieder und wieder krochen seine letzten Worte durch meine Gedanken: *Dann bist du besser pünktlich.* Dann das Verpuffen, das metallische Klirren des Schwertes, als es aus seinen Händen zu Boden gefallen war ...

*Das Klirren.* Als ich eben gegen die Tür vor mir geschlagen hatte, hatte ich zwar den Widerstand gespürt, aber ich hatte keine Geräusche verursacht. Das Schwert dagegen ... Wenn es im Diesseits Geräusche machte *und* ich es vom Dazwischen aus berühren, anfassen, aufheben konnte, dann war vielleicht *das* die Besonderheit des himmlischen Stahls, von der Lilith damals gesprochen hatte. *Himmlischer Stahl könnte uns später noch von Nutzen sein.*

Was, wenn das Schwert die Dimensionen miteinander verband?

Ich befreite die Waffe aus meinem Gürtel und hielt sie ins Licht – zwar leuchtete die Klinge nicht so stark wie in meiner Vision, aber es schien doch eine Art Leben in ihr zu stecken. Ohne dass ich sie bewegte, tanzten Licht und Schatten über ihre glatte Oberfläche. Das Schwert war keinesfalls so matt wie damals, als Elias versucht hatte, Samael zu töten.

Vielleicht hatte Mark mit seiner Theorie recht. Vielleicht brauchte es einen Engel, um das Schwert zu führen. Warum aber leuchtete das Schwert dann nicht so hell wie in Margaretes Händen? War es zu alt? Oder war ich zu schwach? Und warum hätte Samael es mir überlassen sollen, wenn er hätte fürchten müssen, dass es in meinen Händen zu einer gefährlichen Waffe wurde? Ich wollte mir nicht länger den Kopf zerbrechen. Ich musste hier raus.

Voller Hoffnung schob ich die Spitze des Schwertes in den Türspalt, betend, dass ich die Klinge nicht beschädigen würde, wenn ich sie als Hebel missbrauchte.

Und es funktionierte! Viel heftiger als beabsichtigt, als hätte eine plötzliche Orkanbö sie erfasst, flog die Kirchentür auf und öffnete mir den Weg nach draußen. Ungläubig starrte ich auf das Schwert in meinen Händen – wenn diese Wunderwaffe zu solchen Dingen imstande war, wieso hatte sie Samael damals kein einziges Haar gekrümmt?

Die Tür begann wieder zuzufallen. Eilig schob ich das Schwert zurück in den Gürtel und lief hinaus auf die Straße, nur um dort meine nächste Befürchtung bestätigt zu sehen. Wir waren mittags hergekommen, nun hatte bereits die Dämmerung eingesetzt. Hatte Samael den Lauf der Zeit verändert?

Wie konnten mehrere Stunden vergangen sein, wo ich höchstens dreißig Minuten in der Krypta gewesen war? *Wenn dir wirklich so viel an diesem Prediger liegt, dann bist du besser pünktlich.* Wenn ich bereits zu spät war?

Ich rannte los. *Du weißt, wo.* Natürlich wusste ich es. Die Versammlung, von der Elias erzählt hatte, jene Zusammenkunft, bei der Dämonen aus aller Welt anwesend sein würden, um den Worten ihrer Herren zu lauschen und ihnen von den eigenen Gräueltaten zu berichten. Das alte Heizkraftwerk bei Aubing.

Der Plan, das Treffen und die geöffneten Portale für unsere eigenen Zwecke zu nutzen, war mir schon riskant erschienen, als ich noch davon ausgegangen war, dass Elias und ich Samael und Lilith einen Schritt voraus waren – aber jetzt? Sie wussten, dass ich kommen würde. Dass ich es unbemerkt an den beiden und ihrem Gefolge vorbei zurück ins Diesseits schaffen würde, daran brauchte ich im Moment nicht zu denken. Doch fernbleiben konnte ich dem Kraftwerk auch nicht. Wenn ich nicht kam, würden sie Elias töten. *Wie damals.*

Zwar wusste ich, in welche Richtung ich mich wenden musste, um zum Kraftwerk zu gelangen, aber ich wusste auch, dass es von hier aus weit war. Verdammt weit. Zu Fuß hätte ich mindestens zwölf Kilometer vor mir, und obwohl mein Körper im Dazwischen nicht ermüdete und ich die ganze Strecke rennen konnte, hatte ich Angst, dass ich zu spät kommen würde. *Wie damals.*

Mit jedem Meter, den ich vorankam, wurde jenes Gefühl stärker, das ich schon im Wald gespürt hatte, als ich mich mit Agnes auf die Suche nach ihren Kindern begeben hatte: Es war, als würde ein natürlicher Kompass in meinem Innersten erwachen, als hinge ich mit dem Herzen an einer Schnur, die mich immer stärker zu Elias zog. Er war in Gefahr. Ich musste ihn schützen!

Zunächst wollte ich mich teleportieren, wie es Elias und mir bei der Flucht vor Lily gelungen war, aber so sehr ich während des Laufens auch versuchte, mir das Gefühl wieder in Erinnerung zu rufen, es wollte mir nicht gelingen. Als würde mich Elias' bloße Gegenwart stärker und seine Abwesenheit jetzt schwächer machen. Ich wusste nicht einmal mehr, was ich in jenem Moment gedacht hatte, ob ich überhaupt etwas anderes gedacht hatte als: *Beschütze ihn.*

Auch jetzt musste ich ihn beschützen, aber so lange ich ihn nicht sah, schien mein Körper, mein Unterbewusstsein, oder welcher Teil von mir auch immer für den Einsatz meiner Kräfte verantwortlich war, die Dringlichkeit der Sache schlicht nicht zu begreifen. Ich musste wohl den gesamten Weg selbst zurücklegen.

Aber während ich im Schneematsch die Gehwege der Innenstadt entlangrannte, Passanten und Fahrrädern auswich und Straßen überquerte, fiel mir etwas anderes auf. Ich war viel schneller, als ich es mir je zugetraut hätte. Wie ein Magnet wurde ich immer stärker in jene Richtung gezogen, in der ich Elias vermutete. Als würde ich kaum etwas wiegen, wurden meine Schritte drei, vier Meter lang, und als der Stau vor einer Ampel die Straße blockierte, sprang ich mühelos über die stehenden Autos hinweg.

Es war fast wie Fliegen. Ohne mich körperlich sonderlich anzustrengen sprintete ich dahin, ließ zuerst den Hauptbahnhof, dann die Hackerbrücke an mir vorbeiziehen und näherte mich bereits der Donnersbergerbrücke, als eine Stimme in meinem Unterbewusstsein erwachte, die mich mit unwiderstehlicher Kraft von meinem Weg zog, mich nach rechts abbiegen und geradewegs auf die Brücke laufen ließ.

*Du kannst das alles, du musst nur an dich glauben.*

Ganz von selbst verlangsamte sich mein Schritt, bis ich in der Mitte der Brücke zum Stehen kam, hinter mir das Rauschen des achtspurigen Verkehrs, vor mir die Brüstung und dahinter, in fünf, sechs Metern Tiefe die unzähligen Bahngleise, die München mit dem Rest des Landes verbanden. Erst als ich nach unten sah, wurde mir bewusst, warum ich hergekommen war.

*Nein. O Gott, nein.*

Doch mein Körper schien zu wissen, was er tat. Als wäre es die natürlichste Sache der Welt, trat er auf dem Gehweg so weit als möglich zurück, nahm ein paar Schritte Anlauf – und sprang dann aus vollem Lauf ab.

Ich sah mich fallen, sah mich vor meinem inneren Auge auf die Gleise stürzen und von einem herannahenden Güterzug überrollt werden, sah Elias, Jo und Mark, die vergebens auf Rettung warten würden. Doch mein Fall währte nicht lange genug, um diese Bilder Wirklichkeit werden zu lassen: Einen Wimpernschlag später kamen die Schienen am Boden nicht mehr näher, glitten stattdessen gleichmäßig unter mir dahin und entfernten sich schließlich sogar wieder, immer weiter, bis ich zwanzig, dreißig, vierzig Meter Abstand zum Boden gewonnen hatte und mir klar wurde, dass ich nicht hinabstürzen würde.

*Ich fliege.*

Mein Herz sprang aufgeregt gegen meine Brust. Ich flog, aber der Gedanke bereitete mir keine Angst mehr. Hatte mir sonst schon die Aussicht darauf, ein Flugzeug besteigen zu müssen, mulmige Gedanken und schlaflose Nächte bereitet, so *wusste* ich nun, dass ich vollkommen sicher war. Ohne sie zu sehen, konnte ich fühlen, dass sich die geisterhaften Flügel an meinem Rücken ausgebreitet hatten – sie waren es, die mich schwerelos und pfeilschnell durch die Luft trugen. Auf diesem Wege würde ich schon bald am Kraftwerk ankommen.

Während ich immer höher und höher stieg, bis die Züge, Bäume und Autos unter mir zu Spielzeugen geschrumpft waren, genoss ich einen Moment lang das Gefühl der Freiheit, das mich durchströmte. Die trübe Wolkendecke der letzten Tage war am Horizont aufgerissen, und obwohl ich seine Farben nicht sah, konnte ich erahnen, dass der Sonnenuntergang vor mir wunderschön sein musste. Ich wollte glauben, dass es ein gutes Zeichen war, aber ich hatte Angst. Nicht vor der Höhe, nicht vor dem Fallen, noch nicht einmal vor der Aussicht darauf, dass ich selbst vielleicht mein Leben verlieren würde, wenn ich Samael und Lilith gegenübertrat.

Meine Furcht galt einzig und allein der Tatsache, dass ich womöglich zu spät käme – *wie damals* –, dass ich machtlos zusehen müsste, wie meinen Freunden, wie *Elias* etwas angetan wurde. Noch war er am Leben. Ich fühlte es mit aller Klarheit, und meine Verbindung zu *ihm* war es, die mich in der Luft auf Kurs hielt, die mir den Weg wies, ohne dass ich auch nur eine Sekunde lang darüber nachdenken musste, in welche Richtung ich flog.

Tatsächlich tauchte das verlassene Kraftwerk kurze Zeit später am Horizont auf. Ich erkannte das zugewucherte Grundstück, den schmalen Schornstein, die kantigen Formen des imposanten Baus, die meterhohen, schmalen Fensterbänder in der Ziegelfassade.

Wie ein Flugzeug vor der Landeerlaubnis flog ich über der Anlage eine große Schleife, um die Lage zu sondieren, bevor man mich entdeckte. Von hier oben sah es kein bisschen so aus, als ob im Inneren des Bauwerks etwas Übernatürliches vor sich ging. Andererseits wusste ich nicht, was ich erwartet hatte – tiefschwarzen Rauch, der aus den Türen quoll, blitzende Lichter hinter erblindeten Fenstern?

Erst auf meiner zweiten Runde fiel mir etwas auf, das anders war. Damals, als ich mit Jo und Mark hier gewesen war, um zu drehen, war der Haupteingang mit mehreren Eisenketten und einem schweren Vorhängeschloss gesichert gewesen. Nun stand die Stahltür sperrangelweit offen.

Ungläubig schüttelte ich den Kopf. Erwarteten Samael und Lilith tatsächlich, dass ich einfach so durch den Haupteingang hereinspazieren würde, wenn es noch einen anderen Weg ins Innere der Halle gab? Nur zu deutlich erinnerte ich mich an unseren Dreh, an den düsteren Schleichweg durch den Keller, von dem einer von Marks Kommilitonen uns damals erzählt hatte. Um durchzukommen musste man keine Türen aufmachen, nur das richtige Loch im Innenhof finden und anschließend durch eine Öffnung in einer Wand klettern. Das würde auch vom Dazwischen aus kein Problem für mich sein.

Langsam sank ich tiefer, sorgfältig darauf achtend, dass ich nicht an den Fenstern der Haupthalle vorbeiflog. Lilith konnte mich zwar nicht sehen, aber das galt nicht für all die anderen Kreaturen, die sich mittlerweile im Kraftwerk versammelt haben mochten. Schließlich landete ich zwischen den alten Backsteinwänden und -pfeilern des Innenhofs auf den Füßen und sah fasziniert dabei zu, wie meine Flügel allmählich verblassten.

Ich würde mich wohl nie daran gewöhnen können.

Eilig lief ich in die Richtung, in der sich der Durchgang zum Keller befand, und war fast da, als mich etwas innehalten ließ. Das Loch vor meinen Füßen kam mir mit einem Mal furchtbar dunkel vor, viel dunkler, als es hätte sein sollen.

Vor meinem geistigen Auge lächelte Lily mich an. *Ich habe sie alle gesehen. Jedes einzelne.* Schon vor unserer ersten Begegnung hatte sie sich unsere YouTube-Videos angesehen. Sie *wusste* also, auf welchem Weg wir damals in das Kraftwerk gelangt waren. Sie rechnete damit, dass ich versuchte, mich auf diese Weise auf die Versammlung zu schleichen. Genauso, wie sie damit gerechnet hatte, dass Elias und ich versuchen würden, das Schwert zu holen.

Ich trat vom Loch zurück und straffte die Schultern. Womit Lilith *nicht* rechnete, war, dass ich den Mut besaß, den Haupteingang zu verwenden. Natürlich war es riskant. Aber unbemerkt würde ich es so oder so nicht in die Halle schaffen, und bevor ich mich in einem dunklen Keller von Samaels dämonischen Schergen festnehmen ließ, trat ich lieber aufrecht und mit Würde ein – als der Engel, der ich war.

Es ging mir nicht mehr darum, das Dazwischen zu verlassen. Es ging darum, Elias zu retten, egal um welchen Preis. Wenn Samael mich im Austausch für sein Leben haben wollte, dann war das eben so.

*Verteidige sein Leben, und wenn es dich das deine kostet.* Diesmal würde ich nicht zu spät sein. *Wir schreiben die Geschichte neu.*

Entschlossen wandte ich mich von dem düsteren Durchgang im Boden ab und ging in Richtung Haupteingang. Diesmal würde es mir gelingen, ihn zu beschützen.

# 26

Das Tor klaffte als alles vernichtendes schwarzes Loch in der Wand. Die Dunkelheit dahinter war so vollkommen, dass es mir von außen unmöglich war, auch nur schemenhaft zu erkennen, was im Inneren der Halle vor sich ging. Als ich mit Jo und Mark hiergewesen war, war die Haupthalle dank ihrer hohen Fenster von Tageslicht erfüllt gewesen. Dass sich vor mir nun eine solche Schwärze auftat, war trotz der einsetzenden Dämmerung alles andere als natürlich. Doch inzwischen wusste ich, wenn man die Grenzen zwischen den Welten gewaltsam öffnete, hatte das Auswirkungen auf die direkte Umgebung: Im Umkreis geöffneter Portale verschwammen die Grenzen zwischen Diesseits und Jenseits. Sobald dies geschah, konnte der Bereich einer Beschwörung vom Diesseits aus weder verlassen noch betreten werden, was vielleicht auch der Grund für jene Wand aus Dunkelheit vor mir war. Vom Dazwischen aus sollte hingegen ich keine Probleme haben, sie zu durchschreiten.

In Gedanken an meine Oma – wer sonst wäre noch da gewesen, um *mich* zu beschützen? – streckte ich eine Hand nach der Schwärze aus, die meine Finger gierig in sich aufnahm.

*Beschütze ihn.* Ohne eine weitere Sekunde zu zögern, ließ ich den Rest meines Körpers folgen und trat in die Halle ein. *Beschütze ihn, beschütze ihn, beschütze ihn.*

Sobald ich eingetreten war, schlugen die Türflügel in meinem Rücken mit einem lauten Knall zu. Vor mir saß Lilith in der Mitte der Halle auf einem Thron aus Schutt und rostigen Metallteilen. Ich keuchte auf, als ich sah, dass sie die Füße auf Elias gestützt hatte, der regungslos auf dem Boden lag – unmöglich zu sagen, ob er überhaupt bei Bewusstsein war. An ihrer Seite stand Samael in all seiner Pracht, geschwungene Hörner auf der Stirn und in einen goldbestickten weinroten Gehrock gekleidet, aus dessen Rücken die Stümpfe seiner Flügel ragten. Hinter ihnen, halb im Schatten verborgen, konnte ich Abaddon erkennen. Azazel dagegen fehlte, und ich hoffte, dass das nicht bedeutete, dass Jo und Mark sich in seiner Gewalt befanden. Im Rücken der drei, an der Seite eines riesigen alten Heizkessels, befand sich ein wirbelndes Portal von mehreren Metern Durchmesser, der Rest der Halle versank in Schwärze. Es war, als hätte man einen Scheinwerfer auf die Königin und ihr Gefolge gerichtet, ich wusste aber weder, woher das Licht kam, noch ob mehr Dämonen im Dunkeln lauerten oder ob wir allein waren.

»Haupttor«, bemerkte Abaddon heiter.

Lilith beobachtete mein Näherkommen aus leuchtend violetten Schlangenaugen und reichte ihm wortlos einen Geldschein.

Doch es war Samael, der als Erster das Wort an mich richtete.

»Du warst schnell«, stellte er fest. »Manchmal muss man die Küken eben aus dem Nest schubsen, damit sie das Fliegen lernen.«

»Ich habe getan, was du wolltest«, sagte ich mit fester Stimme und blieb etwa zehn Meter vor dem Thron und Samael stehen. »Ich bin hier, aber ich werde meine Entscheidung nicht ändern und dir dienen. Du kannst meine Seele haben. Ich gebe dir, was immer du haben willst. Aber lass Elias gehen.«

Lilith schnaubte abfällig. »Du kapierst es wirklich nicht, oder?«, fragte sie. Ich holte Luft, doch ehe ich die Chance hatte, etwas zu erwidern, fuhr sie mit kühler Stimme fort: »Du *kannst* ihn nicht retten, Engelchen. Seine Tage waren gezählt, als er damals auf jenem Scheiterhaufen sein tragisches Ende fand. Mit deinem kleinen Zauber gestern hast du sein Leiden nur unnötig in die Länge gezogen.«

*Nein.* Entschlossen zog ich das Schwert aus meinem Gürtel und trat einen Schritt nach vorn. Im nächsten Moment schnipste Lilith mit den Fingern, und die gesamte Halle wurde in gleißendes Licht getaucht. Und dann sah ich sie. Dutzende Dämonen, manche menschlich, manche tierisch, einige undefinierbar dazwischen, hatten sich im Dunkel an den Wänden der Halle aufgehalten und warteten nun mit tödlicher Ruhe darauf, dass ihre Herrin den Befehl zum Angriff gab. *Die Versammlung.*

Der Anblick der grässlichen Wesen allein reichte aus, um kalte Angst durch meinen Körper zu jagen – wäre Elias nicht gewesen, allein, schutzlos, gebrochen am Boden zu Liliths Füßen, wäre ich auf der Stelle umgedreht und geflüchtet. Sie alle waren wie Samael bei mir im Dazwischen, und solange es mir nicht gelang, das Portal in Liliths Rücken zu durchschreiten, war ich ihnen ausgeliefert.

»Ich biete dir an, das hier ohne Gewalt zu lösen«, sagte Samael. »Du kannst nicht wollen, dass ich meine Meinung ändere.«

»Und pack endlich dieses Ding weg«, meinte Lilith, mit einer Hand nachlässig in Richtung meines Schwertes wedelnd.

»Hast du denn vergessen, dass himmlischer Stahl seine Wirkung nur in den Händen eines Engels entfaltet?«, fragte Samael mit einem Lächeln auf den Lippen. »Von einem Menschen geführt, ist er nutzlos, es sei denn, du brauchst ihn, um Äpfel zu schneiden oder Brote zu schmieren. Das war schon damals euer Fehler.«

Seine Worte brachten mich nicht aus der Fassung – was er sagte, bestätigte nur, was wir bereits vermutet hatten.

»Damals hatte Elias das Schwert geführt«, sagte ich fest. »Jetzt ist alles anders. Mag sein, dass er als Prophet nur ein Mensch ist, aber *ich* bin ein Engel.«

Als Lilith lachte, brach ihr ganzer Hofstaat in folgsames Kichern aus. »*Warst* einer, meinst du wohl. Dass du ein vollwertiger Engel warst, ist lange her, Seheiah.«

Ich sah auf das Schwert in meinen Händen hinab, das stärker glühte, seit ich die Halle betreten hatte. *Sie lügt. Ich habe Agnes' Kinder gefunden, habe Jo vor dem Unfall gerettet, bin Mark in unserem Treppenhaus erschienen, habe Elias bei seinem Sprung aus dem Fenster vor dem Sturz bewahrt und bin nicht hergelaufen, sondern geflogen.*

»Das hat nichts zu bedeuten«, sagte Lilith abfällig, als sie meinem Blick folgte und das Glimmen der Waffe bemerkte. »Glaubst du denn allen Ernstes, mein Geliebter hätte dir das Schwert überlassen, wenn du auch nur den Hauch einer Chance hättest, es zu *benutzen?* Es war der einfachste Weg, euch zwei Kletten voneinander zu trennen und dich herzulocken, das ist alles. Mit dem bisschen, was von deinen Kräften übrig ist, kannst du uns keine Angst machen. Entweder du beugst dich unserem Willen, oder du stirbst den Märtyrertod, auf den ihr Christen immer so scharf seid.«

Ich umklammerte das Schwert in meiner Hand fester. »Ich habe bereits gesagt, dass ich an meiner Entscheidung festhalten werde«, sagte ich in jener Stimme, die mehr nach Seheiah als nach Sera oder Margarete klang. »Ich werde alles in meiner Macht Stehende tun, um euch von eurem Thron zu stoßen. Der Herr und der Glaube an ihn wird siegen.«

»Du kennst die alten Schriften doch so gut?«, fragte Samael spöttisch. »Die Sünden der Engel können nicht vergeben werden. Von jenem Tag an warst du eine Verdammte, und du bist es noch immer. Ich biete dir die Freiheit, wo Vater dich ins Dazwischen verbannte. Warum solltest du wollen, dass die alte Ordnung wiederhergestellt wird? Weil es das ist, was dein Schützling gesagt hat?«

»Vor allem *warst* du doch schon mit einem Fuß auf der anderen Seite, bevor deine ganze Sippe sich in der Welt der Menschen versteckt hat«, wandte Lilith verständnislos ein. »Ich verstehe nicht, was das Drama soll.«

»War ich nicht«, sagte ich verunsichert. Zu vieles von dem, was sie und Samael sagten, ergab mit dem beschränkten Wissen, das ich aus meinen Visionen hatte gewinnen können, keinen Sinn.

»Du hast ja gar keine Ahnung mehr, oder?«, fragte Lilith mit ihrem unheimlichem Talent, meine Gedanken zu erraten. »Schade eigentlich. Nachdem ihr das Schwert so schnell gefunden habt, dachte ich, dass deine Erinnerungen vollständig zurückgekehrt wären.«

»Wir müssen wohl ein wenig nachhelfen«, sagte Samael, streckte eine Hand aus und ließ seinen Gehstock in ihr erscheinen. »Sieh es als freundlichen Versuch, dir die Entscheidungsfindung zu erleichtern.«

Im nächsten Moment ließ er sich von Abaddon in meine Richtung führen. Ich wollte zurückweichen, doch als ich einen Schritt nach hinten machte, stieß ich auf Widerstand.

Erschrocken drehte ich mich um und blickte in die glühend roten Augen von sechs Dämonen. Ohne dass ich es gehört hatte, hatten sie sich genähert und schnitten mir nun den Weg ab. Sie gingen aufrecht, aber ihre Gesichter waren wirbelnde Schatten, und das Zischen, das sie auf meinen Blick hin ertönen ließen, war das von tierischen Bestien. Sie würden mich nie durchlassen.

Als ich mich wieder nach vorn wandte, hatte Samael mich erreicht. *Feuer und Blut, Tod und Zerstörung.*

Ich fürchtete ihn. Doch er sah das Entsetzen in meinen Augen nicht, und wenn er meine Angst fühlte, dann schien sie ihn nicht zu bekümmern. Mit ruhiger Bestimmtheit streckte er seine Hand nach mir aus und legte seine samtweichen Fingerspitzen an meine Stirn.

Plötzlich war ich nicht mehr hier. Als hätte sich unter meinen Füßen ein Loch im Boden aufgetan, fiel ich hinab, taumelte haltlos durch die Dunkelheit, tiefer, immer tiefer, ehe ich fühlte, dass ich fest auf beiden Beinen stand, um mich eine Schwärze, die jedes Licht verschlungen hatte, und doch keine war. Der Gestank von Rauch und brennendem Holz füllte meine Lunge, ich spürte Hitze auf meinem Gesicht und hörte aufgeregtes Murmeln hinter dem Knacken und Prasseln eines Feuers. Doch erst als das Schluchzen einer Frau durch die übrigen Geräusche schnitt, erkannte ich, wo ich war.

Ich war wieder Margarete und stand dort, wo mein Traum zuletzt aufgehört hatte: vor dem Scheiterhaufen nahe der Tore Münchens, auf dem Elias' Körper lichterloh in Flammen stand. Es war mein Schluchzen gewesen, das ich gehört hatte. Nun fiel ich schreiend auf die Knie, starrte auf die Wand aus Flammen und Hitze, die mir die Tränen aus den Augen brannte, noch ehe sie über mein Gesicht laufen konnten.

*Ich bitte dich, tu mir das nicht an. Herr, schütze ihn, rette ihn, lass es nicht wahr sein.*

Es war vergebens. *Ich* hätte ihn schützen müssen. Doch ich war nicht da gewesen, als er mich am dringendsten gebraucht hatte, war machtlos gewesen, als sie ihn festgenommen hatten, war in der Krypta gefangen gewesen, während man ihm den Prozess gemacht und ihn zum Tode verurteilt hatte. *Verlass mich nicht.* Mein Körper fühlte sich leer und kraftlos an, ausgehöhlt bis auf den namenlosen Schmerz in meiner Brust. Es war Liliths glockenhelles Lachen, das wie aus weiter Ferne an mein Ohr drang und mich endlich aus meiner Starre riss.

Ihre Worte rannen wie Gift durch meine Adern: *Sieht fast so aus, als hättest du versagt, hm?*

»*Nein.*« Zitternd kam ich zurück auf die Beine, strich mir angesengte Haarsträhnen hinters Ohr und wankte einen Schritt nach vorn, ließ alle anderen Umstehenden noch weiter hinter mir zurück und näherte mich den Flammen. Wenn doch nicht alles verloren war? Noch ein Schritt. Die um das Feuer aufgestellten Wachen beäugten mich misstrauisch. *Weiter.*

»Ihr könnt ihn mir nicht wegnehmen«, sagte ich mit einer ruhigen Entschlossenheit, die mir selbst die Haare im Nacken aufstellen ließ. »Ich werde es nicht zulassen. Ich werde ihn beschützen.«

*Er ist längst tot, Mädchen,* sagte eine Stimme, vielleicht neben mir, vielleicht in meinem Kopf. *Geh weg da, du verbrennst dich.* »Ich werde dich schützen.« *Es ist zu spät.* »Bleib bei mir.«

Ich fühlte die Hitze des Feuers kaum, obwohl ich mir nichts sehnlicher wünschte, als dass die Flammen die unbeschreibliche Kälte aus meinem Herzen vertrieben. *Beschütze ihn.* Ich fühlte die Hände der Teufel und Dämonen, die mit ehernen

Klauen versuchten, mich zurückzuziehen, aber ich schüttelte sie ab, und als ihre Griffe fordernder, drängender wurden, riss ich mich los, schlug nach ihnen aus, wurde schneller, rannte, sprang, bis ich ihn direkt vor mir in den Flammen sah.

Endlich konnte ich ihm nahe sein wie in jener einen Nacht, wie ich es in all den Jahrhunderten immer gewollt, doch nie gekonnt hatte.

*Verlass mich nicht.* Ich griff nach seiner Hand, als die Flammen mein Kleid und mein Haar verzehrten, und ich hielt sie fest, als das grimmig rote Glühen des Feuers zu sanftem Grau verblasste und wir endlich allein waren.

Elias lag ganz ruhig da, wunderschön in meinen Augen, wie immer, wenn ich ihn am Ende eines Lebens auf der anderen Seite hatte begrüßen dürfen. Er öffnete blinzelnd die Lider, als man Margaretes brennenden Körper unter großem Aufruhr aus den Flammen zog.

»Seheiah«, sagte er, und ich genoss jenen viel zu kurzen Augenblick, in dem er wusste, wer er war, wer *ich* war und worin sein Auftrag bestand. Er streckte seine Hand nach mir aus. Ich nahm sie entgegen und presste sie an meine Wange. »Das hättest du nicht tun dürfen.«

Ich schüttelte den Kopf. »Sorge dich nicht um mich.«

»Er wird dich bestrafen.«

*Nicht nur mich.* Dutzende Male bereits hatte ich Elias von hier, vom Dazwischen aus, den weiteren Weg gewiesen. Das Tor, das der Herr normalerweise für ihn öffnete, führte ihn geradewegs in sein nächstes Leben, irgendwo anders auf der Welt. Ich begleitete ihn, schützte zunächst seine Mutter und wachte dann über seine Kindheit, bis er alt genug war, damit ich mich ihm offenbaren und ihm seine Berufung mitteilen konnte. Aber der Durchgang, der in diesem Moment neben uns erschien, war schwarz, und gelblicher Dampf quoll aus ihm empor. Ich kannte ihn, wenngleich ich nie damit gerechnet hätte, dass er sich eines Tages für Elias öffnen würde.

*Es war eine Sünde.*

»Ich kann dich nicht retten«, flüsterte ich unter Tränen. »Ich habe nicht die Macht, dir den Weg ins Paradies zu eröffnen. Aber ich werde dir einen Teil der Kraft schenken, die der Herr mir einst verliehen hat. Ich schenke dir das Zweite Gesicht, damit du Gut und Böse für alle Zeit voneinander unterscheiden kannst. Ich schenke dir die Gabe der Heilung, damit die Flammen der Hölle dir nichts anhaben können. Ich schenke dir meinen Schild, damit er dich vor der Dunkelheit bewahrt.« Ich blickte in seine hoffnungsblauen Augen. Ich musste mich beeilen. »Und ich schenke dir die Ewigkeit, Elias, damit wir uns eines Tages wiedersehen.«

Der Sog des Tores war mit jeder verstreichenden Sekunde stärker geworden. Schon wurde mir Elias aus den Armen gezogen. Ich küsste seine Handfläche, fühlte, wie meine Worte Realität wurden und meine Kräfte auf ihn übergingen. Das helle Leuchtfeuer in meinem Herzen wurde zum Glimmen einer flackernden Kerze gedimmt. Ich fühlte mich schwach und krank, *menschlich*, menschlicher als je zuvor in meinem Leben, aber seine Seele würde *leben*, würde die Hölle und all ihre Schrecken überstehen, und allein diese Gewissheit war es, die mir die Kraft gab, ihn letzten Endes ziehen zu lassen.

»Lebe wohl«, flüsterte ich und ließ seine Hand los.

Ich konnte den Widerstand in seinen Augen sehen, die Worte, die ihm auf den Lippen lagen, doch der Sog des Höllentores war unerbittlich. Sekunden später war er fort, und das graue Treiben auf dem Richtplatz versank in Dunkelheit.

*Du hast einen Fehler gemacht,* donnerte es um mich herum, als ich körperlos durch das Nichts schwebte. *Was habe ich dir getan, dass du gegen mich handelst? Dass du sündigst, vor mir und deinesgleichen?*

»Du hast mich verlassen, Herr«, erwiderte ich, doch er schien meine Worte gar nicht zu hören.

*Verbannt sollst du sein, aus dem Himmel und deiner Heimat, auf dass du ewig zwischen den Welten lebst und bis ans Ende der Zeit von meinen Propheten geschieden bist. Taub sollst du sein meinen Worten gegenüber, da du mich nicht erhören wolltest. Ich verstoße dich, Seheiah. Du wirst den Seelen der Sünder den Weg weisen, aber sie nicht bewahren können. Bis ans Ende der Tage sollst du mit ansehen, wie die, die dir lieb sind, machtlos in den Feuern der Hölle versinken. Du hast mein Gebot nicht gehört. Das ist deine Strafe.*

Das unbarmherzige Tosen Seiner Worte verklang, als ich mein Körpergefühl wiedergewann, herabfiel wie ein Stein und weit, weit weg von München und dem allmählich verglühenden Scheiterhaufen in einer farblosen Wüste landete. Der Ginsterstrauch war längst fort, vertrocknet und zu Staub zerfallen, doch als ich mich kraftlos aufrichtete, erkannte ich an den Silhouetten der weit entfernten Berge dennoch, wo ich war: in der Nähe Horebs, jenes Gottesberges, auf dem Mose die zehn Gebote empfangen hatte und auf dem sich der Herr Elias erstmals offenbart hatte.

Hier, zwischen jenen Felsen, neben denen ich jetzt saß, hatte ich Elias einst aufgesucht, als er sich vollends entkräftet seinen eigenen Tod herbeigewünscht hatte.

*Steig hinab zu jenem Mann, der Tote lebendig werden lässt und Dürre und Regen vorhersagen kann,* hatte mein Auftrag gelautet. *Fahre hinab zu ihm, offenbare dich und weise ihm den Weg zu mir, auf dass ich mich ihm zeigen und ihm seinen Auftrag zuweisen kann.*

Ich hatte es getan, natürlich hatte ich es getan. Nie hätte ich Gottes Weisungen infrage gestellt. Ich war Elias erschienen, hatte ihm zu essen und zu trinken gegeben und ihm den Gipfel des Berges gezeigt, den er erklimmen musste, um dem Herrn zu begegnen. Es war fast dreitausend Jahre her. Von jenem Tag an hatte ich Elias auf all seinen Wegen begleitet, war durch unzählige Leben hindurch an seiner Seite gewesen, bis auf einige wenige Licht- und Traumerscheinungen unsichtbar, aber doch immer da. Ich hatte ihn leben und sterben sehen, wieder und wieder, hatte ihn geliebt und gehasst und hatte erst viel zu spät begriffen, dass er mein Herz tanzen ließ, wo sich meine Geschwister nur der Pflicht und ihres göttlichen Auftrags wegen an ihre Schützlinge banden.

Elias selbst hatte immer nur mit und für Gott gelebt, sobald er sich seines Auftrags bewusst geworden war, hatte sich niemandem angeschlossen, bis ... Bis ich als Margarete in sein Leben getreten war, bis die jahrhundertelange Vertrautheit zwischen uns eine Gestalt angenommen hatte und er ... *Es war eine Sünde.* Es war *meine,* nicht seine Schuld.

Elias hatte es nicht verdient, so zu enden, nicht nach all den Jahrhunderten, in denen er dem Herrn gedient hatte. Und doch hatte Gott ihn ins Höllenfeuer hinabgestoßen, um mich für meine Fehler zu strafen. Es war nicht gerecht.

*Er* war nicht gerecht.

Die Klarheit der Erkenntnis ließ mich innehalten. Wenn Gott nicht gerecht war, war alles eine Lüge. Wenn Er nicht gerecht war, wozu stellten meine Geschwister und ich dann unser ganzes Dasein in Seine Dienste? Was hatte es für einen Zweck, Ihm jahrhunderte-, jahrtausendelang treu ergeben zu sein, wenn ein einziger Fehler das Ende bedeuten konnte?

Mühsam kam ich auf die Beine und wankte los, den Gipfel

Horebs hinter mir zurücklassend. Ich würde Ihn nicht um Vergebung bitten. Nicht mehr. Der Tag verstrich, während ich mich Schritt für Schritt voranschleppte und mein Bewusstsein sich in immer dunkleren Ecken verfing. Als die Nacht hereinbrach, fühlte ich ein Verlangen tief in meiner Seele, heftiger als alles, was ich je zuvor verspürt hatte. Doch es war keine Liebe, nach der sich mein Herz verzehrte, keine Gnade und keine Vergebung. Es war Rache.

# 27

Ich erwachte mit flatterndem Herzen am Boden des Kraftwerks.

Ein Teil von mir wollte aufspringen, um mich schlagen und meine Verzweiflung aus vollem Halse herausschreien, aber der Teil, der mich zur Selbstbeherrschung zwang, war stärker, und ich setzte mich betont langsam auf. Ich hätte gerne geglaubt, dass das, was ich in meiner Vision erlebt hatte, nur eine Täuschung Samaels war, um meine Meinung zu ändern, doch ich fühlte, dass ich soeben die Wahrheit gesehen hatte.

Seheiah hatte sich – *ich* hatte mich – damals gegen Gott gewandt, und ich hatte keine Ahnung, welche furchtbaren Wendungen und Ereignisse seither passiert waren. Würden sie je in meinen Erinnerungen und Visionen auftauchen? Obwohl ich mit Margarete immer mitgefühlt und -gelitten hatte, konnte ich das nicht von Seheiah behaupten. Elias in den Flammen sterben zu sehen und sein Leid als Strafe Gottes zu erfahren, hatte sie verändert.

Ich fürchtete die Dunkelheit in ihr, wusste nicht, wozu sie in ihrem Hass fähig gewesen war. Was, wenn sie wirklich für Samael gearbeitet hatte, wie Lilith und er es hatten anklingen lassen? Aber warum war sie dann nach dem himmlischen

Krieg vor über zwanzig Jahren geflüchtet, in mich, in den menschlichen Körper eines gerade geborenen Babys, so wie all die anderen Engel auch?

*»Sera.«*

Elias' Stimme. Als ich aufsah, kniete er zwischen Samael und Lilith vor dem Thron auf dem Boden, augenscheinlich unverletzt, aber die schwarzen Nebel um ihn herum sagten mir, dass er von ihren dunklen Kräften gebunden war.

»Elias«, entfuhr es mir erleichtert. Ich sprang auf und wollte zu ihm eilen, als sich die Dämonen um mich herum zu einem Kreis schlossen und mir den Weg versperrten.

»Sehr gut, du bist wieder bei uns«, stellte Lilith gelangweilt fest.

»Geht es dir gut?«, hörte ich Elias fragen.

Zwischen den Dämonen hindurch versuchte ich, ihm ins Gesicht zu sehen. »Das spielt keine Rolle«, sagte ich rasch. »Es tut mir so leid, ich hätte bei dir bleiben sollen, ich ...«

»Rührend, wirklich, aber mich interessiert viel mehr, ob du es nun verstanden hast?«, unterbrach Lilith mich. »Hast du das Ende gesehen? Dein *lieber Gott* hat dich auf alle Ewigkeit ins Dazwischen verbannt und deinen Liebsten in die Hölle geworfen. Was euch widerfahren ist, hat nichts mit göttlicher Gnade zu tun, Seheiah. Das war eine *Strafe*. Ihr solltet Samael und mir die Füße küssen, dass wir Ihn von Seinem Thron gestoßen haben. Ohne uns wärt ihr immer noch dort, wo ihr damals gelandet seid, ohne den Hauch einer Chance, euch jemals wiederzusehen. Es kränkt mich, dass du nicht das kleinste bisschen Dankbarkeit zeigst.«

»Ich werde dir niemals *danken*, Lilith«, erwiderte ich, das Wort ausspuckend wie eine Beleidigung. »Ohne euch wäre all das nie passiert.«

»Du glaubst ja wohl selbst nicht, dass der Herr sich ruhigen Gemüts eure Hochzeit angesehen hätte«, schnappte Lilith. »Wenn wir Elias damals nicht den Prozess gemacht hätten, wäre er eben zwei Tage später unheilbar krank oder von jemand anderem ermordet worden. Gott lässt sich nicht zum Narren halten, und allein, dass du das denkst, zeugt von deinem Hochmut. Mein Geliebter und ich haben das Paradies ja nicht grundlos verlassen – wer den Herrn zum Freund hat, braucht keine Feinde mehr.«

»Wovon spricht sie, Sera?«, fragte Elias. »Was hast du gesehen?«

Bevor ich etwas sagen konnte, erhob Samael seine Stimme:

»Bestimmt verstehst du nun, dass es nötig ist, den Propheten zu töten. Du hast ihm einen Großteil deiner Kräfte überlassen. Ein törichter Schachzug, wenn du mich fragst … Aber du hast es dieser stupiden Verzweiflungstat zu verdanken, dass deine Macht im Herzen des Propheten bewahrt wurde, während all die anderen Engel ihre Kräfte verloren haben. Wenn du sie dir zurückholst, könntest du zu alter Größe gelangen, Seheiah. Nach den Verlusten des Krieges wärst du eines der mächtigsten Wesen dieser Welt.«

Als die Dämonen einen Schritt nach hinten traten, sah ich, dass Elias mit brennender Verzweiflung in den Augen jeder meiner Bewegungen folgte. Dann blickte ich zu Samael. Er hatte beide Hände auf seinen Stock gestützt, Lilith saß neben ihm auf dem Schutthaufen und starrte mich erwartungsvoll an – ebenso der Rest der anwesenden Dämonen. Ich fragte mich, ob sie uns wohl verstanden, welche Sprache man in der Hölle sprach, oder ob sie sich ganz anders verständigten.

Lilith riss mich aus diesen absurden Gedanken.

»Eigentlich sollte dir die Entscheidung leichtfallen«, zischte sie. »Wir haben den Propheten nur aus der Hölle geholt, weil er *dein* Zweites Gesicht hat, weil er dank dir die Auren der Engel sehen kann. Wenn du es dir zurückholst, brauchen wir ihn nicht mehr und können ihn endlich erlösen. Wenn du dich aber gegen uns entscheidest, habe ich keine Skrupel, ihn wieder ins Fegefeuer hinabzustoßen. Nun, da er sich einmal gegen mich gewandt hat, wird er es bei der erstbesten Gelegenheit wieder tun, verstehst du? Es liegt also in deiner Hand. Entscheide dich.«

Dank Elias' wusste ich, dass der Himmel seit dem Krieg verschlossen war, unzugänglich sowohl für Engel und Dämonen als auch für die Seelen der Sterblichen. Elias würde also im Höllenfeuer enden, egal wie ich mich entschied. Lilith und Samael belogen mich und setzten offenbar darauf, dass ich das nicht wusste. Ich spürte, wie Wut in mir aufwallte.

Ich suchte Elias' Blick, und fast meinte ich, das Aufflackern von Angst in seinen Augen zu sehen, zum allerersten Mal in diesem Leben. *Vertraut er mir etwa nicht?* Ich wollte ihm die Gewissheit geben, dass ich ihm nie etwas antun würde, zugleich durfte ich mich Samael und Lilith gegenüber keinesfalls verraten.

In meinem Herzen hatte ich in den letzten Minuten einen verzweifelten Plan gefasst, eine Idee, die uns entweder töten oder retten würde, je nachdem, wie weit ich kam. Wir mussten fliehen, *bevor* sich Lilith und Samael endgültig gegen mich entschieden. Die beiden zu besiegen, wie es Elias und mir vor einer gefühlten Ewigkeit in naiver Euphorie vorgeschwebt war, war keine Möglichkeit mehr. Sie hatten zu viele Verbündete um sich geschart, ich dagegen war allein.

Ich suchte unauffällig nach dem Schwert, das mir während

der Vision aus der Hand geglitten war. Es lag zum Glück neben meinen Füßen auf dem Boden.

»Wie soll ich ihn töten, wenn das Schwert nutzlos ist und ich im Dazwischen feststecke?«, fragte ich, ohne aufzusehen. *Bitte, vertrau mir,* schickte ich in Elias' Richtung. Dann hob ich das Schwert auf.

»Ich sagte, dass das Ding uns nichts anhaben kann«, erwiderte Lilith. »Es ist nichtsdestotrotz eine Waffe, noch dazu eine, die Hier und Dort verbindet. *Natürlich* kannst du ihn damit töten.«

»Wenn ich es tue, dann wird ...« Ich brach ab, und meine Finger schlossen sich fester um den Griff des Schwertes.

»Wenn er stirbt, werden deine Kräfte zu dir zurückkehren«, beendete Samael meinen Satz. »Seine Seele wird den Weg aller Sterblichen gehen, wie sie es schon vor fünfhundert Jahren hätte tun sollen. Sie wird entweder sofort den Weg ins Jenseits finden oder im Dazwischen verweilen, bis sie zum Übergang bereit ist.«

Erneut sprach er vom »Jenseits«, wo nichts anderes als die Hölle gemeint war. Eine lange Zeit schwieg ich und tat so, als müsse ich mir alles sorgfältig durch den Kopf gehen lassen, während ich innerlich vor Anspannung bebte. Ich hatte nur eine Chance; es musste schnell gehen, damit ich das Überraschungsmoment auf meiner Seite hatte, und ich durfte keinen Fehler machen.

Ich hob den Kopf. »Ich habe mich entschieden«, verkündete ich laut und deutlich, damit jeder der Anwesenden mich würde hören können. »Versprecht mir, dass seine Seele in den Himmel eingeht, und ich werde es tun.«

Samaels Lippen formten ein stummes Lächeln. Elias schüttelte panisch den Kopf, aber Lilith schwang ihre Beine vom Thron und nickte wohlwollend.

»Was immer du dir wünschst, Liebes«, sagte sie. »Nach all den Jahren treuer Dienerschaft hat er sich nichts anderes als den ewigen Frieden verdient. Der Herr hat seine Treue stets mit Füßen getreten, aber mit uns an der Spitze wird alles anders werden. Ehre, wem Ehre gebührt.«

*Du falsche Schlange,* dachte ich, gab mir aber alle Mühe auszusehen, als würde ich hoffnungsvoll an ihren Lippen hängen. Sie stand auf und ließ Elias mit einer fließenden Handbewegung in die Luft steigen, während auch ich das Schwert erhob. *Verzeih mir.*

Ich konnte sehen, dass Elias sprechen wollte, es aber nicht mehr konnte – er war ein bloßer Spielball der ihn umgebenden Kräfte, wie er es im Laufe seiner Leben schon so oft gewesen war. *Verzeih.*

Die Dämonen um mich herum erweiterten willig ihren Kreis, als Lilith Elias vor mir zu Boden sinken und erneut in die Knie gehen ließ, die Arme wie zur Kreuzigung in die Luft gestreckt.

Mir wurde schlecht bei dem Anblick, aber die Dämonen in der Halle begannen leise zu tuscheln und zu zischen. Sie schienen amüsiert, *abgelenkt.*

Ohne Vorwarnung stürzte ich nach vorn, über Elias hinweg, *beschütze ihn,* überbrückte innerhalb eines Wimpernschlags die kurze Distanz, die mich von Lilith trennte, und stach zu, den mit einem Mal glühend heißen Griff des Schwertes mit beiden Händen fest umklammert. In ihrer Überraschung hob Lilith die Hände vor den Körper, offensichtlich nicht bedenkend, dass mich ihre Kräfte im Dazwischen nicht aufhalten konnten.

Doch bevor meine Klinge ihr Herz durchbohrte, wurde ich von einer Bö erfasst und mit solcher Kraft durch die Luft nach hinten geschleudert, dass es mir die Luft aus der Lunge trieb. Das Schwert fiel mir im Flug aus der Hand und landete scheppernd auf dem Boden, als ich zehn, fünfzehn Meter weiter hinten auf dem Rücken aufkam und mühevoll um Atem rang.

»Enttäuschend«, sagte Samael.

»Erbärmlich«, zischte Lilith. »Lernt ihr denn *gar nichts* dazu?«

Als ich mich hochkämpfte, konnte ich sehen, dass sie wütend über die Stelle rieb, an der das Schwert sie getroffen hatte – ihre weißen Finger kehrten tiefrot zurück.

*Ich habe sie verletzt.* Zwar hatte ich wohl keinen ernstlichen Schaden angerichtet, aber das war auch gar nicht mein Ziel gewesen. Ich hatte ihre Aufmerksamkeit haben wollen, wollte sie dazu zwingen, ihre Kräfte einen Moment lang dazu zu verwenden, sich vor mir zu verteidigen, anstatt Elias gefangen zu halten, und das hatte ich erreicht.

Alle Anwesenden hatten sich mir zugewandt. Aus dem Augenwinkel konnte ich sehen, dass Elias tatsächlich frei von den Schatten war, die ihn eben noch umgeben hatten. Wenn ich es nun schaffte, ihn zu erreichen, ihn zu ergreifen und an mich zu pressen, dann konnten wir fliehen, wie es uns schon im Innenhof gelungen war. Wir würden von hier verschwinden und an einem fernen Ort auftauchen, an dem uns niemand finden würde. Wir wären in Sicherheit, wenigstens für kurze Zeit.

»Du bist dir darüber im Klaren, dass du damit jedes Recht auf eine friedliche Zusammenarbeit verwirkt hast, oder?«, sagte Samael kühl, und ich wurde vom Klang seiner Stimme jäh auf den Boden der Tatsachen zurückgeholt. »Ich habe dir einmal die Hand gegeben, Seheiah, ich werde es kein zweites

Mal tun«, fuhr er fort. »Du hast euer Schicksal soeben besiegelt.«

Im nächsten Augenblick schossen um mich herum Flammen aus dem Boden. Während Lilith die Körper und Handlungen der Menschen kontrollieren konnte, schienen Samael die Elemente untertan zu sein – nicht auszumalen, wie verheerend ihre Macht gewesen sein musste, als sie beide noch in vollem Besitz ihrer Kräfte gewesen waren.

»Ich werde ihn nicht töten«, verkündete ich, einen Ausweg aus den Flammen suchend. Konnte ich hoch genug springen, um sie zu überwinden? Konnte ich fliegen, wie auf dem Weg hierher? Ich fühlte ihre Hitze, roch ihren Rauch, wusste, dass sie bei mir im Dazwischen waren und mich verletzen konnten – aber würden sie mich auch töten können? Schon kamen die Dämonen näher heran, um mich erneut einzukesseln. »Mein Auftrag, mein Ziel, *der Sinn meines ganzen Daseins* ist es, ihn zu beschützen«, fuhr ich verbissen fort. »Und das werde ich tun, bis zum letzten Atemzug, bis die Erde zu Staub zerfällt und selbst ihr nur noch Asche seid. Ich werde ihn schützen.«

»Viel Erfolg dabei«, fauchte Lilith. »Gefangen in diesen Flammen wirst du ihn sterben sehen, und du wirst nichts tun können, genau wie damals. Es ist *deine* Schuld, Seheiah. Du hattest die Chance, etwas zu ändern, aber du hast dich dagegen entschieden, und nun ist es zu spät. Du kannst nichts mehr tun.«

»Aber *ich* kann.«

Mit glühenden Augen wirbelte Lilith herum. Elias stand mitten in der Halle, er hatte das Schwert aufgehoben. Liliths Bann war gebrochen, und Samael und die grässlichen Dämonen, die bereits auf ihn zustürmten, konnten ihm im Diesseits ohnehin nichts anhaben.

Im ersten Moment hüpfte mein Herz vor Freude, ihn so zu sehen. Dann begriff ich, was er vorhatte, und namenloses Entsetzen nahm ihren Platz ein.

»Elias, NEIN!«, rief ich, den Blick auf die Spitze des Schwertes geheftet, die er nun ohne das geringste Zittern auf seine Brust richtete. »Bitte nicht.«

»Das wirst du nicht tun!«, rief nun auch Lilith und griff mit ihrer dunklen Magie nach ihm, doch sie schien ihn nicht erreichen zu können, ganz so, als schütze ihn der himmlische Stahl wie Jo meine Halskette vor ihren Kräften.

»Glaub ja nicht, dass das etwas ändern kann, Prophet«, fuhr sie fort. »Du wirst in der Hölle landen und im Fegefeuer schmoren, und wir werden dich foltern. Du wirst …«

»Ich werde euch dort unten mit Freuden erwarten«, erwiderte Elias, in seinen Augen brannte endlich jenes Feuer, das ich zuletzt vor über fünfhundert Jahren gesehen hatte, als er zu einfachen Leuten gepredigt hatte. Es war dieser Mut, dieser Glaube, diese Hoffnung im Angesicht des Todes, in die ich mich vor so langer Zeit schon verliebt hatte. Ich durfte ihn nicht noch einmal verlieren!

»Bitte«, flehte ich. »Tu es nicht, Elias. Bitte nicht. Verlass mich nicht, nicht schon wieder. Wir werden einen Weg finden.«

Er schenkte mir ein Lächeln. »Du kannst sie besiegen, Seheiah.«

*»Wag es«*, fauchte Lilith.

*»Elias«*, schrie ich, aber es war zu spät, und er stieß sich die Klinge geradewegs durch sein Herz.

*Nein!* Ich ertrug es nicht, ihn erneut sterben zu sehen, *wie damals*, fühlte den Schmerz in seiner Brust wie meinen eigenen. Ich wusste, dass ich ihn hätte schützen müssen, aber was hätte ich tun sollen, wo er *selbst* sein Leben beendet hatte? *Ich kann dich nicht vor dir selbst schützen.*

Mein Haar ging in Flammen auf, als ich durch die Feuerwand auf ihn zurannte, *wie damals*, doch ich fühlte die Hitze nicht. Nicht als ich lief und nicht, als ich mich neben ihm auf die Knie warf, *wie damals*, und ich hörte die Schreie und Rufe der anderen nicht, da das Rauschen des Blutes in meinen Ohren jeden Laut übertönte, *wie damals.*

Elias lag ganz still vor mir, kein Schimmern umgab ihn mehr, seine wunderschönen blassblauen Augen waren geschlossen und würden sich nie mehr öffnen. Ich legte meine Wange an seine, ohne sie richtig zu fühlen.

»Verlass mich nicht, Elias. *Bitte, lass mich nicht allein hier*«, wimmerte ich, als wären die Worte das Einzige, das mich noch am Atmen hielt. Dann richtete ich mich auf, packte den Griff des Schwertes, das tief in seinem Körper steckte, als könnte ich alles rückgängig machen, wenn ich es nur herauszog, als würde das Blut, das den dunkelgrauen Stoff seiner Kleidung längst schwarz verfärbt hatte, einfach verschwinden, als wäre noch nicht alles vorbei, als hätten wir noch eine gemeinsame Zukunft, eine Chance.

Doch sobald ich die Waffe umfasste, veränderte sich etwas. *Wir schreiben die Geschichte neu.* Ich konnte fühlen, wie die Kraft meines früheren Selbst in meinen Körper zurückkehrte, wie das Zittern meiner menschlichen Glieder der puren, unbändigen Macht des Engels in mir wich, wie die leere Hoffnungslosigkeit in meinem Herzen sich in hell glühenden Zorn verwandelte und aus mir, aus Sera, wieder Seheiah wurde, nicht nur ansatzweise, als schwacher Nachhall eines vergangenen Lebens, sondern *ganz*, mit allen Konsequenzen.

Die Flügel, die sich diesmal auf meinem Rücken entfalteten, als ich mich von Elias' Seite erhob, hatten nichts gemein mit jenen schimmernd durchsichtigen Luftgebilden, die mich hergetragen hatten. Sie waren *echt*, aus strahlend weißen Federn geschaffen, wunderschön und Furcht einflößend zugleich. Ich fühlte mit einem Mal, dass Elias bei mir war, auch wenn ich ihn nicht sehen konnte, und neben seiner Verzweiflung spürte ich auch die meiner Großmutter und all jener Seelen, die dort hinter dem Portal zu Unrecht in der Hölle gefangen waren und seit Jahrzehnten vergebens auf ihre Erlösung warteten.

»Es ist vorbei«, sprach Seheiah aus meinem Mund. Das Schwert in meiner Hand glühte nun, als sei es aus flüssigem Feuer geschmiedet. Sein Leuchten warf hinter den versammelten Dämonen, die nun blitzschnell von mir zurückwichen, groteske Schatten an die Wand. »Ihr habt verloren. Kehrt zurück in eure Heimat, verschwindet an jenen Ort, den der Herr euch zugewiesen hat.«

Während die Dämonen hektisch in Richtung Portal liefen und einer nach dem anderen darin versank und auch Lilith mit furchtverzerrten Zügen vor mir zurückwich, Abaddon dicht an ihrer Seite, verharrte Samael regungslos in der Mitte der Halle.

»Du magst die niederen Dämonen vertrieben haben. Aber was hilft es dir, wenn auch Lilith und ich verschwinden?«, fragte er scheinbar unbeeindruckt vom Verlauf der Ereignisse. »Schick Lilith und mich zurück, wir kommen wieder. Es gibt keine Welt ohne Teufel, wie es kein Licht ohne Schatten geben kann. Ich habe dir angeboten, die Schöpfung neu zu gestalten, die Welt nach unseren eigenen Vorstellungen zu formen. Wenn es nicht das ist, was du begehrst, Schwester, was ist es dann? Der Prophet ist tot. Du wolltest unseren Vater stürzen und stehst nun hier, um auch mich zu verbannen. Willst du fortan alleine herrschen? Willst du Gott sein? Was treibt dich an?«

»Ihr habt nichts anderes verdient«, erwiderte Seheiah donnernd. Erneut stiegen meterhohe Feuerwände vor mir aus dem Boden, doch ein einziges Schlagen meiner Flügel ließ sie verlöschen. »Ich habe an dich und deine Vorstellungen von einer besseren Welt geglaubt, Bruder. Aber als der Krieg begann, habe ich gesehen, was deine Form der Veränderung *bedeutet.* Du bringst nichts als Zerstörung über die Welt. Du bist nicht, was du zu sein glaubst, du ...«

»Es ist Rache, oder?«, fiel Samael mir ins Wort. *Du irrst,* wollte ich sagen, doch da fuhr er bereits gelassen fort: »Schon wieder. Es war Rache, als du Vater den Rücken kehrtest, und es ist wieder Rache, nun, da du deinen Propheten erneut hast sterben sehen.«

»Das ist nicht wahr«, widersprach Seheiah.

»Das ist dein einziger Makel – du kannst ihn nicht loslassen. Du kommst nicht über ihn hinweg. Ich hätte ihn längst töten können, aber ich wollte, dass du es machst. Ich hatte gehofft, dass die letzten Jahre auf Erden dich verändert hätten, dass du jemand anderen kennengelernt hast, einen normalen Menschen liebst. Aber das war nie der Fall, oder? Du kannst nicht ohne ihn sein. Vielleicht sehen *meine* Augen nicht, aber es ist *deine* Verliebtheit, die dich seit jeher blind macht vor Gott und der Welt.«

»Genug! Für dich gibt es keinen Platz mehr auf der Erde, *Bruder*«, entgegnete Seheiah mit einer Kälte, die den menschlichen Teil in mir erschauern ließ. Inzwischen hatte ich jede Kontrolle über meinen Körper verloren; ich sah, wie ich die Hände hob, rechts das Schwert, links die Finger gespreizt und auf das Portal gerichtet. »Ich verbanne dich, dich und dein Gefolge, zurück an jenen Ort ohne Licht, und ich werde dieses Tor und alle anderen Durchgänge schließen, auf dass ihr nie mehr wiederkehrt. Du hast es selbst gesagt – kein Schatten ohne Licht, und ohne Gott darf es keinen Teufel geben auf der Welt.«

»Du wirst sehen, was du davon hast«, sagte Samael, doch Seheiah hob wortlos die Hand höher, und das Höllentor wuchs innerhalb eines Wimpernschlags auf das Doppelte, dann auf das Dreifache seiner ursprünglichen Größe an, bis es sich unter furchtbarem Dröhnen auf dem Boden der Halle ausdehnte und den Herrscher der Hölle verschlang.

Die letzten Dämonen, die noch nicht von selbst geflohen waren, stürzten kreischend und fauchend in den flammenden Abgrund hinab, aus dem nun so viel gelblicher Dampf und schwarzer Rauch emporquoll, dass sich mir die Sicht verschleierte. Ich beugte mich hinab, schloss Elias' toten Körper mit den Kräften Seheiahs in die Arme und stieg unter kräftigem Flügelschlagen auf, bis ich knapp unterhalb der Decke in der Luft stand und auf das Inferno unter meinen Füßen hinabblickte.

*Feuer und Blut, Tod und Zerstörung.* Wie damals. Aber diesmal war *ich* es, die die Zügel in den Händen hielt, und jener dunkle Teil von mir, der nicht *ich* war, genoss das berauschende Gefühl der Macht, das mir der schreckliche Anblick gab.

Ich löste eine Hand von Elias, streckte sie nach vorn und ballte sie zur Faust, um das Tor zu schließen, es zu versiegeln, wie die Erzengel nach dem Krieg die Pforten zum Paradies verschlossen hatten. Doch als der Abgrund schrumpfte und sich der Rauch allmählich lichtete, zog ein blauer Fleck am Rand meines Sichtfelds meine Aufmerksamkeit auf sich.

*Lilith.* Sie und Abaddon waren dem Inferno bisher entkommen und versuchten nun, die Halle durch einen der Seiteneingänge zu verlassen. *Nicht mit mir.* Von unbändigem Zorn erfüllt, nahm Seheiah das glühende Schwert in die freie Hand, ließ all ihre Kraft in die Klinge fließen und schleuderte die Waffe der Schlange hinterher. Ich sah, dass das Schwert sie traf, dass die Spitze in ihrem Rücken versank und Lilith nach vorn stürzte …

Dann wurde alles zu viel. Das Kontrollieren des Portals, das Fliegen, die Trauer, die Wut und der Schmerz meiner Seele, der entsetzliche Zorn in mir – meine glühende Macht zerfiel in meinem Herzen zu Asche, als meine Flügel sich in Luft auflösten, und ich ohnmächtig vom Himmel stürzte.

# 28

Es gab keine Vision, keinen Traum, keinen Schmerz.

Da war nur Dunkelheit um mich, quälend ungewiss, aber tröstlich in ihrer einfachen Vollkommenheit. Erst nach und nach kehrte Gefühl in meinen geschundenen Körper zurück. Ich fühlte, dass ich atmete, dass ich auf hartem Grund lag und mir vereinzelte Steine in den Rücken stachen. Der Staub in meiner Lunge ließ mich husten, doch ich hätte mir kein schöneres Gefühl ausmalen können: Erde, Staub und Dreck – wenn ich diese Dinge fühlen konnte, bedeutete das, dass ich *lebte*, dass ich zurück war, im Diesseits, in meiner Welt und meinem Körper.

Ungläubig setzte ich mich auf, betastete mein Haar, meinen Pulli und meine Hose, ließ meine Finger über den Boden fahren und Steinchen durch meine Hände rieseln. Ich zitterte vor Kälte und Aufregung, mein Atem gefror vor meinem Gesicht zu hellen Wölkchen, als ich den staubigen Duft des alten Bauwerks in meine Lunge sog, aber ich war dankbar für jede Empfindung, die mir bewies, dass ich es wirklich und wahrhaftig *geschafft* hatte.

Ich hatte überlebt.

Die Halle sah aus wie immer, als wäre hier nichts geschehen, als wären Lilith, Samael und die dämonische Versammlung nie hiergewesen. Erst als ich meine Augen durch den Raum schweifen ließ, über bunte Graffiti – *ich kann wieder Farben sehen* – und hellgelbe Sonnenflecken hinweg, die mir verrieten, dass der nächste Tag angebrochen war, fiel mein Blick auf einen staubigen Körper, der einige Meter von mir entfernt regungslos am Boden lag. *Elias.*

Plötzlich fiel mir das Atmen schwer, doch diesmal war es nicht der Staub, der mir die Kehle zuschnürte. Ich hatte überlebt, aber um welchen Preis? Elias hatte sein Leben geopfert, um meines zu retten. *Ich* hätte dort am Boden liegen sollen, nicht er. Strauchelnd kam ich auf die Füße, lief zu ihm und ließ mich neben seiner Leiche auf die Knie fallen. Nach der gefühllosen Leichtigkeit des Dazwischen schien mich jede Bewegung ungeheure körperliche Anstrengung zu kosten.

»Elias«, flüsterte ich und streckte bebend eine Hand nach seinem furchtbar stillen Gesicht aus. Die Tränen, die auf ihn herabfielen, zeichneten dunkle Spuren in die helle Staubschicht auf seiner Haut, als ich mich über ihn beugte und ihm sanft eine Haarsträhne aus dem Gesicht strich. »Es tut mir so leid.«

Meine Finger wanderten über seine Wange, seinen Hals hinab zu seiner Brust, wo ihn die Spitze des Schwertes durchdrungen hatte. Als meine Finger die Stelle erreicht hatten, setzte mein Herz aus. Da war weder Blut noch eine Wunde. Zwar fand ich ein Loch, einen Schlitz in seinem Pullover, aber die Haut darunter war völlig unversehrt – nur ein heller, merkwürdig glatter Fleck unterhalb des Brustbeins, ähnlich einer längst vergessenen Narbe, verriet noch, wo die Klinge ihn verletzt hatte. Als ich ungläubig meine Hand auf die Stelle legte, fühlte ich das leise Pochen seines Herzens.

*»Du lebst!«*, entfuhr es mir, und ich zog die Hand erschrocken zurück.

Als habe er auf diesen Moment gewartet, schlug Elias flatternd die Lider auf.

»Sera?«, fragte er, ehe seine Augen die meinen fanden, und ein seliges Lächeln über seine Lippen huschte. »Du bist wieder da.«

Ein Teil von mir hätte ihn am liebsten in die Arme gezogen, ihn an mich gepresst und nie wieder losgelassen, doch die Angst ihm wehzutun, hielt mich zurück. »Du lebst«, wiederholte ich leise. »Gott sei Dank. Ich dachte, du ... Ich meine, ich war sicher, dass ...«

Er zog die Brauen zusammen, als er vorsichtig seine Brust betastete. »Ich eigentlich auch.«

»Ich meine, du warst *tot*«, presste ich hervor und ballte die Hände in meinem Schoß zu Fäusten. »Das Schwert, es hat ... da war so viel Blut, es war furchtbar ... Ich hatte solche Angst um dich. Wie kann es sein, dass du das überlebt hast?«

»Ich weiß es nicht.« Elias setzte sich auf, und obwohl seine Bewegungen langsam waren, schien er keine großen Schmerzen zu haben. »Nach dem, was Lilith und Samael über die Vergangenheit und deine Kräfte erzählt haben, hatte ich die Hoffnung, dass mein Tod dich stärker machen würde. Aber damit hatte ich eigentlich nicht gerechnet.«

Ich schüttelte den Kopf. »Du spinnst.«

Sein Lächeln wurde breiter. »Aber es hat funktioniert, oder? Du hast sie besiegt.«

Mein Blick flog in Richtung der Tür, wo ich Lilith und Abaddon zuletzt gesehen hatte, ehe mein Schwert sie durchbohrt hatte, doch außer uns beiden war niemand mehr hier. Auch das Schwert konnte ich nirgends entdecken.

»Sie sind fort«, sagte ich ausweichend. Es war zwar vage, aber die Wahrheit. Ich hatte jede Kontrolle über mein Tun, dann mein Bewusstsein verloren. Nicht ich war diejenige gewesen, die Samael und Lilith aus unserer Welt vertrieben hatte, sondern Seheiah.

Elias schienen meine Worte dennoch zu freuen. »Ich wusste, dass du es kannst.«

»Stell dir vor, es hätte nicht funktioniert. Stell dir vor, meine Kräfte wären *nicht* zurückgekehrt. Dann wäre dein Opfer umsonst gewesen.«

»Wenn ich es nicht getan hätte, wären wir beide gestorben«, entgegnete er. »So aber haben wir beide überlebt. In jenem Moment war es das Einzige, was ich hätte tun können.«

»Wir hätten eine andere Lösung gefunden«, warf ich ein, aber Elias war noch nicht fertig.

»*Eine Waffe, das Böse zu bannen,* erinnerst du dich?«, fragte er, und ich nickte widerwillig. Nun, da es mitsamt der Höllenfürstin und ihren Schergen verschwunden war, konnte ich nur noch hoffen, dass das Schwert in den falschen Händen keinen Schaden anrichtete. »Ich hatte die Hoffnung, dass das Schwert wissen würde, was zu tun ist«, fuhr Elias fort. »Dass es nicht erschaffen wurde, um zu töten, sondern um eine gottgewollte Ordnung wiederherzustellen. Und das hat es. Deine Kräfte sind zu dir zurückgekehrt, Lilith, Samael und ihre Dämonen sind fort, du bist wieder im Diesseits. Alles ist wieder dort, wo es dem göttlichen Willen nach hingehört. Der Herr hätte Margarete keine magische Waffe mit auf den Weg gegeben, deren einziger Nutzen darin liegt, Tod und Zerstörung über die Schöpfung zu bringen.«

*Du kannst nicht für eine ungewisse Hoffnung dein Leben aufs Spiel setzen,* dachte ich, doch ehe ich den Fehler machen konnte, den Gedanken auszusprechen, wurde mir klar, dass Elias dies seit Anbeginn der Zeit getan hatte: Er lebte und kämpfte für seinen Glauben, starb für ihn und wurde wiedergeboren, Leben für Leben.

»Ich hatte solche Angst um dich«, sagte ich schließlich. »Bitte, tu mir das nie wieder an.«

Er legte eine Hand auf meine, und allein das Gefühl, ihn nach all der Zeit im Dazwischen endlich berühren zu können, seine Haut und seine Wärme zu spüren, vertrieb die Kälte aus meinen Gliedern. »Das werde ich nicht«, versprach er. »Wir sind in Sicherheit.«

Ich wollte ihm das mehr als alles auf der Welt glauben, als sich ein Flügel des rostigen Haupttors quietschend öffnete und wir vom goldorangen Licht des Sonnenaufgangs übergossen wurden.

*Lilith,* dachte ein Teil von mir panisch, *sie ist wieder hier.* Aber als sich meine Augen an das Licht gewöhnt hatten und ich die beiden Gestalten im Türrahmen erkannte, waren es nicht die Herrin der Hölle und Abaddon, die dort standen, sondern Mark und Jo. Eine Welle der Erleichterung überkam mich.

»Sera!«, rief Jo aus. »Du bist wieder da! Ich kann dich sehen!«

»Dann seid ihr wirklich hier?«, fragte Mark erstaunt, während Jo auf Elias und mich zurannte und mir ihre Hand entgegenstreckte, um mir aufzuhelfen.

»Ist alles in Ordnung?«, fragte sie besorgt, als ich abwinkte und von selbst auf die Füße kam. Elias rappelte sich ebenso auf, wenn auch langsamer als ich. »Gab es Ärger mit dem Dämonenpack, seid ihr verletzt?«

»Was ist passiert?«, wollte nun auch Mark wissen, nachdem er die Tür zugedrückt und zu uns gekommen war. »Du bist wieder sichtbar – also alles beim Alten?«

Überfordert nickte ich. Natürlich war nichts, aber auch *gar nichts* wie früher, aber ich hatte keine Ahnung, wo ich überhaupt hätte anfangen sollen, und Elias, der meine Freunde nachdenklich betrachtete, ohne einen Ton über die Lippen zu bringen, war mir diesmal keine große Hilfe.

»Wie geht es euch?«, fragte ich stattdessen. »Wie seid ihr die beiden Dämonen wieder losgeworden?«

»Das war leicht«, erwiderte Jo sofort, mit beiden Händen in ihrem Nacken herumfummelnd. »Nachdem ihr weg wart, gab es nichts mehr, das die zwei in unserer Wohnung interessiert hätte, also wollten sie recht schnell wieder gehen.« Sie zog etwas unter ihrem Schal hervor, und erst als sie mir das blinkende kleine Kreuz vor die Nase hielt, verstand ich, dass es meine Kette war, die sie abgenommen hatte. Sprachlos nahm ich das Schmuckstück entgegen, während Jo unbekümmert fortfuhr: »Aber wir wussten ja, dass ihr auf der Suche nach dem Schwert wart, deshalb wollten wir euch mehr Zeit verschaffen und haben sie aufgehalten.«

»Ihr habt sie aufgehalten?«, fragte Elias verwundert. »Was habt ihr gemacht, ihnen Tee serviert?«

»Eigentlich wollten die beiden lieber Kaffee trinken«, sagte Mark, und ich presste die Kette fest an meine Lippen, überzeugt, dass es meiner Großmutter zu verdanken war, dass Jo und Mark diese brenzlige Lage so heil überstanden hatten. *Danke, Oma.*

»Einer von ihnen mit Schuss, aber ich teile meinen Rum nur ungern«, merkte Jo an. »Dazu haben wir ihnen ein paar von Marks Ingwerkeksen serviert. Steinhart und staubtrocken, wenn du mich fragst, aber der große Dünne mochte sie.«

»Azazel ist ein Wüstendämon, der kennt nichts anderes«, steuerte Elias mit einem Anflug von Humor bei, und tatsächlich kicherte Jo bei dieser Bemerkung. Vielleicht würden die beiden doch noch Freunde werden. Was Mark anging, machte ich mir diesbezüglich keine Hoffnungen.

»Wir haben versucht, sie in ein Gespräch über ihre Arbeit bei den Stadtwerken zu verwickeln«, nahm er den Faden wieder auf, ohne Elias eines Blickes zu würdigen, während Jo mit ihrem Piercing spielte. »Am Anfang hat das auch recht gut funktioniert – ich glaube zwar nicht, dass viel Wahres an ihren Geschichten dran war, aber zumindest konnten wir sie eine Weile beschäftigen. Dann bekam einer von ihnen einen Anruf, und sie mussten von einer Sekunde auf die andere weg. Als wir ihnen mit etwas Abstand auf die Straße gefolgt sind, waren sie bereits fort, als hätten sie sich in Luft aufgelöst.«

Ich nickte und schloss die Kette um meinen Hals – es fühlte sich an, als würde ein fehlendes Teil von mir an seinen Platz zurückkehren. Bestimmt hatte Lilith ihre Schergen zu sich gerufen, nachdem Elias und ich in ihre Falle getappt waren.

»Wir hatten Angst, dass euch etwas passiert sein könnte«, sagte Jo. »Also sind wir zuerst zur Allerheiligenkirche gegangen, aber da war niemand mehr. Der nächste Stopp war das Kraftwerk hier, weil wir ja von der Versammlung wussten, aber da war es dasselbe.«

Ich erschauderte. Wie war es möglich, dass Jo und Mark hier gewesen waren und nichts von der Versammlung bemerkt hatten? Bedeutete diese Dimensionsverschiebung etwa, dass Uneingeweihte, Menschen ohne übernatürliche Kräfte oder das Zweite Gesicht, tatsächlich *gar nichts* von den Portalen mitbekamen?

»Danach haben wir ungelogen *alle* historischen Kirchen in der Altstadt abgeklappert, weil wir gehofft haben, etwas – euch – zu finden«, fuhr Jo fort. »Aber das haben wir nicht, also sind wir zur Wohnung zurück.« Sie machte eine dramatische Pause. »Und da … war *er*.«

Ich fröstelte bei diesen Worten. »Da war *wer*?«

»Einer der netten Beamten, die sich ein paar Stunden zuvor noch mit unseren Keksen verköstigt hatten«, antwortete Mark düster. »Nicht vor, nein, *in* unserer Wohnung, im Dunkeln. Wir wissen nicht, ob er nach etwas gesucht hat oder ob er auf uns gewartet hat, aber jedenfalls ist es uns gelungen, ihn zu überwältigen. Wir haben ihn erst mit einer Pfanne niedergeschlagen und dann an den Küchenstuhl gefesselt und befragt. Er war stur wie noch mal was, aber irgendwann hat er uns verraten, dass ihr tatsächlich im alten Kraftwerk in Aubing seid. Wir haben ihm noch den Mund mit Klebeband zugeklebt und sind dann auf direktem Wege hierhergekommen. Und diesmal haben wir euch gefunden!«

*Sie haben die ganze Nacht über versucht, uns zu finden.* Erst jetzt fielen mir die Schatten unter Marks Augen, die Unordnung in Jos sonst so sorgfältig gestylten Haar auf. Ein tiefes Gefühl der Zuneigung überkam mich, und so wirkte der erste Satz, der mir zu dieser Geschichte einfiel, merkwürdig fehl am Platz: »Aber … Freiheitsberaubung ist strafbar.«

Mark zuckte mit den Schultern. »Einbruch auch. Das war Notwehr.«

Elias neben mir schien in keinster Weise beunruhigt. »Keiner von denen will mit der Justiz zu tun haben«, sagte er. »Bestimmt ist Azazel inzwischen entkommen, doch er wird es nicht zur Anzeige bringen. Ihr habt nichts falsch gemacht.«

Es war das erste Mal, dass Mark Elias so etwas wie ein Lächeln schenkte. »Danke.«

In der darauffolgenden Stille klatschte Jo entschlossen in die Hände. »Wir sollten hier raus«, verkündete sie. »Es ist saukalt hier drinnen, ihr seht beide nicht gut aus, und wenn uns jemand hier sieht, kriegen wir ein Problem. *Betreten verboten*, schon vergessen? Lasst uns zurück zur Wohnung fahren und uns aufwärmen. Es ist noch früh, aber wenn ihr müde seid und schlafen wollt, können wir für Elias auf dem Sofa ein Gästebett herrichten. Und wenn nicht, kochen wir uns erst mal einen Tee. Ihr habt sicher einiges zu erzählen.«

Dankbar nickte ich.

Ich fühlte mich wackelig auf den Beinen und würde mich erst wieder an die normale Schwerkraft gewöhnen müssen, aber das war zurzeit mein geringstes Problem. Wie sollte ich nach all dem weitermachen? Konnte ich wirklich zu meinem Alltag zurückkehren, als wäre nie etwas passiert?

Als ich zu Elias sah, schwirrten mir mit einem Mal all die Dinge durch den Kopf, die in den letzten Tagen völlig nichtig gewesen waren: Ich musste nächste Woche in der Uni eine Präsentation über die Ausbreitung der Pest in Oberbayern halten, mich auf die Prüfungsphase nächsten Monat vorbereiten und hatte mich seit mindestens zehn Tagen nicht mehr bei meiner Mutter gemeldet. Und was war mit Elias, der überhaupt nur zurück auf die Welt gekommen war, weil Lilith ihn für ihre Zwecke aus der Hölle geholt hatte? Wie sollte er weitermachen, sich ein Leben, eine Existenz aufbauen, ohne jemals offiziell geboren worden zu sein? Wohin würde man ihn abschieben, sollte es so weit kommen? Ins Heilige Land?

Als Jo und Mark zur Tür gingen, die Flügel weit öffneten und nach draußen verschwanden, folgte ich ihnen mit leerem Blick. Die beiden bahnten sich schon einen Weg durch Schnee und Gestrüpp, doch ich blieb in der Tür stehen.

»Du hast tolle Freunde«, sagte Elias und trat neben mich. »Dass sie es mit Dämonen aufgenommen haben, obwohl sie dich nicht sehen und mir nicht trauen konnten, dass sie nach allem, was passiert ist, ohne Weiteres dazu bereit sind, mich bei euch aufzunehmen ... Das ist nicht selbstverständlich.«

Ich nickte. »Die beiden sind echt super.«

Obwohl sie unsere Worte nicht gehört haben konnte, drehte Jo sich nach uns um und winkte ungeduldig. »Los jetzt ihr beiden, mir ist kalt!«

Elias warf mir einen fragenden Blick zu. »Gehen wir?«

Ich tastete blind nach seiner Hand, und er ergriff sie, ohne zu zögern. Vielleicht lag vieles noch im Dunkeln, vielleicht war die Zukunft noch unklar und wir wussten nicht, was morgen sein würde – aber Elias, Jo und Mark gesund und unverletzt um mich zu wissen, war ein guter Anfang, wenn nicht der beste, den ich mir hätte wünschen können.

»Gehen wir.«

# EPILOG

Der beginnende Frühling brachte kalte Sonnenaufgänge und geisterhafte Nebelschwaden über gefrorenen Wiesen mit sich.

Die ersten Schneeglöckchen hatten in tapferem Trotz begonnen, ihre Hälse aus dem Boden zu schieben, als Elias und ich am ersten Märzwochenende in aller Herrgottsfrühe zur Hardtkapelle aufbrachen, um Agnes und ihren Kindern die letzte Ehre zu erweisen.

Dass wir mit unserem Vorhaben fast zwei Monate lang gewartet hatten, hatte zwei Gründe. Zum einen war der Boden aufgrund des harten Winters den ganzen Januar und Februar über gefroren gewesen, zum anderen hatten wir mit der Organisation unserer eigenen Leben alle Hände voll zu tun gehabt.

*Hilf dir zunächst selbst, erst dann kannst du anderen helfen,* hatte Oma immer gesagt. Immer wieder bereitete es mir Bauchschmerzen, dass sie und all die anderen Seelen noch immer in der Hölle gefangen waren, statt die Freuden des Himmels zu genießen. Elias' Sichtweise des Ganzen war da nur ein schwacher Trost. Soweit er wusste, war die Zeit im Jenseits unabhängig von der unsrigen. Aus wenigen Minuten im Fegefeuer konnten Stunden, wenn nicht Jahre werden, während ganze

Jahrhunderte auf die Dauer einer Sekunde zusammenschmelzen konnten, wenn Samael es wünschte. In anderen Worten: Es war egal, wann wir das Tor zum Himmel öffnen würden – heute, morgen oder erst nach unserem Tod. Wenn es uns denn überhaupt je gelingen sollte.

Für den Moment zählte, dass Samael und sein Gefolge verbannt und wir damit nicht nur uns, sondern auch meine mir unbekannten Brüder und Schwestern in Sicherheit gebracht hatten.

Was Lilith und ihre beiden dämonischen Freunde anging, so hatte ich es noch nicht übers Herz gebracht, Elias in allen Einzelheiten von dem Ausgang des Kampfes zu erzählen. Seiner Auffassung nach waren Lilith und Abaddon zusammen mit dem Rest der Versammlung in die Hölle hinabgesogen worden. Um Azazel, dem es natürlich gelungen war, aus unserer WG zu entkommen, machte er sich keine großen Gedanken. Ein Dämon allein konnte uns kaum gefährlich werden. Niemandem, nicht einmal Jo und Mark, hatte ich davon berichtet, dass das Portal Lilith und Abaddon nichts hatte anhaben können, dass ich die Fürstin der Hölle stattdessen mit jenem Schwert durchbohrt hatte, dessen Stich Elias überlebt hatte.

Wenn Elias mit seiner Theorie recht hatte und das Schwert gar nicht dazu diente zu töten, sondern dazu, die gottgewollte Ordnung wiederherzustellen, konnte es genauso gut sein, dass der Angriff Lilith gar nicht getötet, sondern nur ihre Macht aus dieser Welt verwiesen hatte. Vielleicht war ihr menschlicher Körper so wie der von Elias noch am Leben, ebenso wie Abaddon und Azazel.

Und so wartete ich, ohne mit jemandem über meine Angst sprechen zu können, Tag für Tag darauf, einem der drei zu begegnen. Manchmal reichten schon Kleinigkeiten aus, um mich in Alarmbereitschaft zu versetzen: Mädchen in dunklen Spitzenkleidern, Frauen mit schimmernd langem Haar, ein glockenhelles Lachen, der Geruch von Rosen, ein Augenrollen. Oft gelang es mir nur in Elias' Armen, wieder so etwas wie Ruhe und Ordnung in meine aufgewühlten Gedanken zu bringen.

Eines Tages, wenn der richtige Moment gekommen war, würde ich ihm alles sagen. Und dann würden wir zusammen einen Weg finden, um den Himmel zu öffnen. Ich wusste nicht, was tatsächlich in unserer beschränkten Macht stand, denn der Großteil meiner unfassbaren Engelskräfte war mit meinem Übertritt ins Diesseits verschwunden, und mal eben einen Durchgang zum Dazwischen zu öffnen, war keinem von uns möglich.

»Ist alles in Ordnung mit dir, Sera? Du bist so still.«

Elias' Worte holten mich in die Gegenwart zurück. Ich nickte ihm zu, und er sah wieder nach vorne auf die kurvige Landstraße. Sein alter roter Opel Corsa röhrte, und ich schlang die Arme um die noch leere Holzurne, die wir eigens für das Begräbnis im Internet erworben hatten. Wieder fuhr ich in demselben Auto auf demselben Platz und mit demselben Fahrer an meiner Seite dieselbe Strecke. Doch diesmal war alles anders. Aus dem Bluthund Liliths war mein Freund geworden, die Angst in meinem Herzen war einer Art elektrisierender Vorfreude gewichen, und statt stockfinsterer Nacht erfüllte das Licht des beginnenden Frühlings das Innere des Wagens.

Seit dem furchtbaren Abend, an dem Elias mich in Bernried am Bahnhof abgeholt und mit zur Beschwörung genommen hatte, war ich nicht an jenen Ort zurückgekehrt. Wozu auch? Ich kämpfte noch immer fast jede Nacht mit den Albträumen,

Wunden, die die Ereignisse von vor zwei Monaten in mein Unterbewusstsein geschlagen hatten. Die erste Woche nach dem Sieg über die Fürsten der Dunkelheit hatten Elias und ich – oft auch zusammen mit Jo und Mark – in einer euphorisierenden Blase verbracht, hatten zusammen gekocht und gebacken, Filme geschaut und uns Geschichten erzählt, dann aber kehrte mit dem Alltag die Realität zurück, und wir hatten uns Stück für Stück mit all jenen Problemen auseinandergesetzt, die wir bis dahin geflissentlich ignoriert hatten.

Ohne Lilith hatte Elias plötzlich kein festes Einkommen und keine Bleibe mehr, und obwohl Jo und Mark viel Geduld und Verständnis für seine Situation aufbrachten, waren wir uns alle darüber im Klaren, dass er nicht ewig auf unserem Klappsofa schlafen und Marks alte Pullover und Hosen auftragen konnte. Zwar holten wir seine eigenen Sachen aus dem Hostel, sobald Elias sich sicher war, dass wir nicht von Azazel verfolgt wurden, aber ein paar Bücher und ein Koffer voller Kleidung lösten nicht das eigentliche Problem: Ohne Lilith, die alle Probleme aus dem Weg räumte, bevor sie überhaupt entstanden, war Elias schlichtweg niemand.

Er hatte einige zweifellos gefälschte Dokumente bei sich – einen deutschen und einen amerikanischen Pass mit Fantasienamen, eine passable Geburtsurkunde, die ausgerechnet Erfurt als Ort seiner Herkunft angab, einen Führerschein –, aber mehr nicht. Er war nirgends registriert, geschweige denn versichert, hatte in seiner Zeit auf Erden nie einen festen Wohnsitz gehabt oder einen Schul- oder Berufsabschluss erworben.

Ich setzte alles daran, ihm den Weg in ein geregeltes Leben zu erleichtern, obwohl meine Noten an der Uni massiv darunter litten und Mark und Jo mich langsam, aber sicher für verrückt erklärten. Zwar tauten die beiden Elias gegenüber zusehends auf – er lernte selbst Marks Freundin Kathi kennen, als sie uns Mitte Februar für ein verlängertes Wochenende besuchen kam –, aber angesichts seiner abenteuerlichen Lebensgeschichte würden sie ihre Zweifel wohl nie ganz überwinden. Selbst mich, die ich voll und ganz von seinem Wesen überzeugt war, stellte seine Vergangenheit vor einige Schwierigkeiten: Elias war es schlicht nicht gewohnt, den Lauf seines Lebens selbstständig in die Hand nehmen zu müssen.

Waren es früher Gott und seine durch mich weitergegebenen Anweisungen gewesen, die Elias' Handeln und Werden bestimmt hatten, so hatte er in diesem Leben so lange Liliths Anweisungen befolgt, bis ich seinen Weg gekreuzt und er zum allerersten Mal eine freie Entscheidung getroffen hatte. Zwar wollte er einen Weg in die Unabhängigkeit finden, aber es war ein langer Prozess, jahrtausendealte Muster zu durchbrechen. Vor allem im Umgang mit Computern und in Hinblick auf Behördengänge wäre er ohne mich hilflos gewesen. Für mich war es eine reine Selbstverständlichkeit, ihm zu helfen: Ohne ihn hätte ich weder die Nacht der Beschwörung noch die darauffolgenden Ereignisse überstanden.

Dank seiner enormen Kenntnisse alter Sprachen und Schriften fanden wir bald für ihn eine Teilzeitstelle in einer Bibliothek sowie eine freiberufliche Beschäftigung als Privatlehrer für Religion, Latein und Hebräisch. Mit dem Geld, das er sich so verdiente, hatte er vor zwei Wochen eine eigene kleine Wohnung am Stadtrand gemietet und war am ersten März ausgezogen.

Am schwierigsten war anfangs jedoch die Beziehung zwischen uns. Nach all den mittelalterlichen Visionen, blutigen Kämpfen und strahlenden Erkenntnissen war es mir nur natürlich erschienen, dass Elias und ich zusammengehörten, es seit Anbeginn der Zeiten getan hatten. Bei jeder sich bietenden Gelegenheit hatte ich nach seiner Hand gegriffen. Himmel, in der Allerheiligenkirche hatten wir uns sogar geküsst, obwohl wir uns da noch keine zwei Tage lang kannten! Doch nachdem wieder Ruhe in unser Leben einkehrte, trat rasch meine völlige Unerfahrenheit in Liebesdingen zutage, und ich hatte keine Ahnung mehr, wie ich mich ihm gegenüber verhalten sollte.

Aus den Erinnerungen Seheiahs wusste ich, dass Elias in seinen vorherigen Leben nie mit jemandem zusammen gewesen war, bis ihm Margarete begegnet war. Bald fand ich heraus, dass sich in diesem Leben immer wieder Mädchen und Frauen in ihn verliebt hatten, vermutlich angezogen von seinem freien Lebensstil, seinem intellektuell-verlotterten Auftreten und seinem geheimnisvollen Wesen, doch er hatte die meisten von ihnen links liegen lassen und nur selten halbherzige Affären begonnen, die er dann aufgrund seiner Verpflichtungen Lilith gegenüber schnell wieder hatte beenden müssen. Auch wenn er acht Jahre lang vornehmlich in der Gesellschaft dreier Dämonen zugebracht hatte, hatte er mehrere Herzen gebrochen, während ich verliebten Kommilitonen und Mitschülern immer tunlichst aus dem Weg gegangen war.

Nachdem wir tagelang befangen waren und nichts als freundschaftliche Umarmungen austauschten, kam der Abend, an dem Jo und Mark gemeinsam auf einem Poetry-Slam in Schwabing waren, und wir die Wohnung für uns hatten. Mein Herz schlug mir bis zum Hals, als wir nebeneinander auf dem Sofa saßen und er einfach mein Gesicht in seine Hände nahm und mich küsste. Von da an war das Eis gebrochen, und Elias ließ mich all die durchgestandenen Ängste und Sorgen um ihn vergessen. Die nächste Zeit verbrachten wir damit, uns noch einmal von vorne und diesmal richtig kennenzulernen. Ich zeigte ihm mein Lieblingscafé und die schönsten Bibliotheken der Stadt – von Kirchen hatten wir beide erst mal genug. Er erzählte mir auf langen Spaziergängen an der Isar und im Englischen Garten von seinen Reisen und half mir eines stürmischen Nachmittags mit leuchtenden Augen dabei, eine Hausarbeit über den moralischen Gehalt der biblischen Bergpredigt zu erstellen, die ich wochenlang vor mir hergeschoben hatte. Wo mein religiöses Interesse schnell in Richtung Mystik und Esoterik abdriftete, konnte er stets mit seinem unglaublichen Fachwissen auftrumpfen, und so stand der erste Entwurf der zehnseitigen Arbeit innerhalb von vier Stunden.

Umso mehr Zeit ich mit dem Menschen, der er war, verbrachte, anstatt ihn als jahrtausendalten Propheten oder meinen himmlischen Schützling zu sehen, desto schneller fand ich jene stille Vertrautheit zwischen uns wieder, die mich ja überhaupt erst dazu gebracht hatte, so schnell mein Leben für sein Wohlergehen aufs Spiel zu setzen. Wir fanden heraus, dass wir beide gern Klavierstücke hörten (und bayerische Rockmusik, auch wenn keiner von uns das je öffentlich gemacht hätte), uns für Spiritualität und ein der inneren Bestimmung folgendes, von Frieden erfülltes Leben interessierten und die Stille ebenso sehr liebten wie tiefe Gespräche. Wir konnten stundenlang schweigend die Nähe des anderen genießen, nur um dann von einem Moment auf den anderen das Schicksal der Welt und den Sinn unseres Daseins zu diskutieren. Hatte ich sonst jede überflüssige Berührung anderer Menschen gemieden, so sehnte ich mich in seiner Nähe nach Körperlichkeit, und Dinge, die mir zuvor abstrakt und fremd erschienen waren, wurden schön und erstrebenswert.

Vor drei Wochen hatte ich Elias dann meinen Eltern vorgestellt – zuerst meiner Mutter, da sie mir all unserer Reibereien und Meinungsverschiedenheiten zum Trotz in Gefühlsdingen immer noch am nächsten stand, später auch meinem Vater, der sich jedoch nicht übermäßig für mein Privatleben zu interessieren schien und wahrscheinlich nicht einmal wusste, dass es sich bei Elias um meinen ersten wirklich festen Freund handelte.

Nach all dem Wahnsinn, den wir gemeinsam durchlebt hatten, war es schön, mit Elias an meiner Seite all diese völlig normalen Schritte zu gehen. Doch wir konnten beide nie ganz vergessen, dass wir kein gewöhnliches Paar waren. Entgegen meiner Hoffnung, im Kampf gegen Lilith Seheiahs dunkle Seite und ihre überwältigenden Kräfte mit dem himmlischen Stahl endgültig von mir geschleudert zu haben, war meine Gabe geblieben. Zwar war sie schwächer als im Dazwischen – ich konnte nicht mehr fliegen, mit einem bloßen Öffnen der Hand Portale aufreißen oder von einer Sekunde auf die andere den Ort wechseln –, aber ich war immer noch um so vieles stärker als zuvor. Zudem war Elias', beziehungsweise Seheiahs Zweites Gesicht auf mich übergegangen, und es dauerte Wochen, bis ich lernte, einigermaßen natürlich mit meiner veränderten Weltsicht umgehen zu können.

Unzählige Male sah ich auf der Straße Personen, die ich für durch und durch real hielt, während Elias oder meine Freunde sie gar nicht wahrnehmen konnten. Jede Seele, jeder Geist und jede noch so kleine Präsenz im Dazwischen erschien mir so real und plastisch, dass ich sie nur unter enormer Konzentration von den Lebenden im Diesseits unterscheiden konnte. Nun, da ich die Welt so sah, wie es Elias früher getan hatte, leuchtete es mir vollkommen ein, dass er immer ein wenig abwesend erschienen war – die Vielzahl an zusätzlichen Eindrücken, die man durch das Zweite Gesicht empfing, war anders kaum zu bewältigen. Mit der Zeit lernte ich die Auren anderer Wesen zu unterscheiden. So waren etwa Geister von einem durchsichtigen Flimmern umgeben, vergleichbar mit der optischen Täuschung, die sich im Sommer über heißem Asphalt bildete. Einmal begegneten wir sogar einem in schwarze Nebelschleier gehüllten Dämon, der uns aber nicht zu bemerken schien.

Ich sah zu Elias, der seine Hand sanft auf meinen Oberschenkel legte, sobald er meinen Blick bemerkte. Die helle Aura, die ich vom Dazwischen aus an ihm wahrgenommen hatte, war seit der Nacht des Kampfes verschwunden, aber inzwischen hatte ich mich daran gewöhnt. Offensichtlich war sie eine Begleiterscheinung der Engelskräfte gewesen, die über fünf Jahrhunderte unerkannt in seinem Herzen bewahrt worden waren. Seine Rolle als Prophet, als einer der wichtigsten Gottesboten in der Geschichte der Menschheit, brachte ihm nun, da Gottes Stimme für immer verstummt schien, keinerlei Vorteile mehr, und nur sehr selten suchten ihn in Träumen oder visionsartigen Déjà-vu-Momenten die Erinnerungen an seine früheren Leben heim.

Nicht dass ihn das gestört hätte. Ohne die Last des Zweiten Gesichts wirkte er wie befreit, und wo immer es ging, stand er mir mit seiner Erfahrung in übernatürlichen Dingen und seinem unerschütterlichen Glauben an das Gute in der Welt zur Seite. Natürlich waren auch Jo und Mark weiter für mich da, aber nur Elias konnte vollumfänglich verstehen, was mich umtrieb, warum es eben manchmal nicht reichte, eine Tasse Tee zu trinken oder auf der Couch eine Folge *Riverdale* anzuschauen.

*Myrbex*, unseren YouTube-Kanal, rührte ich jedenfalls nicht mehr an, und plötzlich waren es meine Freunde, die mich darum baten, es mir in Ruhe zu überlegen und wenn nicht beim nächsten, dann doch beim übernächsten Projekt wieder einzusteigen. Für mich stand jedoch fest, dass ich mit Bayerns Spukorten nichts mehr zu tun haben wollte. Zu groß war die Angst, Samael und Lilith eines Tages wieder zu begegnen.

»Es war hier, oder?«

Ich zuckte zusammen, kehrte aus meinen Gedanken in die Realität zurück und sah verwirrt zu Elias, der das Auto am Beginn eines Forstwegs zum Stehen gebracht hatte. »Hier war was?«

Elias grinste. »Hier hab ich am Morgen nach der Beschwörung geparkt und bin losgelaufen, um dich zu suchen.«

Ich sah mich um. Der Schnee war geschmolzen, und anstelle der tristen Grautöne des Dazwischen konnte ich den von nassem rotbraunem Laub bedeckten Waldboden und das zarte Grün der ersten Knospen erkennen. Es hätte ein völlig anderer Ort sein können, und so musste ich zunächst in mich gehen, um Gewissheit zu erlangen.

Ich schloss die Augen, konzentrierte mich und atmete ein paar Mal tief durch, um zu finden, wonach ich gesucht hatte: Da war es, das zart glimmende Licht in meinem Geist, das ich mit Agnes in Verbindung brachte. Wenn wir ihm folgten, würden wir die sterblichen Überreste ihrer Familie innerhalb kürzester Zeit gefunden haben.

»Oder nicht?«

»Doch.« Ich schlug die Augen auf und löste meinen Anschnallgurt. »Hier ist es.«

»Perfekt.«

Elias öffnete die Tür und ging zum Kofferraum, während ich die Urne zwischen meinen Füßen abstellte und meine Arme in die Ärmel meiner Winterjacke steckte. Noch immer war es meines Erachtens viel zu kalt da draußen, aber ich hatte schon immer schnell gefroren. Wirklich warm war mir in diesen Tagen nur, wenn ich in Elias' Armen lag, seinen Atem im Haar und den Takt seines Herzschlags im Ohr.

Sobald ich fertig war, schnappte ich mir Elias' Schal von der Rückbank, klemmte die Urne unter den Arm und stieg aus, sogleich einen tiefen Atemzug nehmend. Seit meiner Zeit im Dazwischen genoss ich jeden Geruch, den ich wahrnehmen konnte – die feuchte Kühle des beginnenden Tages, die harzige Würze der Bäume, den sanften Duft nach Salbei und Kiefernnadeln, der Elias umgab, und der nun, da ich mir seinen Schal um den Hals schlang, als betörende Wolke aus dem Wollstoff stieg.

»Glaubst du, sie wird da sein?«, fragte ich und drehte mich um, als Elias zu mir aufschloss, einen Klappspaten in der einen und ein schlichtes Holzkreuz in der anderen Hand.

Er hob die Schultern. »Nach allem, was wir von ihr wissen, denke ich, dass sie sich in deiner Gegenwart wohler fühlt als in meiner. Aber wir werden sehen. Vielleicht freut es sie, wenn wir ihr zusammen die letzte Ehre erweisen.«

»Wirst du sie sehen können?«

Elias klemmte das Kreuz in die Hand mit dem Spaten, um sich durch die Haare zu fahren – ein gestisches Überbleibsel aus jener Zeit, in der sie noch lang gewesen und ihm ständig vor die Augen gefallen waren. Inzwischen hatte er sich von Jo zu einem modischen Undercut und löcherfreier Kleidung überreden lassen, was ihn noch mehr wie einen studierten Intellektuellen, aber weniger wie einen gestrandeten Zeitreisenden aussehen ließ. »Nein. Aber du wirst sie sehen, und ich weiß im Herzen, dass wir das Richtige tun.«

Wie so oft waren seine Worte das Wasser, das die glimmenden Flammen meiner Ängste und Sorgen zu löschen vermochte. Lange war ich unsicher gewesen. Was, wenn Lilith und Samael eines Tages wiederkehrten? Wenn Seheiahs dunkler Drang in mir stärker wurde, ich die Kontrolle und damit mich selbst verlor? Wenn es ein Fehler gewesen war, überhaupt gegen die Höllenfürsten zu kämpfen, anstatt sich mit ihnen zu verbünden? Doch mit Elias an meiner Seite fürchtete ich mich nicht mehr.

Mit frischer Entschlossenheit drückte ich die Urne an mich und deutete mit dem Kinn in den Wald hinein. »Hier müssen wir lang.«

Ich wollte schon gehen, da hielt Elias mich mit seiner freien Hand auf und fuhr mir mit dem Daumen sanft über die Wange. »Bist du bereit, *meleğim?*«

»Wenn du dabei bist?« Ich strahlte ihn an und stellte mich auf die Zehenspitzen, um ihm einen sanften Kuss auf die Lippen zu hauchen. »Jederzeit.«

Er zog mich an sich und küsste mich mit all der verzweifelten Hoffnung, die wir beide in unseren wild schlagenden Herzen trugen. *Wir schreiben die Geschichte neu.* Erst der Gedanke an Agnes, an unsere Suche nach ihren Kindern und das furchtbare Schicksal, das sie und ihre Familie ereilt hatte, ließ mich nach langer Zeit ins Hier und Jetzt zurückkehren, mich von ihm lösen und an seiner Seite den Weg in den Wald antreten. Geradewegs auf das funkelnde Licht in meinem Geiste zu, das mit jedem weiteren Schritt etwas heller strahlte.

# DANK

Am Anfang war das Wort »Dazwischen«. Dazu die ziemlich schräge Idee von einem Nachwuchsjournalisten namens Clemens, der es am Höhepunkt seiner Quarterlife Crisis für eine gute Idee hält, an einem satanistischen Beschwörungsritual teilzunehmen und sich im Anschluss hoffnungslos in den gut aussehenden, düster-sarkastischen Dämon mit den Engelsaugen verliebt.

Keine Ahnung, was dann passiert ist.

Herausgekommen ist schließlich eine Geschichte vom Zu-sich-selbst-Finden, vom Stärker-Werden und An-sich-Glauben, die mich durch die bis heute schwerste Zeit meines Lebens begleitet hat. Dass ich hier sitze und diese Zeilen schreibe, dass ihr, liebe Leserinnen und Leser, dieses Buch nun in Händen haltet, habe ich keiner göttlichen Fügung, sondern den Menschen meines Umfelds zu verdanken, denen ich hier einen kleinen Teil dessen zurückgeben will, was sie im Laufe der letzten Jahre für mich getan haben.

Tina, Steffi, danke, dass ihr den Glauben an mich und meine Ideen nie verloren habt, auch dann nicht, als unser Kutter kurz vor dem Sinken war. Ohne euch würde Sera wohl noch immer Clemens heißen und hätte einen Bart.

Elly – herzlich willkommen an Bord der Titanic! Mit dir auf der Kommandobrücke sollte es uns diesmal eigentlich gelungen sein, alle Untiefen und Eisberge im Buchstabenmeer zu umschiffen. Danke für dein treffendes Auge, dein schier unermessliches Wissen (und deine Connections zur Kartenabteilung der StaBi). Es war mir eine Ehre, mit dir zu arbeiten!

Und noch mal Tina – du bist spitze. Um es in den Worten von Seras Großmutter zu sagen: »Ich habe Gott um einen Engel gebeten, und er hat mir dich geschickt.« Danke, dass es dich gibt.

Karl, die Widmung ist für dich. Du hast sie dir mehr als jeder andere verdient.

Franci, danke für dein offenes Ohr, deine Hilfe beim Plotten, vor allem aber dafür, dass du Elias ein Gesicht verliehen hast (ich zitiere Fahnenjunker Neumayer: »Lass den doch nicht so'n Lappen sein!«).

Mama, Oma, Hannah – danke, dass ihr euch dieses Meisterwerk der deutschen Literatur in den unterschiedlichsten Phasen der Verwesung zu Gemüte geführt habt. Ihr seid der Wind in meinen Segeln.

Danke Jenny, Anja, Katharina, Nathalie und all den anderen wunderbaren Menschen, in deren Gegenwart ich mich fühle wie jemand, der eine normale Sozialisation durchlebt hat.

Anna – ich danke dir aus ganzem Herzen für das tolle Shooting und deine wunderschönen Bilder. (Wenn ihr in Bayern lebt und Fotos braucht, besucht Annas Homepage. Wenn nicht, zieht nach Bayern.) Danke an das Starnberger See Hideaway-Team dafür, dass ihr meine zweite Familie seid, und danke an die Silly Association dafür, dass auf die winterliche Dunkelheit ein strahlend heller Sommer folgte.

Manchmal kann ich es gar nicht glauben, dass ich es am Fuße des Abgrundes geschafft habe, meine Flügel zu finden, aber sie sind da, hell, weiß und strahlend – und das habe ich jedem einzelnen von euch zu verdanken.